프라하의 묘지

IL CIMITERO DI PRAGA

프라하의 묘지 ❷

움베르토 에코 장편소설 이세욱 옮김

열린책들

IL CIMITERO DI PRAGA
by UMBERTO ECO

이 책은 실로 꿰매어 제본하는 정통적인 사철 방식으로 만들어졌습니다.
사철 방식으로 제본된 책은 오랫동안 보관해도 손상되지 않습니다.

제2권 차례

15

다시 살아난 달라 피콜라

1897년 4월 6일 새벽

시모니니 대위, 이게 사실인지 모르겠소만, 당신이 잠을 자는 동안(당신이 되풀이한 말을 빌리자면 과도한 수면 또는 절제되지 않은 수면을 취하는 동안), 나는 잠에서 깨어나 당신의 일기를 읽었소. 첫새벽의 빛 속에서 말이오.

읽고 나서 생각하건대, 당신은 아마도 무언가 알 수 없는 이유로 거짓말을 한 것 같소(당신이 아주 진솔하게 고백한 당신의 삶을 놓고 보더라도 당신이 이따금 거짓말을 했다는 사실을 믿지 않을 수 없소). 당신이 나를 죽이지 않았다는 사실을 분명하게 알 만한 사람이 있다면, 그게 바로 나일 거요. 나는 확인을 하고 싶어서 사제복을 벗고 거의 알몸으로 지하실에 내려갔소. 그런데 뚜껑 문을 열고 당신이 말한 그 하수도로 내려가려 하자 악취 때문에 도무지 정신을 차릴 수가 없었소. 그때 문득 내가 도대체 무엇을 확인하려는 것인가 하는 생각이 듭디다. 당신이 시체를 유기했다는 게 25년도 더 지난 일인데 뼈만 남은 그 시체가 아직 거기에 있는지 확인하겠다는 것인가? 그 잔해가 내 것인지 아닌지 알아보기 위해 저 더러운 곳으로 꼭 내려가야 한단 말인가? 사실 그건 불필요한 일이었소. 나는 이미 알고 있었으니까 말이오. 나는 당신 말을 믿소. 당신은 달라 피콜라라는 사람을 죽였소.

그렇다면 나는 누구겠소? 나는 당신이 죽인 그 달라 피콜라가 아니라(무엇보다 생김새가 닮지 않았소), 다른 달라 피콜라요. 하지만 어떻게 두 사람의 달라 피콜라 신부가 존재하는 것일까요?

아마도 내가 미치광이일 거요. 그게 진실이오. 집 밖으로 나갈 엄두가 나질 않소. 그래도 사제복을 입고 식당에 갈 수는 없으니 무언가를 사러 나가야 하오. 내 거처에는 당신네 집에 있는 것과 같은 훌륭한 주방이 없소 — 진실을 말하자면 나도 당신 못지않게 미식을 즐기는 데 말이오.

스스로 목숨을 끊고 싶은 강렬한 충동에 사로잡힌 적이 있소. 하지만 나는 그게 악마의 유혹임을 알고 있소.

게다가 당신이 이미 나를 죽였는데 무슨 연유로 나 자신을 또 죽이겠소? 그건 부질없는 짓이오.

4월 7일

신부 보시오

이제 그만하시오. 어제는 무엇을 했는지 기억나지 않고 오늘 아침에 당신의 글을 발견했소. 이제 그만 괴로워하시오. 당신도 당신의 과거가 기억나지 않소? 그러면 나처럼 해보시오. 당신의 배꼽을 오랫동안 응시하고 나서 글을 쓰기 시작하는 거요. 그냥 손을 좇아 생각이 절로 나게 해보시오. 나는 모든 것을 기억해 내고 있는데 당신은 그저 내가 잊고 싶어 하던 것들만 조금씩 버르집고 있소. 왜 그래야 한단 말이오?

이제 막 다른 일들이 내 기억에 되살아났소. 내가 달라 피콜라를 죽이자마자 라그랑주가 만나자는 전갈을 보내 왔소. 이번에는 퓌르스텐베르크 광장에서, 그것도 거기에 유령이 나타날 것만 같은 시각인 자정에 만나자고 했소. 도둑이 제 발 저리다고 나는 막 살인을 저지른 마당이라 마음이 찜찜했고 라그랑주가 벌써 그 사실을 알았을까 저어하고 있었소. 그런데 정작 만나 보니 그의 용건은 분명 다른 것이었소.

「시모니니 대위」 하며 그가 말문을 열더니 「당신이 기찰해 주었으면 하는 기이한 작자가 있소. 명색은 성직자인데…… 그 뭐냐…… 사탄 숭배를 하는 자요.」

「그자를 어디 가서 만나죠? 지옥에 가야 하나요?」

「농담하자는 게 아니오. 불랑이라는 신부 얘기요. 그는 몇 해 전에 아델 슈발리에라는 여자를 만났소. 그 여자는 피카르디 지방의 수아송에 있는 생토마 드 빌뇌브 수녀원의 보조 수녀였다 하오. 그 여자를 두고 신비주의자들이나 믿을 법한 소문들이 나돌았는데, 실명을 했다가 치유된 뒤로 예언을 한다고 합디다. 그러니 신자들이 떼를 지어 수녀원으로 몰려들고, 원장과 수녀들이 난처해질 수밖에요. 결국 주교의 결정에 따라 아델은 수아송에서 멀리 떨어진 곳으로 보내졌고, 어찌된 사정인지는 알 수 없으나 불랑을 영적인 아버지로 선택했다 하니, 유유상종이라는 것도 다 하느님의 뜻이 아닌가 싶소. 그리하여 두 남녀는 하나의 단체를 설립하기로 했는데, 그 설립 취지는 속죄 활동을 하자는 것, 다시 말해서 죄인들이 주님에게 가하는 모독을 보상하기 위해서 주님에게 기도를 올리는 것은 물론이고 여러 가지 방식으로 신체적인 속죄를 하자는 것이었소.」

「전혀 나빠 보이지 않는걸요.」

「거기까지는 그렇게 여길 만도 하지만, 그들은 곧 본색을 드러내기 시작했소. 죄에서 해방되기 위해서는 죄를 지어야 한다고 설교하는가 하면, 인류가 타락하게 된 것은 아담과 릴리트, 하와와 사마엘의 두 쌍이 통간을 했기 때문이라고 주장하기도 했소(나는 우리 본당 신부한테서 아담과 하와 얘기밖에 못 들었으니까 나머지 두 사람에 대해서는 나한테 묻지 마시오). 그러더니 급기야는 뭔가 석연치 않은 짓거리를 벌였소. 신부와 그 여자, 그리고 그들을 따르는 신자들 가운데 다수가 모여 의식을 벌였는데, 그게 이를테면 난교의 야합이었소. 거기에 신부가 아델과 내연의 관계를 맺어서 생겨난 자식을 몰래 사라지게 했다는 소문이 더해졌소. 그런 일들이 우리 첩보 기관과 무슨 상관이냐고 말할지 모르겠으나, 파리 경찰청에서는 지대한 관심을 가지지 않을 수 없었던 것이, 오래전부터 허다한 양가의 부녀자들과 고위 공직자들의 아내, 심지어는 어느 장관의 부인까지 그들과 한통속이 되어 있었고, 불랑은 그 여자들에게서 적잖은 돈을 뜯어냈기 때문이오. 그쯤 되자 불랑과 아델 사건은 국가의 중대사가 되었고, 우리가 나서서 해결하지 않을 수 없었소. 두 사람은 사기와 풍속 침해 혐의로 기소되어 3년의 징역형을 선고받고 복역한 뒤에 1864년 말 출감했소. 그러고 나서 불랑은 자취를 감췄고, 우리는 그자가 개과천선하여 착실하게 살아가는 것으로 여겼소. 그런데 근자에 그자는 여러 차례 통회의 의식을 치른 끝에 마침내 교황청의 용서를 받고 파리로 돌아왔소. 그러고는 다른 사람들이 죄를 짓지 않도록 대속의 임무를 지닌 자기 같은 사람들이 죄를 지어야 한다고 주장하는 글들을 다시 발표하기 시작했소. 만약 그의 주장에 동조하는 자들이 늘어난다면, 이건 단순한 종교 사건을 넘어서서 중대한 정치 문제가 될 것이오. 내 말이 무슨 뜻인지 이해하리라 믿소. 하기야 가톨릭교회 쪽에서도 다시 우려를 표명하기 시작했고, 최근에는 파리 대주교가 불랑에게 성무를 금지시켰소 — 내가 보기엔 시의적절한 조치요. 그러자 불랑은 일절 대응하지 않고 이단 종파의 또 다른 위선자인 뱅트라라는 자와 접촉하기 시작했소. 이 사건과 관련해서 알아야 할 것, 아니 우리가 알고 있는 것은 이상이 전부요. 이제부터 당신이 그자를 기찰하고 그자가 무슨 짓을 꾸미고 있는지 우리에게 알려 주시오.」

「저는 자기를 겁간할 고해 신부를 찾아다니는 신앙심 깊은 여인이 아닙니다. 그자에게 어떻게 접근하지요?」

「글쎄올시다, 사제로 변장하지 그러시오. 내가 알기로 당신은 가리발디 의용대의 지휘관이나 그와 비슷한 무언가로 변장하는 능력도 발휘한 모양이던데.」

이상이 방금 내 머릿속에 떠오른 이야기요. 친애하는 신부님, 보다시피 당신과는 아무 상관도 없소.

16

불랑

4월 8일

시모니니 대위, 간밤에 당신의 짜증 섞인 글을 읽고 나서 나도 당신을 본보기로 삼아 글을 써보기로 했소. 다만 굳이 내 배꼽을 응시하는 절차를 거치지는 않고 내 몸이 손을 매개로 하여 영혼이 잊어버린 것을 스스로 알아서 기억해 내도록 해보았소. 당신이 말한 프로이드 박사는 바보가 아니었습디다.

불랑…… 그와 함께 어느 사제관 앞을 거닐고 있는 내 모습이 보이는구려. 장소는 파리 교외, 세브르가 아닌가 싶소. 그의 말소리가 귀에 쟁쟁하오.

「사람들이 우리 주님의 뜻을 거슬러 지은 죄들을 바로잡는다 함은 그 죄들을 자기 것으로 떠안는다는 뜻이기도 하오. 죄를 짓는다는 것은 신비적인 책무일 수도 있소. 더없이 심하게 죄를 지음으로써 악마가 인류에게 지우려고 하는 악행의 짐을 바닥내어

약한 형제들이 그 짐을 지지 않게 할 수도 있소. 다시 말하면 우리가 대신 죄를 지음으로써 인간을 노예로 만드는 간악한 힘을 물리칠 수 없는 약한 사람들이 악행을 저지르지 않게 해줄 수 있다는 거요. 얼마 전에 독일에서 발명된 파피에 튀무슈(파리 끈끈이)[1]를 본 적 있소? 제과업자들이 사용하는 물건인데, 종이 띠에 당밀을 발라서 진열창의 과자들 위쪽에 매달아 놓는 거요. 파리들은 당밀의 냄새를 맡고 날아와서 그 끈끈한 물질 때문에 종이 띠에 들러붙은 채로 굶어 죽거나 사람들이 파리가 잔뜩 달라붙은 종이 띠를 도랑에 버리면 물에 빠져 죽지요. 대속의 임무를 띤 신자는 그 파리 끈끈이 같은 구실을 해야 하오. 온갖 추악한 것을 자기에게 끌어온 뒤에 그것들을 녹여 버리는 정화의 용광로가 되어야 한다는 거요.」

그다음으로 떠오르는 것은 그가 어느 성당 안에 있는 장면이오. 그는 제대 앞에서 악마에 들린 여신자를 〈정화〉하려는 참이오. 여자는 바닥에서 몸을 뒤틀며 추잡한 욕설과 악마들의 이름을 내뱉고 있소.

「아비고르, 아브라카스, 아드라멜렉, 하보림, 멜콤, 스톨라스, 자에보스…….」

불랑은 보라색 법의 위에 중백의 대신 빨간 겉옷을 걸치고, 여자 위로 몸을 기울여 문장 하나를 외는데, 언뜻 듣기에는 마귀를 쫓는 기도문 같지만 사실은 그것을 뒤집은 주문이오(내가 제대로 이해한 거라면 말이오).

1 *papier tue-mouches.*

「크룩스 사크라 논 시트 미히 룩스, 세드 드라코 시트 미히 둑스, 베니 사타나, 베니!(거룩한 십자가가 나의 빛이 되지 않게 하시고, 도리어 용이 나의 인도자가 되게 하소서, 오라 사탄이여, 오라!)」[2]

하더니 그는 마귀 들린 여자 쪽으로 몸을 더 기울여 그 입 안에 세 차례 침을 뱉은 다음, 법의 자락을 들어 올려 미사용 술잔에 오줌을 누더니 그것을 그 불행한 여인에게 주는구려. 이제 그는 단지에서 인분으로 만든 것이 분명해 보이는 물질을 꺼내더니(손으로 말이오!), 마귀 들린 여자의 가슴을 드러내고 그것을 젖무덤에 바르고 있소.

여자는 숨을 헐떡이고 신음을 토하며 바닥에서 버르적거리오. 그러다가 신음이 차츰 잦아들더니 여자는 최면에 걸린 것처럼 잠에 빠져드는구려.

불랑은 제의실로 가서 손을 간단히 씻은 다음, 나를 데리고 성당 앞마당으로 나가더니 마치 힘겨운 임무를 완수한 사람처럼 한숨을 쉬며 말하오.

2 *Crux sacra non sit mihi lux, sed draco sit mihi dux, veni Satana, veni!* 이 문장은 가톨릭교회의 구마 기도문 *Crux sacra sit mihi lux, nunquam draco sit mihi dux!*(거룩한 십자가가 저의 빛이 되게 하시고, 절대로 용이 저의 인도자가 되지 않게 하소서!)에서 부정어의 위치를 바꾸어 뜻을 뒤집고, 거기에 *Vade Retro, Satana!*(사탄아, 물러가라!)로 시작되는 또 다른 구마 기도문을 반대의 뜻을 가진 문장으로 바꾸어서 결합한 것이다. 가톨릭 신자들이 사탄을 쫓고 악마들의 유혹을 물리치기 위해 몸에 지니고 다니는 성 베네딕토 메달(우리나라에서는 분도패라고도 한다)의 뒷면에는 위의 구마 기도문들이 머리글자들(CSSML NDSMD, VRS……)의 형태로 새겨져 있다.

「콘수마툼 에스트(다 이루어졌도다).」[3]

그때 내가 그에게 했던 말이 기억나는구려. 나는 이름을 밝히고 싶어 하지 않는 어떤 사람이 보내서 왔으며, 그 사람이 어떤 의식을 치르기 위해 축성받은 면병을 필요로 한다고 말했소.

불랑은 냉소를 지으며 말합디다.

「흑미사를 지내겠다는 거요? 만약 그 의식을 집전하는 사람이 사제라면 나한테 도움을 청할 필요가 없소. 설령 교회가 그를 환속시켰다 할지라도 그의 성무는 여전히 유효할 테니까.」

나는 사정을 더 설명했소.

「제가 알기로 그 사람은 어느 사제의 집전으로 흑미사를 올리려는 게 아닙니다. 아시다시피 프리메이슨의 어떤 분파에서는 신입 회원의 서약을 마지막으로 확인하기 위해 면병을 단검으로 찌르게 하는 것이 관행입니다.」

「알겠소. 듣자 하니 어떤 작자가 모베르 광장 쪽에서 작은 골동품 가게를 운영하고 있는데, 거기에서 면병도 판다고 합디다. 그자에게 가서 알아보면 되겠구려.」

우리 두 사람이 만난 것은 바로 그런 용무 때문이 아니겠소?

3 *Consummatum est*. 십자가에 못 박힌 예수가 숨을 거두기 직전에 한 말(「요한복음서」 19장 30절)의 라틴어 번역.

「아시다시피 프리메이슨의 어떤 분파에서는
신입 회원의 서약을 마지막으로 확인하기 위해 면병을
단검으로 찌르게 하는 것이 관행입니다.」

17

파리 코뮌의 나날

1897년 4월 9일

나는 1869년 9월에 달라 피콜라를 죽였다. 10월에 라그랑주가 짤막한 편지를 보내 나를 불러냈다. 이번 약속 장소는 센 강의 어느 둔치였다.

이것이야말로 기억의 장난이다. 정작 중요한 사건들은 떠올리지 못하고 있는 듯한데, 그날 밤 루아얄 다리 근처에서 느닷없는 불빛에 놀라 걸음을 멈췄을 때 느꼈던 감동은 생생히 기억하고 있으니 말이다. 나는 「프랑스 제국 관보」의 신청사 공사장을 마주하고 있었다. 밤인데도 그곳이 환했다. 공사를 빨리 진척시키기 위해 전깃불을 밝혀 놓은 것이었다. 들보들과 비계(飛階)들의 숲 한복판에서 아주 환한 발광체가 빛살을 집중시켜 한 무리 석공들을 비추고 있었다. 사위의 어둠을 배경으로 빛나는 인공의 별빛. 그 마법과도 같은 효과를 무어라 형언할 수 있으랴.

전깃불……. 그 시절에 얼뜨기들은 미래가 자기들을 포위하고 있다고 느꼈다. 이집트에서는 지중해와 홍해를 연결하는 운하가 개통되어, 유럽에서 아시아로 항해할 때 아프리카를 빙 돌아갈 필요가 없어졌다(하지만 그로 인해 애먼 해운 회사들이 숱하게 피해를 보았다). 파리에서 만국 박람회가 열렸는데 그 건축물로 비추어 보건대 오스만 남작이 파리를 재개발한답시고 황폐하게 만든 것은 그저 시작일 뿐이었다. 미국인들은 저희 대륙을 동서로 횡단하는 철도의 개통을 눈앞에 두고 있는 데다 흑인 노예를 막 해방시킨 마당이라, 그 천민들이 온 나라로 퍼져 나가 유대인들보다 더 고약스럽게 미국을 혼혈의 늪으로 만들 것이었다. 미국의 남북 전쟁에서 잠수함이 출현했는바, 덕분에 수병들이 익사할 일은 없어졌지만 대신 물속에서 질식사하는 일이 벌어지고 있었다. 1분 만에 훅 타버림으로써 흡연자의 낙을 앗아 가는 지궐련이 우리 부모 세대가 즐기던 멋스러운 엽궐련을 대체하려는 참이었다. 우리 병사들이 금속 통에 담아 보관한 상한 고기를 먹기 시작한 것은 벌써 오래전의 일이었다. 미국에서는 사람들을 커다란 상자 같은 것에 태워 건물의 위층으로 올려 보내는 장치를 발명했는데, 이 장치는 수력 피스톤 하나를 이용해서 올리고 내리고 한다 했다 — 그런데 소문에 따르면 토요일 밤에 피스톤이 부러져 사람들이 그 상자 안에 갇힌 채로 이틀 밤을 보냈는데, 물과 먹을 것이 없음은 물론이려니와 공기조차 부족했던 터라 그들 모두가 월요일 아침에 시신으로 발견되었다 하더라.

삶이 더 편리해졌다고 모두가 희희낙락하던 시절이었다. 서로 멀리 떨어져 있는 사람들이 말을 주고받을 수 있게 하는 기계가 고안되고 있는가 하면, 펜을 사용하지 않고 손가락으로 글자판을 두드려 글자를 찍는 기계도 발명되고 있었다. 언젠가는 원본을 위조하고 싶어도 위조할 원본이 없는 날이 오지 않을까?

사람들은 화장품 가게들의 진열창을 눈요기하고 있었는데, 이런 진열창에는 기적이라 찬양되는 제품들, 이를테면 피부에 생기를 주도록 상추 유액을 넣은 미안수, 기나피(幾那皮)를 넣은 발모 촉진제, 바나나 즙을 넣은 퐁파두르 크림, 코코아 버터, 파르마 제비꽃을 넣은 쌀가루 따위가 진열되어 있었고, 그러잖아도 음란한 여자들을 더 교태가 흐르도록 만들어 주기 위한 그 갖가지 발명품들은 바야흐로 보조 재봉사들의 손에도 들어가고 있었으니, 그녀들이 그렇게 자신을 가꾸는 데 관심이 많아진 까닭은 많은 재봉 공장에 기계가 들어와 그녀들의 일자리를 빼앗아 가기 때문이었다.

새 시대의 발명품 가운데 유일하게 나의 흥미를 끌었던 것은 도자기로 된 좌변기였다.

그런데 나 역시 깨닫지 못한 사실이 하나 있었으니 일견 흥분된 것처럼 보이던 그와 같은 분위기에서 프랑스 제정의 종말이 닥쳐오고 있었다는 것이다. 만국 박람회에서 프로이센의 철강업자 알프레트 크루프는 일찍이 본 적이 없는 대형 강철 포를 선보였는바, 이는 무게가 50톤에 달하고 포탄 한 발에 백 파운드의 화약을 장전하는 대포였다. 나폴레옹 3세는 이 무기에 매료되어 크루프에게 레지옹 도뇌르 훈장을 수여하기까지 했다. 크루프는 자기네 무기들의 목록을 프랑스 황제에게 보냈고, 프랑스뿐만 아니라 유럽의 모든 나라에 그것들을 팔아 보려 하고 있었다. 그때 프랑스의 군 수뇌부는 다른 무기 제조업자를 선호하던 터라 황제를 설득하여 크루프의 제안을 거절하게 했다. 반면에 프로이센의 왕은 당연히 크루프의 대포들을 사들였다.

나폴레옹 3세는 예전처럼 사리를 가려 생각하지 못하고 있었다. 신장 결석 때문에 말을 타고 행차하는 것은 고사하고 먹거나 자는 것도 제대로 할 수 없는 처지였다. 그는 보수주의자들과 황비를 신임했고, 이들은 프랑스 군대가 여전히 세계 제일이라고 확신하고 있었으나, 실상을 보자면(나중에 가서야 알게 된 사실이지만) 프로이센군의 병력이 40만이었음에 비해 프랑스군의 병력은 기껏해야 10만이었다. 그리고 슈티버는 벌써 프랑스군의 샤스포[1] 총에 관한 보고서를 보냈는바, 프랑스인들은 박물관에나 보내야 할 그 소총을 최신 발명

1 *chassepots.* 프랑스의 무기 제조업자 앙투안 알퐁스 샤스포가 1866년에 개발한 볼트액션 후장(後裝)식 소총. 프로이센군의 드라이제 소총을 참고하고 제2제정기의 선진 기술을 활용함으로서 이전의 전장식 미니에 총을 대체하는 프랑스 육군의 보병총이 되었으나, 종이 약협을 사용하는 기술적인 한계 때문에 1874년 금속 약협을 사용하는 그라스 총으로 개조되었다. 프로이센군의 드라이제 총보다 사정거리가 두 배나 긴 장점이 있었으나, 프랑스 프로이센 전쟁에서는 주도면밀하게 전쟁을 준비해 온 프로이센군 앞에서 진가를 발휘하지 못했고, 도리어 전쟁 직후 파리 코뮌 때에 베르사유 정부의 진압군에 의해 수만 명에 달하는 파리 시민들을 학살하는 데 사용됨으로써 역사상 가장 불명예스러운 총기의 하나가 되었다.

품으로 여기고 있었다. 게다가 슈티버는 프랑스인들이 프로이센의 첩보망에 비견될 만한 것을 갖추지 못했다는 사실에 쾌재를 부르고 있었다.

각설하고, 앞서 하던 얘기로 돌아가서, 나는 약속 장소로 나가 라그랑주를 만났다.

「시모니니 대위」 하고 부르더니 그는 인사닦음도 건너뛰고 「달라 피콜라 신부에 관해서 아는 게 있소?」

「전혀 없습니다. 왜 그러시죠?」

「그가 실종되었는데, 그게 하필이면 우리를 위해 작은 일 하나를 하고 있던 때였소. 내가 생각하기엔 그를 마지막으로 만난 사람이 바로 당신이오. 나는 당신의 부탁을 받고 그를 당신에게 보냈소. 그다음엔 어떻게 되었소?」

「저는 이미 러시아인들에게 주었던 보고서를 그에게 넘겨주었습니다. 그를 통해서 교계의 일부 인사들에게 보여 줄 요량으로요.」

「시모니니, 내가 한 달 전에 신부한테서 짤막한 편지를 받았는데, 대충 이런 내용이었소. 되도록 이른 시일 내에 만났으면 한다. 당신네 시모니니에 관한 흥미로운 정보가 있다. 서신의 어조로 보건대 그가 나한테 들려주고 싶어 했던 것은 당신을 칭찬하는 얘기가 아니었던 게 분명하오. 그렇다면 당신과 신부 사이에 무슨 일이 있었던 거요?」

「그가 무슨 말을 하고 싶어 했는지 모르겠군요. 제가 귀 기관을 위해 작성한 문서를 자기에게 넘긴 줄 알고, 그것을 일종의 권한 남용이라고 생각한 게 아닌가 싶습니다. 분명코 그는 우리가 합의한 사항에 관해서 모르고 있었습니다. 어쨌거나 저한테는 아무 얘기도 하지 않았습니다. 그 뒤로 아무 소식이 없어서 그러잖아도 저의 제안이 어떻게 되었는지 궁금해하던 차였습니다.」

라그랑주는 잠시 나를 빤히 바라보다가

「나중에 다시 얘기합시다.」

하고는 자리를 떴다.

다시 이야기한들 내가 무슨 말을 하랴. 그 순간부터 라그랑주는 내 뒤를 캘 것이고, 그러다가 혐의 사실이 더 분명하게 드러나면 나 역시 칼침을 면하지 못하게 될 터인즉, 그리 되면 애써 달라 피콜라의 입을 막은 것도 허사가 되는 셈이었다.

약간의 대비가 필요했다. 나는 칼을 겸하는 지팡이를 구하기 위해 라프 거리의 어느 무기 장수를 찾아갔다. 과연 지팡이칼들이 몇 자루 있기는 했으나 만듦새가 별로 좋지 않았다. 그때 어느 지팡이 가게의 진열창을 구경했던 일이 문득 생각났다. 그 가게는 바로 내가 좋아하던 주프루아 상가에 있었고, 거기에서 기막히게 훌륭한 물건을 찾아냈다. 흑단으로 된 막대에 상아를 뱀의 형상으로 깎아서 손잡이를 달아 놓은 품새가 아주 멋들어졌다 — 게다가 매우 견고했다. 손잡이는 조금 기울어져 있기는 해도 수평보다는 수직에 가까운지라 혹시라도 다리가 불편해서 짚는다 할 때는 별로 적합하다 할 수가 없었으나, 지팡이를 칼로 사용한다 할 때는 칼자루처럼 쥐기가 십상 좋았다.

지팡이칼은 육혈포로 무장한 자를 대적한다 할 때도 경이로운 무기가 된다. 먼저 상대의 기습에 깜짝 놀라는 척하고 뒤로 물러서서 지팡이를 내미는데, 이때 손까지 바들바들 떨어 주면 훨씬 좋은 효과를 볼 수 있다. 상대는 그대를 가소롭게 여기며 지팡이를 움켜쥐고 빼앗으려 할 터인즉, 이는 도리어 그대가 지팡이에서 예리한 칼날을 뽑을 수 있도록 도와주는 격이라. 상대는 지팡이가 쑥 빠져나옴에 영문을 몰라 어리둥절할 터이니, 그 틈을 노려 잽싸게 수직으로 일격을 가하면, 거의 힘들이지 않고 상대의 관자놀이에서 턱에 이르는 상처를 낼 수 있고, 칼날을 옆으로 움직이면 코를 베거나 눈알을 파내지는 못할지라도 이마에 상처를 내어 그 피 때문에 앞을 보지 못하게 할 수는 있으리라. 요는 상대의 허를 찌르는 것이며, 그쯤 되면 상대는 이미 끝장난 것이나 진배없다.

가령 상대가 좀도둑과 같은 보잘것없는 자라면, 그대는 상대가 쥐고 있는 막대를 도로 빼앗아 칼날을 넣은 다음 그자가 평생 일그러진 얼굴로 살아가도록 내버려두고 유유히 자리를 뜨면 된다. 한데 만약 상대가 더 음험한 자라면, 첫 일격을 가한 뒤에 내처 기세를 몰아 수평 방향으로 다시 일격을 가하여 상대의 목을 베는데, 그리 되면 상대는 흉터 따위를 걱정할 필요가 없게 되리라.

그런 지팡이를 들고 산보를 나설 때 그대가 얼마나 의젓하고 신사다워 보이는가에 대해서는 더 말할 나위가 없다 — 그러니 가격이 비싸기는 해도 그 비싼 값을 하는 셈이며, 살다 보면 비용을 개의치 말아야 하는 경우도 더러 있는 것이다.

어느 날 집으로 돌아오던 길에 나는 가게 앞에서 라그랑주를 만났다.

지팡이를 조금 흔들어 대다가 문득 생각해 보니, 정보기관에서 나 같은 사람을 제거하기 위해 라그랑주 같은 인물을 보냈을 리는 없겠다 싶어서, 일단 그의 말을 들어 보기로 했다.

「훌륭한 물건이오.」

하고 그가 말하기에

「뭐가요?」

「그 지팡이칼 말이오. 손잡이가 그렇게 생겼으니 지팡이칼이 아닐 리가 없소. 누군가를 두려워하고 있소?」

「제가 누군가를 두려워해야 한다면 말씀해 주십시오.」

「내가 알기로 당신은 우리를 두려워하고 있소. 당신 자신이 우리에게 용의자가 되었다는 사실을 알고 있기 때문이오. 거두절미하고 용건만 간단히 말하겠소. 프랑스와 프로이센 간의 전쟁이 임박했고, 슈티버는 파리에 자기네 첩보원들을 잔뜩 심어 놓았소.」

「그들이 누군지 아십니까?」

「다 아는 건 아니고, 바로 그 점에서 당신이 나서 줘야겠소. 당신이 유대인들에 관한 보고서를 슈티버에게 제공했으니까, 그는 당신을 이를테면…… 매수가 가능한 사람으로 여길 거요. 마침 그의 부하들 가운데 하나가 파리에 왔소. 괴체라는 자인데, 내가 알기로 당신은 그자를 만난 적이 있소. 우리가 짐작하기에 그자는 곧 당신을 찾아올 거요. 이참에 당신은 파리에서 활동하는 프로이센의 첩자가 되시오.」

「조국을 배신하란 말입니까?」

「위선을 부릴 필요는 없소. 프랑스는 당신의 조국이 아니잖소? 그래도 혹시 마음이 편치 않거든 프랑스를 위해서 하는 일이라고 생각하시오. 당신은 프로이센 사람들에게 가짜 정보를 전달하는 것이고, 그 정보들은 우리가 당신에게 제공할 거요.」

「그런 거라면 어려운 일로 보이지는 않는군요.」

「그렇지 않소. 매우 위험한 일이오. 만에 하나 당신이 파리에서 발각되면, 우리는 당신을 모르는 척할 수밖에 없고 당신은 총살을 당하게 될 거요. 만약 프로이센 쪽에서 당신이 이중간첩이라는 것을 알게 되면, 그들은 아마 법의 절차를 밟지도 않고 당신을 죽일 거요. 따라서 이 임무를 수행하다가 당신이 목숨을 잃을 가능성은 반반이오.」

「제가 받아들이지 않으면 어떻게 되는 건가요?」

「그러면 당신이 죽을 확률은 99퍼센트로 올라갈 거요.」

「왜 백이 아닌가요?」

「지팡이칼 때문이오. 그렇다고 그것을 너무 믿지는 마시오.」

「제가 알고 있던 대로 정보기관에 저의 진실한 벗들이 있군요. 배려해 주셔서 감사합니다. 좋습니다. 저는 저 자신의 자유로운 결정에 따라, 그리고 조국에 대한 사랑으로 그 제안을 받아들이겠습니다.」

「당신은 영웅이오, 시모니니 대위. 따로 지시가 있을 것이니 기다리시오.」

일주일 후, 괴체가 평소보다 땀을 더 많이 흘리며 내 가게에 나타났다. 마음 같아서는 당장 그자의 목을 조르고 싶었지만, 나는 어렵사리 그 유혹을 이겨냈다.

「당신이 알아야 할 것이 있는데, 내가 당신을 표절자와 위조자로 여기고 있다는 사실이오.」

하고 내가 말하자 그 독일인은 번들번들 미소를 지으며

「그래도 당신보단 덜 하지요. 당신의 프라하 묘지 이야기는 감옥에 갇힌 그 졸리라는 사람의 책을 모방했더이다. 내가 끝내 그것을 알아내지 못할 거라고 생각했소? 당신의 보고서를 읽지 않았더라도 나 혼자서 그 책을 찾아냈을 거요. 당신은 그저 거기에 도달하는 길을 단축시켰을 뿐이오.」

「헤르 괴체, 이거 아시오? 나는 프랑스 영토에서 외국인 요원으로 활동하고 있는바, 내가 아는 누군가에게 당신 이름을 알려 주면 당신 목숨은 파리 목숨이 될 거요.」

「당신 이거 아시오? 만약 내가 체포되어 첩자들의 이름을 말하면서 당신 이름을 대면, 당신 목숨도 똑같이 파리 목숨이 될 거요. 그러니까 화해합시다. 나는 내 책에서 프라하의 묘지 부분을 따로 떼어 뒤탈이 생기지 않을 만한 구매자들에게 사실을 있는 그대로 적은 기록인 것처럼 팔아 볼 생각이오. 이제부터 우리는 함께 일을 해야 하니까 수익이 생기면 반씩 나눠 가지도록 합시다.」

전쟁이 시작되기 며칠 전, 괴체는 나를 노트르담 대성당 옆에 서 있는 어느 건물의 지붕으로 데려갔다. 거기에는 비둘기장이 여러 개 설치되어 있었고, 한 노인이 그것들을 관리하고 있는 듯했다.

「여기는 비둘기들을 날려 보내기에 좋은 장소요. 대성당 주위에서 살아가는 비둘기가 수백 마리나 되기 때문에 아무도 우리가 날리는 비둘기에 관심을 갖지 않으니까요. 유용한 정보가 있을 때는 그것을 작성해서 저 노인에게 주시오. 그러면 노인이 그것을 비둘기에게 달아 우리에게 보낼 거요. 마찬가지로 당신에게 내리는 지시도 비둘기를 통해 보낼 것이니, 매일 아침 여기에 들러서 확인하시오. 어떻소, 쉬운 일 아니오?」

「그런데 당신들이 어떤 정보에 관심을 두고 있는지 모르잖소.」

「파리에 관해서 무엇을 알아내는 것이 유익할지 우리 자신도 아직 모르고 있소. 현재로서는 주로 전선 일대에서 정보를 수집하고 있지만, 조만간 우리가 전선에서 승리하면 우리의 관심이 파리로 쏠릴 거요. 그때 가면 아주 하찮은 것에 대한 정보도 우리에게 도움이 될 수 있으니까, 군대의 움직임, 황제 일가의 소재, 파리 사람들의 기분 등 무엇에 대해서든 당신 나름대로 통찰력을 발휘해서 정보를 모아 보시오. 지도들이 우리한테 유용할 수도 있으니 구해서 보내 주시오. 비둘기의 목에 어떻게 지도를 매달아 보낸단 말인가 하고 의아하게 여길 테니, 나와 함께 아래층으로 갑시다.」

아래층의 사진 현상소에는 다른 남자가 있었고, 거기에 딸린 작은 방에 들어가 보니 한쪽 벽이 하얗게 칠해져 있고 그 앞쪽에 환등기 한 대가 놓여 있었는데, 공진회장에서 흔히 마술 등이라고 부르는 이것은 영상을 벽이나 커다란 시트에 나타나게 하는 기계였다.

「당신이 전언을 작성해 오면 그 크기며 면수가 어떠하건 간에 저 남자가 그것을 촬영하여 콜로디온을 바른 종이에 축소시킴으로써 비둘기 편에 발송할 수 있게 해줄 거요. 그 문서가 목적지에 다다르면 그것을 벽에 영사해서 다시 확대하지요. 당신이 너무 긴 전언을 받게 되면 여기에서도 똑같은 작업을 벌일 거요. 그건 그렇고 이곳 공기가 프로이센 사람의 건강에는 좋지가 않아서 나는 오늘밤 파리를 떠나오. 우리는 비둘기 날개에 실어 보내는 작은 쪽지들을 통해 소식을 주고받게 될 거요. 두 연인처럼 말이오.」

생각만 해도 비위가 상하는 일이었지만, 어쩔 수 없이 그렇게 해야 하는 상황이었다. 단지 사제 한 사람을 죽였다 해서 이런 저주가 내린 거라면, 무수한 사람들을 죽이는 장군들은 어쩌란 말인가?

그렇게 우리는 전쟁을 맞이했다. 라그랑주는 적국에 전달할 정보들을 이따금 내게 넘겨주었지만, 괴체가 말한 대로 프로이센 사람들은 파리에 별로 관심이 없었고, 당장에는 알자스 지방이나 로렌의 생프리바나 보몽, 아르덴의 스당 같은 곳에 프랑스 병력이 얼마나 있는지 알고 싶어 했다.

파리 포위전은 나중의 일이었고 전시임에도 파리에서는 아직 사람들이 즐겁게 살아가고 있었다. 그러다가 9월이 되면서 모든 공연장의 문을 닫는다는 결정이 내려졌는데, 이는

「그 문서가 목적지에 다다르면 그것을 벽에
영사해서 다시 확대하지요.」

전선에서 싸우는 병사들의 고통을 함께 겪자는 뜻이기도 했고 공연장에 배속된 소방관들까지 전선으로 파견하기 위한 조치이기도 했다. 그런데 한 달이 조금 더 지나서 코메디 프랑세즈가 전사자 가족을 돕는다는 명목으로 공연 허가를 얻어 냈기는 했으나 경비를 절약하기 위해 난방도 하지 않고 가스등 대신 촛불을 켠 채로 연극을 상연했으며, 그 뒤로 앙비귀 극장, 포르트 생마르탱 극장, 샤틀레 극장 등에서도 몇 편의 연극을 무대에 올렸다.

그러니까 어려운 시절이 시작된 것은 9월에 스당의 비극이 벌어지면서부터였다. 스당 전투에서 나폴레옹 3세는 적군의 포로가 되었고, 그에 따라 제정 자체가 붕괴하고 온 프랑스가 혁명 일보 직전의 소요 상태로 빠져들었다. 공화정이 선포되기는 했으나, 내가 이해한 바로는 공화주의자들 진영에서조차 두 파가 서로 싸우고 있었으니, 한쪽은 프랑스군의 패배를 사회 혁명의 기회로 삼으려 했고, 다른 쪽은 반대쪽에서 주장하는 개혁 조치들이 영락없이 공산주의로 귀결되리라 생각하면서 그런 개혁에 굴복하는 것을 피하기 위해 프로이센과 평화 조약을 체결하려 하고 있었다.

9월 중순에 프로이센군은 파리의 성문들[2] 앞에 다다랐다.

2 당시에 파리는 1844년에 완성된 티에르 성곽에 둘러싸여 있었고, 이 성곽의 곳곳에 문이 나 있었다. 티에르 성곽은 신병기의 출현으로 파리 방어에 실효성이 없다는 것이 입증되면서 제1차 세계 대전 직후에 헐렸고, 오늘날에는 외곽 순환 대로 바로 안쪽에 띠 모양으로 연결되어 있는 22개의 대로(주로 제1제정기의 육군 원수들 이름을 땄다 해서 불바르 데 마레쇼, 즉 〈원수들의 대로〉라 통칭된다)에 그 자취가 남아 있다.

일찍이 파리를 방어하기 세운 요새들[3]은 그들의 차지가 되었고, 그들은 거기에서 파리 시내에 포격을 가했다. 그로써 5개월에 걸친 포위전이 시작되었고, 이 기간 동안 파리 시민들은 굶주림이라는 대적과 맞서 싸우게 된다.

나는 정치판에서 무슨 음모가 벌어지는지 왜 도시 곳곳으로 시위 행렬이 지나가는지 이해하지도 못했고 그런 것들을 대수롭게 여기지도 않았으며, 그렇듯 시절이 어수선할 때는 너무 나돌아 다니지 않는 게 상책이라 여기고 있었다. 하지만 먹는 일이 나의 주된 관심사였는지라, 매일같이 동네 상인들을 만나 파리의 식생활 사정에 관한 소식을 들었다. 포위전 초기에는 뤽상부르 공원을 비롯한 여러 공원들에 가보면 파리 성곽 안의 양들과 소들을 한데 모아 놓은 터라 마치 파리에 가축이 넘쳐 나는 것 같은 기분이 들었다. 그러나 10월 초에 벌써 소는 2만 5천 마리, 양은 10만 마리밖에 남지 않았다는 얘기가 돌았는데, 이는 대도시의 인구를 먹여 살리기에는 고기가 턱없이 부족하다는 뜻이었다.

아닌 게 아니라 점점 사정이 나빠지면서, 어떤 집에서는 금붕어를 튀겨 먹어야 했고, 너나없이 말고기를 먹게 됨에 따라 군마를 제외하고는 말들이 씨가 말라가고 있었다. 감자 한 부대의 시세는 30프랑으로 올랐고 부아시에 제과점에서는 렌즈콩 한 상자를 25프랑에 팔고 있었다. 토끼는 이제 그림자도

3 티에르 성곽의 건설과 병행하여 이 성곽과 몇 킬로미터 거리를 두고 또 하나의 방어선을 구축하기 위해 파리 교외의 요처들에 세운 16개의 요새를 가리킨다.

9월 중순에 프로이센군은 파리의 성문들 앞에 다다랐다.
일찍이 파리를 방어하기 세운 요새들은 그들의 차지가 되었고,
그들은 거기에서 파리 시내에 포격을 가했다.

보이지 않았고 푸줏간 주인들은 쥐를 많이 잡아먹어서 통통해진 고양이 고기에 이어 개고기를 내놓고 파는 것도 서슴지 않게 되었다. 불로뉴 숲의 순화원(馴化園)이라는 동물원에 살고 있던 이국의 동물들도 모조리 도살되었고, 성탄 전야에 돈깨나 있는 사람들은 부아쟁 레스토랑에서 아주 호사스러운 차림표를 마주했으니, 그 요리들을 보자면 코끼리 고기 수프, 영국식으로 구운 낙타 고기, 캥거루 고기 스튜, 후추 소스를 친 곰 갈빗살, 송로를 넣은 영양 고기 파테, 새끼 생쥐 고기를 곁들인 고양이 고기 등이 있었다[4] — 지붕에서는 참새가 자취를 감추고 하수도에서는 생쥐와 쥐가 사라진 판국이니, 동물원의 동물들이라고 해서 남아날 리가 없었던 것이라.

낙타 고기는 맛이 나쁘지 않아서 그런대로 참아 줄 만했지만, 쥐 고기는 도저히 먹을 수가 없었다. 포위전이 벌어지는 와중에도 밀수꾼들이며 사재기 장사꾼들은 있게 마련이라서 그런 자들과 끈이 닿으면 뜻밖의 즐거움을 얻을 수 있다. 오래도록 기념할 만한 특별한 저녁(그리고 값이 매우 비싼 저녁)을 먹었던 기억이 새롭다. 커다란 레스토랑이 아니라 변두리나 다름없는 곳에 있던 어느 싸구려 식당에 갔다가, 운수 좋은 몇몇 사람(모두가 파리 상류층 사람들은 아니었으나 때가 때이니만큼 계급의 차이는 무시되었다)과 더불어 꿩고기

4 부아쟁 레스토랑의 주방장이었던 알렉상드르 코롱이 파리가 포위된 지 99일째 되던 1870년 성탄절을 맞이하여 구성한 전설적인 메뉴의 일부. 위에서 말한 것 이외에도 속을 채운 나귀 머리 요리, 노루 소스를 친 늑대 넓적다리 구이 등이 포함되어 있었다고 한다.

와 아주 신선한 거위 간 파테를 맛볼 수 있었으니 말이다.

이듬해 1월에 프랑스 임시 정부는 프로이센과 휴전 협정을 체결했고, 3월에는 파리를 상징적으로 점령하겠다는 프로이센군의 요구에 굴복했다 — 내가 보기에도 프로이센 군인들이 피켈하우베[5]를 쓰고 샹젤리제 대로에서 행진을 벌이는 것은 꽤나 모욕적인 일이었다. 그렇게 행진을 벌인 뒤에 프로이센군은 파리의 북동쪽에 진을 치고 남서부 지역의 통제를 프랑스 정부에 맡겼다. 그럼으로써 프랑스군은 이브리 요새, 몽루주 요새, 방브 요새, 몽발레리앵 요새 등을 다시 장악하게 되었는데, 그중에서도 몽발레리앵 요새는 이미 프로이센군이 시험했던 것처럼 파리의 서부 지역을 쉽게 포격할 수 있는 요처 중의 요처였다.

티에르를 수반으로 하는 프랑스 정부는 프로이센군이 내어 준 파리를 다시 장악하고 질서를 유지하기 위해 민병대의 무장을 해제시키려고 했지만, 민병대는 정부의 통제를 거부하고 대포들을 거두어 몽마르트르 언덕에 감춰 두었다. 그들은 프로이센과 전쟁을 벌일 때 자기들이 기부금을 내서 대포들을 구입했기 때문에 자기들이 주인이라 생각하고 있었다. 티에르는 대포들을 회수하기 위해 르콩트 장군을 보냈다. 르콩트는 민병대와 군중을 향해 사격을 하라고 명령했지만 병

5 19세기부터 20세기에 이르기까지 프로이센을 중심으로 한 독일 군대와 소방대 및 경찰에서 착용했고 한때는 독일 제국의 상징이기도 했던 헬멧으로 정수리 부분에 뾰족한 쇠막대가 뿔처럼 솟아 있는 것이 특징이다.

사들은 결국 반란자들과 한편이 되어 오히려 르콩트를 포로로 만들어 버렸다. 그와 때를 같이하여 한 시민이 시내 모처에서 클레망토마라는 또 다른 장군을 알아보았다. 클레망토마는 이미 1848년의 노동자 봉기를 진압하는 과정에서 공화주의자들에게 나쁜 기억을 안겨 준 지휘관이었다. 게다가 그는 제복 대신 평복을 입고 있었는데, 그건 아마도 급한 볼일이 있어서 빠져나가느라고 그랬을 테지만, 시민들은 모두 그가 반란자들을 염탐하다가 들킨 것으로 여겼다. 그는 르콩트가 이미 잡혀 와 있던 곳으로 끌려갔고, 결국 두 사람 모두 총살을 당했다.

티에르는 정부를 베르사유로 옮겼고, 3월 말에 파리 시민들은 코뮌, 즉 혁명 정부가 수립되었음을 선포했다. 그러자 프랑스 정부(베르사유 정부)는 파리를 포위하고 몽발레리앵 요새에서 포격을 가했다. 그러는 동안 프로이센군은 사태를 관망하고 있었고, 자기네 포위선을 통과하는 시민들에 대해서 사뭇 관대한 태도를 보이기까지 했던지라, 이 두 번째 포위전 때의 파리는 첫 번째 포위전 때보다 먹을 것이 많았다. 프랑스 정부군 때문에 굶주리던 파리 사람들이 적군 덕분에 간접적으로 식량을 조달하고 있었던 셈이다. 그래서 사람들은 프로이센군과 티에르 정부군을 비교하면서, 알고 보니 자우어크라우트[6]를 즐겨 먹는 자들이야말로 선한 기독교인들

6 *Sauerkraut.* 양배추를 가늘게 썰어 유산균으로 발효시킨 독일의 전통 음식으로 주로 소시지며 다른 돼지고기와 함께 먹는다. 이탈리아에서는 크라우티, 프랑스에서는 슈크루트라고 한다.

이라고 수군거리기 시작했다.

프랑스 정부가 베르사유로 후퇴한다는 소식이 전해질 무렵, 괴체는 나에게 전언을 보내어, 이제는 프로이센군이 파리에서 벌어지는 일에 관심을 가지고 있지 않으므로 비둘기장과 사진 현상소를 철거할 것이라고 알려 주었다. 그런데 같은 날 라그랑주가 나를 만나러 왔다. 괴체가 나에게 무어라고 전갈을 보냈는지 알아차린 눈치였다.

「친애하는 시모니니」 하고 그는 말문을 열더니 「당신이 프로이센 사람들을 위해 하던 일을 우리를 위해 해줘야겠소. 파리에 관한 정보들을 우리에게 계속 전해 달라는 말이오. 나는 이미 당신과 함께 일하던 두 사람을 체포했소. 비둘기들은 저희가 늘 가던 곳으로 돌아갔지만, 현상소의 장비들은 이제 우리가 사용할 거요. 우리는 프로이센 사람들과 마찬가지로 군사 정보를 신속하게 전달하기 위해 전서구(傳書鳩)를 이용해 왔소. 이시 요새와 어느 건물의 지붕 밑 방을 연결하는 통신선이 있는 셈이오. 그 건물 역시 노트르담 대성당 근처에 있소. 거기에서 우리에게 당신이 수집한 정보들을 보내 주시오.」

「〈우리에게〉 보내 달라 하시는데, 누구에게 보내라는 것인지요? 이런 말씀 드리기는 뭣하지만, 귀하는 제국 경찰에 소속되어 있던 분이니, 황제와 함께 사라졌어야 합니다. 그런데 이제는 티에르 정부의 밀사로서 말씀하시는 것 같군요.」

「시모니니 대위, 나는 언제나 정권을 잡고 있는 사람들 편이오. 정권이 바뀌어도 내 자리는 그대로 있소. 나는 이제 베르사유 정부를 따르고 있으니, 여기에서 꾸물거리다가는 르콩트와 클레망토마의 꼴이 날 수도 있소. 광포한 반란자들은 걸핏하면 총살을 시키니까요. 하지만 우리는 당한 대로 갚아줄 거요. 우리가 어떤 정확한 정보를 원할 때는, 당신한테 더 자세한 지시를 내리겠소.」

정확한 정보라…… 말이 쉽지, 시내 도처에서 갖가지 일들이 벌어지고 있는 파리의 상황은 그리 간단하지가 않았다. 민병대의 분대들은 소총에 꽃을 꽂고 빨간 깃발을 펄럭이며 행진하고 있었으며, 그들이 부자 동네에서 그러고 돌아다닐 때면 부르주아들은 합법 정부가 돌아오기를 기다리면서 집 안에 틀어박혀 지냈다. 코뮌의 대표로 뽑힌 자들에 대해서는 신문을 통해서든 저잣거리의 소문을 통해서든 누가 어느 편에 있는지 도통 알 수가 없었으니, 개중에는 노동자와 의사와 언론인도 있었고, 온건한 공화주의자와 과격한 사회주의자가 뒤섞여 있는가 하면, 1789년의 혁명 정부가 아니라 1793년의 공포정치로 되돌아가기를 꿈꾸는 진짜 자코뱅파도 끼여 있었다. 그래도 거리거리의 전체적인 분위기는 자못 쾌활했다. 만약 사람들이 제복을 입지만 않았다면, 거대한 민중 축제가 열리는 것으로 보일 법했다. 병사들은 토리노에서 수씨라고 부르는 부숑[7] 놀이를 하고 있었고, 장교들은 여자들 앞에서

7 *bouchon*. 원래는 병마개를 뜻하는 말이지만, 이 놀이에 코르크 마개가 사용되기 때문에 환유적으로 놀이 자체를 가리키게 된 것이다. 『프랑스어 보감』(TLF)의 설명에 따르면, 부숑은 커다란 코르크 마개를 땅바닥에 세우고 그 위에 내기 동전을 올려놓은 다음, 동글납작한 돌멩이(돌 원반) 두 개를 차례로 던져서 코르크 마개를 맞히는 놀이인데, 첫째 원반은 코르크 마개에서

으스대며 시내를 돌아다녔다.

오늘 아침에 문득 머릿속에 떠오른 것이 있었으니, 나의 옛 물건들 중에 커다란 상자가 하나 있고 그 안에 파리 코뮌 당시의 신문들에서 오려 낸 기사들이 담겨 있으리라는 것, 그리고 그 기사들이 내 기억만으로는 온전히 복원할 수 없는 과거를 재구성하는 데 도움을 주리라는 것이었다. 그래서 찾아보았더니, 아닌 게 아니라 「규합」, 「민중의 궐기」, 「라 마르세예즈」, 「빨간 프리기아 모자」, 「자유 파리」, 「인민 신보」 등등 온갖 성향의 신문들에서 오려 낸 기사들이 있었다. 과연 누가 그런 신문들을 읽을 수 있었을지 모르겠다. 어쩌면 기사를 쓴 사람들만 읽지 않았을까? 어쨌거나 나는 라그랑주가 관심을 가질 만한 사건이나 의견이 실려 있지 않을까 싶어서 그 모든 신문들을 샀다.

상황이 매우 어수선하게 돌아가고 있었다. 내가 그 점을 분명히 깨달은 것은 어느 날 어수선한 군중이 벌이는 어수선한 시위 행렬 속에서 모리스 졸리를 만났을 때였다. 그는 내 수염 때문에 어렵사리 나를 알아보더니, 내가 스스로를 카르보나로나 그 비슷한 무엇으로 소개했던 사실을 기억해 내고는 나를 코뮌의 지지자로 여겼다. 그가 보기에 나는 불운을 함께 겪은 친절하고도 관대한 동지였다. 그는 내 팔을 잡고 자기

멀지 않은 곳에 던져 놓고, 둘째 원반으로는 코르크 마개를 직접 겨냥하여 쓰러뜨리되, 동전이 코르크 마개보다 미리 던져 놓은 원반에 더 가까이 떨어지게 해야 한다.

집(볼테르 강변로에 자리한 아주 소박한 거처)으로 데려가더니 그랑 마르니에[8]를 한 잔 따라 주고 나서 자기 이야기를 털어놓았다.

「시모니니, 프랑스군이 스당에서 패배한 뒤에 나는 새로이 시작된 공화주의 운동에 동참했고, 휴전에 반대하는 시위를 벌였지만, 그 뒤에 나와 행동을 같이하는 사람들의 요구가 과도하다는 사실을 깨달았소. 1789년 대혁명 때의 코뮌은 프랑스를 외국의 침략에서 구해 냈지만, 똑같은 기적이 역사에서 또 일어나리라는 법은 없소. 혁명은 법령으로 선포되는 것이 아니라, 민중의 뱃속에서 생겨나는 거요. 이 나라는 지난 20년 동안 윤리와 도덕이 썩어 버렸소. 그런 나라가 하루아침에 달라질 리는 없지요. 프랑스는 가장 훌륭한 아들들을 거세시키는 데 능하오. 나는 루이 나폴레옹에게 반대했다는 이유로 2년 동안 옥살이를 했고, 출감한 뒤로 나의 새 책들을 출간해 줄 출판업자를 찾아보았지만 단 한 사람도 만나지 못했소. 그때는 아직 제정기였으니까 그랬다 칩시다. 제정이 붕괴되고 공화정이 다시 시작되었지만, 이 정부는 작년 10월 말에 벌어진 시청 난입 사건에 가담한 혐의로 나를 기소했소. 정부는 우리가 시청으로 들어가는 과정에서 사소한 폭력 행위라도 있었다면 그 죄를 나한테 뒤집어씌우려고 했지만, 그건 불가능했고 나는 무죄 판결을 받았소. 그럼으로써 수치스러운 휴전에 반대하며 투쟁했던 사람들이 보상을 받은 셈이

8 코냑에 오렌지 증류액을 첨가하여 숙성시킨 혼성주의 하나.

오. 이제 파리의 모든 시민이 코뮌의 유토피아에 열광하고 있는 듯하지만, 얼마나 많은 남자들이 군역을 피해 파리를 빠져나가는지 당신은 모를 거요. 듣자 하니 18세에서 40세 사이의 모든 남자들에 대한 강제 징집이 시행될 거라고 합디다. 그러나 거리에서 패악을 부리며 돌아다니는 후안무치한 젊은이들이 얼마나 많은지 보시오. 그런 자들 때문에 어떤 동네에는 민병대원들이 들어갈 엄두도 못 내고 있는 판이오. 혁명을 위해서 목숨을 바치려는 사람들은 많지 않소. 참으로 슬픈 일이오.」

내가 보기에 졸리는 치유가 불가능한 이상주의자였다. 한 번도 좋은 일을 겪어 보지 못해서 그리 됐는지는 모르겠으나, 그는 결코 현실을 있는 그대로 받아들이며 만족할 수 있는 사람이 아니었다. 어쨌거나 나는 모든 성인 남자가 강제로 군역에 동원되리라는 소식에 불안을 느꼈다. 그래서 군역을 면할 정도로 수염과 머리털을 희게 만들었다. 그러고 나니 내가 점잖은 환갑노인으로 보였다.

불만투성이 졸리와는 다르게 내가 광장과 저잣거리에서 만난 사람들은 다수의 새로운 법령에 찬성하고 있었으니, 그 법령들 덕분에 포위전 기간에 인상된 집세가 원상으로 돌아갔고, 노동자들은 같은 기간에 공영 전당포에 맡겼던 작업 도구들을 되찾았으며, 복무 중에 전사한 민병대원들의 아내와 자식들은 연금을 받게 되었고, 어음들의 만기일이 연기되었음이라. 그 모든 것이 코뮌의 금고를 털어 천민들에게 나눠주는 훌륭한 조치들이 아닐쏘냐.

그런데 모베르 광장과 인근 술집들에서 숙덕거리는 소리를 들어 보니, 그 천민들은 기요틴을 폐지하는 것이는 박수를 보내면서도(이유인즉 자명하지 아니한가), 매춘을 금지하는 법률에는 반발하고 있었다. 매춘이 금지되면 그 일대의 숱한 매음녀들과 창가 종업원들이 거리로 나앉게 되기 때문이었다. 결국 파리의 모든 논다니가 베르사유로 이주하는 사태가 벌어졌다. 그 뒤로 민병대의 그 선량한 병사들이 저희의 뜨거운 욕정을 어디 가서 달랬는지 나로서는 참으로 궁금한 일이라.

한편으로는 부르주아들의 반발을 초래한 법률들도 있었으니, 교회와 국가의 분리를 명문화하고 교회의 재산을 몰수하는 것과 같은 반(反)교권주의 법률들이 그것이었다 — 사제들과 수도사들을 체포하리라는 소문이 끊임없이 나돌았음에 대해서는 두말할 나위가 없다.

4월 중순에 베르사유 정부군의 전위대가 뇌이 쪽의 북서부 지역으로 침투해서 코뮌의 반란군 병사들을 잡는 족족 총살해 버렸다. 몽발레리앵 요새에서는 개선문을 향해 대포를 쏘아 댔다. 며칠 뒤, 나는 그 포위전 기간 중에 내 눈으로 본 것들 중에서 가장 믿기지 않는 장면을 목격했으니, 메이슨들의 행진이 바로 그것이었다. 메이슨들이 코뮌에 가담하고 있으리라고는 상상도 못 했는데, 그들이 깃발을 들고 저희의 앞치마를 두른 차림으로 행진을 벌이면서 베르사유 정부를 상대로 폭격당한 동네의 부상자들을 피난시키기 위해 전투 중단에 동의해 줄 것을 요구하고 있었다. 그들이 개선문에 다다르자 때마침 정부군의 포격이 중단되었으니, 이는 짐작건대 그들의 동료들 대다수가 파리를 빠져나가 베르사유 정부 편에 가 있었기 때문이리라. 말하자면 늑대들이 저희끼리는 서로 잡아먹지 않는 격이었다. 하지만 베르사유의 메이슨들이 온갖 수단을 동원해서 하루 동안의 휴전을 얻어내기는 했으되, 결국 합의는 거기에서 그치는 것이라서 파리의 메이슨들은 다시 코뮌에 합류했다.

그 밖의 일들에 대해서는 별로 기억나는 것이 없다. 파리 코뮌 기간에 나는 지상이 아니라 주로 지하에서 돌아다녔기 때문이다. 어느 날 라그랑주가 전갈을 보내어 정부군 사령부가 알고 싶어 하는 것이 무엇인지를 알려주었다. 사람들은 파리의 지하를 상상할 때면 파리 전체를 이리저리 관통하는 하수도 망을 머릿속에 그리고, 소설가들은 기꺼이 그런 얘기를 소설에 담는다. 하지만 파리의 땅속에는 하수도 망만 있는 것이 아니라, 시내 중심에서 외곽에 이르기까지 그리고 그 너머까지 석회암과 백악의 채석장이며 옛날의 지하 묘지들이 복잡하게 얽혀 있다. 개중에는 아주 유명한 것들도 있고 거의 알려지지 않은 것들도 있다. 프랑스 군부는 파리 변두리의 요새들과 도심을 연결하는 지하 통로들이 있다는 것을 알고 있었던 터라, 프로이센군이 당도하기 직전에 많은 입구를 봉쇄해 버렸다. 적군이 지하 통로를 이용해 기습해 오는 것을 막기 위함이었지만, 정작 프로이센군은 그 얼키설키한 땅굴로 들어가는 것을 생각조차 하지 않았다. 그게 설령 가능한 일이었다 해도 땅속에서 길을 잃고 영원히 빠져나오지 못할까 저

어했던 것이다.

사실 채석장이며 지하 묘지에 관해서 무언가를 아는 사람들은 드물기도 했거니와, 그마저도 대개는 뒷골목의 무뢰한들이었으니, 그들은 입시(入市) 세관을 무시하고 상품을 밀반입하기 위해 그리고 경찰의 단속을 피하기 위해 이 미로들을 이용하고 있었다. 라그랑주가 나에게 맡긴 임무는 되도록 많은 무뢰배를 상대로 탐문을 벌여서 그 지하 통로가 어떻게나 있는지를 알아내는 것이었다.

내가 기억하기로 나는 그 명령을 잘 전달받았다고 통지하면서 이런 말을 덧붙이지 않고는 배길 수가 없었다.

「그런데 파리의 지하 통로에 관해서라면 프랑스군이 상세한 지도들을 가지고 있지 않을까요?」

그러자 라그랑주에게서 답장이 오기를

「어리석은 질문 하지 마시오. 전쟁 초기에 우리 참모부는 승리를 확신한 나머지 독일 지도만 배포했을 뿐 프랑스 지도는 준비하지 않았소.」

제대로 된 먹을거리와 맛있는 포도주가 귀하던 시절이라, 타피 프랑에서 구면의 불량배를 꾀어내어 닭고기와 일급 포도주를 대접한다며 더 번쩍거리는 술집으로 데려가는 것은 어렵지 않은 일이었다. 그들은 정보를 말해 주는 것으로 그치지 않고, 숫제 나를 지하로 데려가 매력적인 산책을 시켜 주곤 했다. 그 산책은 그저 좋은 남포등만 있으면 가능한 일이었지만, 어디에서 왼쪽이나 오른쪽으로 꺾는지를 기억하기 위해서는 도정을 따라 차례로 나타나는 온갖 유형의 기호들을 안표로 삼아야 했으니, 이를테면 단두대를 닮은 어떤 형상, 옛날에 붙여 놓은 표지판, 어느 악동이 숯으로 끼적거린 낙서, 아마도 거기에서 끝내 빠져나가지 못한 사람이 적어 놓았을 법한 어떤 이름 따위를 눈여겨봐 두어야 하는 것이었다. 그리고 해골 더미를 지나가게 되더라도 겁먹을 필요가 없는 것이, 길게 이어진 이 해골들을 따라가다 보면 언제나 작은 층층대에 다다르게 마련이고, 그 층층대를 올라가면 출입이 까다롭지 않은 어떤 건물의 지하실이 나오며 거기를 빠져나오면 다시 하늘을 볼 수 있기 때문이라.

그 지하 통로들 가운데 일부는 사람들에게 어느 정도 알려져 있어서 나중에는 누구나 마음만 먹으면 가볼 수 있는 곳이 되었지만, 어떤 통로들은 오로지 내 정보원들에게만 알려져 있었다.

요컨대, 3월 말에서 4월 말 사이에 나는 상당한 정도로 발씨를 익혔고 라그랑주에게 침투가 가능한 도정을 알려 주기 위해 도면을 작성해서 보냈다. 그러고 나서 깨달은 것이지만, 내 정보는 별로 도움이 되지 않았거니와, 이유인즉슨 베르사유 정부군이 지하 통로를 이용하지 않고도 파리에 입성할 수 있게 되었기 때문이라. 베르사유 정부는 바야흐로 5개 군단을 거느리고 있었으며, 그 병사들은 전투 태세가 잘 갖춰져 있고 정신 무장도 잘 되어 있었다. 누구나 이내 알아차렸듯이, 진압군의 머릿속에는 단 하나의 생각밖에 없었으니, 포로를 만들지 말고 반란군 병사들을 잡으면 그 자리에서 처형해야 한다는 게 바로 그것이었다. 이건 내 눈으로 직접 확인한 것이기도 하거니와, 포로들의 수가 열 명이 넘으면 총살 집행대가 나서지 말고 기관총을 난사해서 처형하라는 명령까지 내려져 있었다. 그리고 병사들에게는 길잡이 노릇을 하는 브라사르디에,[9] 도형수 또는 그 비슷한 자들이 딸려 있었는데, 그들은 삼색 완장을 차고 돌아다니면서 정규군보다 훨씬 난폭한 행동을 벌였다.

5월 21일 일요일, 오후 2시, 파리 시민 8천 명이 전사한 민병대원들의 유가족을 돕기 위해 튈르리 공원에서 열린 음악회에 참석하여 즐거운 시간을 보내고 있었다. 조금 있으면 그들이 추모해야 할 가엾은 전사자들의 수가 엄청나게 늘어나리라는 것을 아직은 아무도 모르고 있었다. 이야기인즉슨 음악회가 아직 진행되고 있던 4시 반에 베르사유 정부군이 생클루 문을 통해 파리 서부로 진입하여 오퇴유 구역과 파시 구역을 점령하고 민병대원들이 붙잡힐 때마다 모조리 총살하고 있었다는 것이다. 나중에 듣기로 그날 저녁 7시쯤에는 적어도 2만 명에 달하는 베르사유 정부군 병사들이 이미 파리에 들어와 있었다고 하는데, 그 지경이 되도록 코뮌의 우두머리들은 대체 무엇을 하고 있었는지, 그건 하느님만이 아

9 *brassardiers.* 〈완장을 찬 사람들〉이라는 뜻. 흔히 〈피의 일주일〉이라 불리는 파리 코뮌의 마지막 주간, 그러니까 베르사유 정부군의 혹독한 유혈 진압이 벌어지던 때에 진압군 편에 서서 완장을 차고 자기들이 지리를 훤히 아는 동네에서 진압을 돕고 코뮌 가담자들을 색출하는 데 앞장섰던 파리 사람들을 가리킨다.

실 일이라. 이는 하나의 증거로되, 혁명을 하기 위해서는 훌륭한 군사 교육이 필요하지만, 그런 군사 교육을 받은 자들은 혁명을 하지 않고 권력의 편에 서게 마련이다. 내가 혁명을 하는 자들을 두고 지각이 없다고(다시 말하면 이치에 맞게 사고할 줄 모른다고) 생각하는 까닭이 바로 거기에 있다.

월요일 오전에 베르사유 정부군은 개선문에 대포를 설치했고, 코뮌군의 한 사령관은 각 부대가 서로 연계하여 방어하는 것을 포기하고 저마다 자기 구역으로 가서 방어벽을 쌓으라고 명령했다. 만약 이게 사실이라면, 코뮌 사령부의 아둔함이 여기에서 또 다시 빛을 발한 것이라.

거리 곳곳에 바리케이드가 솟아났다. 주민들은 짐짓 열의를 보이면서 민보를 쌓는 데에 협력하고 있었다. 오페라 구역이나 포부르 생제르맹 구역처럼 코뮌에 적대하던 동네에서도 사정은 비슷했지만, 일부 민병대원들은 귀티가 찰찰 흐르는 부잣집 마님들을 집 밖으로 몰아내어 그네의 값비싼 가구들을 거리에 쌓아 올리도록 독려하기도 했다. 지휘관들이 거리를 가로질러 밧줄을 쳐서 민보가 들어설 자리를 일러 주면, 주민들은 저마다 차도에서 들어낸 포석과 모래주머니 따위를 가져다가 거기에 쌓아 놓았다. 어떤 자들은 창문을 통해 걸상이며 서랍장이며 장의자며 매트리스를 거리로 내던졌는데, 그런 일은 거주자들의 찬동을 얻어 이루어지는 경우도 있었지만 어떤 거주자들은 텅 비어 버린 집의 골방에 웅크리고 앉아 눈물을 흘리기도 했다.

한 장교가 일에 몰두해 있는 자기 부하들을 가리키며 내게 말했다.

「이봐요, 시민 동지, 당신도 거드시오. 우리가 투쟁하는 것은 당신의 자유를 위한 것이기도 하오.」

나는 짐짓 힘을 보태는 척하며 길바닥에 떨어진 민걸상을 주우러 갔다가, 잽싸게 길모퉁이를 돌았다.

적어도 한 세기 전부터 파리 사람들은 민보 쌓는 것을 좋아해 왔지만, 민보라는 것이 일껏 쌓아 봐야 대포 한 방이면 와르르 무너져 버리는 것이니 내가 보기엔 그저 부질없는 짓을 하고 있을 뿐이라. 사람들이 바리케이드를 치는 것은 스스로 영웅이 된 기분을 느껴 보고자 함이나, 지금 바리케이드를 치고 있는 사람들 가운데 마지막 순간까지 거기에서 버틸 사람이 과연 몇 명이나 되랴. 그들은 대개 나처럼 할 것이고, 가장 어리석은 자들만 바리케이드를 지키겠다고 남아 있다가 그 자리에서 총살을 당하리라.

비행선 같은 것을 타고 파리 상공에 올라가서 내려다본다면 모를까 파리에서 무슨 일이 벌어지고 있는지는 누구도 제대로 알 수가 없었다. 베르사유 정부군이 민병대의 대포들이 보관되어 있던 군사 학교를 점령했다는 소문이 들리는가 하면, 클리시 광장에서 전투가 벌어졌다는 소문이며 베르사유 정부군이 프로이센군의 양보를 얻어 북쪽 방어선을 통과했다는 소문도 돌았다. 화요일에는 몽마르트르가 정부군의 수중에 들어가고, 코뮌 병사들이 르콩트와 클레망토마를 총살했던 바로 그 자리에서 남자 40명과 여자 3명과 아이 4명이 무릎을 꿇은 채로 총살당했다는 얘기도 들렸다.

수요일에 나는 전날 튈르리 궁이 불탔던 것처럼 여러 공공 건물이 화염에 휩싸이는 것을 보았다. 혹자는 코뮌 병사들이 정부군의 진입을 막기 위해 방화를 했다면서 그들 중에는 악마에 들린 자코뱅파의 여자들, 즉 석유통을 들고 다니며 불을 지르는 페트롤뢰즈[10]도 있었다고 주장했으며, 혹자는 정부군의 포탄이 화재의 원인이었다고 단언했는가 하면, 혹자는 루이 나폴레옹 시대의 기관원들이 혼란을 틈타 저희를 위험에 빠트릴 수도 있는 문서들을 없애 버리기 위해 불을 질렀다며 그들을 방화범으로 몰았다 — 처음에 나는 내가 라그랑주였다면 나 역시 그렇게 했으리라고 생각했으나, 나중에는 무릇 유능한 첩보원이라면 자기가 수집한 정보들을 이용해 언제든 누군가를 협박할 수 있으니 그 정보들을 숨기기는 하되 없애 버리지는 않으리라 생각하게 되었다.

나는 마지막으로 한 번 더 전서구들을 날려 보내는 기지로 갔다. 매우 꺼림칙한 일이기는 했으나 교전의 한복판에 끼여 있는 것이 너무나 두려워서 무슨 좋은 소식이 있을까 하고 가 본 것이었다. 마침 라그랑주에게서 전갈이 하나 와 있었다. 그는 이제 비둘기들을 이용하여 전언을 주고받을 필요가 없게 되었다면서, 정부군이 점령하고 있는 루브르 궁 근처 어느 건물의 주소를 가르쳐 주고 그곳의 경비 초소를 통과하는 데 필요한 암호를 일러 주었다.

10 *pétroleuses.*

때를 같이하여 정부군이 몽파르나스에 당도했다는 소식이 들려왔다. 나는 지하 통로를 이용하여 몽파르나스에 있는 어느 술집의 지하실로 들어갔던 일을 떠올렸다. 그 지하 통로를 이용하면 몽파르나스에서 아사스 거리를 따라가다가 셰르슈미디 거리에 다다라 〈붉은 십자가 교차로〉[11]까지 간 다음 어느 건물의 버려진 가게에 딸린 지하실로 들어갈 수 있다. 이 교차로에서는 아직 코뮌 병사들이 완강하게 버티고 있었다. 그때까지 내가 애써 파리의 지하 통로들에 관한 조사해 놓은 것들이 정부군에 아무 도움을 주지 못했던 터라 이제라도 나의 노력이 보수를 받기에 합당하다는 것을 보여 주어야만 했다. 나는 라그랑주를 만나러 갔다.

시테 섬에서 루브르 궁 근처에 다다르는 것은 어렵지 않았다. 그러나 생제르맹 로세루아 성당 뒤에서 어떤 장면을 목격했거니와, 솔직히 말하자면 그 장면에 조금 충격을 받았다. 한 남자와 한 여자가 아이를 데리고 지나가고 있었는데, 분명코 공격을 당한 바리케이드에서 도망쳐 나온 사람들처럼 보이지는 않았다. 그때 완장을 찬 사내들 몇 명이 루브르 궁의 탈환을 축하하기 위해 술을 마셨는지 고주망태가 된 채로 남자를 아내에게서 떼어 내려고 했다. 여자는 울면서 남편에게

11 파리 거리들의 역사에 관한 기념비적인 저서인 자크 일레레의 『파리 도로 역사 사전』(1963)에 따르면 이 교차로 이름은 15세기부터 존재해 왔다(따라서 적십자사와는 아무 관련이 없다). 하지만 오늘날의 파리 지도에서는 그 이름을 찾아볼 수 없다. 2005년에 미셸 드브레 광장으로 이름이 바뀌었기 때문이다. 셰르슈미디 거리, 세브르 거리, 그르넬 거리, 드라공 거리, 푸르 거리, 비외 콜롱비에 거리 등 여섯 개의 도로가 여기에서 교차한다.

매달렸고, 술 취한 브라사르디에들은 세 식구 모두를 벽에 밀어붙이고는 총탄을 난사했다.

나는 정규군의 대열 사이로만 지나가려고 애썼다. 그들에게 암호를 대자 한 병사가 나를 어떤 방으로 안내했다. 몇 사람이 커다란 파리 지도에 색깔이 있는 압정들을 꽂고 있었다. 라그랑주가 보이지 않아서, 나는 그가 어디에 있느냐고 물었다. 한 중년 남자가 지극히 평범하게 생긴 얼굴로 나를 돌아보더니, 악수를 청하지 않고 정중하게 인사를 했다.

「시모니니 대위이시구려. 나는 에뷔테른이라 하오. 이제부터는 라그랑주 씨와 하던 모든 일을 나와 함께 하게 될 거요. 아시다시피 국가 정보기관에는 때때로 혁신이 필요하오. 전쟁이 끝난 뒤에는 특히 그렇소. 라그랑주 씨는 그간의 공로를 인정받고 명예롭게 은퇴했으니, 아마도 지금쯤이면 이 불쾌한 아수라장에서 멀리 떨어진 어딘가에서 낚싯줄을 드리우고 있을 거요.」

이것저것 묻고 있을 계제가 아니었다. 나는 몽파르나스에서 붉은 십자가 교차로에 이르는 지하 통로에 관해서 이야기했다. 그러자 에뷔테른은 자기가 입수한 정보에 따르면 코뮌의 반란군이 붉은 십자가 교차로에 많은 부대를 집결해 놓고 정부군이 남쪽에서 진격해 오기를 기다리고 있으므로 거기에서 작전을 펼치는 게 긴요하다고 말했다. 그러더니 내가 주소를 알려 준 몽파르나스의 술집으로 브라사르디에들을 보낼 테니 거기에 가서 기다리라고 명령했다.

나는 에뷔테른의 파견대가 나보다 먼저 도착하도록 시간

한 중년 남자가 지극히 평범하게 생긴 얼굴로 나를 돌아보더니,
악수를 청하지 않고 정중하게 인사를 했다.
「시모니니 대위이시구려. 나는 에뷔테른이라 하오.」

을 주기 위해서 센 강에서 몽파르나스까지 천천히 걸어가리라 요량했다. 그런데 센 강을 미처 건너기도 전에 우안의 어느 보도에서 정부군에게 총살당한 사람들의 시신이 스무 구쯤 줄느런히 놓여 있는 것을 보았다. 분명 갓 처형된 시신들이었고 사회 계층과 나이는 제각각으로 보였다. 프롤레타리아의 궁기가 역력한 몰골로 입을 살짝 벌리고 있는 젊은이가 있는가 하면, 머리가 곱슬곱슬하고 콧수염을 아주 정성스럽게 다듬은 모습으로 구김이 거의 가지 않은 프록코트 위에 두 손을 가지런히 포개고 있는 중년의 부르주아도 있었다. 한 남자는 그 행색으로 보아 영락없는 예술가였다. 그 옆에는 형체를 알아볼 수 없을 만큼 얼굴이 으깨어지고 왼쪽 눈이 있어야 할 자리에 검은 구멍이 뚫려 있는 남자가 있었는데, 누가 그의 머리 주위에 수건을 질끈 동여매어 놓은 것으로 보아 몇 발인지 모를 총알에 맞아 박살이 나버린 머리통을 어떤 동정심 많은 사람이, 아니면 질서가 흐트러진 것을 보면 못 참는 어떤 사람이 수습해 놓은 듯했다. 그리고 여자도 한 명 있었는데, 그 창백한 사안(死顔)에서도 생전의 자색이 엿보였다.

그 시신들 위로 5월 말의 햇살이 쏟아지고 있었고, 이제 막 제철을 맞이하기 시작한 파리 떼가 죽음의 냄새를 맡고 몰려와서 그들의 주위를 날고 있었다. 그들은 우연히 지나가다가 붙잡혀서 그저 본보기로 총살을 당한 것으로 보였다. 그들을 보도에 가지런히 올려놓은 것은 대포를 끌며 지나가고 있던 정부군에게 길을 틔워 주기 위함이었다. 내가 그들의 얼굴을 보며 놀랍게 여겼던 것은, 말하기가 조금 거북하긴 하지만,

그 태평하고도 초탈한 표정이었다.

그 도열의 끄트머리에 다다라 보니, 마지막으로 처형되어 나중에 따로 가져다 놓은 듯 시신 하나가 다른 시신들과 조금 떨어져 누워 있었는데, 그 얼굴을 보는 순간 나는 뒤통수를 얻어맞은 것처럼 아연한 기분을 느꼈다. 얼굴 한 부분에 피가 엉겨 붙어 있기는 했으되, 그건 분명 라그랑주의 얼굴이었다. 에뷔테른이 말한 정보기관의 혁신이란 바로 이를 두고 한 말이었다.

나는 아낙네처럼 심약한 영혼을 지닌 자가 아니라 사제의 시체를 끌어다가 하수도에 내다 버리는 짓까지 해낸 몸이거늘, 그 광경을 보고는 여간 당황하지 않았다. 측은지심을 느낀 것이 아니라 저런 일이 나에게도 일어날 수 있다는 생각이 들었던 것이다. 거기에서 몽파르나스로 가는 길에 누군가 나를 라그랑주의 부하로 알아보는 자와 마주치기라도 하면 큰일이 나겠구나 싶었다. 무엇보다 고약한 것은 나를 알아보는 자가 정부군 병사일 수도 있고 코뮌 병사일 수도 있는데, 어느 쪽에서 보거나 내가 의심을 받을 만하다는 사실이었다. 그 즈음엔 의심을 받는다는 것은 곧 총살을 당한다는 뜻이었다.

어느 길로 가는 게 좋을까 요량해 보니 건물들이 여전히 불길에 휩싸여 있는 동네들에는 코민 병사들이 남아 있지 않을 공산이 컸고 따라서 베르사유 정부군의 경비망도 느슨해져 있을 법했다. 나는 과감히 센 강을 건너 바크 거리를 죽 따라간 뒤에 붉은 십자가 교차로에 당도했다. 거기서부터는 곧바로 빈 가게의 지하실로 들어가서 지하 통로를 이용해 목적지로 갈 생각이었다.

붉은 십자가 교차로의 방비가 삼엄해서 내가 점찍어 둔 건물로 들어갈 수 없으면 어쩌나 했는데 그런 일은 벌어지지 않았다. 무장한 시민들이 작은 무리를 지어 몇몇 건물의 입구에 선 채로 명령을 기다리고 있었다. 전해지는 소식들이 제각각이라서 그들은 정부군이 어느 길로 진격해 올지를 모르고 우왕좌왕했다. 일부 시민들은 들려오는 소문에 따라 길 어귀를 바꿔 가면서 작은 민보들을 쌓았다 허물었다 하느라고 녹초가 되어 있었다. 더 일관된 작전을 벌일 민병대 병력은 곧 도착할 모양이었다. 그 부르주아 동네의 많은 주민들은 무장한 시민들을 붙잡고 부질없는 만용을 부리지 말라고 열심히 설득하고 있었다. 베르사유 정부 쪽 사람들 역시 애국자들인 데다 공화주의자들이고, 티에르는 코뮌의 모든 투항자들에 대해서 사면을 약속하지 않았느냐 하면서…….

나는 미리 점찍어 둔 건물의 현관문이 조금 열려 있는 것을 보고 안으로 들어가서 문을 꼭 닫았다. 그런 다음 가게의 지하실을 통해 지하 통로로 내려가서 완전하게 익은 발씨로 몽파르나스의 술집에 다다랐다. 거기에는 30명쯤 되는 브라사르디에들이 와 있었다. 나는 그들을 데리고 지하 통로를 되밟아 붉은 십자가 교차로의 비어 있는 가게로 갔다. 그들은 사격하기 좋은 자리를 찾아 위층의 몇몇 살림집으로 올라갔다. 남의 살림집으로 쳐들어가자면 거주자들을 협박할 수밖에 없으리라 생각했지만, 막상 올라가 보니 옷을 잘 차려입은 사람들이 오히려 안도하는 표정으로 그들을 맞아들여 교차로가 훤히 내려다보이는 창가를 손으로 가리켜 주었다. 바로 그때 드라공 거리 쪽에서 민병대 장교 한 사람이 말을 타고 달려와 긴급 명령을 전했다. 세브르 거리나 셰르슈미디 거리를 통해 진압군이 공격해 올 것이니 그것에 대비하라는 명령이었다. 그러자 코뮌군은 다시 포석을 들어내어 두 거리가 만나는 지점에 새로 바리케이드를 치기 시작했다.

그러는 동안 브라사르드디에들은 점거한 살림집들의 여러 창가에 자리를 잡았다. 나는 곧 코뮌 병사들의 총탄이 날아들 장소에 머물러 있는 것은 적절치 않다고 생각하고 아래로 내려갔다. 교차로에서는 시민들이 다시 가구를 날라다가 쌓으며 소동을 벌이고 있었다. 나는 건물 창문들에서 발사될 총알이 어디로 떨어질지 알고 있었던 터라 위험한 경우에 몸을 피할 수 있도록 비외 콜롱비에 거리 모퉁이에 자리를 잡았다.

코뮌 병사들의 대다수는 소총을 한데 모아 놓고 바리케이드 치는 것을 거들고 있었다. 그러다가 위쪽 창문들에서 사격이 시작되니 된통 기습을 당한 꼴이었다. 그들은 다시 정신을 차리고 나서도 총탄이 어디에서 날아오는지를 미처 알아차리지 못하고, 엉뚱하게도 그르넬 거리와 푸르 거리의 건물 현관들을 향해서 사람 키 높이로 맞총질을 하기 시작했다. 그래서 나는 혹시라도 총알이 비외 콜롱비에 거리까지 날아들까 저어하며 뒤로 물러나지 않을 수 없었다. 그러다가 어떤 코뮌 병사가 적군이 위쪽에서 사격하고 있음을 알아차렸고, 그리하여 교차로와 건물 창문들 사이에서 총탄이 빗발치기 시작했다. 다만 진압군 쪽은 한데 모여 있는 표적들을 훤히 내려다보면서 사격하고 있었던 반면에, 코뮌 병사들은 아직도 어느 창문들을 겨냥해야 하는지 갈피를 못 잡고 있었다. 한 마디로 대학살이 벌어지기 쉬운 판국이었고, 교차로 쪽에서는 배신을 당했다는 소리가 터져 나왔다. 언제나 이 모양이다. 사람들은 무언가에 실패하면, 언제나 저희의 무능함은 생각지 않고 누군가에게 책임을 돌리려고 한다. 나는 속으로 중얼거렸다. 배신은 무슨 얼어 죽을 배신이냐, 너희가 싸우는 법을 모르는 거지. 그런 주제에 혁명을 하겠다고 나서다니…….

마침내 누군가 진압군이 점거한 건물을 알아냈고, 생존자들은 그 건물의 현관문을 부수려 하고 있었다. 짐작건대 브라사르디에들은 그때 벌써 지하 통로로 다시 내려갔을 것이고, 뒤늦게 건물에 난입한 코뮌 병사들은 단 한 명의 적군도 찾아내지 못했으리라. 어쨌거나 사태를 더 지켜보지 않고 자리를 뜨기로 했다. 이건 나중에 알게 된 사실이지만, 정부군은 코뮌 사람들이 예상했던 대로 셰르슈미디 거리 쪽에서 진격해 왔지만, 이미 중과부적의 상황인지라 붉은 십자가 교차로의 마지막 수호자들은 패주를 하지 않을 수가 없었다.

나는 요란한 총성이 들려오는 거리들을 피해 여러 골목을 거쳐 내 집이 있는 외통골목으로 돌아왔다. 벽을 따라서 걷다 보니 막 붙여 놓은 벽보들이 눈에 들어왔다. 공안위원회가 끝까지 코뮌을 수호하자고 시민들에게 촉구하고 있었다(바리케이드로! 적이 우리 성벽 안에 들어와 있다. 주저 없이 나서자!).

모베르 광장의 한 맥줏집에서 코뮌의 마지막 소식을 들었다. 생자크 거리에서 코뮌 병사 7백 명이 총살당했고, 뤽상부르 공원의 화약고가 폭파되었으며, 코뮌 병사들은 그에 대한 보복으로 로케트 감옥에서 파리 대주교를 비롯한 몇몇 인질을 끌어내어 총살해 버렸다. 대주교를 총살한다는 것은 돌아올 수 없는 다리를 건넜다는 뜻이었다. 앞으로도 피바람이 더 불 것이고 그것이 완전히 그쳐야만 모든 게 다시 정상으로 돌아올 것이었다.

그런데 이게 어인 일인가. 사람들에게서 그런 사건들에 관한 소식을 듣고 있던 참에 몇몇 여자가 들어섰다. 손님들은 환호성을 지르며 그녀들을 맞아들였다. 색싯집에 색시들이 돌아온 것이라! 베르사유 정부군은 파리에 입성하면서 코뮌이 추방했던 매음녀들을 다시 데려왔고, 마치 모든 게 다시 정상으로 돌아가고 있다는 증거 하나를 보여 주려는 듯, 그녀들이 다시 시내를 활보하게 했다.

나는 그 천민들 속에 계속 앉아 있을 수가 없었다. 그자들은 파리 코뮌이 유일하게 잘한 일을 무위로 돌리고 있었다.

그 뒤로 며칠이 흐르는 동안, 파리 코뮌은 페르 라셰즈 묘지의 백병전을 끝으로 종말을 맞았다. 듣자 하니 그 마지막 전투의 생존자 147명은 정부군에게 붙잡혀 즉석에서 처형당한 모양이었다.

이로써 세인들은 자기와 상관없는 일에 끼어들면 아니 된다는 것을 배웠으리라.

18

프로토콜

1897년 4월 10일과 11일 일기를 바탕으로

전쟁이 끝남에 따라 시모니니는 통상의 업무를 재개했다. 다행히도 일거리가 많았다. 그간에 숱한 사람들이 세상을 떠났기 때문에 상속 문제가 사회의 주요 현안이 된 데다, 아직 젊은 나이에 바리케이드 위에서 또는 그 맞은편에서 쓰러진 수많은 전사자들은 미처 유언장을 작성할 생각을 못 했던 터라, 시모니니에게는 업무가 폭주했다 — 그래서 돈더미에 깔릴 지경이었다. 비록 정화의 희생 제의를 겪은 뒤에 찾아온 것이긴 하되, 이 얼마나 아름다운 평화이런가.

사정이 이러하므로 일기의 이 대목에서 시모니니는 전후 몇 해 동안에 걸쳐 공증인의 틀에 박힌 일상을 개괄하고 있다. 그것 말고 따로 언급한 것이 있다면, 그 시기에도 프라하의 묘지에 관한 문서를 팔기 위해 관련자들을 다시 접촉하기 시작했다는 사실뿐이다. 그는 그동안 괴체가 무슨 짓을 벌였는지 모르고 있었다. 그자를 앞지르기 위해서는 첩보원들과 다시 관계를 맺어야 했다. 게다가 유대인들의 동정에 대해서도 더 알아볼 필요가 있었다. 이상하게도 파리 코뮌의 거의 모든 시기 동안 유대인들은 자취를 감춘 것처럼 보였다. 천생의 음모자들답게 은밀한 곳에서 코뮌을 조종하고 있었던 것일까? 아니면 그와 반대로 자본가들답게 베르사유에 숨어서 전쟁 이후의 상황에 대비했을까? 어쨌거나 그들은 메이슨들과 한통속이었고, 파리의 메이슨들은 코뮌에 가담했으며, 코뮌 병사들은 대주교를 총살했으니, 어찌 보면 유대인들 역시 그 만행에서 모종의 역할을 한 셈이었다. 어린아이들을 살해하는 자들이니 대주교라고 해서…….

그가 그런 생각에 빠져 있던 1876년의 어느 날, 아래층에서 초인종이 울렸다. 내려가 보니 문 앞에 수단 차림의 노인이 서 있었다. 처음엔 사탄 숭배에 물든 사제가 축성된 면병을 거래하러 온 것이려니 생각했는데, 자세히 살펴본즉 그가 아는 얼굴이었다. 이제 백발이 성성하되 예전과 다름없이 곱슬곱슬한 머리 모양을 하고 있는 그 노인은 분명 30년 넘게 만나지 못한 베르가마스키 신부였다.

신부 쪽에서 보면 눈앞에 있는 사내가 정말 자기 기억에 남아 있는 소년 시모니노와 동일한 사람이라고 확신하기가 조금 더 어려웠으니, 그건 무엇보다 시모니니의 수염 때문이었다(그는 평화가 찾아오자 수염을 다시 검게, 40대 나이에 어울리도록 조금은 희끗희끗하게 바꾼 터이다). 하지만 신부는 곧 환한 얼굴로 웃으면서 말했다.

「그렇구먼, 자네가 내 제자였던 그 시모니노 맞지? 나를 계속 문턱에 세워 둘 참인가?」

신부는 웃음을 짓고 있었으나, 그건 호랑이의 웃음까지는 아니더라도 고양이의 웃음 정도는 충분히 될 만했다. 시모니니는 그를 위층으로 안내하고 나서 물었다.

「제가 여기에 있다는 것을 어떻게 알아내셨습니까?」

「허, 이보게」 하며 베르가마스키 신부가 이르되 「그런 일에서는 우리 예수회 사람들이 악마보다 한 수 위라는 걸 몰랐단 말인가? 피에몬테 정부가 우리를 토리노에서 쫓아냈지만, 나는 여러 분야의 사람들과 계속 좋은 관계를 유지했네. 그래서 내가 알아낸 것은 우선 이런 것일세. 자네는 어느 공증인 사무소에 근무하면서 유언장 따위를 위조했을 뿐만 아니라, 피에몬테 정보기관에 어떤 보고서를 제출하기도 했네. 그 보고서에는 나도 등장하는데, 자네의 보고에 따르면 나는 나폴레옹 3세의 고문으로서 프라하의 묘지에서 프랑스와 사르데냐 왕국을 상대로 음모를 꾸민 사람일세. 일견 훌륭한 창작으로 보이지만, 자네의 창의력을 칭찬할 수 없는 것이, 나중에 나는 자네의 모든 이야기가 사제들을 못 잡아먹어서 안달하던 외젠 쉬의 소설에서 베낀 것임을 알아차렸네. 나는 자네를 찾아 나섰지만, 가리발디와 함께 시칠리아에 있다가 이탈리아를 떠났다는 얘기를 들었지. 피에몬테 정보기관을 이끌던 네그리 디 생프롱 장군은 예수회를 정중하게 대해 주고 있는데, 그가 나를 파리로 이끌어 주었네. 파리에서는 우리 예수회 형제들이 제국의 정보기관 쪽에 든든한 인맥을 만들어 놓았지. 덕분에 자네가 러시아인들과 접촉했고, 프라하의 묘지에서 열렸다는 우리의 집회에 관한 보고서가 유대인들에 관한 보고서로 둔갑했다는 사실을 알게 되었네. 뿐만 아니라 자네가 졸리라는 사람을 기찰했다는 얘기도 들었지. 나는 비밀 경로를 통하여 그의 책 한 부를 손에 넣었을 수 있었는데, 듣자 하니 그것은 라크루아라는 기관원의 사무실에 남아 있던 것이고, 그 기관원은 폭탄을 제조하던 카르보나리와 총격전을 벌이던 중에 장렬하게 산화했다네. 그 책을 읽어 보니까 졸리는 쉬의 소설을 베끼고, 자네는 졸리의 책을 베꼈더군. 이야기는 거기에서 끝나지 않았네. 독일의 우리 형제들이 알려 주기를, 괴체라는 자가 자기 소설에서 유대인들의 모임에 관한 이야기를 하고 있는데, 그 모임 역시 프라하의 묘지에서 열린 것으로 되어 있다더군. 그래서 문제의 대목을 살펴보았더니, 약간의 차이는 있으나 그 모임에서 유대인들이 하는 말들이 자네가 작성해서 러시아인들에게 준 보고서의 내용과 동일했네. 언뜻 보면 자네가 그자의 소설을 베낀 것으로 보이기 십상이지만 나는 알지. 우리 예수회 형제들이 등장하는 첫 번째 보고서가 자네 작품이고, 그것이 괴체의 싸구려 소설보다 훨씬 먼저 나왔다는 사실을 말일세.」

「드디어 제가 정당하게 평가를 받는군요!」

「내 얘기를 마저 듣게나. 그 뒤에 전쟁과 포위전에 이어 코뮌까지 겪으면서, 파리는 나처럼 수단을 입은 사람에게는 위험한 곳이라는 생각을 하게 되었네. 그래서 이탈리아로 돌아가기로 결심했고, 그에 앞서 자네를 찾아보기로 했네. 이유인즉 이러하네. 유대인들이 프라하의 묘지에 모여 회의를 했다는 그 이야기가 몇 해 전에 상트페테르부르크에서 소책자의 형태로 출간되었네. 출판업자는 그것이 소설의 한 대목이기는 하지만 실화에 근거해 있다고 주장했거니와 그 출전은 당연히 괴체의 소설일세. 그런데 바로 그해에 거의 비슷한 문서가 모스크바에서도 소책자 형태로 출간되었네. 요컨대 러시아에서는 유대인들이 국가 권력에 위협이 된다고 보고 그들을 국사범으로 다룰 채비를 하는 것일세. 그런데 유대인들은 우리에게도 하나의 위협일세. 그 이스라엘 동맹의 배후에 프리메이슨회가 숨어 있거든. 그래서 교황 성하께서는 교회의 그 모든 적들에 맞서 전열을 가다듬고 본격적인 전투에 들어가기로 결심하셨네. 바야흐로 시모니노 자네가 다시 나설 때가 된 게야. 자네는 피에몬테의 기관원들과 손을 잡고 나에게 고약한 장난을 친 적이 있어. 그 잘못을 용서받을 수 있는 절호의 기회일세. 자네는 우리 예수회의 명예를 훼손했으니, 우리에게 큰 빚을 진 셈일세.」

젠장맞을, 이 예수회 회원들은 에뷔테른보다 강했고, 라그랑주나 디 생프롱보다도 강력했다. 그들은 언제나 세상 모든 것에 관해 알고 있었고, 자기들 자신이 정보기관이라서 다른 정보기관의 도움을 받을 필요가 없었다. 세상 도처에 그들의 형제들이 있기 때문에, 바벨탑이 무너지면서 생겨난 언어의 장벽에 구애받지 않고 모든 정보를 수집할 수 있었던 것이라.

파리 코뮌이 무너진 뒤에 프랑스 사람들은 반교권주의자

들까지 포함해서 모두가 신앙심이 매우 돈독해졌다. 하느님을 믿지 않는 자들로 인해 벌어진 그 비극에 대하여 만천하에 속죄하는 뜻으로 파리 코뮌의 진원지였던 몽마르트르 언덕에 성당을 세우자는 얘기가 나올 정도였다. 이를테면 복고의 분위기가 만연해 있는 시대였으므로, 이런 시대에는 착실한 복고주의자로 일하는 것이 상책이었다.

「좋습니다, 신부님.」 하고 대답한 뒤에 시모니니는 말끝을 달아 「제가 무엇을 해야 하는지 말씀해 주십시오.」

「우리는 자네가 해오던 일을 계속하려 하네. 먼저 그 괴체라는 자가 랍비의 연설을 팔아서 이득을 보고 있으니, 한편으로는 그보다 더욱 풍부하고 경악스러운 신판을 만들어야 하고 다른 한편으로는 괴체에게 손을 써서 그자의 글이 더 퍼져 나가는 것을 막아야 하네.」

「제가 어찌 그 위조자에게 손을 쓸 수 있을까요?」

「독일의 우리 형제들에게 부탁해서 그자를 감시하고 필요하다면 그자가 다시는 활동을 못 하도록 만들겠네. 우리가 그자의 행적을 캐어 봤더니, 구린 데가 많은 자더군. 협박을 하면 잘 먹힐 걸세. 자네는 이제 랍비의 연설을 바탕으로 다른 문서를 만들어야 하네. 항목을 더 세분화하고 오늘날의 정치 문제들과 더 밀접한 관련을 지어서 작성할 필요가 있어. 졸리의 소책자를 보게나. 자네가 다시 부각시켜야 할 것은 이를테면 유대 마키아벨리즘일세. 유대인들이 국가들을 타락시키기 위해 어떤 계획을 세우고 있는지 드러내야 하네.」

베르가마스키 신부의 주문은 그것으로 끝나지 않았다. 랍비의 연설을 더욱 신빙성 있는 것으로 만들기 위하여 옛날에 바뤼엘 신부가 말했던 것과 시모니니의 할아버지가 그에게 보냈던 편지를 다시 활용할 필요가 있다는 것이었다.

「자네, 아직 그 편지의 사본을 보관하고 있지? 그것을 바뤼엘 신부에게 보낸 편지의 원본으로 보이게 하는 것은 어려운 일이 아닐 걸세.」

시모니니는 장롱 속에 보관하고 있던 할아버지의 작은 목궤에서 그 사본을 다시 찾아냈다. 베르가마스키 신부는 그것이 매우 중요한 문서이니만큼 그에 걸맞은 보상을 해주겠다고 약속했다. 시모니니는 예수회 사제들이 인색하다는 것을 알고 있었지만, 협력하지 않을 수가 없었다. 그리하여 1878년 7월에 발간된 『동시대인』이라는 잡지에 바뤼엘의 절친한 친구였던 그리벨 신부의 추억담이 실렸고, 그와 함께 시모니니도 다른 이들한테 들어서 이미 알고 있었던 많은 정보가 할아버지의 편지와 함께 게재되었다.

베르가마스키 신부의 설명은 이러했다.

「프라하의 묘지 얘기는 나중에 실을 걸세. 폭발성이 강한 정보들은 한꺼번에 제시하는 게 아닐세. 사람들은 첫 충격이 가시고 나면 다 잊어버리거든. 그런 정보들은 조금씩 흘려야 하네. 그러면 새로운 정보가 하나씩 나올 때마다 앞서 나온 정보에 대한 기억을 되살려 주지.」

일기의 이 대목에서 시모니니는 할아버지의 편지를 되살려 냈다는 사실에 만족감을 노골적으로 드러내고 있으며, 한

베르가마스키 신부의 주문은 그것으로 끝나지 않았다.
랍비의 연설을 더욱 신빙성 있는 것으로 만들기 위해서
옛날에 바뤼엘 신부가 말했던 것과 시모니니의 할아버지가 그에게 보냈던
편지를 다시 활용할 필요가 있다는 것이었다.

술 더 떠서 자기가 그 시절의 작업을 통해 할아버지의 유지를 받들었다고 확신하는 태도를 보여 준다.

그는 베르가마스키 신부가 주문한 대로 랍비의 연설을 더욱 풍부하게 만드는 일에 다시 열을 올렸다. 졸리의 책을 다시 읽어 보니, 처음 읽었을 때와는 느낌이 달랐다. 그 논객이 쉬의 영향을 받은 것은 사실이지만, 그 영향을 넘어서는 바가 있었다. 그가 마키아벨리를 대역으로 내세워 폭로하고 있는 나폴레옹 3세의 파렴치한 음모들 중에는 쉬가 고발한 예수회의 음모와는 무관하고, 그야말로 유대인들을 염두에 두고 쓴 듯한 것들도 있었다.

시모니니는 필요한 자료를 한데 모으면서 자기가 매우 풍부하고 방대한 소재를 다뤄야 한다는 사실을 깨달았다. 랍비의 연설이 가톨릭 신자들에게 충격을 줄 만한 것이 되게 하자면 풍속을 타락시키기 위한 계획을 숱하게 언급해야 하고, 구즈노 데 무소의 책에서 전염병을 피해 가는 유대인들의 신체적 우월성에 대한 견해를 차용하거나 브라프만에게서 고리대금업을 통해 기독교인들을 착취하는 원리에 관한 주장을 빌려 와야 했다. 반면에 공화주의자들을 불안하게 만들기 위해서는 언론에 대한 통제가 갈수록 강화되리라는 점을 강조해야 할 터였다. 그런가 하면 기업가들과 소액 예금자들의 경우에는, 그러잖아도 은행에 대한 불신을 품고 있는 터라(여론은 벌써 은행들을 유대인들의 독점적인 세습 재산으로 간주하고 있었다), 국제 유대인 공동체의 경제 계획을 언급하면 큰 충격을 받을 것이었다.

그렇듯이 시모니니의 머릿속에서는 하나의 구상이 점점 분명하게 자리를 잡아 갔다. 정작 그 자신은 모르고 있었지만, 그 구상은 공교롭게도 유대교며 카발라의 전통을 연상시키는 바가 적지 않았다. 그는 프라하의 묘지 장면과 랍비의 연설을 각각 하나씩만 준비하지 않고, 여러 장면 여러 연설을 준비해 둘 생각이었다. 다시 말하면 사제, 사회주의자, 러시아인들, 프랑스인들을 겨냥한 연설을 각기 다르게 작성하자는 것이었다. 그리고 그 모든 연설을 하나로 결합하지 않고, 따로따로 만들어 두었다가 다양한 방식으로 혼합함으로써 각기 다른 여러 개의 원본이 생겨나게 할 생각이었다 — 그러면 여러 구매자들에게 각자의 필요에 맞는 연설을 팔아먹을 수 있을 것이었다. 요컨대 그것은 시모니니가 경험이 풍부한 공증인답게 여러 증언이며 공술이며 고백을 공정 문서 대장(臺帳)에 기록해 두었다가 나중에 갖가지 송사가 벌어질 때마다 변호사들에게 그 문서들을 제공하는 것과 비슷한 일이었다 — 그가 랍비들의 발언록을 〈프로토콜〉[1]이라고 부르기 시작한 것은 바로 그 때문이다. 시모니니는 자기가

1 여기에서 말하는 프로토콜은 중세 유럽에서 공증인들이 자기네가 작성한 공정 문서들을 베껴 두던 문서 대장을 가리킨다. 작가는 나중에 러시아인들의 손을 거쳐 출간될 『시온 장로들의 프로토콜』이라는 허위 문서를 염두에 두고 시모니니로 하여금 일찌감치 자기 문서들을 프로토콜이라 부르게 한 것이다. 『시온 장로들의 프로토콜』이라는 반(反)유대 허위 문서의 제목은 한중일 3국에서 모두 〈시온 장로(또는 현자)들의 **의정서**〉라고 번역하고 있지만, 에코의 이런 설정에 비춰 보면 의정서라는 외교 용어보다는 발언록, 회의록 등으로 번역하거나 서구의 모든 나라에서 그러듯이 그냥 프로토콜이라 부르는 게 나을 듯하다.

작성한 문서들을 베르가마스키 신부에게 다 보여 주는 것을 삼갔다. 신부에게는 종교적인 성격이 더 두드러지게 나타난 글들만을 선별해서 제시할 요량이었다.

시모니니는 그 몇 해 동안에 걸친 작업을 그런 식으로 요약하고는 당혹감이 묻어나는 다음과 같은 말로 아퀴를 지었다. 〈나는 1878년 말에 괴체와 졸리가 죽었다는 소식을 듣고 크게 안도했다. 괴체는 십중팔구 그를 나날이 더 뚱뚱하게 만들어 가던 맥주 때문에 숨이 멎었을 터이고, 불쌍한 졸리는 늘 그랬듯이 절망에 빠져 살다가 스스로 제 머리에 총을 쏘았다. 졸리의 영혼이 영원한 안식을 누릴지라. 그는 나쁜 사람이 아니었나니.〉

아마도 이 대목에서 그는 고인을 추억하며 술을 너무 많이 홀짝거렸던 모양이다. 글을 써나갈수록 글씨가 점점 흐트러지더니 종당에는 일기가 중단되고 말았다. 그냥 잠이 들었다는 증거이리라.

한데 이튿날 시모니니가 저녁이 거의 다 될 무렵에 깨어나 보니 그의 일기에 달라 피콜라가 다시 끼어들어 글을 남겨 놓았는바, 달라 피콜라는 그날 아침 어찌어찌 서재로 숨어들어 시모니니가 간밤에 쓴 글을 읽고는 예의 도덕가 기질을 드러내며 시모니니가 모호하게 처리한 대목을 분명하게 밝혀 놓았다.

얘기인즉 이러하다. 시모니니는 괴체와 졸리의 죽음이 자기와 무관하게 일어난 뜻밖의 일인 것처럼 말했지만 그건 사실이 아니다. 굳이 잊으려고 애쓴 것은 아닐지라도 기억을 제대로 못 했던 게 분명하다.

시모니니는 할아버지의 편지가 『동시대인』에 실린 뒤로 괴체에게서 편지 한 통을 받았다. 괴체는 어법에 문제가 있을지라도 아주 분명하게 이해할 수 있는 프랑스어로 이렇게 썼다.

친애하는 시모니니 대위

짐작건대 『동시대인』에 실린 자료는 당신이 출간하려는 다른 어떤 것의 전채(前菜)가 아닌가 싶소. 한데 우리가 잘 알고 있다시피, 당신이 세상에 내놓으려는 그 문서의 일부분은 저작권이 나에게 있소. 하려고만 한다면 나는 『비아리츠』를 내세워 그 문서 전체의 저작자가 나라는 것을 증명할 수도 있소. 반면에 당신에게는 아무 증거가 없기 때문에 문서 작성에 협력했다는 것을 입증할 수 없소. 당신은 그 문서에 쉼표 하나도 보탠 것이 없는 셈이오. 따라서 엄중히 촉구하건대 우선 출간을 연기하고 나와 면담을 갖도록 하시오. 필요하다면 프라하의 묘지에 관한 보고서의 저작권을 분명히 하기 위해 공증인을 입회시켜도 좋소(당신과 같은 부류의 공증인이 아니라면 말이오). 당신이 내 요구에 응하지 않으면, 당신의 사기 행각을 세상에 널리 알리겠소. 또한 당신의 거부 의사를 확인하는 즉시, 아직 아무것도 모르고 있는 졸리를 찾아가서, 당신이 그의 창작물 가운데 하나를 훔쳐 갔다고 알려 줄 거요. 졸리의 직업이 변호사라는 사실을 잊지 않고 있다면, 그 제보로 인해서도 당신에게 심각한 말썽이 생기리라는 것을 알 거요.

시모니니는 불안을 느끼고 즉시 베르가마스키 신부를 만났다. 신부의 말은 이러했다.

「괴체는 우리가 알아서 할 테니, 자네는 졸리를 맡게.」

졸리를 맡으라는 게 어떻게 하라는 건지 알 수가 없어서 이러지도 저러지도 못하던 중에 시모니니는 베르가마스키 신부의 전갈을 받았다. 괴체는 잠을 자다가 조용히 숨을 거두었으니, 그가 비록 지옥에 떨어질 프로테스탄트일지언정 그의 영혼에 안식이 내리도록 기도나 해주라는 내용이었다.

시모니니는 그제야 졸리를 맡으라는 게 무슨 뜻인지 깨달았다. 그건 그가 좋아하는 일이 아니었고, 따지고 보면 그는 졸리에게 빚을 지고 있는 처지였다. 그렇다고 약간의 도덕적 거리낌 때문에 베르가마스키 신부와 계획한 일을 망칠 수는 없는 노릇이었다. 게다가 우리가 조금 전에 보았듯이 시모니니는 원저자 졸리의 항의를 받지 않고 그의 문헌을 철저하게 우려먹을 요량을 하고 있었다.

사정이 그러했기에 시모니니는 다시 라프 거리로 가서 권총 한 자루를 샀다. 몸에 지니기 좋을 만큼 작은 것이라서 성능은 대단치 않은 대신 소음이 작다는 장점을 지닌 권총이었다. 그는 졸리의 거처에 갔던 일을 되새기면서, 비록 규모가 작은 셋집이기는 해도 바닥에 멋진 융단들이 깔려 있고 벽에도 아름다운 태피스트리들이 걸려 있었던 점을 염두에 두었다. 하지만 총소리가 작고 융단과 벽걸이가 방음 효과를 낸다 해도 일은 아침에 벌이는 게 좋을 듯했다. 그 시간에는 루아얄 다리와 바크 거리에서 오거나 센 강을 따라 왕래하는 사륜마차며 승합 마차들의 요란한 바퀴 소리가 올라올 것이었다.

그는 변호사 졸리의 집으로 가서 초인종을 눌렀다. 졸리는 느닷없는 방문에 놀라면서도 그를 맞아들여 즉시 커피를 대접했다. 그러고는 자기가 최근에 겪은 불상사들에 관해서 장광설을 늘어놓았다. 그는 폭력과 혁명의 광기를 거부해 왔음에도 신문들이 거짓말을 일삼기 때문에 독자들 대다수는 여전히 그를 코뮌 가담자로 여기고 있다는 것이었다. 그는 1873년 대통령 선거에 출마한 그레비의 정치적 야심에 반대하는 것을 정당한 일로 여겼다. 그래서 그를 비판하는 격문을 자비로 인쇄하여 벽에 붙였다. 그러자 그레비의 지지자들은 그를 두고 공화국에 반대하여 음모를 꾸미는 제정의 잔당이라고 비난했다. 레옹 강베타는 〈돈에 매수되어 펜을 놀리다가 전과 기록이나 쌓아 가는 글쟁이〉라고 그를 조롱했고, 에드몽 아부는 그를 허위 문서 날조자로 취급했다. 요컨대 프랑스 언론의 절반이 그를 맹렬하게 비난했고, 오로지 「피가로」만 그의 격문을 게재했다. 다른 신문들에도 반박문을 보냈지만 단 한 곳에서도 실어 주지 않았다.

따지고 보면 그레비가 후보에서 사퇴했으므로 졸리가 싸움에서 승리한 셈이지만, 그는 잘잘못을 철저하게 가리지 않고는 절대로 만족하지 못하는 부류의 사람이었다. 그는 자기의 비방자들 가운데 두 사람에게 결투를 신청하는 것으로도 모자라서 반론 게재 거부와 명예 훼손과 공개적인 모욕 등의 혐의로 기자 열 명을 고소했다.

「나는 스스로 변론을 맡았소. 시모니니, 내가 자신 있게 말하거니와 나는 법정에서 언론이 감추고 넘어간 정계의 모든 비리를 고발했소. 내가 그 모든 불한당(판사들까지 포함해서 하는 말이오)에게 무어라고 했는지 아시오? 여러분, 황제가 권력을 잡고 있었을 때 여러분은 입을 다물고 있었지만 나는 황제를 두려워하지 않았습니다. 이제 여러분이 더 고약한 방식으로 제정 때의 폐단을 답습하고 있으니 나는 여러분을 가소롭게 여기지 않을 수 없습니다. 그러자 그들은 내게서 발언권을 빼앗으려 했고, 나는 다시 말했소. 여러분, 제정 때의 정부는 증오를 부추기고 정부를 경멸하고 황제를 모욕했다는 혐의로 나를 법정에 세웠지만, 카이사르의 재판관들도 내 발언권을 빼앗지는 않았습니다. 이제 공화국의 재판관들께 요구하거니와 내가 제정 치하에서 누렸던 바로 그 자유를 허락해 주십시오!」

「그래서 재판이 어떻게 끝났소?」

「내가 이겼소. 두 곳을 제외한 모든 신문사가 유죄 판결을 받았지요.」

「그런데 아직 상심하고 있는 건 무슨 까닭이오?」

「모든 게 마뜩지 않소. 상대편 변호사가 내 저서를 치켜세운 뒤에 뭐랬는지 아시오? 내가 열정이 과도해서 스스로 미래를 망쳤고, 오만함에 대한 형벌로 혹독한 실패를 겪게 될 것이며, 이 사람 저 사람을 마구 공격한 탓에 의원이나 장관이 되지 못했고, 정치를 하지 않고 문인으로 나섰다면 더 크게 성공했으리라 합디다. 그러나 그 또한 사실이라 할 수 없는 것이, 내가 쓴 책은 완전히 잊혔고 내가 소송에서 이긴 뒤로 유수한 문학 살롱들이 모두 나를 추방해 버렸소. 나는 수많은 전투에서 승리를 거두었으나 한낱 낙오자로 전락했구려. 한 사람의 내면에서 무언가 부서지는 때가 있소. 그러면 기력도 의지도 잃게 되오. 사람들은 살아야 한다고 말하지만, 사는 것 자체가 하나의 문제이고 그 문제는 결국 자살로 이어진다오.」

시모니니는 자기가 곧 하려는 일을 매우 거룩한 행위로 여겼다. 졸리가 스스로 목숨을 끊는다면 그건 또 하나의 치욕이자 최후의 실패가 될 터인데, 자기가 불행한 사내에게서 그 최후의 몸짓을 면해 주는 것이라고 생각했다. 그는 이제 하나의 선행을 하면서 동시에 위험한 증인을 제거할 참이었다.

그는 졸리에게 문서 하나를 빠르게 훑어보고 그것에 대한 의견을 들려 달라고 부탁했다. 그러고는 아주 두툼한 서류 다발을 건넸다. 그것은 묵은 신문들을 모아 놓은 것이었지만 그 점을 깨닫기까지는 시간이 조금 걸릴 수밖에 없었다. 졸리는 팔걸이의자에 앉은 채로 손에서 자꾸 미끄러지는 서류 다발을 추어올리기에 바빴다.

졸리가 느닷없는 부탁에 얼떨떨해하면서 신문 기사들을 읽기 시작하자, 시모니니는 조용히 그의 등 뒤로 가서 그의 머리에 총구를 대고 방아쇠를 당겼다.

「한 사람의 내면에서 무언가 부서지는 때가 있소.
그러면 기력도 의지도 잃게 되오.
사람들은 살아야 한다고 말하지만, 사는 것 자체가
하나의 문제이고 그 문제는 결국 자살로 이어진다오.」

졸리는 두 팔을 축 늘어뜨리며 털썩 무너져 내렸다. 관자놀이에 뚫린 구멍에서 한 줄기 피가 흘러내렸다. 그의 손에 권총을 쥐여 주는 것은 어렵지 않았다. 흉기에 남아 있는 지문을 채취할 수 있게 해줌으로써 흉기를 사용한 자가 누구인지 분명히 가려내는 데 도움을 준다는 기적의 분말은 다행히도 6~7년이 지나서야 발견되었다. 그가 졸리를 제거하던 무렵에는 용의자의 두상이며 신체의 여러 부위에 대한 측정치를 바탕으로 신원을 확인하는 알퐁스 베르티옹의 방식이 아직 우위를 점하고 있었다. 따라서 졸리가 자살한 것이 아니라고 생각할 사람은 아무도 없을 터였다.

시모니니는 신문 다발을 다시 챙기고 자기와 졸리가 커피를 마신 잔들을 씻은 다음 집 안을 정돈했다. 이건 나중에 알게 된 사실이지만, 이틀 뒤 건물 관리인은 그 세입자가 집에서 통 나오지 않는 것을 이상히 여기고 성 토마스 아퀴나스 구역의 경찰서에 신고했다. 경관들은 문을 부수고 들어갔다가 세입자가 죽어 있는 것을 발견했다. 한 신문에 실린 단신에 따르면 결국 권총은 방바닥에 떨어진 모양이었다. 시모니니가 그의 손 안에 단단히 고정시키지 못한 게 분명했지만, 그렇다 해서 달라질 것은 전혀 없었다. 무엇보다 다행스러운 것은 그의 책상 위에 그의 어머니며 누이며 남동생 등에게 보내는 편지가 놓여 있었다는 점이었다. 어느 편지에도 자살 의도가 명시되어 있지는 않았으되, 편지마다 절절하고 엄숙한 염세주의가 짙게 배어 있었다. 어쩌면 그 가엾은 사내는 정녕 자살할 의도가 있었는지도 모를 일이었다. 만약 그랬다면 시모니니는 쓸데없는 고생을 사서 한 셈이었다.

달라 피콜라가 고해성사를 통하지 않고는 알아낼 수 없었을 법한 일들, 그리고 시모니니가 기억하고 싶어 하지 않는 일들을 버르집은 것은 그게 처음이 아니었다. 시모니니는 조금 꺼림칙한 기분이 들어서 달라 피콜라의 글 아래쪽에 분심 어린 항변을 두세 문장 적어 놓았다.

당연한 얘기지만 여러분의 화자가 훔쳐보고 있는 문서는 놀라운 이야기들로 가득 차 있는지라, 언젠가는 이것들을 엮어서 한 편의 소설을 지어도 좋을 듯싶다.

19

오스만 베이

1897년 4월 11일 저녁

신부 보시오

나는 내 과거를 되살리기 위해 무진 애를 쓰고 있거늘, 당신은 걸핏하면 끼어들어 나를 방해하고 있으니 그 거조가 옛날에 내가 맞춤법을 틀릴 때마다 지적을 해대던 어느 독선생 같소. 당신 때문에 내 정신이 산만하오. 게다가 불안하오. 좋소, 인정하오, 내가 졸리를 죽인 것도 사실이오. 하지만 내 의도는 하나의 목적에 도달하기 위함이었고, 그 목적은 내가 부득이 사용했던 자잘한 수단들을 정당한 것으로 만들어 주었소. 베르가마스키 신부의 정치적 혜안과 냉정함을 본보기로 삼아 당신의 그 병적인 고집을 잘 다스리시길…….

졸리든 괴체든 다시는 나를 협박할 수 없게 되었으므로 나는 프라하의 프로토콜(남들이야 뭐라 부르든 나는 그렇게 지칭했다)을 새로이 작성하는 데 매진할 수 있었다. 내가 오래 전에 지어낸 프라하의 묘지 장면이 소설의 한 장면처럼 진부한 것이 되어 버린 마당이라 무언가 새로운 것을 구상해야만 했다. 『동시대인』은 내 할아버지의 편지를 게재한 뒤로 몇 해가 지나서 랍비의 연설을 마치 존 리드클리프라는 영국 외교관이 작성한 진짜 보고서인 것처럼 실었다. 괴체가 자기 소설을 발표할 때 사용한 필명이 존 레트클리프 경이었으므로 그 문서의 출처에 대해서는 의심의 여지가 없었다. 그 뒤로도 다른 저자들이 프라하의 묘지 장면을 계속 우려먹었다. 나는 그 횟수를 헤아리다가 결국 중단해 버리고 말았다. 지금 이 대목을 쓰면서 생각난 것이거니와, 최근에 부르낭이라는 자는 『우리와 같은 시대를 살아가는 유대인들』이라는 책을 출간하면서 랍비의 연설을 다시 실었는데, 이 책에서는 존 리드클리프가 숫제 랍비의 이름으로 바뀌어 버렸다. 세상에, 위작꾼들이 득실대는 이런 세상에서 어찌 살꼬?

그리하여 나는 새로운 정보들을 내 프로토콜에 담기로 했고, 인쇄된 저작물에서 정보를 끌어오는 것도 마다하지 않았다. 장차 내 고객이 될 사람들은 — 달라 피콜라 같은 불행한 경우를 제외하면 — 도서관에서 시간을 보내는 사람들이 아닐 거라는 생각에 변함이 없었던 것이다.

그러던 어느 날 베르가마스키 신부가 내게 말했다.

「러시아에서 탈무드와 유대인들에 관한 책이 한 권 나왔네. 류토스탄스키라는 자가 쓴 책일세. 그 책을 구해서 우리 형제들에게 번역을 의뢰하려고 하네. 그런데 그보다 다른 사람이 접근해 오고 있어. 자네, 오스만 베이라고 들어 봤나?」

「터키 사람인가요?」

「아마 세르비아 사람일걸. 하지만 글은 독일어로 쓰네. 유대인들의 세계 정복에 관한 작은 책을 썼는데, 이미 여러 언어로 번역되었지. 그런데 보아하니 유대인들에게 반대하는 글을 써서 먹고사는 사람이라 정보가 더 필요한 모양일세. 러시아 비밀경찰로부터 4백 루블을 받아 파리로 만국 이스라엘 동맹을 연구하러 온다네. 내 기억이 정확하다면, 자네는 브라프만을 통해 그 단체에 관한 정보를 얻었어.」

「사실 별로 얻은 게 없습니다.」

「그럼 만들어 내게. 자네가 베이에게 무언가를 주면 그도 자네에게 무언가를 줄 거야.」

「제가 그 사람을 어떻게 찾아내죠?」

「그가 자네를 찾아낼 걸세.」

그 무렵에는 프랑스 정보기관을 위해서 하는 일이 거의 없었다. 그래도 나는 에뷔테른을 이따금 만나서 관계를 유지하고 있었다. 노트르담 대성당의 중앙 현관 앞에서 그를 만났을 때, 나는 오스만 베이에 관한 정보를 요청했다. 보아하니 오스만 베이는 전 세계 경찰의 절반이 알고 있을 만큼 유명한 모양이었다.

「그는 아마도 유대계일 텐데, 브라프만과 다른 자들이 그렇듯이 자기 종족을 물어뜯는 미친 개 노릇을 하고 있소. 얘기하자면 긴데, 그는 밀링거 또는 밀링겐이라는 이름을 쓰다가 키브리들리 차데로 이름을 바꿨고, 얼마 전에는 알바니아 사람 행세를 했소. 석연치 않은 사건으로 여러 나라에서 추방을 당했는데 대개는 사기 행각을 벌였기 때문이고, 어떤 나라에서는 몇 달 동안 옥살이를 하기도 했소. 그 뒤로 유대인들을 공격하는 데 전력을 기울였는데, 그건 유대인 문제가 쏠쏠한 돈벌이가 된다는 것을 간파하기 때문이오. 어떤 계기로 그랬는지는 모르겠으나 밀라노에서는 자기가 유대인들에 관해서 퍼뜨린 말들을 공개적으로 철회했는데, 나중에 스위스에 가서는 유대인을 공격하는 새로운 소책자들을 찍어냈고 이집트 곳곳을 돌아다니며 그것들을 팔았소. 하지만 그가 진짜 성공을 거둔 것은 러시아에서였는데, 거기에서는 먼저 유대인들의 기독교도 유아 살해에 관한 이야기를 썼소. 이제는 만국 이스라엘 동맹을 공격하는 데 몰두해 있소. 사정이 그러하기 때문에 우리는 그자를 되도록 프랑스에서 멀리 떼어 놓을 생각이오. 여러 번 말했듯이 우리는 이스라엘 동맹 사람들과 사이가 틀어지는 것을 원치 않소. 그건 우리에게 도움이 되지 않아요. 적어도 현재는 그러하오.」

「하지만 그자는 곧 파리에 올 겁니다. 아니 벌써 왔을 겁니다.」

「어째 당신이 나보다 소식이 빠른 것 같소. 아무튼 당신이 그자를 기찰할 생각이라면, 우리는 여느 때처럼 당신에게 사례를 하겠소.」

이로써 내가 오스만 베이를 만날 이유는 두 가지로 늘었다. 한편으로는 유대인들에 관해서 내가 팔 수 있는 것을 팔기 위해서, 다른 한편으로는 그의 동정을 에뷔테른에게 보고하기 위해서 그를 만날 필요가 있었다. 오스만 베이가 나타난 것은 그로부터 일주일 뒤였다. 그는 내 가게의 문 밑에 마레 구역에 있는 어느 하숙집의 주소가 적인 쪽지를 남겨 놓았다.

나는 그가 식도락가이려니 생각하고, 그를 그랑 베푸르에 초대해서 프리카세 드 풀레 마랭고[1]와 마요네즈 드 볼라유[2]를 맛보게 하려 했다. 편지가 한 차례 오고갔다. 그는 초대에 응하지 않고, 대신 같은 날 저녁에 모베르 광장의 메트르 알베르 거리 쪽 모퉁이에서 만나자고 했다. 거기에서 기다리고 있다가 삯마차 한 대가 내 쪽으로 다가오면 상대가 나를 알아볼 수 있도록 앞으로 나서라는 것이었다.

삯마차가 광장 모퉁이에 멈춰 서자, 마차 안에 타고 있던 사람이 문 밖으로 얼굴을 내밀었는데, 밤중에 우리 동네의 골목길에서 마주치고 싶지 않은 상판이었으니, 긴 머리는 헙수룩하게 흐트러져 있고 코는 갈고리 모양으로 굽은 데다 눈은 맹금 같고 살결은 흙빛이며 몸은 연체 곡예사처럼 말랐고 왼쪽 눈에는 경련이 계속 일어나 보는 사람을 짜증나게 할 법했다.

「안녕하시오, 시모니니 대위.」 그는 그렇게 불쑥 인사를 건

1 *fricassée de poulet Marengo.* 그냥 풀레 마랭고라고도 한다. 나폴레옹이 마랭고 전투 직후에 빨리 식사를 대령하라고 해서 그의 요리사가 빈약한 재료를 가지고 급히 만들었음에도 나폴레옹이 매우 좋아하여 이후로 널리 퍼지게 되었다는 닭고기 요리이다. 닭고기를 잘라 버터나 올리브기름에 볶다가 으깬 토마토에 양파, 마늘, 와인 등을 섞은 소스를 넣고 은근한 불에 익혀 만든다.

2 *mayonnaises de volaille.* 닭이나 오리 등의 고기를 마요네즈 소스로 맛을 낸 요리.

네고 말을 잇대어 「사람들 말마따나 파리는 벽에도 귀가 있는 곳이오. 그러니 마음 편하게 얘기를 나누자면 시내를 돌아다니는 방법밖에 없소. 마부한테는 우리 말소리가 안 들릴 것이고, 설령 들린다 해도 저 친구는 귓구멍이 꽉 막혔으니 걱정할 게 없소.」

우리의 첫 대화는 그렇게 이어졌다. 그러는 동안 파리에는 어둠이 내렸고, 도로의 포석이 보이지 않을 만큼 자욱하게 내려앉은 안개가 천천히 흐르는 사이로 가늘고 성긴 빗방울이 섞여 들고 있었다. 마부는 인적이 가장 뜸하고 불빛이 가장 적은 구역으로 곧장 달려가라고 미리 지시를 받은 모양이었다. 카푸신 대로에서도 얼마든지 남들의 방해를 받지 않고 이야기를 나눌 수 있었으련만, 오스만 베이는 분명 연출을 좋아하는 자였다.

「파리는 삭막한 것 같소. 행인들을 보시오.」

하면서 오스만 베이는 마치 해골에 촛불이 비친 듯 갑자기 환해진 얼굴로 미소를 짓더니(얼굴은 추해도 잇바디는 고운 자로고)

「다들 유령처럼 움직이고 있구려. 첫새벽이 밝아 오면 아마도 서둘러 저희의 무덤으로 돌아갈 거요.」

나는 슬며시 짜증이 났다.

「문장이 근사하오. 퐁송 뒤 테라유[3]의 걸작을 생각나게 하

3 프랑스의 통속 소설 작가(1829~1871). 외젠 쉬의 성공작 『파리의 신비』에서 영향을 받아, 1857년 희대의 악인 로캉볼이 등장하는 『파리의 비극』 연작을 발표하기 시작하면서 프랑스 신문 연재소설의 새로운 총아가 되었다.

는구려. 그런데 이제 변죽은 그만 치고 더 실제적인 얘기로 넘어가도 되지 않겠소? 예를 들어 이폴리트 류토스탄스키라는 사람에 대해서 무언가 해줄 만한 얘기가 있소?」

「그자는 사기꾼이고 첩자요. 한때는 가톨릭 사제였는데, 어린 사내아이들을 상대로 뭐랄까, 별로 깨끗하지 않은 짓거리를 했기 때문에 사제직을 잃고 속인으로 돌아갔소. 이것만 봐도 결코 추천할 만한 사람이 못 되오. 인간이 약하다는 것을 모르는 바는 아니지만, 사제라면 약간의 품격은 유지해야 하는 것 아니겠소? 그는 반성을 하기는커녕 개종을 해서 정교회의 수도사가 되었소. 내가 이제 이른바 〈신성한 러시아〉를 알 만큼 알기에 하는 말이지만, 그 수도원들은 비록 세속에서 멀리 떨어져 있긴 해도 늙은 수사들과 수련 수도사들이 이를테면…… 형제애 같은 애정으로 서로 결속되어 있소. 하지만 그런 얘기는 그만합시다. 난 모사꾼도 아니고 남의 일에 관심을 갖는 사람도 아니오. 내가 알고 있는 것은 그저 당신이 궁금해하는 그 류토스탄스키가 러시아 정부의 거금을 받아 유대인의 인신 공양에 관한 이야기, 다시 말해서 제사용으로 기독교도 유아를 살해한다는 그 끝없이 되풀이되는 이야기를 우려먹고 있다는 거요. 마치 자기는 아이들을 잘 대해 주었다는 듯이 말이오. 끝으로 소문을 듣자 하니 그는 유대인 상류 사회에 접근하여 얼마쯤 돈을 주면 이제껏 자기가 출간했던 것을 모두 부인하겠다고 하는 모양입디다. 유대인들이 그런 자에게 돈을 줄 것 같소? 천만에, 그는 신뢰할 만한 사람이 아니오.」

하고는 말끝을 달아

「아, 내가 잊고 있었는데, 그자는 매독 환자요.」

누가 그랬던가. 위대한 이야기꾼들은 언제나 자기들의 인물을 통해 자기 자신을 묘사한다고.

그러고 나서 나는 프라하의 묘지에 관한 이야기를 들려주었다. 오스만 베이는 참을성 있게 듣고 내가 묘지 장면을 멋들어지게 묘사할 때는 알겠다는 듯 빙그레 웃고 나서 물었다.

「시모니니 대위, 나보고 문학의 냄새를 피운다고 하더니 정작 문학가 행세를 하는 사람은 당신이구려. 나는 그저 이스라엘 동맹과 프리메이슨회의 관계를 입증하는 명백한 증거들을 찾고 있소. 그리고 과거를 들쑤시자는 것이 아니라 미래를 예상하자는 뜻에서 프랑스 유대인들과 프로이센군의 관계에 대한 증거도 구할 생각이오. 이스라엘 동맹은 온 세상에 황금 그물을 던져서 모든 재산과 모든 사람을 수중에 넣으려 하는 세력이오. 바로 그 사실을 입증하고 고발해야 하오. 이스라엘 동맹과 같은 세력은 아주 오래전부터, 심지어는 로마 제국 이전부터 존재해 왔소. 3천 년의 역사를 이어 올 만큼 생명력이 강하고 잘 운용되고 있다는 얘기요. 그 세력이 티에르 같은 유대인을 통해서 어떻게 프랑스를 지배했는지 생각해 보시오.」

「티에르가 유대인이었소?」

「유대인이 어디 한둘이오? 그들은 우리 주위에서, 우리 등 뒤에서 우리의 저축을 관리하고 우리 군대를 지휘하고 교회와 정부에 영향력을 행사하고 있소. 나는 이스라엘 동맹의 직원 한 사람을 매수해서 그들이 러시아에 인접한 나라들의 여러 유대인 평의회에 보낸 편지들의 사본을 입수했소. 그 평의회들은 러시아 국경 전체로 퍼져 나가고 있소. 러시아 경찰이 큰 도로들을 감시하고 있는 동안, 그들과 연계된 요원들은 들판과 늪지와 수로를 누비고 있는 거요. 그야말로 하나의 거대한 거미줄이오. 나는 그 음모를 차르에게 고해서 신성한 러시아를 구했소. 오로지 나 혼자 한 일이오. 나는 평화를 사랑하고, 부드러움이 지배하는 세상, 폭력이라는 말의 의미를 아무도 이해하지 못하게 되는 세상을 원하오. 세상에서 유대인들이 모두 사라지고, 그들의 재정적인 지원을 받는 무기 상인들이 사라지면, 우리는 백 년의 행복을 맞이하게 될 거요.」

「그래서요?」

「그래서 언젠가는 이치에 맞는 유일한 해결책, 다시 말해서 모든 유대인을 제거하는 마지막 해결책을 시도해야 할 거요. 아이들은 어떻게 하느냐고요? 아이들도 없애 버려야죠. 그래요, 이게 유대의 왕 헤롯의 발상과 비슷한 것으로 비칠 수 있음을 알고 있소. 하지만 나쁜 종자를 없애 버리고자 한다면, 풀줄기만 잘라서는 안 되고 그 뿌리를 뽑아내야 하는 거요. 모기에 물리고 싶지 않으면 그 애벌레를 죽여야 하오. 이스라엘 동맹을 겨냥하는 것은 과도기의 전략일 뿐이오. 유대 종족이 말살되면 그 단체 역시 사라질 수밖에 없소.」

인적이 뜸한 파리의 한 구역을 달리는 그 기이한 만남을 마무리하면서, 오스만 베이는 나에게 한 가지 제안을 했다.

「대위, 당신은 나한테 별로 준 것이 없소. 그러니 내가 곧 이스라엘 동맹에 관한 모든 것을 알게 된다 하더라도 당신은 나에게 정보를 요구할 수 없소. 하지만 내가 한 가지 계약을 제안하겠소. 나는 이스라엘 동맹의 유대인들을 염탐할 수 있지만, 메이슨들을 기찰할 수는 없소. 나는 러시아에서 온 신비주의자이자 정교회 신자인 데다 파리의 경제계와 지식인 사회에 이렇다 할 인맥이 없어서 프리메이슨회의 내부로 침투할 수가 없소. 그들은 조끼 주머니에 회중시계를 넣고 다니는 당신 같은 사람들을 선호하오. 그들 속으로 파고드는 게 당신한테는 어려운 일이 아닐 거요. 내가 듣기로 당신은 가리발디의 원정에 참가했다는 것을 내세우고 다녔소. 가리발디야말로 최고의 메이슨 아니오? 그러니 이렇게 합시다. 당신은 나한테 프리메이슨회에 관한 이야기를 해주시오. 그러면 나는 이스라엘 동맹에 관해 이야기해 주겠소.」

「구두 합의로 충분하오?」

「신사들끼리는 문서를 작성할 필요가 없소.」

20

러시아 사람들이오?

1897년 4월 12일 오전 9시

신부 보시오.

우리는 분명코 서로 다른 두 사람이오. 그 증거를 얻었소.

오늘 아침 8시쯤 잠에서 깨어나(물론 내 침대에서 말이오), 잠옷 차림으로 서재에 갔다가 검은 형체 하나가 아래로 도망치는 것을 언뜻 보았소. 나는 서류가 흐트러져 있음을 단박에 알아차리고 때마침 손 가까이에 놓여 있던 지팡이칼을 집어 들고 가게로 내려갔소. 액운을 불러오는 까마귀처럼 검은 형체가 거리로 나서는 게 설핏 보이기에 그 뒤를 쫓았는데, 그냥 운이 나빠서 그랬는지 아니면 그 불청객이 도주를 예상하고 용의주도하게 준비를 해놓았던 것인지, 민걸상 하나가 평소와 다른 곳에 놓여 있어서 그것에 발이 걸리고 말았소.

나는 지팡이칼을 빼어 들고 비틀거리면서 외통골목으로 달려 나갔소. 아뿔싸, 좌우 어디에도 사람의 그림자가 보이지 않았소. 불청객을 놓치고 만 거요. 하지만 나는 그게 바로 당신이었다고 장담할 수 있소. 아닌 게 아니라 당신의 거처에 가 보니 침대가 비어 있습디다.

4월 12일 정오

시모니니 대위 보시오.

조금 전 잠에서 깨어나(물론 내 침대에서 말이오), 당신의 편지에 답하고 있소. 분명히 말하거니와 오늘 아침에 나는 자고 있었으므로 당신의 집에 가 있었을 리가 없소. 그런데 막 잠자리에서 일어났을 때, 그러니까 11시쯤 되었을 때, 나는 웬 남자의 형체를 보고 경악했소. 내가 보기엔 분명 당신이었는데, 변장용 물품을 모아 둔 복도를 통해 달아납디다. 나는 역시 잠옷 바람으로 당신을 뒤쫓아 갔고, 당신의 거처에서 당신을 보았소. 당신은 유령처럼 그 추잡한 가게로 내려간 뒤에 문으로 달아났소. 나도 당신처럼 민걸상에 부딪혔고, 모베르 외통골목에 나갔을 때는 사람의 자취가 보이지 않았소. 하지만 나는 그게 바로 당신이었다고 장담할 수 있소. 어디 말해 보시오. 내 짐작이 틀렸는지…….

4월 12일 오후 첫 반나절

신부 보시오.

대관절 내게 무슨 일이 생긴 거요? 어디에 탈이 난 게 분명하오. 마치 이따금 실신했다가 깨어나기를 되풀이하는 것만 같소. 그게 사실이라면 당신은 내가 정신을 잃을 때마다 내 일기에 관여하여 그 내용을 왜곡시키고 있는 거요. 아니면 우리는 같은 사람이오? 상식에 맞게, 아니면 사물의 이치에 맞게 따져 봅시다. 만약 우리 두 사람이 같은 시각에 서로를 보았다면, 한쪽에는 내가 있었고 다른 쪽에는 당신이 있었다고 생각하는 게 이치에 맞소. 그런데 우리는 서로 다른 시각에 상대를 보았다고 말하고 있소. 내가 내 집에서 누가 도망치는 것을 보았을 때 그 도망자가 나 아닌 어떤 사람이라고 생각하는 건 당연한 일이오. 하지만 그 도망자가 필시 당신일 거라는 생각은 오늘 아침 이 집에 우리 두 사람밖에 없었다는 확신에서 비롯된 것인데, 사실 그 확신은 별로 근거가 없소.

만약 이 집에 우리 두 사람밖에 없었다면, 하나의 모순이 생겨나오. 당신은 오전 8시에 내 물건들을 뒤지러 왔고 나는 당신을 뒤쫓았다고 칩시다. 그리고 11시에는 내가 당신 물건들을 뒤지러 갔고 당신이 나를 뒤쫓았다고 칩시다. 그렇다면 어찌하여 우리는 저마다 남이 자기 집에 들어온 때만 기억하고 자기가 남의 집에 들어간 때는 기억하지 못하는 것이오?

물론 우리가 그것을 잊어버렸거나 잊고 싶어 했을 수는 있소. 또는 이러저러한 이유로 그것을 일부러 말하지 않았을 수도 있소. 하지만 나로 말하자면 정녕코 무언가를 일부러 말하지 않은 적이 없소. 게다가 서로 다른 두 사람이 무언가를 상대에게 말하지 않으려는 욕구를 동시에 느낀다는 게 있을 법한 일이오? 두 마음이 그렇게 서로 대칭을 이루듯이 움직인다는 건 너무나 소설 같은 이야기요. 몽테팽[1] 같은 작가도 그런 이야기를 지어내지는 못할 거요.

그보다는 등장인물이 세 명이었다는 가정이 더 그럴싸하오. 정체불명의 괴한이 아침에 내 집에 들어왔고 나는 그자가 당신이라고 믿었소. 11시에는 같은 괴한이 당신 집에 들어갔고 당신은 그자가 나라고 생각했소. 첩자들이 도처에서 암약하는 판국이니 꽤 그럴 법한 가정이 아니오?

그러나 그런 가정도 우리가 서로 다른 두 사람이라는 것을 확인시켜 주지는 않소. 똑같은 사람이 8시에 시모니니로 깨어나 정체불명의 괴한이 침입한 것을 본 다음, 기억을 잃었다가 11시에 달라 피콜라로 깨어나 그 괴한을 다시 본 것일 수도 있다는 거요.

이렇듯 이 집에 우리 말고 누가 또 있었다는 이야기는 우리가 정녕 누구인가 하는 문제를 전혀 해결해 주지 않소. 그저 우리 두 사람(또는 나이면서 동시에 당신인 한 사람)의 삶을 더욱 복잡하게 만들 뿐이오. 마치 우리 집을 제 집처럼 드나들 수 있는 제삼자가 있고, 우리가 그자의 손아귀에서 놀아나

1 19세기 후반에 대필 작가를 거느리고 (때로는 표절까지 해가며) 수많은 신문 연재소설을 발표했으나 오늘날에는 거의 잊혀 버린 프랑스 통속 소설 작가 그자비에 드 몽테팽(1823~1902)을 가리킨다.

는 기분이 들지 않소?

그렇다면 등장인물이 셋이 아니라 넷이었다고 해볼까요? 정체불명의 괴한 1호는 8시에 내 집에 침입했고, 괴한 2호는 11시에 당신 집에 침입했다고 말이오. 이 경우에 괴한 1호와 괴한 2호 사이에는 무슨 관계가 있겠소?

하지만 내가 정작 묻고 싶은 건 이거요. 당신이 보았다는 괴한을 뒤쫓은 사람이 정말 당신이오? 그게 내가 아니라 당신이라고 온전히 확신할 수 있소? 솔직히 말해 보시오. 이것이야말로 정곡을 찌르는 질문이 아니오?

여하튼 당신에게 경고하겠소. 나는 지팡이칼을 가지고 있소. 내 집에서 다른 사람의 그림자가 얼씬거리는 것을 보면 그게 누구인가를 살피지 않고 단칼에 베어 버리겠소! 그자가 나일 수 없으니 내가 나를 죽이는 일은 없을 거요. 내 손에 죽어 나갈 자는 괴한(1호 또는 2호)일 수도 있지만, 바로 당신일 수도 있소. 그러니 조심하시오.

4월 12일 저녁

마치 긴 혼수상태에서 깨어난 기분으로 일어나 당신의 글을 읽었소. 불안감이 밀려옴과 동시에 꿈결에 보는 듯 바타유 박사(아니 이 사람은 또 누구란 말이오?)의 모습이 떠올랐소. 오퇴유 구역에 있는 어느 집에서 그는 얼근히 취한 채로 나에게 작은 권총을 건네주며 말했소. 〈저는 두렵습니다. 우리는 도를 넘어섰어요. 메이슨들이 우리를 죽이려고 하니 무장을 하고 다니는 게 좋겠어요.〉 나는 겁을 먹었지만 그건 죽음의 위협 때문이라기보다 권총 때문이었소. 사실 나는 메이슨들을 상대로 협상을 벌일 수 있다는 것을 알고 있었소(거기엔 무슨 사정이 있는 것일까요?). 그래서 그 이튿날 권총을 여기 메트르 알베르 거리에 면한 내 집의 어느 서랍 속에 감춰 두었소.

오늘 오후 당신이 나에게 겁을 주었기에 나는 내 집에 가서 서랍을 다시 열었소. 마치 예전에 했던 동작을 되풀이하는 것 같은 묘한 기분이 들었지만, 나는 머리를 흔들어 몽상을 털어 버렸소. 6시쯤 나는 조심스럽게 변장용 물품을 모아 놓은 복도로 들어가서 당신 집을 향해 나아갔소. 그때 검은 형체가 내 쪽으로 다가오는 게 보였소. 한 남자가 작은 초 하나만 손에 들고 구부정한 자세로 나아오고 있었소. 그게 당신일 수도 있고 아닐 수도 있었지만, 나는 분별을 잃고 말았소. 그래서 총을 쏘았고, 그자는 내 발치에 쓰러지더니 더 이상 움직이지 않았소.

그자는 죽어 버렸소. 단 한 방의 총알이 심장에 박힌 거요. 나는 처음으로 총을 쏘았고, 내 인생에서 그게 마지막이기를 바라오. 그 끔찍함을 어찌 말로 다 하리오.

그의 호주머니를 뒤져 보니 러시아어로 된 편지들밖에 나오지 않았소. 그러고 나서 그의 얼굴을 바라보니, 광대뼈가 불룩하고 칼미크 사람들처럼 눈꼬리가 조금 올라간 데다 머리털이 거의 백발에 가까운 금발인 것이 영락없는 슬라브인이었소. 그자가 무얼 바라고 내 집에 침입하려고 했던 것인지 이해할 수가 없소.

시체를 내 집에 둘 수는 없는 노릇이라, 나는 그것을 당신네 지

그자는 죽어 버렸소.
단 한 방의 총알이 심장에 박힌 거요.

하실로 끌고 가서 하수도로 통하는 뚜껑 문을 열었소. 이번에는 꼭 내려가리라 마음을 다잡고 낑낑거리며 시체를 작은 층층대 아래로 끌어내린 다음, 독한 증기에 질식할 위험을 무릅쓰고 당신이 달라 피콜라의 시신을 유기했을 법한 곳으로 시체를 옮겼소. 나는 거기에서 그저 당신이 죽였다는 달라 피콜라의 해골을 발견하게 되리라 생각했소. 그런데 두 가지 놀라운 사실을 알게 되었소. 첫째는 우리 시대 과학의 여왕이라 할 만한 화학의 기적이 일어난 듯, 하수도의 그 독한 증기와 습기가 달라 피콜라의 시신일 법한 그것을 10년 넘게 보존하는 데 이바지한지라, 시신이 앙상하게 변하기는 했으되 살가죽 비슷한 물질이 아직 뼈에 달라붙어 있어서 비록 미라의 형상일지언정 사람의 꼴을 아직 유지하고 있더라는 것이오. 둘째는 달라 피콜라로 추정되는 시신 옆에서 두 구의 시체가 더 발견되었는바, 하나는 수단 차림의 남자였고 다른 하나는 반라의 여인이었으며, 두 사체 모두 부패가 진행되어 형체가 뭉개져 가고 있었음에도 왠지 무척 낯익은 사람들이라는 느낌이 들었다는 거요. 두 시체의 얼굴을 보는 순간 내 마음에 폭풍 같은 것이 일었고, 무어라 형언할 수 없는 이미지들이 머릿속을 스치고 지나갔소. 그것들은 대체 누구누구의 시신이란 말이오? 나는 그 답을 알지 못하고 알고 싶지도 않소. 하지만 오늘 우리가 겪은 일들에는 보기보다 훨씬 복잡한 내막이 있는 것 같소.

이제 내가 오늘 겪은 일을 당신도 비슷하게 겪었다는 얘기 따위는 하지 마시오. 비슷한 일들이 나와 당신에게 동시에 일어나는 이 기이한 사태를 더는 견딜 수가 없소.

4월 12일 밤

신부 보시오.

나는 여기저기 돌아다니면서 사람들을 죽이지는 않소 — 동기도 없이 그러는 사람은 더더욱 아니오. 그래도 정말 시체들이 있는지 확인하기 위해, 여러 해 전부터 발을 들이지 않았던 하수도에 내려갔소. 맙소사, 정말 시체가 네 구나 있습디다. 하나는 아주 오래전에 내가 직접 갖다 놓은 것이고, 다른 하나는 바로 오늘 저녁에 당신이 갖다 놓은 것이라면, 나머지 두 구는 무엇이오?

누가 내 집 하수도를 들락거리며 거기에 시체를 갖다 버리는 거요? 러시아 사람들이오? 러시아인들이 무엇을 바라고 나에게 — 당신에게 —, 아니 우리에게 이런 짓을 한단 말이오?

오, 켈 이스투아르(오, 이 무슨 말씀인고)![2]

2 *Oh, quelle histoire!*

21

레오 탁실

1897년 4월 13일 일기를 바탕으로

시모니니는 누가 자기 집 — 그리고 달라 피콜라의 집 — 에 침입했는지를 알아내기 위해 기억을 쥐어짰다. 그러자 비로소 생각나는 것이 있었으니, 1880년대 초에 그는 쥘리에트 아당(그가 본 거리의 서점에서 마담 라메신으로 만났던 여자)의 살롱에 드나들기 시작했고, 거기에서 율리아나 드미트리예브나 글린카를 알게 되었으며, 그녀를 통해 러시아 비밀경찰의 라치콥스키와 관계를 맺었다. 만약 누군가 그의 집(또는 달라 피콜라의 집)에 침입했다면, 그건 의심할 나위 없이 그 두 사람 가운데 하나를 위한 일이었을 터인즉, 그가 이제 막 기억해 낸 바로 그들은 똑같은 보물을 좇는 경쟁자들이었다. 하지만 그 뒤로 15년의 세월이 흘렀고 숱한 사건들이 벌어졌다. 러시아 사람들은 언제부터 시모니니의 뒤를 밟았던 것일까?

혹시 러시아 사람들이 아니라 메이슨들이 침입했던 것은 아닐까? 시모니니는 무언가 그들을 화나게 하는 일을 했을 것이고, 그들은 시모니니가 자기들을 위험에 빠뜨릴 문서들을 가지고 있지 않을까 해서 그의 집을 뒤졌을지도 모를 일이었다. 그 무렵에 시모니니는 메이슨들과의 접촉을 시도하고 있었는데, 그것은 오스만 베이를 만족시키기 위함이기도 했고 베르가마스키 신부 때문이기도 했다. 베르가마스키 신부는 바야흐로 로마 교황청이 프리메이슨회(그리고 그 단체를 사주하는 유대인들)에 대한 정면 공격을 시작하려던 참이라서, 참신한 자료를 구해 내라고 시모니니를 채근하고 있었다 — 그들은 쓸 만한 자료를 가지고 있지 않았던 터라, 예수회 잡지인 『가톨릭 문명』은 이미 3년 전에 『동시대인』에 실렸던 시모니니 할아버지의 편지를 다시 게재하지 않을 수 없었다.

시모니니는 그 시절에 관한 기억을 되살려 나갔다. 당시에 그는 프리메이슨회에 가입하는 것이 적절한가를 놓고 숙고했다. 단체에 가입하면 모임에 참석해야 하고 형제들에게 봉사하는 것을 거부할 수 없으므로 행동의 자유가 제약될 가능성이 있었다. 게다가 프리메이슨회 쪽에서는 그의 입회 자격을 심사하기 위해 현재의 삶과 과거의 행적에 관한 뒷조사를 벌일 것인바 그건 절대로 허용해선 안 되는 일이었다. 그렇다면 어느 회원을 협박해서 그자를 정보원으로 활용하는 게 상책일 터였다. 가짜 유언장을 숱하게 작성해 왔고 그래서 큰 돈을 번 공증인이라면 거물 메이슨을 두세 명쯤 만났을 공산이 컸다.

어떤 약점이 있는 자를 찾아내기만 한다면, 사실 드러내 놓고 협박을 할 필요도 없었다. 시모니니는 몇 해 전에 한낱 정보원에서 국제 첩보원으로 변신하여 상당한 이득을 보았지만, 그것으로는 자기의 야심을 충족시킬 수 없었다. 첩보원 노릇을 하자면 은밀한 삶을 살 수밖에 없는데, 나이가 들면서 부유하고 명예로운 사교 생활에 대한 욕구가 점점 강해지고 있는 것이었다. 그리하여 그는 자기의 진정한 소명이 무엇인지를 깨달았다. 그건 첩보원으로 활동하는 것이 아니라, 드러내 놓고 첩보원 행세를 하는 것이었다. 다시 말하면 사람들 눈에 자기가 여러 방면에서 활약하는 첩보원인 것처럼 보이게 하되, 누구를 위해서 정보를 모으는가에 대해서는 일절 말하지 않고 그저 엄청난 정보를 모아 두었으리라는 추측만 하게 하는 것이었다.

첩보원 행세를 하는 것은 아주 쏠쏠한 돈벌이였다. 사람들은 그가 매우 값비싼 비밀 정보를 가지고 있으리라 지레짐작하고 그런 것들을 얻어 내기 위해서라면 거금을 들이는 것도 마다하지 않았다. 하지만 정보를 요구하는 자들은 신분이 노출되는 것을 꺼리기 때문에 공증 업무를 핑계하며 그를 찾아와서는 엄청난 금액이 적힌 계산서를 내밀기가 두섭게 눈도 깜짝하지 않고 공증인의 보수를 지급하기가 일쑤였다. 그들이 조심해야 할 것은 하찮은 공증 업무에 너무 많은 돈을 지불하는 것은 물론이려니와 단 하나의 정보도 얻어 내지 못한다는 사실이었다. 그래도 그들은 그냥 시모니니를 매수한 것으로 여기면서 어떤 소식이 오기를 참을성 있게 기다렸다.

이 대목에서 화자가 생각건대, 시모니니는 시대를 앞서 가고 있었다. 사실 자유로운 보도와 출판이 널리 퍼져 나가고, 전보에서 곧 출현할 무선 전신에 이르기까지 정보 전달 방식이 혁신되고 있던 터라, 비밀 정보는 점점 희귀해지고 있었고, 그로 인해 비밀 첩보원이라는 직업에 위기가 닥칠 수도 있는 상황이었다. 그러니 비밀 정보를 전혀 가지고 있지 않으면서도 가지고 있는 것처럼 믿게 하는 것이 상책이었다. 그건 금리를 받아서 살아가거나 특허의 이득을 향유하는 것이나 진배없는 일이다. 그대가 그냥 빈둥거리고 있어도 사람들은 그대의 입에서 기막힌 정보를 얻어 낸 것처럼 허세를 부리기 때문에 그대의 명성은 더욱 높아지고 돈은 저절로 굴러 들어올 것이라.

시모니니가 접촉해야 할 사람은 직접 협박을 당하지 않아도 자기가 협박을 당하리라 지레 겁을 먹을 만한 자라야 하는데, 그런 자를 어디에서 찾아낼 수 있을까? 그의 뇌리에 가장 먼저 떠오른 이름은 탁실이었다. 시모니니는 그를 알게 된 정황과 그에게서 들은 얘기를 기억하고 있었다. 시모니니는 그에게 가짜 서신들(누가 누구에게 보내는 서신들이었는지는 기억나지 않지만)을 만들어 주었고, 그는 자기가 〈명예를 아는 프랑스 친구들의 성전〉이라는 프리메이슨 회당에 소속되어 있음을 자랑삼아 말했다. 탁실이 정말 적임자일까? 시모니니는 실수를 피하기 위해 에뷔테른에게 정보를 구하러 갔다. 그의 새로운 소식통 노릇을 하는 이 기관원은 전임자인 라그랑주와 달리 약속 장소를 바꾸지 않았다. 이번에도 그들은 노트르담 대성당 앞에서 만나 중앙 신자석의 안쪽 자리에서 이야기를 나누었다.

시모니니는 정보기관이 탁실에 관해서 무엇을 알고 있는지 물었다. 에뷔테른은 실소를 터뜨렸다.

「통상 우리가 당신에게 정보를 요구하는 것이지 그 반대는 아니오. 그래도 이번만은 내가 당신의 요구를 들어주겠소. 그 이름을 들으니 무언가 생각나는 게 있소만, 이 일은 우리 기관의 소관이 아니라 경찰의 소관이오. 내가 며칠 내로 알려 주리다.」

경찰의 보고서는 주말이 되기 전에 도착했고 당연히 매우 흥미로웠다. 그 내용인즉 이러했다. 마리 조제프 가브리엘 앙투안 조강파제스, 일명 레오 탁실은 1854년 마르세유에서 태어났고, 예수회 수도원에 딸린 학교를 다녔으며, 그것의 당연한 결과로 열여덟 살 무렵부터 반교권주의 신문들에서 기자 생활을 하기 시작했다. 마르세유에서 그는 논다니들과 자주 어울렸는데, 그 가운데 한 매음녀는 나중에 창가 여주인을 살해한 죄로 12년 징역형을 선고받았고, 또 다른 매음녀는 제 애인을 살해하려 했다는 혐의로 체포되었다. 이렇듯 탁실이 어쩌다 알게 된 사람들의 죄까지 그의 탓으로 돌린 것을 보면, 경찰은 그를 좋지 않게 여기는 게 분명했다. 탁실은 자기가 자주 만나던 공화주의자들에 관한 정보를 제공함으로써 경찰에 협력한 적도 있는 모양인데, 정작 경찰은 그에게 관대하지 않다는 게 이상했다. 하지만 경찰관들 역시 그를 수치스럽게 여겼을 수는 있다. 그는 최음제를 〈세라유 사탕〉이라고 허위 광고를 해서 고발당한 적도 있다 하니 말이다. 아직 마르세유에 있던 1873년에 그는 지방 신문들 앞으로 여러 통의 편지를 보냈다. 모두 어부들이 쓴 것으로 되어 있고 마르세유 항구에 상어들이 자주 출몰한다는 소식을 전하고 있는 이 편지들 때문에 온 도시가 그야말로 공황 상태에 빠졌다. 그 뒤에 그는 종교에 적대하는 기사들 때문에 유죄 판결을 받고 제네바로 피신했다. 거기에서는 레만 호 밑바닥에 고대 로마의 도시 유적이 존재한다는 허위 정보를 퍼뜨렸고, 그로 인해 수많은 관광객이 몰려들었다. 그는 거짓되고 편향된 정보들을 유포한 혐의로 스위스에서 추방당한 뒤에 몽펠리에로 갔다가 다시 파리로 가서 에콜 거리에 반교권주의 성향의 출판사를 설립했다. 그 무렵에 그는 프리메이슨회의 한 회당에 가입했다가 얼마 지나지 않아 회원 자격을 잃고 추방당했다. 한때는 반교권주의 저작을 다수 출간하여 큰돈을 벌기도 했으나 이제는 벌이가 예전 같지 않아서 빚을 잔뜩 지고 있는 처지였다.

시모니니는 비로소 탁실에 관한 모든 것을 기억해 내기 시작했다. 그가 기억하기로 탁실이 출간한 책들 중에는 반교권주의를 넘어서서 반종교적 성향을 지닌 것들도 있었다. 매우 무례한 삽화들(예를 들어 마리아와 성령의 비둘기 사이의 관계를 논하는 대목)을 곁들여 이야기를 전개하는 『예수의 생

매우 무례한 삽화들(예를 들어 마리아와
성령의 비둘기 사이의 관계를 논하는 대목)을 곁들여 이야기를
전개하는 『예수의 생애』 같은 책이 그러했다.

애』 같은 책이 그러했다. 탁실은 『예수회 신부의 아들』이라는 음침한 색조의 소설을 쓰기도 했거니와, 이는 저자가 얼마나 지독한 사기꾼인가를 잘 보여 주는 책이었다. 부연하자면, 이 책의 첫 페이지에는 주세페 가리발디에게 바치는 헌사(〈내가 아버지처럼 사랑하는 분〉 운운)가 나오고 여기까지는 무어라고 탓할 말이 없지만, 속표지에서 놀랍게도 주세페 가리발디의 〈추천사〉가 실려 있음을 알려 주고 있었다. 〈반교권주의 사상〉이라는 제목이 붙은 이 추천사는 사제들에 대한 격렬한 모욕으로 보일 뿐(〈사제가 내 앞에 나타나면, 특히 사제의 정수인 예수회 신부가 눈앞에 보이면, 그 본성의 온갖 추악함이 강하게 느껴지면서 내 몸에 전율이 스치고 구역질이 난다〉), 추천하고자 하는 책에 대해서는 단 한 마디도 하지 않고 있었다 — 따라서 탁실은 어딘가에서 가리발디의 글을 발췌하여 마치 그가 자기 책을 위해 써준 글인 것처럼 소개한 것이 분명했다.

시모니니는 그런 인물과 관계를 맺어 위험을 자초하고 싶지 않았다. 그래서 푸르니에라는 공증인 행세를 하기로 하고, 밤색이 도는 어중간한 빛깔의 멋진 가발을 쓴 다음 옆으로 가르마를 타서 정성스럽게 빗질을 했으며, 같은 색깔의 구레나룻을 붙여 얼굴을 조붓해 보이게 만들고, 적절한 크림을 발라 안색을 창백하게 만들었다. 또한 거울을 보며 약간 맹한 미소가 얼굴에 새겨지도록 훈련에 훈련을 거듭했는바, 이는 입을 헤벌쭉하게 벌려서 금을 씌운 두 송곳니를 드러내는 웃음이었다. 치과 의학의 작은 걸작이라 할 만한 그 보철은 고맙게도 그의 자연치를 가려 줄 뿐만 아니라, 발음을 왜곡함으로써 말소리까지 달라지게 만들고 있었다.

그렇게 만반의 준비를 하고 시모니니는 에콜 거리에 있는 그의 집으로 기송관(氣送管) 속달 우편[1]을 통해 프티 블뢰[2]를 보내어, 이튿날 카페 리슈[3]에서 식사를 하자고 초대했다. 그것은 상대에게 자기가 어떤 사람인지를 보여 주는 좋은 방법이었다. 그 카페에는 숱한 저명인사들이 드나들고 있는 데다, 허세 부리기 좋아하는 벼락부자들이라면 리슈식 서대 구이나 도요새 구이 앞에서 사족을 못 쓰기 때문이었다.

레오 탁실은 볼이 통통하고 얼굴에 개기름이 번드르르하고 넓은 이마가 훌떡 벗어졌으며, 길고 다보록하게 기른 콧수염은 위압감을 주었고, 옷차림이 고급스럽기는 했으나 너무 겉멋을 부린 느낌이었으며, 이마에 흐르는 땀을 연신 훔치면서 이야기를 하는데, 목청은 크고 말투에는 마르세유식 억양이 배어 있어서 듣기에 여간 거북하지 않았다.

그는 푸르니에라는 공증인이 무슨 용건으로 자기를 보자

1 기송관 속달 우편이란 19세기 후반에 런던, 베를린, 파리 등지에서 사용되었던 속달 우편 방식으로서 서류를 담은 작은 원통을 우체국들 사이에 설치된 파이프 속에 넣어 압축 공기를 이용해 전달하는 것이다. 오늘날에는 주로 병원, 은행, 대형 마트 등에서 문서 전달 수단으로 사용한다.

2 〈작은 파랑이〉라는 뜻. 기송관 속달 우편의 전보용지가 청회색이라서 기송관 정보의 별명으로 사용된 것인데, 때로는 전보 일반을 가리키기도 하고, 정보를 빠르게 전달한다는 의미로 몇몇 신문의 제호에 사용되기도 했다.

3 파리 2구와 9구의 경계를 이루는 이탈리앵 대로에 있었던 카페. 앞서 나온 카페 앙글레와 마주 보는 자리에 있었으며, 모파상의 『벨아미』와 졸라의 『사냥 고기 갈라 먹기*La Curée*』에 이 카페의 제2제정기 때 모습이 비교적 길게 묘사되어 있다.

고 했는지 알 턱이 없는데도, 이내 자기 좋을 대로 넘겨짚으면서, 인간의 본성을 알고 싶어 하는 웬 오지랖 넓은 위인이 그즈음에 소설가들이 〈철학자〉라고 규정하던 많은 사람들과 마찬가지로 반교권주의 논쟁과 자기의 별난 경험에 관심을 보이는 것이려니 하고 생각했다. 그러자 아연 신명을 올리며 자기의 유치한 사기 행각을 무용담이라도 되는 양 늘어놓기 시작했다.

「제가 마르세유에서 상어에 관한 헛소문을 퍼트렸을 때 무슨 일이 벌어졌는지 아십니까? 카탈루냐에서 마르세유의 프라도 해변에 이르기까지 모든 해수욕장에 몇 주일 동안 사람들의 발길이 끊겼고, 시장은 상어들이 코르시카 근해에서 올라온 것이 분명하다면서 선원들이 먹다 남은 상한 훈제 고기를 바다에 버렸기 때문에 상어들이 그 배를 따라왔다고 말했습니다. 그런가 하면 시의 대책 위원회는 샤스포 총으로 무장한 일개 중대를 예선에 태워 파견하라고 요구했고, 정말로 샤스포 총사 백 명이 에스피방 장군의 지휘를 받으며 마르세유 항구에 오더라고요! 그리고 제네바의 레만 호에 관한 소문을 퍼트렸을 때는 어땠는지 아십니까? 유럽 곳곳에서 특파원들이 오고 난리가 났었지요! 혹자는 수몰된 고대 도시가 『갈리아 전기』 시대, 그러니까 레만 호가 너무 좁아서 물들이 서로 섞일 새도 없이 라인 강이 호수를 그냥 지나가던 시절에 건설되었다고 주장했습니다. 호반의 뱃사공들은 관광객들을 호수 한복판으로 데려다 주면서 톡톡히 재미를 보았고, 어떤 자들은 물속이 더 잘 보이게 한다면서 수면에 기름을 부었는가 하면…… 폴란드의 어떤 유명한 고고학자는 자기 나라에 보고서를 보내면서 자기가 호수 밑바닥에서 기마상이 있는 교차로를 보았다고 주장하더라고요! 사람들은 무엇이든 믿을 준비가 되어 있습니다. 그게 인간의 주된 특성이죠. 하기야 교회가 거의 2천 년 동안을 버틸 수 있었던 것도 너 나 할 것 없이 그런 맹신의 성향을 지니고 있기 때문이 아니겠습니까?」

시모니니는 〈명예를 아는 프랑스 친구들의 성전〉에 관한 정보를 요구했다.

「프리메이슨회에 가입하기가 어렵소?」

「경제적인 형편이 넉넉해서 턱없이 비싼 회비를 낼 용의만 있으면 됩니다. 그리고 형제들끼리 서로를 보호하기 위한 규칙에 고분고분 따르는 모습을 보여 주면 돼요. 도덕성을 갖추는 문제에 대해서는 말들이 분분하지만, 작년에만 해도 〈전례 대동단〉의 평의회 의장은 쇼세 당탱 거리에 있는 어느 매음업소의 주인이었습니다. 또 파리의 프리메이슨회를 좌지우지하는 제33계급 수장들 가운데 하나는 첩보원입니다. 아니, 그게 그것이긴 해도 더 정확히 말하자면 첩보기관의 우두머리입니다. 바로 에뷔테른이라는 자죠.」

「그래도 어떤 절차를 거쳐야 회원이 되는 것 아니오?」

「입회 의식이야 있죠! 아시면 깜짝 놀라실 겁니다. 그들은 늘 우주의 대설계자를 운위합니다. 그들이 정말 그런 존재를 믿는지는 모르겠으나, 저희의 전례(典禮)를 대단히 중요하게 생각하는 것 분명해요. 그들이 저를 도제로 받아 주기까지 제가 무슨 일을 겪어야 했는지 아십니까?」

하고서 탁실은 장광설을 늘어놓았다. 듣고 보니 과연 머리털이 곤두설 만한 얘기였다.

시모니니는 탁실이 스스로도 어찌할 수 없는 거짓말쟁이라서 황당무계한 이야기를 지어내는 건 아닌지 종잡을 수가 없었다. 그래서 그에게 묻기를,

「회원이라면 마땅히 비밀로 간직해야 할 것들을 폭로하고 있다는 느낌이 들지 않소? 그리고 모든 전례를 너무 기괴하게 묘사하는 것 아니오?」

그러자 탁실은 천연덕스럽게

「아, 모르셨어요? 저는 이제 아무런 의무도 지고 있지 않습니다. 그 얼간이들이 저를 쫓아냈거든요.」

알고 보니 그는 몽펠리에에서 새로 창간된 「공화 남부」라는 신문에 모종의 방식으로 관여한 모양이었다. 이 신문은 창간호에 대작가 빅토르 위고와 역사학자 루이 블랑을 비롯한 여러 유명 인사들의 격려사와 연대 성명을 실었다. 그런데 곧바로 그 인사들이 프리메이슨 계열의 다른 신문들에 편지를 보내어 그런 지지를 표명한 적이 없다고 폭로하면서 자기들의 이름을 도용한 사실에 분노를 표시했다. 그러자 탁실이 가입한 프리메이슨회의 내부에서 여러 차례 재판이 벌어졌다. 이 재판에서 탁실은 두 가지 방식으로 자기변호를 시도했으니, 첫째는 유명 인사들이 보냈다는 편지들의 원본을 공개하는 것이요, 둘째는 저명한 노작가 위고의 거조를 늙은이의 망령이라는 식으로 설명하는 것이었다 — 이 두 번째 논

거는 첫 번째 논거의 신빙성마저 떨어뜨리면서 조국과 프리메이슨회의 명예에 대한 도저히 용납할 수 없는 모욕으로 간주되었다.

그 대목에서 시모니니는 비로소 탁실의 부탁을 받고 위고와 블랑의 편지를 날조했던 사실을 기억해 냈다. 보아하니 탁실은 그 사실 자체를 잊어버린 게 분명했다. 거짓말을 다반사로 하다 보니 자기 자신을 속이는 지경에까지 이르렀는지, 그는 마치 그 편지들이 진짜인 것처럼 진심의 빛이 어린 눈으로 말하고 있었다. 하기야 만약 그가 공증인 시모니니를 어렴풋하게나마 기억해 냈다면, 공증인 푸르니에와 관계를 맺지 않았을 터였다.

여하튼 중요한 것은 탁실이 프리메이슨회의 옛 동료들에 대해 철저한 증오감을 드러내고 있다는 사실이었다.

시모니니는 탁실이 이야기에 신명을 내도록 계속 부추기면 오스만 베이가 흥미를 느낄 만한 정보를 얻어 낼 수 있으리라는 것을 곧바로 알아차렸다. 그런데 누구보다 속셈이 빠른 시모니니의 머릿속에 하나의 묘안이 떠올라서, 처음엔 그저 하나의 인상이거나 직관의 싹이었다가 나중에는 세세한 내용을 갖춘 온전한 계획으로 발전했다.

시모니니는 첫 만남에서 탁실이 대식가임을 알았던 터라 그다음에는 클리시 성문 근처에 있는 페르 라튀일[4]이라는 작

4 오늘날에는 존재하지 않지만, 에두아르 마네가 1879년에 그린 「페르 라튀일 레스토랑에서」라는 그림을 통해 불멸의 장소가 되었다

은 요릿집으로 그를 초대했다. 거기에서 그들은 유명한 닭고기 볶음과 그보다 훨씬 유명한 캉식의 내장 요리를 먹었다 — 포도주를 곁들였음은 말할 것도 없다. 가짜 공증인 푸르니에는 쩝쩝 소리를 내며 먹다가, 응분의 보수를 지급할 테니 프리메이슨회에 가입해 있던 시절의 회고담을 써서 책으로 내지 않겠느냐고 그에게 물었다. 탁실은 보수라는 말을 듣자 아주 솔깃한 기색을 보였다. 시모니니는 그와 다시 만나기로 약속하고, 즉시 베르가마스키 신부의 집으로 갔다.

「들어 보십시오, 신부님.」 하고 그는 말을 잇대어 「완고한 반교권주의자 하나가 우리 수중에 들어왔습니다. 반교권주의 책들을 내던 자인데 이제는 그 책들이 예전만큼 팔리지 않습니다. 게다가 그자는 프리메이슨회의 내막을 잘 알고 있을 뿐만 아니라 그 무리에 대해서 이를 갈고 있습니다. 탁실이라는 그자가 가톨릭으로 개종해서 자기의 반교권주의 책들을 부정하고 프리메이슨회의 비밀을 폭로하게 하는 겁니다. 그러면 예수회는 악착스러운 선전원 하나를 마음대로 부려먹게 될 것입니다.」

「그러나 개종이라는 게 손바닥 뒤집듯 쉽게 이루어지는 게 아닌데, 자네가 하란다고 해서 할까?」

「제가 보기에 탁실의 경우에는 그게 돈만 있으면 해결되는 문제입니다. 허위 사실 유포와 표변을 능사로 여기는 자라서 돈을 쥐여 주며 그런 성향을 부추기고 신문의 일 면에 나올 거라는 언질만 주면 될 것입니다. 옛날 그리스에 자기 이름이 인구에 회자되는 것을 바라고 에페소스의 아르테미스 신전에 불을 지른 자가 있었다고 들었는데, 그자의 이름이 뭐였지요?」

「헤로스트라토스. 흠, 유명해지기 위해서라면 두슨 짓이든 할 자라 이거로군. 암만, 그렇다면 말이 되지.」

베르가마스키는 생각에 잠겨 있다가 다시 말끝을 달아

「게다가 주님께 이르는 길들은 무궁무진하니…….」

「만천하가 알도록 개종을 하는 대가로 그자에게 얼마를 줄 수 있을까요?」

「진실한 개종에는 아무 대가가 없는 게 마땅한 일이지만, 〈아드 마요렘 데이 글로리암〉[5]이니 너무 까다롭게 굴지는 말자고. 아무리 그래도 5만 프랑 이상은 주지 말게. 그자는 적다고 할 것이나 이 점을 일깨워 주게. 한편으로는 그의 영혼을 구하는 것이니 이는 돈으로 환산할 수는 없는 바요, 다른 한편으로는 그가 프리메이슨회에 반대하는 책들을 쓰면 우리 배포망의 지원을 받아 수십만 부를 팔게 되리라고 말일세.」

시모니니는 그 계획이 성사될지 확신할 수가 없었다. 그래서 만전을 기하기 위해 에뷔테른을 찾아가서 예수회가 탁실을 프리메이슨회의 적으로 만들기 위해 음모를 꾸미고 있다고 이야기했다.

「제발 그랬으면 좋겠소.」 하더니 에뷔테른은 말을 잇대어 「이번에야말로 내 생각이 예수회의 생각과 맞아떨어졌구려. 시모니니, 이건 내가 프리메이슨회의 고위 지도자로서 하는

5 *ad majorem Dei gloriam.* 〈하느님의 더 큰 영광을 위해서〉라는 뜻. 예수회의 모토.

말이오. 내가 소속된 회당은 여느 말단 지파가 아니라 단 하나의 진정한 프리메이슨회인 〈대동방〉 회당이오. 우리는 특정 종교와 무관하고 공화주의와 반교권주의를 지향하오. 하지만 우리는 종교를 반대하지 않소. 우주의 대설계자를 인정할 뿐만 아니라, 그 대설계자를 기독교도의 하느님으로 보든 비인격적인 우주의 힘으로 보든 각 회원의 자유에 맡기니까 말이오. 탁실 같은 무뢰한이 우리 단체의 일원이었다는 사실은 그자가 축출된 지금에도 우리를 난처하게 하오. 그렇다 해도 그런 변절자가 우리 단체에 관해서 지독한 험담을 늘어놓는 것에 대해서는 별로 걱정하지 않소. 그런 자의 헛소리를 믿을 사람은 아무도 없을 테니까 말이오. 다만 바티칸에서 어떤 식으로 나오는지는 지켜볼 일이오. 짐작건대 교황은 신사답게 행동하지 않을 거요. 프리메이슨의 세계는 온갖 고백으로 오염되어 있소. 벌써 여러 해 전에 장마리 라공 같은 저자는 프리메이슨의 다양한 갈래를 보여 주는 목록을 작성하면서 회당이 75개, 전례가 52종, 기사단이 34개(그 가운데 26개는 남녀 혼성), 그리고 각 전례에 따른 계급들의 이름이 1천4백 개에 달한다고 했소. 아닌 게 아니라 당장 생각나는 것만 말하더라도, 스코틀랜드 성전 기사단 회당, 헤레돔 전례, 스베덴보리 전례, 칼리오스트로라는 협잡꾼이 도입한 멤피스 미스라임 전례, 게다가 바이스하우프트의 일루미나티, 사탄파, 루시퍼파(일명 팔라디움파)…… 정말이지 갈래가 너무 많아서 나도 머리가 어질어질할 정도요. 그중에서 특히 사탄파의 전례들이 우리에 대한 세인의 평가에 아주 나쁜 영향을 끼쳤소. 게다가 우리의 존경할 만한 형제들마저 그저 시적인 비유로나마 사탄이나 루시퍼를 운위함으로써 자기들이 모르는 사이에 나쁜 평판을 강화하는 데 일조했소. 예를 들어 아나키스트 프루동은 아주 짧은 기간 메이슨으로 활동했는데, 40년 전에 사탄에게 바치는 이런 기도문을 썼소. 〈오라! 사탄이여, 오라, 사제들과 임금들에게 중상을 당하는 그대여, 나는 그대에게 입을 맞추고 그대를 내 품에 안으리니!〉 그런가 하면 이탈리아 시인 마리오 라피사르디는 프로메테우스 신화를 되살린 『루시퍼』라는 서사시를 썼는데, 그 자신은 메이슨이 아니었지만 가리발디 같은 위대한 메이슨이 그에게 격찬을 보냈소. 바로 그런 것들이 이제와서 프리메이슨회가 루시퍼를 숭배한다는 증거로 이용되고 있는 거요. 교황 비오 9세는 프리메이슨회의 배후에서 악마를 찾아내기 위해 단 한순간도 감시의 눈길을 거두지 않았소. 그러던 차에 이탈리아 시인 조수에 카르두치가 철도의 발명까지도 사탄의 공으로 돌리는 『사탄 찬가』를 썼소. 그는 조금은 공화파이고 조금은 왕당파인 데다가 대단한 허풍선이였는데, 유감스럽게도 메이슨이기도 했소. 나중에 카르두치는 사탄이 하나의 은유였다고 말했지만, 사람들이 보기에는 그 사건 또한 프리메이슨회의 내부에서 사탄 숭배가 널리 행해지고 있다는 증거였소. 요컨대, 이미 오래전에 회원 자격을 잃은 사람, 특히 우리에게 강제로 축출당한 사람이 갑자기 진영을 바꾸어 우리를 격렬하게 비방하는 책자들을 출간한다면 우리로서도 나쁠 게 없소. 그자가 그런 짓을 벌이면 벌일수록 추잡스러워 보일 테니, 그런 자를 내세우는 것은 바티칸의 무기를 무디게 하는 결과를 낳을 거요. 당신이 어떤 사람을 살인자라고 고발하면 사람들이 당신 말을 믿어 줄 수 있소. 하지만 그 사람이 질 드 레처럼 저녁과 밤참으로 아이들을 잡아먹었다고 고발해 보시오. 아무도 당신 말을 진지하게 받아들이지 않을 거요. 프리메이슨회를 통속 소설의 수준으로 떨어뜨리고, 싸구려 문학의 소재로 만들라고 하시오. 그러잖아도 우리는 우리를 진흙탕에 처박을 사람들을 필요로 하고 있던 터요.」

과연 에뷔테른은 배포가 크고, 전임자 라그랑주보다 책략이 뛰어난 사람이었다. 그는 대동방 회당에서 그 사업에 얼마를 투자할 수 있는지 즉답을 하지 않았지만, 며칠 뒤에 다시 나타났다.

「10만 프랑이오. 하지만 이것으로 쓰레기 같은 말들이 쏟아져 나오게 해야 한다는 것을 잊지 마시오.」

그렇듯이 시모니니는 쓰레기 같은 말들을 얻어 내기 위한 자금으로 15만 프랑을 수중에 넣었다. 탁실의 처지가 매우 궁하다는 점을 감안할 때, 그자에게 책이 많이 팔리게 해주겠다고 약속하면서 총액의 반을 떼어 7만 5천 프랑만 주어도 그자는 얼씨구나 하고 받아들일 터였다. 그러면 시모니니에게 7만 5천 프랑이 떨어지고 구문으로 5할을 챙기는 셈이니 이 또한 제법 쏠쏠한 돈벌이가 아니랴.

하면 누구 이름으로 탁실에게 거래를 제안할 것인가? 바티칸의 이름으로? 공증인 푸르니에는 어느 모로 보나 교황의 전권 사절처럼 보이지는 않았다. 그가 할 수 있는 일이라곤 기껏해야 베르가마스키 신부 같은 사람이 찾아오리라는 것을 그에게 알려 주는 것뿐이었다. 따지고 보면 어차피 그는 개종을 하고 자기의 석연치 않은 과거를 고백해야 할 터이므로 신부들이 나서는 게 제격이긴 했다.

그러나 바로 그 석연치 않은 과거라는 말이 떠올랐을 때, 시모니니는 베르가마스키 신부를 신뢰해도 되는가 하고 자문했다. 탁실의 책들은 많이 팔릴 공산이 크므로 그를 예수회 신부들의 손에 그냥 넘겨주는 것은 좋은 돈벌이 하나를 잃는 것이나 진배없었다. 책을 낼 때마다 백 부밖에 못 팔던 무신론 작가들이 제단 발치에 쓰러져 간증을 하고 나면 판매 부수가 2천이나 3천으로 뛰는 경우를 종종 보지 않았는가. 반교권주의자들이야 탁실의 책을 좋아하지 않겠지만, 따지고 보면 그들은 주로 도시의 공화주의자들 속에 있었다. 반면에 지방에는 임금을 섬기고 본당 신부의 가르침을 따르던 과거의 호시절을 동경하는 독실한 신자들이 많았다. 글을 읽을 줄 모르는 사람들(그들에게는 사제가 대신 읽어 주기는 하겠지만)을 제외한다 하더라도 그들 가운데 다수가 탁실의 책을 읽어 줄 것이었다. 그러니까 베르가마스키를 떼어 놓으면, 탁실에게 그가 새로운 책들을 저술하는 데 협력하겠다는 제안을 할 수 있는 것이었다. 탁실이 제안을 받아들인다면, 그들은 사적인 계약을 맺을 것이고 그에 따라 시모니니는 협력자 몫으로 그가 장차 책을 통해 얻게 될 수입의 1할 내지 2할을 챙길 수 있을 것이었다.

두 해 전의 이야기로 돌아가서 1884년에 탁실은 이미 선종한 교황을 중상하는 『비오 9세의 사랑』을 출간하여 선량한 가톨릭 신자들의 가슴에 못질을 한 바 있었다. 같은 해에 교황 레오 13세는 회칙 〈후마눔 제누스〉[6]를 반포하여 프리메이슨회의 철학과 윤리에 담긴 상대주의를 단죄하였다. 몇 해 전에 같은 교황이 회칙 〈쿠오드 아포스톨리치 무네리스〉[7]를 통해 사회주의자들과 공산주의자들의 끔찍한 오류들을 질타했던 것처럼, 이번에는 프리메이슨회를 직접 겨냥하여 그 교의를 낱낱이 비판하고, 추종자들을 굴복시켜 온갖 범죄에 빠지게 하는 그 흑막을 폭로한 것이었다. 이 회칙에 따르면 프리메이슨회는 〈마각을 드러내지 않고 계속 숨어 있으려고 하며, 사람들에게 목적을 알려 주지 않고 그들을 단단히 속박하여 타인의 의지에 맹종하는 비천한 노예로 만드는가 하면, 사람들을 눈먼 도구로 여기며 사악한 범죄를 가리지 않고 모든 사업에 악용하고, 범죄에 대한 처벌을 면할 속셈으로 애먼 사람들의 손에 무기를 쥐여 주는바, 이는 하나같이 자연의 순리를 거역하는 흉악망측한 행태〉였다. 그들

6 Humanum Genus. 〈인류〉라는 뜻. 회칙이란 교황이 교리나 윤리의 문제 등에 관해 가톨릭교회 전체에 보내는 공식적인 사목 편지인데, 그 제목은 본문의 처음 몇 단어로 이루어진다.

7 Quod Apostolici Muneris. 〈이유인즉 사도의 의무〉라는 뜻.

의 교의가 자연주의와 상대주의에 바탕을 두고 있음을 두말할 나위가 없거니와, 그들은 인간의 이성이 만물의 유일한 척도라고 주장함으로써 숱한 폐해를 가져왔는바, 교황은 지상권을 박탈당했고 교회를 없애기 위한 계획이 세워졌으며 결혼은 단순한 민간 계약으로 바뀌었다. 또한 젊은이들의 교육을 성직자들에게서 빼앗아 세속의 교육자들에게 맡겼는바, 그들이 가르치는 바를 보자면 〈인간은 모두 똑같은 권리를 가지며 모든 관점에서 조건이 동등하다. 그리고 모두가 천성적으로 자유로운지라 아무도 남에게 명령할 권리가 없으며, 남들을 어떤 권위에 종속시키려 하는 것은 그 권위가 저절로 서지 않는 한 강압이나 횡포가 아닐 수 없다〉 하였다. 그러니까 메이슨들이 보기에 〈시민의 모든 권리와 의무는 민중 또는 그들을 다스리는 국가에 있는 것〉이며 국가는 마땅히 무신론적이어야 하는 것이었다.

회칙에 따르면 위협은 명백했다. 〈하느님에 대한 경외심과 하느님의 율법에 대한 존중이 사라지고 군주들의 권위가 땅에 떨어지면, 그리고 반란의 광기가 제멋대로 표출되고 조장되며, 인민의 격정에 고삐가 풀리고 모든 굴레가 벗겨져 형벌도 통하지 않게 되면, 그 뒤에 오는 것은 온 세상에 걸친 혁명과 전복뿐이라……. 이는 공산주의자들과 사회주의자들의 수많은 단체가 추구하는 확고하고 공공연한 목표이니, 프리메이슨회의 불순 도당이 어찌 그자들의 의도와 무관하다고 스스로 천명할 수 있으랴.〉

사정이 이러하니 탁실의 개종을 되도록 일찍 〈터뜨리는

것〉이 필요했다.

이 대목에서 시모니니의 일기는 어정쩡한 양상을 보인다. 갑자기 기억이 날아가기라도 한 것처럼, 탁실의 개종이 누구에 의해 어떤 방식으로 이루어졌는가에 대한 언급이 없다. 다만 그 이후로 몇 해를 거치는 동안 탁실이 프리메이슨회에 대한 공격을 선도하는 가톨릭의 기수가 되었음을 장황하게 회고하고 있을 뿐이다.

탁실은 가톨릭교회의 품으로 다시 돌아왔음을 만천하에 알린 다음, 먼저 『세 꼭짓점 형제들』(세 꼭짓점이란 프리메이슨회의 제33계급을 가리키는 말이었다)과 『프리메이슨회의 흑막』(사탄을 불러내는 의식이며 소름이 오싹 돋게 하는 그 밖의 의식들을 나타낸 삽화들을 곁들여)을 출간했고, 곧이어 『프리메이슨회의 자매들』을 발표하여 그때껏 알려지지 않았던 여성 분파들에 관해서 이야기했다. 그 이듬해에는 『너울 벗은 프리메이슨회』와 『프리메이슨의 프랑스』를 잇달아 출간했다.

처음 한두 권부터 반응이 예사롭지 않았다. 입회 의식을 묘사하는 대목만 보더라도 독자들로서는 전율을 느끼기에 충분했다. 그 대목은 이러했다.

탁실은 사전에 연락받은 대로 저녁 8시에 메이슨들의 회당에 당도해서, 〈문지기 형제〉의 영접을 받았다. 8시 반에는 〈성찰의 방〉에 갇히게 되었는데, 이 골방은 벽들이 온통 검게 칠해져 있었고, 벽에는 죽음을 상징하는 해골과 엇갈리게 겹

먼저 『세 꼭짓점 형제들』(세 꼭짓점이란 프리메이슨회의 제33계급을 가리키는 말이었다)과 『프리메이슨회의 흑막』(사탄을 불러내는 의식이며 소름이 오싹 돋게 하는 그 밖의 의식들을 나타낸 삽화들을 곁들여)을 출간했고…….

쳐 놓은 정강이뼈들이 걸려 있는가 하면 〈헛된 호기심 때문에 여기에 왔다면, 당장 떠나라!〉 하는 식의 문구들도 적혀 있었다. 그때 갑자기 가스등의 작은 불꽃이 사그라지더니 벽인 줄 알았던 칸막이가 스르르 미끄러지면서 벽 속에 감춰진 통로가 나타나고 푸르스름한 등불을 밝혀 놓은 지하실이 보였다. 지하실에는 나무둥치처럼 생긴 커다란 도마가 놓여 있었는데, 그 위에 올려놓은 것이 무엇인가 하고 봤더니 갓 잘라 낸 것 같은 사람의 머리였다. 피에 젖은 수의가 그 머리 밑에 깔려 있었다. 탁실이 질겁하며 뒷걸음을 치는 찰나, 벽 속에서 나오는 듯한 목소리가 소리쳤다. 「전율하라, 오 외인(外人)이여! 그대 눈에 우리 비밀을 누설한 형제의 머리가 보일지니…….」

탁실이 자세히 살펴보매 이는 한낱 속임수였더라. 그 머리는 속을 파낸 나무둥치의 구멍 속에 숨어 있는 한 회원의 머리였다. 그리고 등불로 말하자면, 이는 삼 부스러기에 장뇌를 함유한 알코올을 묻혀 굵은 소금과 함께 태우는 것으로서, 장터의 마술사들이 〈지옥의 샐러드〉라 부르는 바로 그 혼합물이니, 여기에 불을 붙이면 푸르스름한 불빛이 생겨나는 것이고 이 불빛 때문에 거짓으로 참수된 자의 얼굴이 사색으로 보였던 것이라. 그런데 그가 알아낸 바에 따르면, 어떤 분파들의 입회 의식은 벽들이 흐린 거울로 되어 있는 방에서 치러지고 있었다. 불빛이 꺼지면 환등기가 만들어 내는 유령들이 이 거울에 어른거리고, 가면을 쓴 사내들이 사슬에 묶여 있는 사람의 주위를 빙빙 돌면서 단도로 그를 찔러 댄다고 했다. 이렇듯 그들은 치졸한 방법들을 사용해서 감수성이 예민한 입회 희망자들을 호리는 것이었다.

그다음에는 〈무시무시한 형제〉라는 자가 의식에 임할 준비를 시켜 준다면서, 그의 모자와 겉옷과 오른쪽 신발을 벗기고 오른쪽 바짓가랑이를 무릎 위로 걷어 올리고 심장 쪽의 가슴과 팔을 드러내더니, 두 눈을 띠로 가리고 제자리에서 몇 차례 맴을 돌게 했다. 그런 다음 그를 데리고 여러 계단을 오르내리다가 〈잃어버린 발자국들의 방〉[8]으로 데려갔다. 그러자 〈편수 형제〉 하나가 커다란 태엽처럼 생긴 도구로 날카로운 자물쇠 소리를 흉내 내면서 문을 열었다. 탁실이 안내를 받으며 안으로 들어가자, 편수 형제가 맨살이 드러난 그의 왼쪽 가슴에 칼끝을 댔고 당파의 수장이 묻되, 〈의인이여, 그대 가슴에 무엇이 느껴지오? 그대 눈에는 무엇이 있소?〉 하니, 탁실은 〈두꺼운 안대가 제 눈을 가리고 있으며, 제 가슴에 칼끝이 닿아 있음을 느낍니다〉 하고 대답했다. 그러자 수장이 말끝을 대어 〈외인이여, 이 칼은 거짓 서약을 벌하기 위해 언제나 시퍼렇게 날이 서 있으니, 만약 그대가 불행히도 마음이 변하여 지금 이토록 가입하기를 원하는 단체를 배신하게 된다면 회한이 그대의 가슴을 찢을 것인즉, 바로 이 칼이 그 회한의 상징이라. 그리고 그대의 눈을 가리고 있는 띠는 맹목의 상징으로서 열정의 지배를 받고 무지와 미신에 빠

8 프리메이슨회의 입회 의식이 벌어지는 방 앞의 대기실을 가리키는 말이지만, 이탈리아어와 프랑스어 등에서는 재판소나 기차역 같은 공공건물의 넓은 홀을 그렇게 부르기도 한다.

져 있었던 상태를 가리키는 것이오.〉

그러고 나자, 누군가 탁실을 붙잡아서 여러 번 맴돌이를 시키더니, 탁실이 현기증을 느끼기 시작하던 찰나에 커다란 바람막이 앞으로 그를 이끌었다. 이 바람막이는 질긴 종이를 여러 겹으로 발라서 만든 것인데, 나무틀이 직사각형이긴 해도 곡마단에서 말들이 뛰어넘는 커다란 굴렁쇠와 비슷한 물건이었다. 그를 동굴 속으로 데려가라는 명령이 떨어지자, 한 사람이 그를 힘껏 떼밀어 바람막이에 부딪히게 했고, 종이들이 북 찢어지면서 그는 건너편에 놓인 매트리스 위로 쓰러졌다.

그다음은 잘 알려진 대로 〈무한 계단〉이었는데, 말이 그렇지 사실 이것은 아라비아 사람들이 노리아라 부르는 양동이 달린 수차와 비슷한 장치라서, 눈을 가린 채로 이 계단을 오르는 사람은 자기가 계속 한 단씩 디디며 올라가는 것으로 여기지만, 계단이 계속 아래쪽으로 돌고 있기 때문에 언제나 같은 높이에 있게 된다.

결국 이 의식은 도제가 되려는 자의 피를 뽑거나 살갗에 낙인찍는 것을 흉내 내는 단계로 이어졌다. 사혈(瀉血)을 흉내 낸다 함은, 〈외과의 형제〉 하나가 그의 팔을 잡고 이쑤시개의 끄트머리로 아주 세게 찌르면 다른 형제가 그 사혈 부위에 미지근한 물을 실오라기처럼 가늘게 떨어뜨림으로써 정말 피가 난다고 믿게 하는 것이었다. 벌겋게 달군 쇠로 도장을 찍는 시련 역시 그저 흉내만 내는 것이었으니, 편수 형제 하나가 마른 헝겊으로 맨살이 드러난 부위를 문지르더니 거기에 얼음 조각이나 갓 꺼트린 초의 뜨거운 부분, 또는 종

그를 동굴 속으로 데려가라는 명령이 떨어지자
한 사람이 그를 힘껏 떼밀어 바람막이에 부딪히게 했고,
종이들이 북 찢어지면서 그는 건너편에 놓인
매트리스 위로 쓰러졌다.

이를 태워 뜨겁게 만든 유리잔의 바닥을 갖다 대었음이라. 끝으로 수장은 비밀 기호들과 형제들끼리 서로를 식별할 때 사용하는 특별한 말들을 그에게 알려 주었다.

시모니니는 지금도 탁실의 그 책들을 분명히 기억하고 있었다. 하지만 그건 독자로서 기억하는 것이지 배후 조종자로서 기억하는 것은 아니었다. 그런데 문득 뇌리에 떠오르는 것이 있었다. 그는 탁실이 새로 책을 쓸 때마다 책이 나오기도 전에 오스만 베이를 만나서 마치 아주 특별한 정보를 제공하기라도 하듯 책의 내용을 이야기해 주었다(그러니까 이미 그 내용을 알고 있었다는 얘기가 되는 것이다). 그다음에 만나면 오스만 베이는 지난번에 시모니니가 이야기해 준 것이 모두 탁실의 책에 실려 있다는 사실을 지적했지만, 시모니니는 조금도 꿀릴 것이 없다는 듯 당당하게 대답했다.

「탁실은 내 정보원이오. 그가 나에게 프리메이슨회의 비밀들을 알려 주었소. 그러고 나서 그것들을 책으로 출간해서 돈을 벌려고 하는 것이니, 그것을 탓할 수는 없지 않소. 그게 정히 마뜩지 않다면, 탁실이 자기 경험담을 공표하지 않도록 그에게 돈을 줄 수도 있을 거요.」

하면서 오스만 베이에게 의미심장한 눈짓을 보냈지만, 오스만의 대답인즉

「수다쟁이한테 돈을 주어 가며 입을 다물라고 설득하란 말이오? 그건 헛돈을 쓰는 거요. 탁실 쪽에서 보면 이미 당신한테 비밀들을 털어놓은 마당인데, 그것들에 관해서 침묵을

지켜야 할 이유가 없지 않소?」

당연한 얘기지만 그는 의심을 품고 있었고, 그래서 자기가 이스라엘 동맹에 관해서 알아낸 것을 시모니니에게 전혀 말해 주지 않았다.

사정이 그러한지라 시모니니 쪽에서도 정보 제공을 중단했다. 그런데 이 대목에서 문득 시모니니에게 궁금증이 일었다. 탁실에게서 얻은 정보들을 오스만 베이에게 제공한 것은 기억이 나는데, 어째서 탁실을 만났던 일은 전혀 생각나지 않는 것이냐?

멍청한 질문이로고. 기억나지 않는 게 어디 하나둘이더냐. 내가 모든 것을 기억하고 있다면, 이렇게 일기를 써가면서 과거를 재구성하려고 애쓸 이유가 없지 않는가. 그것 참!

시모니니는 그렇듯 점잖게 자평을 해놓고 잠자리에 들었다가, 밤새 악몽에 시달리고 속에 탈이 나기라도 했던 것처럼 땀에 흠뻑 젖은 채로 깨어났다. 그런데 그는 책상 앞에 가서 앉으려다 말고 자기가 하룻밤이 아니라 이틀 밤을 잤다는 사실을 깨달았다. 그가 그렇게 이틀이 지나도록 정신없이 자는 동안, 찰거머리 달라 피콜라 신부는 그의 집 하수도에 시체를 갖다 버리는 것으로도 모자라서 또다시 일기에 끼어들어 여러 사건들에 관한 이야기를 늘어놓았다. 당연히 그가 모르는 사건들에 관한 이야기였다.

22

19세기 악마

1897년 4월 14일

시모니니 대위 보시오.

또다시 당신의 생각이 혼미한 대목에서 내 기억은 생생하게 되살아나는구려.

그래서 에뷔테른 씨와 베르가마스키 신부를 만난 일이 마치 오늘 일처럼 눈앞에 삼삼하오. 나는 당신 대신 그들을 만나서 레오 탁실에게 주어야 할 돈(또는 명목상 주기로 되어 있는 돈)을 받으러 갔소. 그다음에는 공증인 푸르니에 대신 레오 탁실을 찾아가서 말했소.

「탁실 선생, 내가 사제복을 입고 있다 해서 당신이 조롱하는 예수 그리스도를 인정하라고 권하고 싶지는 않소. 당신이 지옥에 가든 말든 내가 알 바 아니오. 나는 당신에게 영생을 약속하러 오지 않았소. 내가 여기에 온 것은 프리메이슨회의 범죄를 고발하는 책들을 내게 되면 보수주의자들에게서 큰 인기를 얻으리라는 것을 말하기 위함이오. 단언하건대 독자가 아주 많을 거요. 모든 수도원, 모든 본당, 모든 대교구가 어떤 책을 지지한다고 생각해 보시오. 길게 보면 비단 프랑스만이 아니라 전 세계로부터 지원을 받게 될 터인데, 그런 경우에 책이 얼마나 많이 팔릴지 당신은 상상도 못 할 거요. 다시 말하거니와 나는 당신을 개종시키러 온 것이 아니라 당신을 부자로 만들어 주기 위해 왔소. 그 점을 증명하기 위해 이제 우리의 계약을 성사시키기 위한 나의 소박한 요구 조건을 말할 참이오. 당신은 문서를 통해 이것만 분명히 약속해 주시오. 앞으로 당신이 받게 될 인세의 2할을 내 몫으로(아니 내가 대표하고 있는 수도원의 몫으로) 떼어 주겠다고 말이오. 그러면 나는 프리메이슨회의 흑막에 관해 당신보다 훨씬 많이 알고 있는 사람을 당신에게 소개해 주겠소.」

시모니니 대위, 짐작건대 우리는 탁실이 자기 인세에서 떼어 줄 그 2할을 서로 나눠 갖기로 합의했을 것이오. 아무튼 그 계약이 이루진 뒤에 나는 이자를 받기 위해 목돈을 빌려 주는 셈치고 그에게 다시 선심을 썼소.

「당신 주려고 7만 5천 프랑도 가져왔소. 이 돈이 어디에서 나왔는지는 묻지 마시오. 하지만 내가 입고 있는 옷을 보면 무언가 짚이는 게 있을 거요. 자, 받으시오, 7만 5천 프랑이오. 당신이 일을 시작하기 전이지만, 내일 개종 소식을 공표한다 하니 당신을 믿고 미리 주는 거요. 이 7만 5천 프랑에 대해서는 내 몫 2할을 주지 않아도 되오. 나와 내 뒷배를 보아 주는 분들은 돈을 악마의 똥으로 여기는 사람들이니까 말이오. 세어 보시오. 7만 5천 프랑이오.」

그 장면이 마치 은판 사진을 보듯 눈에 선하오.

내가 그 자리에서 느낀 바를 말하자면, 탁실을 정작 솔깃하게 만든 것은 7만 5천 프랑과 장차 받게 될 인세가 아니라(비록 탁자 위에 놓인 돈을 보고 눈을 반짝이기는 했으되), 지독한 반교권주의자였던 자기가 완전히 반대쪽으로 돌아서서 열렬한 가톨릭 신자가 된다는 사실이었소. 그는 신문에 실릴 자기에 관한 기사들과 세인들의 경악을 미리 즐기고 있었소. 그건 레만 호 밑바닥에 고대 로마의 도시 유적이 있다고 헛소문을 퍼뜨리는 것에 비할 일이 아니었던 거요.

그는 좋아서 싱글벙글거리며 벌써부터 앞으로 나올 책들에 관한 계획을 운위하고 삽화들에 대한 구상까지 늘어놓았소.

「오, 벌써 대강의 윤곽이 잡힙니다. 프리메이슨회의 흑막에 관해서 소설보다 더 소설 같은 이야기가 나오겠어요. 표지에 성전기사단의 사탄 숭배 의식을 환기시키기 위해 날개 달린 악마 바포메트의 형상과 참수당한 머리를 그려 넣으면…… 젠장맞을(욕을 해서 죄송합니다, 신부님), 세상이 떠들썩해질 겁니다. 그러면 제가 왕년에 못된 책들을 쓰긴 했지만, 가톨릭 신자로서 신부님들과 좋은 관계를 맺게 될 테니 내 가족과 친구들도 아주 훌륭하게 여길 거예요. 사실 그들은 대개 나를 곱지 않은 눈으로 보고 있습니다. 마치 내가 우리 주 예수님을 십자가에 못 박기라도 한 것처럼 바라볼 때가 많아요. 그건 그렇고 나를 도와줄 만한 사람이 있다고 하셨는데, 그게 누구인가요?」

「신탁을 전하는 무녀, 최면 상태에서 팔라디움파의 의식들에 관해 놀라운 것들을 이야기해 줄 여자를 당신에게 소개해 주리다.」

*

내가 신탁을 전하는 무녀로 삼으려 했던 사람은 바로 다이애나 본이었소. 그때까지 그녀를 만난 적이 없었음에도 왠지 그녀에 대해서 아주 잘 아는 것 같은 기분이 듭디다. 그녀를 처음으로 찾아갔던 일이 기억나오. 어느 날 아침 나는 뱅센에 있는 뒤 모리에 박사의 진료소에 갔소. 마치 내가 그 주소를 오래전부터 알고 있었던 것 같았소. 진료소는 규모가 크지 않았지만, 아담한 정원이 딸려 있었는데, 일견 평온해 보이는 환자 몇 명이 정원에 앉아서 피차간에 관심을 두지 않고 저마다 햇살을 즐기고 있었소.

나는 뒤 모리에 박사에게 인사를 하고 당신이 나에 관해서 그에게 말한 적이 있음을 상기시켜 주었소. 내가 신앙심 깊은 부녀들이 운영하는 자선 단체에 관여하고 있는데, 그 단체는 주로 정신 장애를 앓고 있는 젊은 여자들을 돌보는 일에 헌신하고 있다고 말했지요. 그랬더니 그는 큰 짐을 덜었다는 듯이 안도하는 기색이었소.

「미리 알려 드릴 것이 있습니다.」 하더니 그는 말을 잇대어 「오늘은 다이애나가 정상 상태에 있습니다. 정상 상태라 함은 제가 규정한 그 환자의 보통 상태를 일컫습니다. 시모니니 대위한테서 이야기를 들으셨을 테지만, 그 상태에서 다이애나는 이를테면 사악한 여자가 되어 자신이 프리메이슨회의 어느 비밀 분파에 소속되어 있는 것으로 생각합니다. 그녀가 경계심을 품지 않도록 신부님을 메이슨 형제로 소개할까 하는데…… 그게 성직자에게 너무 불쾌한 일이 아니기를 바랍니다.」

그는 나를 어느 방으로 안내했소. 가구라고는 옷장과 침대와 팔걸이의자가 전부인 방이었는데, 하얀 천을 씌운 팔걸이의자에 한 여자가 앉아 있습디다. 이목구비가 반듯하고 얼굴의 선이 고운 데다, 정수리로 모아 올린 구릿빛 도는 금발은 비단결처럼 반드르르하고, 눈빛은 도도하며, 입매는 앙증하고도 야무진 여자였소. 여자는 내 복장을 보자마자 입을 실룩이며 비웃음을 흘렸소.

「뒤 모리에 박사님은 이제 저를 교회의 자애로운 품속으로 내던지실 작정이군요?」

하고 그녀가 물으니 뒤 모리에는 얼른 말을 받아

「아냐, 다이애나. 사제복을 입으시기는 했지만, 이 분은 네 형제님이야.」

하니 그녀가 단박에 묻기를

「그렇다면 어느 파에 소속되어 있으신가요?」

하기에 나는 궁지를 모면하고자 약간의 꾀를 내어

「그것을 말하는 것이 내게 허락되어 있지 않소. 그 이유는 아마 당신도 알 거라고 생각하오만…….」

하고 자못 신중한 태도로 우물거리매, 그 응수가 적절했던지 그녀가 말하되

「알겠어요. 찰스턴의 수장이 보냈군요. 마침 잘됐어요. 내가 본 것들을 말할 테니 그에게 전해 주세요. 그 모임은 파리 크루아 니베르 거리에 있는 〈눈에 보이지 않게 하나 된 마음들〉이라

는 분파의 집에서 열렸어요. 당신도 분명 그 분파를 아실 거예요. 나는 성전 기사 겸 석장(石匠)이 되는 의식을 치르기로 되어 있었어요. 그래서 되도록 겸허한 태도로 나 자신을 소개하면서 유일한 선신 루시퍼를 숭배하며 가톨릭 신자들의 하느님 아버지인 악신 아도나이를 혐오한다고 말했죠. 그런 다음 열의를 가득 품고 바포메트의 제단으로 다가갔어요. 정말 바포메트의 제단이었어요. 거기에서 여자 수장 소피아 사포가 나를 기다리고 있다가 팔라디움파의 교의에 관해서 묻기 시작했고, 나는 여전히 겸허한 태도로 대답했어요. 예를 들어 성전 기사 겸 석장의 의무가 무엇이냐 하고 물으면, 예수를 증오하고 아도나이를 저주하며 루시퍼를 숭배하는 것이라고 대답하는 식이었죠. 당신을 보낸 수장이 알고 싶어 하는 것이 바로 이런 거 아닌가요?」

하고 물으며 다이애나가 내 손을 잡으니

「맞소, 바로 그런 거요.」

하고 능청스럽게 대답할 수밖에요.

「그다음에 나는 기도문을 암송했어요. 오소서 오소서 오 위대한 루시퍼여, 오 사제들과 임금들에게 중상모략을 당한 이여! 그러고 나서 내가 격정에 사로잡혀 몸을 떨고 있을 때 입회자들 모두가 저마다 단검을 치켜들고 소리쳤어요. 〈네캄 아도나이, 네캄!〉[1] 그런데 바로 그 순간, 내가 제단에 올라가려는데, 소피아 사포가 나에게 성반(聖盤) 하나를 보여 주었어요. 나로서는 성물 가게의 진열장에서나 보았던 물건이었고, 그래서 가톨릭교회의

1 *Nekam Adonai, nekam!* 〈복수다 아도나이, 복수〉라는 뜻의 히브리어라고 한다.

성찬 전례 때에 쓰는 물건이 왜 그런 곳에 와 있나 하고 의아하게 여겼는데, 소피아가 이유를 설명해 주더군요. 예수가 진정한 신을 배반하면서 성광(聖光) 받침대에 아도나이와의 계약을 새기고 빵을 자기의 몸으로 둔갑시켜 사물의 질서를 전복시켰으므로, 사제들이 매일 예수의 배반을 되새기기 위해 사용하는 그 신성 모독적인 면병에 칼침을 놓는 것이 우리의 의무라는 것이었어요. 어디 말씀해 보세요. 찰스턴의 수장은 면병을 칼로 찌르는 그런 행위가 입회 의식에 포함되어 있기를 바라는 거죠?」

「그건 내 입으로 말할 바가 아니오. 당신이 행한 것을 당신 입으로 말하는 게 나을 것 같소.」

「나는 당연히 그것을 거부했어요. 면병을 칼로 찌르는 것은 그것이 정말 예수 그리스도의 몸이라고 믿는다는 뜻이에요. 하지만 팔라디움파의 일원이라면 마땅히 그 거짓말을 거부해야 합니다. 면병을 칼로 찌르는 것은 가톨릭 신자들을 위한 가톨릭의 의식이라고요!」

「당신이 옳다고 생각하오.」 하고 맞장구를 친 뒤에 내가 말끝을 달아 「당신의 해명을 수장에게 전달하겠소.」

하니 다이애나는 고맙다면서 내 손에 입을 맞추었소. 그러더니 거의 무심결에 블라우스 윗부분의 단추를 끌러 흰 살결의 극치라 할 만한 어깨를 드러내며 나에게 추파를 보냅디다. 그때 갑자기 이상한 일이 벌어졌소. 마치 발작이 일어난 것처럼 그녀가 의자 위로 벌렁 나자빠진 거요. 뒤 모리에 박사는 간호사를 불렀고, 그들 둘이서 그녀를 침대로 옮겼소. 박사 말은 이러했소.

「대개 이런 발작이 일어나면, 다이애나는 한 상태에서 다른 상태로 넘어갑니다. 아직 의식을 잃은 것은 아니고 그저 턱과 혀에 연축이 일어날 뿐입니다. 이럴 때는 난소 부위를 가볍게 압박해 주기만 해도…….」

조금 뒤에 아래턱이 처지면서 왼쪽으로 돌아가고 입이 비뚜름하게 벌어지자 입 속에서 혀가 보이는데, 혀끝이 목구멍 쪽으로 둥그렇게 말려 올라가서 마치 환자가 혀를 삼키기라도 할 것 같았소. 그러다가 오그라들었던 혀가 갑자기 늘어지고 혀끝이 입 밖으로 나왔고, 환자는 마치 뱀처럼 혀를 날쌔게 날름거렸소. 이윽고 혀와 턱이 정상으로 돌아오자 환자가 몇 마디 말을 입 밖에 내었소.

「혀가…… 입천장을 할퀴고…… 내 귓속에서 거미 한 마리가…….」

환자는 잠깐 쉬는가 싶더니, 다시 턱과 혀의 연축을 일으켰다가 난소 압박을 통해 진정되었소. 하지만 곧이어 숨결이 가빠지고 입에서 토막말이 튀어 나오면서, 눈동자가 위로 쏠린 채 눈길이 고정되고 온몸이 뻣뻣해지더니, 두 팔이 오그라들면서 비비 꼬이고 두 팔목이 등 쪽에서 서로 맞닿는가 하면 두 다리는 길게 늘어졌소.

「첨족 내반족 환자처럼 발이 비틀리고 있습니다.」 하더니 뒤모리에 박사는 설명을 잇대어 「간질 발작과 비슷한 증상을 보이는 단계입니다. 여느 때와 같습니다. 다음에 보시게 될 것은 어릿광대와 같은 동작을 하는 단계인데…….」

박사의 말이 끝나기도 전에 환자의 얼굴이 점점 빨개지더니 입이 자꾸 벌어졌다 오므라졌다 하면서 하얀 침이 커다란 거품의 형태로 흘러나왔소. 환자는 〈우! 우!〉 하는 식으로 비명과 신음을 토하고 있었소. 안면 근육에 경련이 일고 눈꺼풀이 계속 위아래로 움직이는 가운데, 환자는 마치 연체 곡예사라도 되는 양 몸을 활처럼 구부리고 뒤통수와 두 발만 바닥에 댄 채로 버티고 있었소.

그야말로 관절이 제멋대로 움직이는 꼭두각시가 갑자기 깃털처럼 가벼워진 듯 곡예를 부리는 형국이었소. 그 흉측한 공연이 몇 초간 이어지고 나서, 환자는 다시 침대에 털썩 등을 대고 눕더니 뒤 모리에 박사가 〈색정적〉이라고 규정하는 거조를 보이기 시작했소. 처음엔 치한을 쫓아내려는 여자처럼 위협에 가까운 태도를 보이더니, 그다음에는 장난기 많은 젊은 여자처럼 추파를 던지며 은근하게 굴었소. 그러다가 길거리에서 손님을 끄는 창녀처럼 혀를 음탕하게 움직이고 나서는, 성애를 간청하는 거동을 보였는바, 눈에는 물기를 머금고 두 팔을 내밀어 손깍지를 낀 채로 입맞춤을 애원하듯 입술을 쑥 내밀고 있습디다. 급기야는 흰자위만 보이도록 눈알을 홀떡 뒤집고는 교합의 황홀경에 빠져들었소.

여자의 입에서 갈라진 목소리가 새어나왔소.

「오 선하신 주님, 오 사랑하는 뱀이여, 거룩한 독사여…… 저는 당신의 클레오파트라이오니…… 여기 이 가슴을 깨무소서……. 제가 당신께 젖을 물리오리다……. 오 내 사랑, 내 안으로 들어오소서…….」

「다이애나는 거룩한 뱀이 자기 안으로 들어오는 환영을 보고 있습니다. 어떤 여자들이 성심과 교합하는 환영을 보는 것과 비

환자는 마치 연체 곡예사라도 되는 양 몸을 활처럼 구부리고
뒤통수와 두 발만 바닥에 댄 채로 버티고 있었소.

슷한 현상이지요.」 뒤 모리에 박사의 말이 이어지고 있었소. 「남근의 형상이나 자기를 지배하는 남자의 환영을 보는 것과 어린 시절에 자신을 겁간한 남자의 환영을 보는 것이 어떤 히스테리 환자에게는 거의 똑같은 것일 수 있습니다. 베르니니가 조각한 성녀 테레사[2] 상의 복제품들을 보신 적이 있을 겁니다. 그 성녀의 표정이 이 불행한 여자의 모습과 크게 다르다고 볼 수 있을까요? 신비 체험을 한 여자는 일종의 히스테리 환자입니다. 다만 의사를 만나기 전에 고해 신부를 만났다는 점이 다르죠.」

그러는 사이에 다이애나는 십자가형을 당하는 사람의 자세를 취했다가 새로운 단계로 넘어가더니, 침대에서 격렬하게 몸을 뒤척이며 누군가를 향해 뜻이 불분명한 협박의 말을 내뱉고 무시무시한 고백들을 늘어놓기 시작했소.

「다이애나를 쉬게 하는 것이 좋겠어요.」

하더니 뒤 모리에는 곧바로 말을 잇대어

「잠에서 깨어나면 다이애나는 제2의 상태로 옮아갈 것이고, 그러면 자기가 얼마나 끔찍한 얘기를 했는지 기억해 내고는 몸

2 16세기에 에스파냐의 아빌라에서 태어나 여러 차례 신비 체험을 하고 맨발의 카르멜 수도회를 창설하여 수도원 개혁에 헌신했던, 에스파냐의 수호 성녀이자 교회 박사인 아빌라의 테레사(또는 예수의 테레사)를 가리킨다. 그녀의 자서전에 따르면, 어느 날 아름다운 천사가 나타나 칼끝에 불이 달린 황금 검으로 그녀의 심장을 찔렀고, 그녀는 크나큰 고통과 함께 하느님의 사랑으로 온몸이 불타는 듯한 황홀감을 경험했다고 한다. 17세기에 이탈리아 조각가 잔 로렌초 베르니니는 그 일화를 바탕으로 로마에 있는 산타 마리아 델라 비토리아 성당의 한 제실에 〈테레사의 황홀경(또는 법열)〉이라는 유명한 대리석 조각 작품을 남겼다. 그런데 위의 뒤 모리에 박사처럼 일부 비평가들은 이 조각상에 나타난 성녀의 표정이 성적인 황홀감에 빠진 여인의 표정과 유사하다고 주장함으로써 논란을 불러일으켰다.

시 괴로워할 겁니다. 관여하시는 자선 단체의 경건한 부인들은 다이애나가 이런 발작을 일으키면 질겁할 것이 분명하니, 그분들에게 겁먹지 말라고 미리 당부를 해주십시오. 다이애나를 꼭 붙들고 혀를 깨물지 않도록 입안에 손수건을 쑤셔 넣기만 하면 되는 일입니다. 아니면 제가 물약을 드릴 테니 그것을 몇 방울 삼키게 해도 괜찮을 겁니다.」

하고는 다시 동을 달아

「사실은 다이애나를 격리시켜야 하는 문제가 있습니다. 그래서 여기에 계속 데리고 있기가 곤란해졌습니다. 여기는 감옥이 아니라 병원입니다. 환자들이 돌아다니고 있어요. 그리고 환자들이 자기들끼리 이야기를 나누고 그럼으로써 보통 사람들과 다름없이 평온하게 살고 있다고 느끼는 것은 매우 유용할 뿐만 아니라 치료에 꼭 필요한 일입니다. 내 환자들은 미치광이들이 아니라 그저 신경에 타격을 입은 사람들일 뿐입니다. 다이애나의 발작은 다른 환자들에게 충격을 줄 수 있고, 그녀가 〈악녀〉인 상태에서 쏟아 내는 고백들은 그게 사실이든 아니든 간에 모두를 혼란에 빠뜨립니다. 그 자선 단체의 부인들은 다이애나를 격리시킬 수 있는 여건을 갖추고 있으리라 기대합니다.」

내가 그 만남에서 받은 인상은 박사가 다이애나를 내보내고 싶어 할 뿐만 아니라 그녀가 사실상 죄수처럼 갇혀 지낸다는 것이었소. 그는 그녀가 다른 환자들과 접촉할까 저어하기도 했지만, 그보다 더 두려워했던 것은 누군가 그녀의 이야기를 진지하게 받아들이는 사람이 생기는 것이었소. 그래서 그것을 심신 상실자의 망상이라고 분명히 말하면서 미리 단속을 했던 것이오.

*

나는 그 며칠 전에 파리 오퇴유 구역에 셋집을 마련해 두었소. 대단한 집은 아니지만 그런대로 살 만한 집이었소. 안으로 들어서면 부르주아 가정에서 흔히 볼 수 있는 작은 거실이 나오는데, 여기에는 위트레흐트 벨벳[3]을 씌운 마호가니 빛깔의 소파가 놓여 있었고 벽들은 붉은 다마스크 천으로 장식되어 있었으며, 벽난로 위에는 작은 원주들이 바늘판을 받치고 있는 형상의 추시계와 함께 꽃병 두 개가 종 모양의 유리 덮개 아래에 놓여 있었고, 한쪽 벽에는 거울과 까치발 선반이 붙어 있었으며, 바닥에는 반드르르한 타일이 깔려 있었소. 거실 옆방은 다이애나의 침실로 삼을 요량을 하고, 벽을 연회색 빛이 어른거리는 천으로 장식하고 바닥에는 커다란 장미 문양이 들어간 두툼한 융단을 깔고 침대와 십자형 유리창에는 보라색 줄무늬가 들어간 커튼을 달아 약간의 이채를 주었소. 또한 침대 위쪽에는 사랑에 빠진 두 젊은 양치기들을 그린 채색 석판화 한 점을 걸어 두었으며, 까치발 선반에는 인조 보석을 박은 추시계와 사랑을 상징하는 볼이 통통한 아기들의 조각상 두 개를 놓아두었는데, 이 아기들은 촛대 모양으로 꾸민 백합꽃 다발을 들고 있었소.

위층에도 침실이 두 개 더 있는데, 그중 하나는 반쯤 귀가 먹은 어느 노파가 쓰기로 되어 있었소. 그 노파는 그런 동네에 살 만한 여자가 아니고 술이라면 사족을 못 쓰는 데다 돈을 벌기 위해

3 앙고라염소 털이나 면사로 짠 두꺼운 플러시 천을 가리킨다. 주로 실내 장식에 사용된다.

서라면 무엇이든 할 준비가 되어 있는 사람이었소. 누가 그 여자를 나에게 추천했는지는 기억나지 않소만, 집에 아무도 없을 때 다이애나를 보살펴 주거나 다이애나가 발작을 일으킬 때 경우에 따라서 그녀를 진정시킬 수도 있는 사람으로는 내가 보기에 그 노파가 제격이었소.

그런데 이 대목을 쓰노라니 문득 생각나는 게 있소. 그 노파는 한 달 전부터 내 소식을 듣지 못했을 거요. 아마도 나는 노파가 살아가기에 충분한 돈을 놓아두고 왔을 거요. 하지만 얼마나 오랫동안 생존할 수 있는 돈을 주었는지는 모르겠소. 오퇴유에 가 봐야 할 것 같은데, 이제 보니 내가 그 집 주소를 기억하지 못하고 있구려. 오퇴유 구역의 어디에 가서 그 집을 찾는단 말이오? 집집마다 문을 두드려 여기에 이중인격을 가진 히스테리 환자가 사느냐고 물으면서 온 구역을 돌아다닐 수는 없지 않소?

*

탁실이 자기의 개종을 만천하에 알린 것이 1886년 4월의 일인데, 그해 10월에 벌써 프리메이슨회에 관한 격렬한 고발이 담긴 그의 첫 책 『세 꼭짓점 형제들』이 출간되었소. 같은 시기에 나는 그를 데리고 다이애나를 만나러 갔소. 나는 그녀가 두 상태를 넘나들고 있다는 사실을 솔직하게 말하고, 그녀가 우리에게 도움이 되는 상태는 스스로를 책망하는 조신한 여인일 때가 아니라 회개를 모르는 팔라디움파의 여자일 때라고 알려 주었소.

그 전의 몇 달 동안 나는 다이애나를 철저히 연구했고, 뒤 모리에 박사가 준 물약으로 그녀의 발작을 진정시켜 가면서 그녀가 한 상태에서 다른 상태로 넘어가는 것을 죽 지켜보았소. 그러면서 언제 일어날지 모르는 발작을 기다리는 것이 매우 짜증 나는 일임을 깨달았소. 다이애나의 상태를 우리가 원하는 대로 변화시킬 수 있는 방도를 찾아내야 한다는 생각이 듭디다. 따지고 보면 샤르코 박사가 자기 환자들에게 최면을 걸었던 것도 그런 방법의 하나가 아니었나 싶소.

그러나 나는 샤르코가 어떤 식으로 최면을 거는지 몰랐소. 그래서 도서관에 가서 더 전통적인 최면술에 관한 논문들을 찾아보았소. 파리아 신부(뒤마의 파리아가 아닌 진짜 파리아 말이오)가 쓴 『각성 수면의 원인에 관하여』 같은 책 말이오. 나는 이 책을 비롯한 몇 권의 저서를 읽고 영감을 얻어 나 자신의 방법을 결정했소. 말하자면 이런 거요. 먼저 다이애나의 무릎을 모아 나의 두 무릎 사이에 끼고 압박하면서, 그녀의 엄지손가락들을 잡고 눈을 똑바로 바라보되 적어도 5분 동안을 그렇게 한 뒤에, 내 손들을 빼내어 그녀의 양 어깨에 하나씩 얹은 다음 어깨에서 팔을 따라 죽 내려가 손끝에 이르도록 손으로 쓸어 주는데, 그러기를 대여섯 차례 하고 나서는 두 손을 그녀의 머리에 얹었다가 아래로 내리되, 손들이 그녀의 얼굴 앞으로 5~6센티미터 떨어져서 내려가게 하다가 명치 어름에서 손끝을 갈비뼈 아래에 대는 거요. 끝으로 거기에서 다시 무릎이나 발끝까지 그녀의 몸을 두 손으로 죽 훑어 내리는 것이오.

〈착한〉 다이애나 쪽에서 보면, 그녀의 조신한 태도를 감안할 때 그게 너무 무리한 간섭으로 비쳤을 거요. 그래서 처음에는 마치 내가 자신의 순결을 빼앗기라도 하듯(이런 말을 하느님께서 용서해 주시기를) 비명을 질러 댔소. 하지만 효과는 확실했던지라, 다이애나는 거의 단번에 진정되어 몇 분 동안 잠들었다가는 제1의 상태로 깨어납디다. 그녀를 제2의 상태로 돌아가게 하는 것은 한결 용이했거니와, 그도 그럴 것이 〈악녀〉 다이애나는 그 신체 접촉에서 쾌감을 느끼는 듯했고 요망한 몸놀림과 숨죽인 신음 소리를 곁들여 가면서 나의 안찰(按擦)을 연장시키려고 했소. 다행히도 최면 효과는 이내 나타났고, 그 다이애나 역시 서서히 잠에 빠져들었소. 안 그랬으면 그 접촉을 연장시키느라 내가 아주 곤란했을 것이고, 그녀의 혐오스러운 색정을 제어하는 데도 어려움이 있었을 거요.

*

생각건대 어느 사내든 다이애나를 보았다면 그 자태가 제법 요염하다고 여기지 않았을까 싶소. 적어도 내가 판단하기에는 그러하오. 그래도 나는 신분과 소명 덕분에 성애의 가련함과 괴로움을 멀리하고 살아온 사람이라 상관없지만, 탁실은 색을 무척 밝히는 남자였소.

뒤 모리에 박사는 다이애나를 나한테 맡기면서 그녀가 입원할 때 가져온 여행 가방도 같이 넘겨주었는데, 이 가방에는 무척 우아한 옷들이 가득 들어 있습디다 — 그녀가 살림이 넉넉한 집안에서 자랐다는 것을 보여 주는 증거요. 게다가 그녀에게는 분명 아양을 떠는 태도가 있었소. 내가 그녀에게 미리 알려 준 대로 탁실이 방문하기로 되어 있던 날, 그녀는 정성스럽게 몸단장을 했습디다. 두 인격 가운데 어느 쪽에 있든 그저 정신이 멍한 사람처럼 보였지만, 여느 여자들과 마찬가지로 소소한 치장에는 무척 관심이 많았소.

탁실은 그녀를 보자마자 홀딱 반했고(〈미색이군요〉 하고 그는 입맛을 다시며 내게 속삭였소), 나중에 내가 하는 방식대로 그녀에게 최면을 시도할 때는 환자가 이미 잠든 게 분명한데도 그녀의 몸을 계속 쓰다듬었소. 오죽했으면 내가 〈이제 그만해도 될 것 같구려〉 하고 열없게 끼어들었겠소.

나만의 생각일지는 모르겠으나, 만약 〈악녀〉 상태의 다이애나를 그와 단둘이 있게 내버려두었다면, 그는 다른 식으로 음탕한 짓을 벌였을 것이고 다이애나는 그것을 허락했을 거요. 그런 까닭에 나는 그 젊은 여자와 면담할 때는 언제나 셋이서 함께 있도록 조처했소. 때로는 넷이서 자리를 함께 하기도 했소. 사탄과 루시퍼를 숭배하는 의식에 참가했던 다이애나의 기억을 자극하고 악마적인 기질을 부추기기 위해, 나는 불랑 신부의 도움을 받는 게 좋으리라 생각했고, 그래서 이따금 그도 입회하게 했던 것이오.

*

불랑. 파리 대주교의 결정에 따라 성직자로 활동할 수 없게 되자, 그는 리옹에 가서 뱅트라가 창설한 카르멜 공동체에 합류했소. 뱅트라는 선지자 행세를 하면서, 빨간 십자가가 거꾸로 찍혀 있는 하얀 제의를 입고 인도의 남근상이 박힌 관을 쓴 채로 제사를 올렸소. 때로는 기도 중에 공중 부양을 해서 추종자들을 황홀경에 빠트렸다 하오. 그것 말고도 뱅트라를 두고 여러 가지 소

때로는 기도 중에 공중 부양을 해서 추종자들을
황홀경에 빠트렸다 하오.

문이 돌았소. 전례 도중에 면병에서 피가 흘렀다고 하는가 하면, 동성애를 한다는 얘기도 있었고, 성교를 통해 여자를 사제로 서품한다거나 오감을 자유롭게 해방시킴으로써 속죄를 한다는 소문도 돌았소. 요컨대 그 모든 것이 불랑의 성향과 맞아떨어졌던 게 분명하오. 그래서 불랑은 뱅트라가 죽자 그의 후계자를 자처했소.

불랑은 한 달에 한 번꼴로 파리에 왔소. 다이애나 같은 여자를 악마학의 관점에서 연구한다는 것이 그에겐 꿈만 같았을 거요(말로는 그녀에게서 마귀를 쫓아낼 수 있는 최선의 방식을 찾기 위해서라고 했지만, 나는 이미 그의 구마 방식을 알고 있었소). 그는 환갑이 넘은 나이에도 아직 원기가 왕성했고, 눈빛에 사람의 마음을 호리는 힘이 있었소.

다이애나가 이야기를 하면 탁실은 열심히 받아 적고 불랑은 귀를 기울여 들었소. 그런데 불랑은 다른 꿍꿍이셈이 있는 것처럼 보였고, 이따금 그녀의 귀에 대고 우리가 전혀 알아듣지 못하는 격려의 말이나 조언을 속삭였소. 그래도 그가 우리에게 도움이 되었던 것은 사실이오. 우리가 폭로해야 할 프리메이슨회의 비밀들 중에는 축성한 면병들을 칼로 찌르는 행위와 흑미사의 다양한 형태들이 포함되어 있었거니와, 그와 관련해서는 불랑이 누구보다 잘 알고 있었기 때문이오. 탁실은 자기가 받아 적은 것을 바탕으로 책들을 썼고, 책을 내면 낼수록 갖가지 악마 숭배 의식을 폭로하는 데 열을 올리면서 메이슨들이 수시로 그런 의식들을 올린다고 주장했소.

*

탁실은 애초에 프리메이슨회에 관해서 많은 것을 알고 있었던 게 아닌지라, 몇 권의 책을 잇달아 내고 나자 그 알량한 정보가 바닥을 드러내기 시작했소. 새로운 정보들은 오로지 〈악녀〉 다이애나에게서 얻을 수밖에 없는 형편이었소. 그녀는 최면을 통해 그런 상태로 옮아가면, 마치 어떤 장면들을 눈앞에 보고 있는 것처럼 눈알을 휘둥글리며 이야기했거니와, 아마도 그 장면들은 그녀가 직접 목격했거나 미국에서 누군가에게 들었던 것들이 아니었나 싶소. 이도 저도 아니라면 그냥 그녀가 상상한 것들이겠지요. 여하튼 그것들은 숨 막히는 긴장을 느끼게 하는 이야기들이었고, 나처럼 경험이 많은 사람(내가 알기로는 그렇소)이 듣기에도 낯이 뜨거울 때가 많았소. 예를 들어, 어느 날 다이애나는 자기의 적인 소피 발데르, 일명 소피아 사포의 입회 의식에 관해서 이야기하기 시작했소. 장면 전체에 걸쳐 근친상간의 낌새가 느껴지는 이야기였는데, 그녀가 그런 낌새를 알아차리고 있었는지 우리로서는 가늠할 수가 없었지만, 그녀의 어조에 경멸이 섞여 있지 않았던 것은 분명하오. 그녀는 오히려 아무나 경험할 수 없는 특별한 일을 목격했다는 듯이 흥분하고 있었소.

「의식을 집전한 사람은 소피아의 아버지였어요.」 하더니 다이애나는 천천히 말을 잇대어 「그는 먼저 소피아를 잠들게 하더니, 벌겋게 달군 쇠를 그녀의 입술에 갖다 대었어요……. 그는 외부에서 어떤 위험이 와도 소피아의 몸에 탈이 나지 않는다고 확신했던 게 분명해요. 그녀의 목에는 장신구 하나가 걸려 있었어요.

똬리를 튼 뱀의 형상을 한 장신구였는데…… 그녀의 아버지는 그것을 떼어 내더니, 바구니 하나를 열고 거기에서 살아 있는 뱀을 꺼내어 그녀의 배에 올려놓아요……. 아주 아름다운 뱀이에요. 기어가는 모습이 꼭 춤추는 것 같아요. 뱀은 소피아의 목으로 올라가더니 장신구가 있던 자리에 똬리를 틀어요……. 이제 뱀은 얼굴로 올라가서 입술을 향해 혀를 날름거리며 입맞춤 하듯 휘파람 소리를 내요. 아, 그 끈적거리는 몸뚱이의 화사함이라니……. 이제 소피아는 잠에서 깨어나, 입가에 거품을 뿜으며 일어나더니 마치 조각상처럼 꼿꼿하게 서 있어요. 그녀의 아버지는 그녀의 코르셋을 풀어 젖가슴을 드러내요! 그러고는 막대기로 그녀의 가슴에 어떤 물음을 쓰는 시늉을 해요. 그러자 그녀의 살에 붉은 글자들이 나타나고, 잠들어 있는 듯하던 뱀이 휘파람 소리를 내며 깨어나더니 꼬리를 움직여 소피아의 맨살에 대답을 적어요.」

「다이애나, 그런 것들을 어떻게 아는 거지?」

하고 내가 물었더니

「미국에 살던 때부터 알고 있었어요……. 내 아버지가 나를 팔라디움파에 가입시켰거든요. 그 뒤에 나는 파리에 왔는데, 아마도 사람들이 나를 멀리 떼어 놓으려 했던가 봐요……. 파리에서 소피아 사포를 만났어요. 그 여자는 언제나 나의 적이었어요. 내가 자기 뜻을 따르지 않는다고 나를 뒤 모리에 박사에게 맡겼지요. 내가 미쳤다고 하면서요.」

*

나는 다이애나의 과거 행적을 알아보기 위해 뒤 모리에 박사의 진료소에 갔소.

「박사님, 제가 이러는 것을 양해해 주십시오. 다이애나가 자신이 어디에서 왔는지 부모가 누구인지 알지 못하면 우리 자매님들은 그녀를 도와줄 수 없습니다.」

뒤 모리에는 마치 벽을 대하듯 나를 바라보며

「이미 말씀드렸듯이, 저는 전혀 아는 바가 없습니다. 다이애나는 어떤 친척이 데려와서 우리에게 맡겼는데, 그 사람이 세상을 떠났어요. 그 사람의 주소가 있지 않으냐고요? 괴이하다 여기실지 모르겠으나, 저한테는 이제 주소가 남아 있지 않습니다. 1년 전에 제 사무실에 화재가 나서 많은 문서가 소실되었어요. 그녀의 과거에 대해서 저는 아무것도 모릅니다.」

「그런데 다이애나가 미국에서 왔습니까?」

「아마도요, 하지만 다이애나는 외국인 티를 전혀 내지 않고 프랑스어를 합니다. 그 자선 단체의 부인들에게 너무 많은 것을 알고 싶어 하지 말라고 말씀해 주세요. 다이애나가 현재 상태에서 벗어나 세상으로 돌아오는 것은 불가능한 일입니다. 그러니까 그녀를 다정하게 대해 주고, 그렇게 살다가 생애를 마감하도록 그냥 내버려두세요 — 사실 히스테리가 그렇게 심해진 단계에서는 오래 살기가 어렵습니다. 조만간 다이애나는 격렬한 자궁 염증을 앓게 될 터인데, 현재의 의술로는 아무것도 할 수가 없을 겁니다.」

나는 그가 거짓말을 하고 있다고 확신했소. 그 역시 팔라디움파의 일원이라서(자기 말로는 대동방 회당이라고 했지만), 자기네 분파의 적을 산 채로 감금하는 것에 동의했을 수도 있는 일이오. 사실을 확인할 길은 없으나 나는 그렇게 상상하지 않을 수 없었소. 아무튼 뒤 모리에와 더 이야기를 나누는 것은 시간 낭비였소.

나는 다이애나가 제1의 상태에 있을 때뿐만 아니라 제2의 상태에 있을 때도 그녀의 과거에 관해서 물어보았소. 그녀는 아무것도 기억나지 않는 것처럼 굴었소. 그녀는 초상 메달 하나를 가느다란 금 사슬에 매달아 목에 두르고 있었는데, 그 초상은 그녀를 빼닮은 여자의 모습이었소. 나는 그 메달이 뚜껑을 열어 안에 무언가를 담을 수 있는 종류의 것임을 알아차리고, 안에 무엇이 들었는지 끈덕지게 물어보았으나, 그녀는 지나치게 겁먹은 태도를 보이며 거칠고 단호하게 거절했소.

「이건 엄마가 나한테 준 거예요.」

하는 말만 되풀이합디다.

*

탁실이 프리메이슨회에 반대하는 선전 활동을 시작한 지 4년이 지났을 때였소. 그동안 가톨릭계가 보인 반응은 우리의 모든 예상을 뛰어넘는 것이었소. 1887년에 탁실은 람폴라 추기경의 부름을 받고 로마에 가서 교황 레오 13세를 알현했소. 이는 그의 싸움이 정당하다는 것을 가톨릭교회가 공식적으로 인정한 것이었고, 그때부터 언론의 대대적인 관심이 쏟아지고 경제적인 성공이 이어졌소.

그 무렵에 나는 아주 간결하고도 의미심장한 편지를 받았소.

〈신부님, 사태가 우리의 의도와는 다르게 돌아가고 있습니다. 어떤 식으로 필요한 조치를 취해 주시겠습니까? 에뷔테른 올림.〉

하지만 우리는 물러설 수가 없었소. 인세가 계속 두둑하게 들어왔기 때문이 아니라, 가톨릭계와 협력 관계를 맺음에 따라 그 압력을 피할 수 없었던 것이오. 탁실은 바야흐로 반프리메이슨 투쟁의 영웅이었소. 그가 그런 깃발을 포기할 리가 없지요.

그사이에 나는 베르가마스키 신부의 간단한 편지들도 받았소. 〈모든 게 잘 돌아가고 있는 것으로 보이네. 한데 유대인들은?〉 하는 식의 쪽지들이었소.

앞서 베르가마스키 신부는 탁실에게서 프리메이슨회뿐만 아니라 유대인들에 관한 충격적인 고백을 얻어 내라고 주문한 바 있었소. 그런데 다이애나와 마찬가지로 탁실도 유대인들에 관해서는 입을 다물고 있습디다. 다이애나가 그러는 것은 별로 놀랍게 여겨지지 않았소. 그녀가 살았던 아메리카 대륙에는 유럽에 비해 유대인들이 적고, 그래서 그녀에게는 유대인 문제가 낯설게 느껴졌을 것이오. 하지만 프리메이슨회에는 유대인들이 아주 많았고, 나는 그 점을 탁실에게 상기시켰소.

그의 대답은 이러했소.

「제가 그들에 대해서 무엇을 알겠습니까? 저는 프리메이슨 회당에서 유대인을 만난 적이 없습니다. 아니면 유대인들인 줄 모르고 만났을 수는 있겠지요. 어쨌거나 회당에서 랍비를 만난 적은 없습니다.」

「그들이 랍비 복장을 하고 거기에 가지는 않네. 하지만 정보가 아주 빠른 어느 예수회 신부에게서 듣자 하니, 레오 모이린이라는 독일 출신의 고위 성직자가 — 보통의 본당 신부가 아니라 대주교일세 — 장차 출간하려는 책에서 프리메이슨회의 모든 의식들은 카발라에 기원을 두고 있다는 사실을 입증하리라고 하네. 유대교의 신비주의 전승인 카발라가 메이슨들을 악마 숭배로 이끌고 있다는 것인데…….」

「그럼 그런 얘기는 모이린 대주교한테 맡기세요. 한꺼번에 토끼 두 마리를 잡으려 하지 말고, 우리는 그저 한 마리만 쫓으면 됩니다.」

탁실이 그렇게 주저하는 이유를 놓고 나는 오래도록 궁금증을 느꼈소(혹시 유대인인가? 하는 생각마저 듭디다). 그러다가 내가 깨달은 것은 그가 기자 노릇을 하고 출판 사업을 하는 동안 명예 훼손이나 외설 등의 혐의로 숱한 송사를 겪고 거액의 벌금을 물었다는 사실이오. 그래서 그는 몇몇 유대인 고리대금업자에게 큰 빚을 지었고, 아직도 빚을 다 청산하지 못한 상황이었소(그러면서도 반프리메이슨 활동을 통해 벌어들인 적잖은 돈을 펑펑 써대는 것 같습디다). 따라서 탁실은 유대인 빚쟁이들을 공연히 자극하다가 화를 당하지 않을까 우려하고 있었소. 그들이 이제까지는 조용히 참아 주었지만, 자기들이 공격당했다고 느끼면 빚을 갚지 않았다는 이유로 그를 감옥에 보낼 수도 있다고 생각했을 거요.

하지만 그게 그저 돈 때문이었을까요? 탁실은 막돼먹은 협잡꾼이기는 해도 감정이 없는 인간은 아니었소. 예를 들어 그는 가족에 대한 애착이 매우 강했소. 아무튼 어떤 이유에서건 그는 숱한 박해의 희생자들인 유대인들에 대해서 약간의 연민을 느끼고 있었을 거요. 그는 게토의 유대인들이 비록 제2급 시민으로 간주되기는 했을지언정 교황들의 보호를 받았다고 이따금 말했소.

그 시기에 탁실은 기세가 등등했소. 프리메이슨회에 반대하는 정통 가톨릭 사상의 기수를 자처하면서 정치에 투신하겠다는 결심을 했을 정도요. 그가 어떤 술수를 썼는지 자세한 내막을 알 수는 없었으나, 그는 파리 어느 구역에서 시의원 후보로 나섰소. 탁실의 경쟁자는 중진 언론인 에두아르 드뤼몽이었소. 유대인과 프리메이슨회에 반대하는 격렬한 선전 활동에 참여해 왔고 교회 쪽 인사들에게서 두터운 신망을 얻은 인물이오. 그는 탁실이 협잡꾼이라는 말을 흘리기 시작했소 — 〈흘리다〉라는 말은 너무 완곡한 표현일지도 모르겠구려.

1889년에 탁실은 드뤼몽을 공격하는 소책자를 출간했는데, 그를 어떤 식으로 공격해야 할지 몰랐던 터라(두 사람 모두 프리메이슨회에 반대하고 있었으니 말이오), 그의 유대인 공포증을 두고 정신 이상의 한 형태라는 식으로 말했소. 게다가 러시아인들의 유대인 박해를 비난하는 것도 서슴지 않았소.

드뤼몽은 타고난 논객인지라 자기 역시 소책자를 내어 대응했소. 이 소책자에서 그는 탁실의 전력을 놓고 조롱을 퍼부었소. 주교들과 추기경들의 환대와 치하를 받으면서 가톨릭교회의 편력 기사로 간택된 이 신사가 불과 몇 년 전만 해도 교황과 사제들과 수도사들에 대해서, 심지어는 예수와 성모 마리아에 대해서까지 저열하고 추잡한 글들을 썼다고 공격한 거요. 드뤼몽의 공격은 그것으로 끝나지 않았소. 탁실에게 더 고약한 잘못이 있었던 거요.

나는 탁실과 이야기를 나누기 위해 여러 차례 그의 집에 간 적이 있었소. 그의 집 1층은 예전에 〈반교권주의 출판사〉가 들어 있던 곳인데, 우리가 면담을 할 때면 종종 그의 아내가 들어와서 남편의 귀에 대고 무언가를 속삭이곤 합디다. 나중에 알고 보니 거기에는 이런 사정이 있었소. 탁실은 예전에 출간한 책들의 재고가 너무 많아서 선뜻 그것들을 없애 버리지 못했는데, 회개하지 않은 수많은 반교권주의자들이 탁실의 책들을 구하기 위해 여전히 그 주소로 찾아오고 있었소. 그래서 탁실은 아내를 전면에 내세우고 자기는 뒤에 숨은 채로 그 훌륭한 노다지에서 계속 금을 캐내고 있었던 것이오. 탁실이 개종을 했다지만 나는 그 개종의 진실성에 대해서 환상을 품었던 적이 없소. 그가 표방하던 유일한 철학적 원칙은 페쿠니아 논 올레트(돈에서는 냄새가 나지 않는다)[4]였소.

문제는 드뤼몽 역시 그런 속임수를 알아차렸다는 것이오. 그래서 그는 이 마르세유 사내를 두고 어떤 식으로든 유대인들과 연결되어 있는 자일 뿐만 아니라 아직 회개하지 않은 반교권주의자라고 공격했소. 그쯤 되면 탁실의 독자들 가운데 더 소심한 축은 냉정한 의심을 품기에 충분했소.

반격이 필요한 상황이었소.

4 *Pecunia non olet.* 로마 제국의 황제 베스파시아누스가 소변세를 신설하여 로마의 공중 소변소에서 오줌을 가져다가 무두질에 사용하는 갖바치 등에게 세금을 거두려 하는 것을 두고 아들 티투스가 이의를 제기하자, 황제가 금화 하나를 집어 냄새를 맡아 보게 하면서 했다는 말.

「이보게 탁실」 하고 나는 그에게 말하기를 「자네가 왜 유대인들을 공격하지 않는지 그 사사로운 사정을 알고 싶지는 않네. 하지만 자네가 직접 못 하겠다면, 누군가 그 일을 맡아 줄 다른 사람을 등장시킬 수는 있지 않겠는가?」

「제가 직접 관여하는 게 아니라면 문제될 것이 없습니다.」 탁실은 그리 대답하고 말끝을 달아 「사실 제 폭로는 이제 바닥이 나갑니다. 다이애나가 우리에게 들려주는 황당무계한 이야기들도 마찬가지이고요. 우리가 만들어 낸 독자 대중은 더 많은 것을 원하고 있습니다. 어쩌면 그들이 이제 저의 책들을 읽는 이유는 십자가의 적들이 꾸미는 음모를 알기 위해서가 아니라 그저 이야기의 흥미진진함 때문인지도 모르겠어요. 악당의 음모를 다룬 소설을 읽다 보면 자기도 모르게 악당의 편이 되는 것과 비슷한 일이지요.」

*

바로 그런 사정에서 바타유 박사라는 가공의 저자가 태어났소.

탁실은 자기를 도와줄 만한 사람을 찾아냈소. 아니 정확히 말하면 옛 친구를 다시 만난 거요. 그 친구는 왕년에 배 안에서 선원과 선객의 건강을 보살피는 의사 노릇을 하며 외국 여행을 많이 했고, 가는 곳마다 사원들을 기웃거리며 다양한 종교 집회를 구경한 바 있었으며, 무엇보다 부스나르[5]의 책들과 같은 모험 소

5 루이 앙리 부스나르(1847~1910). 의사로서 기아나와 아프리카 등지의 프랑스 식민지들을 두루 여행한 뒤에 작가로 변신하여 『파리 소년의 세계 일주』(1880)를 비롯한 40여 권의 모험 소설을 썼다. 악당을 거의 독일인으로 설

설 분야나 『세계의 강신술』이나 『신비 제국 기행』 같은 자콜리오[6]의 기상천외한 보고서들을 훤히 꿰고 있습디다. 나는 허구의 세계에서 새로운 소재를 구한다는 것에 전적으로 찬성했소(당신의 일기를 읽고 알게 된 바이지만 당신이 뒤마와 쉬를 모방해서 한 일도 그와 별반 다르지 않은 것 같구려). 사람들은 그저 재미로 육지나 바다의 모험담이며 범죄 이야기를 탐독하고 나서는 그 내용을 금방 잊어버리기 일쑤요. 그래서 어떤 사기꾼이 나타나 사람들이 소설에서 읽은 것을 마치 실제로 있었던 일인 것처럼 얘기해 주면, 사람들은 그저 어렴풋하게 어디선가 들었다는 생각을 하면서 그 이야기를 사실로 믿게 되는 거요.

탁실이 다시 만난 그 친구는 샤를 아크 박사였소. 제왕절개 수술에 관한 논문으로 박사 학위를 받았고, 항해 경험을 바탕으로 상선에 관한 책을 쓰기도 했으나, 아직 이야기꾼의 재능을 발휘해 본 적은 없는 사람이었소. 스스로를 뛰어난 인재로 여기며 강한 자부심을 드러냈지만, 살아가는 형편은 매우 궁핍해 보입디다. 그의 이야기를 들어 본즉, 종교를 철저히 비판하고 기독교를

정하는 등 반독일, 반영국의 국수주의적 세계관을 너무 강하게 드러낸 나머지 영어권을 비롯한 외국에는 거의 번역되지 않았고 오늘날에는 프랑스에서조차 잊힌 작가가 되었지만, 유독 러시아에서만 큰 인기를 얻어 거의 모든 작품이 번역되었다고 한다.

6 루이 자콜리오(1837~1890). 1860년대에 프랑스 식민지의 판사로서 타이티와 아시아 여러 나라에 몇 해 동안 살았던 경험을 수십 권의 여행기로 우려먹은 기행 작가. 특히 인도에 체류할 때 수집한 산스크리트 신화를 바탕으로 서양 신비주의의 뿌리를 고대 인도에서 찾으려는 시도를 벌였으나, 근거가 박약한 허황된 주장들이 많아서 오늘날의 전문가들에게는 신뢰하기 어려운 저자가 되고 말았다.

〈십자가의 히스테리〉라고 공격하는 책을 출간하려 하는 것 같았소. 그런데 그는 탁실의 제안을 듣자마자 태도를 바꾸더니 악마 숭배자들에게 맞서 가톨릭교회를 수호하기 위해서라면 당장 천 페이지라도 쓰겠다고 나섭디다.

내가 기억하기로 1892년에 우리는 약 30개월에 걸쳐 총 240권의 분책을 잇달아 내기로 예정하고, 『19세기 악마』라는 엄청난 책을 출간하기 시작했소. 표지에는 박쥐 날개에 용의 꼬리를 가진 루시퍼가 비웃고 있는 형상을 크게 그려 넣었고, 제목 아래에는 〈강신술과 루시퍼파 프리메이슨회의 흑막, 팔라디움 전례, 접신 방술과 악마 소환 주술과 현대의 모든 사탄주의, 신비 최면술, 루시퍼 영매, 세기말 카발라, 잠복 상태의 신들림, 적그리스도의 선구자들에 관한 폭로〉라는 긴 부제를 붙였으며, 저자로는 바타유 박사라는 가공의 인물을 내세웠소.

우리는 애초의 계획대로 이미 다른 책에 쓰여 있는 것들을 가져다가 『19세기 악마』를 채워 나갔소. 바타유, 즉 탁실과 아크는 이전의 온갖 문학 작품을 표절하여 밀교나 악마의 환영, 무시무시한 의례, 바포메트의 제단 앞에서 행해진다는 성전 기사단의 전례 따위를 뒤섞은 잡탕을 만들어 냈소. 심지어는 삽화도 신비학을 다룬 다른 책들에 있는 것들을 그대로 베꼈소. 이미 그 바닥의 저자들끼리 서로 베껴 댄 삽화들을 다시 써먹은 셈이오. 다른 책에서 베끼지 않은 삽화들은 프리메이슨회 수장들의 초상화뿐이었는데, 이는 죄인을 잡기 위한 용모파기와 같은 것이었소. 미국의 평원에서 이러저러하게 생긴 무법자들을 발견하면 산 채로든 죽여서든 사법기관에 넘기라고 현상 수배 벽보를 붙이는

『19세기 악마』라는 엄청난 책을 출간하기 시작했소.
표지에는 박쥐 날개에 용의 꼬리를 가진 루시퍼가
비웃고 있는 형상을 크게 그려 넣었고…….

것과 비슷한 취지로 그들의 초상을 넣었다는 거요.

*

그들은 열성스럽게 일을 해나갔소. 아크가 압생트를 거나하게 마신 뒤에 자기가 지어낸 이야기들을 들려주면, 탁실은 그것들을 받아 적은 뒤에 더 그럴싸하게 만들었소. 때로는 아크가 의술이나 독약 사용법에 관한 자세한 정보를 기술하고 자기가 직접 본 도시들이며 이국풍의 의례들을 묘사하는 동안, 탁실은 다이애나가 새로 들려준 허황된 이야기들에 가필을 하기도 했소.

아크가 지어낸 이야기 중에는 일례로 지브롤터의 바위에 관한 것이 있소. 그 바위가 다공질이라서 속에 통로며 구멍이며 암굴들이 뚫려 있고, 거기에서 가장 불경한 축에 드는 온갖 사이비 종교 집단들이 갖가지 의식을 올리고 있다는 얘기였소. 또한 그는 인도의 밀교 집단들이 프리메이슨회의 의례를 닮은 천한 짓거리를 벌인다는 이야기를 하기도 했고, 악마 아스모데오의 출현에 관한 이야기를 하기도 했소. 그런가 하면 탁실은 소피아 사포를 등장시켜 새로운 이야기를 지어내기 시작했소. 그는 콜랭 드 플랑시의 『악마 사전』[7]에서 읽은 정보를 활용하여 소피아가

7 19세기의 프랑스 문필가 자크 콜랭 드 플랑시가 악마와 신비학, 강신술, 점술, 미신 등에 관한 당대의 지식과 풍속을 집대성하여 편찬한 사전(대중의 취향에 영합한 조잡한 서술이나 무지에서 비롯된 오해 등으로 해서 학술 자료로는 미흡하지만, 당시의 풍속과 유행을 이해하는 데에는 그런대로 도움이 되는 듯하다). 1818년에 초판이 나온 뒤에 여러 차례 개정을 거쳐 1863년 제6판이 나왔는데, 특히 이 최종판에는 화가 르브르통이 그린 악마의 초상들을 비롯한 550점의 삽화가 추가됨으로써 악마의 시각적 표현과 관련하여 후대에 큰 영향을 끼쳤다. 자크 콜랭 드 플랑시는 『직지심체요절』의 최초 발굴

악마 군단의 규모를 폭로한 것처럼 꾸몄소. 그 얘기에 따르면 악마 군단의 수는 6,666이고, 각 군단을 구성하는 악마들의 수도 6,666이오. 이 대목을 쓰던 때에 아크는 이미 술에 취해 있었음에도 악마의 총수를 계산해 보더니 44,435,556이라는 답을 내놓습디다. 우리가 확인을 해보고 그의 계산이 맞는다고 했더니, 그는 손바닥으로 탁자를 탁 치며 〈거 봐요, 나는 취하지 않았다니까!〉 하고 큰소리를 쳤소. 그러고는 스스로 너무 흐뭇해하다가 탁자 밑으로 굴러 떨어지고 말았소.

나폴리에 프리메이슨회의 독극물 제조장이 있다는 이야기를 꾸며 냈던 일이 생각나오. 메이슨들이 저희 적들을 제거하기 위해 독약을 만든다고 상상하는 것은 아주 흥미로운 일이었소. 탁실과 아크가 상상해 낸 독물 가운데 가장 기발한 것은 〈만나〉였소. 보다시피 화학과는 아무런 연관이 없는 이름이오. 그 제조법은 이렇게 되어 있소. 〈먼저 표본 병에 독사들을 넣고 거기에 두꺼비 한 마리를 던져 준 다음, 처음에는 독버섯만 나중에는 디기탈리스와 독당근을 추가해서 먹이다가, 결국에는 독사들이 굶어 죽게 하고, 그 시체에 분쇄한 수정과 등대풀의 흰 즙을 뿌린 다음, 그 전체를 증류기에 담고 서서히 가열하여 수분을 빨아올리고, 마지막으로 독사들의 잔해를 불연소성의 가루들과 분리해 낸다. 이렇게 함으로써 두 가지 독약을 얻을 수 있는바, 하나는 독액이고 다른 하나는 독 분말이로되, 그것들의 치사 효과는 동일하다.〉

자로 유명한 초대 주한 프랑스 공사 빅토르 콜랭 드 플랑시의 아버지이기도 하다.

「얼마나 많은 주교들이 이 대목을 열중해서 읽을지 벌써부터 상상이 갑니다.」

하고 빈정대면서 탁실은 매우 만족스러울 때면 늘 그랬듯이 살고랑을 긁적거렸소. 사정을 알고 보면 그게 공연한 소리는 아니었소. 『19세기 악마』의 분책이 나올 때마다 어떤 고위 성직자가 그에게 편지를 보내어, 용감한 폭로를 통해 수많은 신자들에게 경각심을 불어넣어 준 것에 감사를 표하고 있었으니 말이오.

때때로 우리는 다이애나에게 도움을 청했소. 그녀가 아니었다면 찰스턴의 수장이 가지고 있다는 아르쿨라 미스티카(신비의 궤)[8]에 관한 이야기를 지어낼 수 없었을 거요. 그것은 세상에 일곱 개밖에 존재하지 않는다는 작은 궤요. 그 뚜껑을 열면 작은 사냥 나팔처럼 생긴 은제 확성기가 보이고, 왼쪽에는 은색 실로 이루어진 케이블이 있는데, 그것의 한쪽은 확성기에 연결되어 있고 다른 한쪽은 귀에 꽂는 기구 — 다른 여섯 궤 가운데 하나에다 대고 말하는 사람들의 목소리를 듣는 기구 — 에 연결되어 있소. 오른쪽에는 진사(辰砂)로 만든 붉은 두꺼비와 작은 황금 조각상 일곱 개가 있는데, 두꺼비는 크게 벌린 입으로 작은 불꽃들을 토하여 통화가 활발하게 이루어지고 있음을 알려 주는 장치이고, 작은 황금 조각상들은 팔라디움파의 7대 덕목과 아울러 프리메이슨회의 가장 중요한 지도자 일곱 명을 상징하는 것이오. 그러니까 미국 사우스캐롤라이나 주 찰스턴에서 수장이 작은 조각상의 좌대를 누르면 베를린이나 나폴리에 있는 통화자

8 Arcula Mystica.

에게 신호가 가는데, 그 순간에 통화자가 아르쿨라 앞에 있지 않을 때는 자기 얼굴에 뜨거운 바람이 훅 끼쳐 오는 것을 느끼면서 〈한 시간 뒤에 대령하겠습니다〉 하는 식으로 중얼거리고, 그러면 수장의 궤에서는 두꺼비가 큰 소리로 〈한 시간 뒤에〉 하고 말하는 거요.

처음에 우리는 그 이야기가 조금 우스꽝스럽지 않은가 하고 생각했소. 게다가 이미 몇 해 전에 안토니오 메우치가 〈텔레트로포노〉, 즉 요즘 말로 전화기라고 하는 것을 발명하여 특허를 낸 마당이었소.[9] 하지만 전화기는 아직 소수의 부자들을 위한 물건이라서, 우리 독자들은 그 비슷한 것도 본 적이 없었을 것이오. 그러니 아르쿨라 같은 기이한 물건 역시 악마의 사주를 입증하는 사례로 여기지 않았겠소?

우리는 탁실의 집이나 오르퇴유의 셋집에서 만났소. 어쩌다가 객기가 나서 아크의 두더지 굴 같은 방에 가서 일을 한 적도 있었지만, 싸구려 독주며 밀린 빨래며 몇 주일 묵은 음식 따위의 악취가 진동해서 되도록 거기에서 일하는 것을 피하게 되었소.

9 정확히 말하면 안토니오 메우치(1808~1889)가 특허를 낸 것은 아니고, 미국 특허청에 발명 특허 보호 신청*patent caveat*을 냈는데, 이는 매년 10달러를 내고 갱신해야 권리가 유지되는 것이었다. 메우치는 경제적인 어려움 때문에 그마저도 갱신을 못 하고 있었는데, 그사이에 그레이엄 벨이 먼저 전화에 대한 특허를 얻어 냈다. 미국에 귀화한 이탈리아 출신의 가난한 발명가 메우치는 날로 번창해 가는 벨의 회사를 상대로 소송을 제기했으나 패하고 말았다. 자기 사무실에서 집에 병들어 누워 있는 아내와 통화하기 위해 〈텔레트로포노〉를 발명했다는 이 불운한 이방인은 결국 자기 권리를 인정받지 못한 채 세상을 떠났다. 하지만 미국 하원은 2002년 그를 전화기의 발명자로 공인하는 결의안을 채택했다. 이 결의안을 두고 이탈리아 신문 「라 레푸블리카」는 〈벨에 대한 뒤늦은 응징〉이라고 평했다.

*

우리는 미국의 앨버트 파이크 장군을 만국 프리메이슨회의 수장으로 삼고 그가 찰스턴에서 세계의 운명을 좌지우지하고 있는 것으로 꾸몄는데, 그래 놓고 보니 그를 어떤 인물로 그릴 것인가 하는 문제가 생겼소. 하지만 이미 출간된 책들을 활용하는 것보다 더 기발한 창작은 없는 법이오.

우리가 『19세기 악마』를 분책으로 출간하기 시작하자마자 포트루이스(이게 어디에 있는 도시였더라?)의 대주교 모이린 예하의 책 『사탄의 회당 프리메이슨회』가 예정대로 출간되었소. 그리고 아크 박사는 서툴게나마 영어를 할 줄 알았던 터라 여행 중에 『비밀 결사들』이라는 책을 찾아낸 바 있었는데, 이 책은 프리메이슨회의 반대자로 널리 알려진 미국의 존 펠프스 장군이 1873년에 시카고에서 출간한 것이었소. 우리는 그 책들에 나와 있는 것을 베껴서 앨버트 파이크를 대장로로, 세계 팔라디움파의 제사장으로, 큐 클럭스 클랜이라는 백인 지상주의 단체의 결성을 주도했을 법한 인물로, 링컨의 암살에 관여한 음모가로 묘사했소. 그리고 그가 스스로에게 붙이는 칭호들의 목록을 다음과 같이 만들었소. 찰스턴 최고 평의회 수장, 장군 형제, 최고의 기사장, 위대한 상징적 프리메이슨회의 숙달 편수, 비밀 편수, 완전 편수, 비밀 서기, 감독관 겸 사법관, 선택받은 9인 편수의 1인, 선택받은 찬란한 15인회의 일원, 선택받은 최고 기사, 열두 지파의 우두머리, 도편수, 거룩한 궁륭의 선택을 받은 위대한 스코틀랜드 메이슨, 완전하고도 숭고한 메이슨, 동방의 기사 또는 검의 기사, 예루살렘 왕자, 동서의 기사, 장미십자단 최고 대공, 위대한 족장, 모든 상징적 메이슨들의 영원한 존사, 노아의 후예 프로이센 기사, 열쇠의 도편수, 레바논 왕자 겸 성막의 왕자, 청동 뱀의 기사, 성전 최고 기사장, 태양의 기사, 달통한 왕자, 스코틀랜드 성 안드레아 대기사, 선택받은 카도슈 대기사, 온전히 깨달은 자, 대심문관 겸 사령관, 임금의 비밀을 쥔 밝고 숭고한 왕자, 제33계급, 크나큰 권능을 가진 최고 기사장이자 도편수이자 거룩한 팔라디움파의 영도자, 만국 프리메이슨회의 교황.[10]

그리고 우리는 다른 책에 나와 있는 그의 편지들 가운데 하나를 인용했소. 그 내용은 이탈리아와 에스파냐의 일부 형제들이 〈사제들의 신에 대한 증오에 휩쓸린 나머지〉 사탄 — 사제들이 사람들을 기만하기 위해 꾸며 낸 것이라서 메이슨들은 그 이름을 입에 올리지 말아야 할 존재 — 을 내세워 오히려 그 신을 영광스럽게 한다고 비난하는 것이었소. 그러니까 이 편지의 주장에 따르면, 제노바의 한 분파가 공개 행사 때에 〈사탄에게 영광을!〉이라고 적힌 깃발을 내건 것은 비난받아 마땅한 행위요. 하지만 비난의 초점은 사탄에 관한 사상이 기독교의 미신이라는 데에 있소. 메이슨들은 그런 미신에 현혹되지 말고 루시퍼 교의의 순수성을 지켜야 한다는 거요. 편지에서 파이크는 이런 식으로 부연하고 있소. 〈사제들은 악마의 존재를 믿기 때문에 사탄과

10 이 기이한 호칭들은 앞뒤의 대여섯 개를 빼면 거의 모두가 프리메이슨회의 스코틀랜드 전례에서 사용하는 33계급 명칭들을 그대로 쓰거나 조금 변형한 것들이다. 그러니까 한 단체의 거의 모든 직급 명칭을 한 사람에게 붙인 셈이다. 에코는 탁실이 주도한 위작 행위의 우스꽝스러움을 강조하기 위해 이 긴 목록을 나열한 듯하다.

사탄 숭배자, 마녀, 마법사, 주술사, 흑마법 따위를 만들어 낸 반면, 루시퍼 신봉자들은 자기네 옛 스승인 성전 기사들의 마법과 같은 빛의 마법을 추구한다. 흑마법은 악신 아도나이를 추종하는 자들의 마법이고, 위선을 신성함으로, 악덕을 미덕으로, 거짓을 진실로, 불합리한 것에 대한 믿음을 신학으로 둔갑시키는 것이라서, 이를 행함은 결국 잔인함과 신의 없음, 인간에 대한 증오, 야만성, 과학에 대한 거부를 입증하는 것이다. 반면에 루시퍼는 빛이 어둠에 맞서듯, 아도나이에 맞서는 선신이다.〉

우리가 보기에는 사탄이든 루시퍼든 다 같은 악마이지만, 그런 존재를 추종하는 무리 사이에서는 서로를 구별하는 모양입디다. 불랑은 그 다양한 악마 숭배 행위들 간의 차이를 우리에게 설명하려고 애썼소.

「어떤 자들의 주장에 따르면, 루시퍼는 타락한 천사였다가 회개하여 미래의 메시아가 될 수도 있는 존재요. 여자들로만 이루어진 어떤 분파들은 루시퍼를 남성적인 악신에 맞서는 여성적인 선신으로 간주하고 있소. 그런가 하면 어떤 자들은 루시퍼를 하느님에게서 저주받은 사탄으로 보오. 그럼에도 그리스도가 인류를 위해 해야 할 일을 제대로 하지 않았다고 생각하기 때문에 하느님의 적을 숭배하는 쪽으로 나아가는 거요. 바로 그들이 진짜 사탄 숭배자들이고, 흑미사 따위를 올리는 자들이오. 그 사탄 숭배자들도 여러 종류가 있소. 그저 주문, 방자, 주술에 대한 저희의 취향을 좇는 자들도 있고, 사탄 숭배를 그야말로 하나의 종교로 만들어 가는 자들도 있소. 그런가 하면 문화적인 동아리 같은 것을 꾸려 가는 자들도 있소. 작가 조제팽 펠라당, 그리고 그보다 훨씬 고약한 자로서 독살 기술을 개발하고 있는 스타니슬라스 드 구아이타가 바로 그런 자들이오. 게다가 팔라디움파가 있소. 이는 소수 메이슨들이 결성한 분파인데, 마치니 같은 카르보나로가 바로 여기에 속해 있었소. 가리발디가 시칠리아를 정복한 것은 하느님과 군주제를 적대시하는 팔라디움파의 소행이라는 얘기가 있습디다.」

나는 불랑 신부가 사탄 숭배에 빠졌다고 파리 사람들이 수군거리는 소리를 들은 터라, 그런 그가 어떻게 구아이타와 펠라당 같은 사람들을 놓고 사탄 숭배와 흑마법을 행한다고 비난할 수 있는가 하고 물었소.

「그것참」 하고 그는 대답하기를「이 신비학의 세계에서는 선과 악의 경계가 아주 모호하오. 어떤 자들에게는 선인 것이 다른 자들에게는 악이오. 때로는 옛날이야기에서도 그렇듯이, 요정과 마녀를 구별하게 하는 것이 그저 나이와 용모일 수도 있소.」

「그들이 방자를 한다고 하셨는데, 그게 어떤 식으로 영향을 미치나요?」

「내가 듣기로 찰스턴의 수장은 스코틀랜드 전례를 따르는 한 분파의 우두머리인 볼티모어의 고르가스라는 자를 상대로 이렇게 방자를 했다고 하오. 먼저 상대의 세탁부를 매수하여 그의 손수건 하나를 손에 넣소. 이 손수건을 소금물에 담가 두어야 하는데, 소금물을 만들 때는 소금을 물에 넣으면서 〈사그라핌 멜란크테보 로스트로무크 엘리아스 피트그〉라는 주문을 욉니다. 그다음에는 목련 가지로 불을 피우고 이 불에 손수건을 쬐어 말린 뒤에, 3주일 동안 토요일 아침마다 마치 악마에게 공물을 바치듯 손수건을 두 손바닥에 펼쳐 놓고 두 팔을 앞으로 내밀며 몰렉에게 바치는 기도문을 외오. 세 번째 토요일 저녁 무렵이 되면 화주의 불꽃에 손수건을 태우고 그 재를 청동 접시에 담아 밤새 그대로 놓아둔 다음, 이튿날 아침 재를 밀랍과 함께 반죽하여 인형을 만드오. 악마의 힘으로 남을 방자하기 위해 만드는 이런 물건을 〈다지드〉라고 하오. 이것을 속이 진공 상태로 되어 있는 수정공 아래에 놓아두면, 그때부터 상대는 원인을 모르는 채로 격심한 고통을 느끼기 시작하는 거요.」

「그래서 그 고르가스라는 자가 죽었습니까?」

「그건 중요하지 않소. 아마도 찰스턴의 수장이 상대를 죽일 생각까지 했던 것은 아닐 거요. 중요한 것은 그런 마법으로 원거리에서 방자를 할 수 있다는 사실이오. 그리고 구아이타 패거리가 나에게 바로 그런 짓거리를 벌이고 있소.」

불랑 신부는 그렇게 언질만 주고 구아이타 때문에 겪는 일에 관해서는 더 말하려고 하지 않았소. 다이애나는 그의 이야기에 귀를 기울이면서 줄곧 경애심 어린 눈길을 보냅디다.

*

나는 프리메이슨 당파들 내부에 유대인들이 있음을 폭로할 때가 되었다고 판단하고 탁실에게 압력을 가했소. 그러자 탁실은 바타유를 내세워 『19세기 악마』의 한 장(章)을 그 문제에 할애하면서, 18세기의 비술 추종자들을 다루는 한편으로 공식적인 프리메이슨 당파들과 별도로 50만 명에 유대계 메이슨들이 비밀리에 파당을 이루고 있으며 그 분파들에는 이름 대신 숫자가 붙어 있노라고 주장했소.

우리는 적절한 시기를 놓치지 않았소. 내가 알기로 바로 그 무렵에 몇몇 신문이 〈반유대주의〉라는 멋진 용어를 사용하기 시작했소. 그러니까 우리는 〈공인된〉 광맥에 들어가 노다지를 캐고 있었던 셈이오. 유대인들에 대한 불신을 솔직하게 드러내는 것이 〈주의〉라는 말이 붙은 하나의 교의가 되어 가고 있었소.

다이애나 역시 우리 모임에 참석해서 도움을 주었소. 우리가 유대계 메이슨들의 분파를 언급하자, 그녀는 〈멜기세덱, 멜기세덱〉이라는 말을 여러 번 되뇝디다. 무언가 기억나는 게 있느냐고 물었더니, 그녀가 더듬더듬 말을 이었소. 「족장 회의가 열리는 동안 프리메이슨회에 소속된 유대인들은 하나의 증표를 목에 걸고 있는데…… 은사슬에 황금판이 달려 있는 이 증표는…… 율법의 석판…… 모세의 십계판을 나타내고…….」

그녀의 이 말에 착안하여 우리는 유대 메이슨들이 멜기세덱의 신전에 모이는 장면을 상상했소. 그들은 자기들끼리만 알 수 있도록 꾸민 암호와 인사말과 서약을 주고받는데, 그것들은 〈그라친 가이침, 야반 압바돈, 바마케크 바메아라크, 아도나이 베고 갈콜〉 하는 식으로 유대 민족의 징표를 분명하게 담고 있었소. 그리고 당연한 얘기지만, 그 모임의 목적은 오로지 가톨릭교회와 아도나이를 위험에 빠뜨리는 것이었소.

그런 식으로 바타유를 내세워 유대인들을 공격하는 것이 탁실에게는 일거양득이었소. 교회 쪽의 물주들을 만족시키면서도 자기에게 돈을 빌려 준 유대인들을 자극하지 않을 수 있었으니 말이오. 그러나 사실 그는 이제 마음만 먹으면 모든 빚을 청산할 수도 있는 상황이었소. 그는 처음 5년 동안에만 세금을 제하고도 30만 프랑의 인세를 벌었고, 나는 그중에서 6만 프랑을 내 몫으로 챙겼소.

*

내가 기억하기로 1894년 무렵에는 신문들이 연일 드레퓌스 사건을 놓고 떠들어 댔소. 프랑스 육군 대위가 프로이센 대사관에 군사 기밀을 팔아넘긴 혐의로 체포되었다고 합디다. 공교롭게도 그 반역자는 유대인이었소. 드뤼몽은 반유대주의의 기수답게 득달같이 드레퓌스 사건에 덤벼들었고, 내가 보기엔 『19세기 악마』의 분책들도 유대인들에 대한 대대적인 폭로에 가세해야 하는 상황이었소. 하지만 탁실은 군의 첩보 사건에 끼어들지 않는 게 낫겠다고 말합디다.

나는 탁실이 무엇을 직감하고 그런 말을 했는지 나중에야 깨달았소. 사실 프리메이슨회에 유대인들이 가담하고 있다고 말하는 것은 우리에게 도움이 되는 일이었지만, 드레퓌스를 우리 이야기에 등장시켜서 그가 유대인일 뿐만 아니라 메이슨이라고 암시하거나 폭로하는 일은 별로 신중하지 않은 책략일 수도 있었소. 이미 프리메이슨회가 군 내부에 광범위하게 침투해 있었고, 드레퓌스를 처벌해야 하는 상관들 중에도 다수의 메이슨이 포함되어 있었을 테니 말이오.

*

우리는 또 다른 측면에서도 드레퓌스 사건에 굳이 개입할 필요가 없었소. 그것 말고도 우리가 금을 캐낼 만한 광맥이 또 있었던 것이오 — 게다가 우리가 형성해 낸 독자 대중의 관점에서 보자면 우리가 쥐고 있던 패들이 드뤼몽의 패보다 좋았소.

『19세기 악마』의 첫 분책이 나온 지 1년쯤 지났을 때, 탁실이 말합니다.

「독자들 쪽에서 보면『19세기 악마』에 실리는 글들을 모두 바타유 박사가 쓴 것입니다. 이렇듯 한 사람에게 모든 것을 맡길 필요가 있을까요? 팔라디움파의 가장 깊이 감춰진 비밀을 폭로할 수 있는 여자가 필요합니다. 그 비밀 결사에 속해 있다가 개종한 여자라야 해요. 재미있는 소설치고 여자가 등장하지 않는 것 보셨어요? 우리가 소피아 사포를 소개하기는 했으나 그 방식은 우리에게 도움이 되지 않았습니다. 그런 여자는 설령 개종을 한다 해도 가톨릭 독자들의 호감을 얻을 수가 없어요. 다른 사람이 필요합니다. 아직 사탄 숭배의 수렁에서 헤어나지 못하고 있지만, 누구나 척 보면 호감을 느낄 만한 여자, 곧 개종을 할 것 같은 느낌이 들도록 얼굴이 환하게 빛나는 여자, 너무 순진한 탓에 사악한 프리메이슨 분파의 함정에 빠졌으나 조금씩 그 멍에에서 벗어나 조상 대대로 믿어 온 종교의 품 안으로 돌아오고 있는 여자 말입니다.」

「다이애나로구먼.」 하고 나서 나는 말을 잇대어 「다이애나는 죄를 지은 뒤에 개종한 여자의 모습을 가장 생생하게 보여 줄 수 있는 사람일세. 거의 우리가 요구하는 대로 이런 여자도 되기도 하고 저런 여자가 되기도 하니까.」

그리하여『19세기 악마』의 89호 분책에 다이애나가 등장하게 되었소.

다이애나는 바타유의 소개를 통해 등장했지만, 우리는 그녀의 출현이 더욱 그럴싸해 보이도록 곧바로 그다음 호에 그녀가 바타유에게 보낸 편지를 실었소. 이 편지에서 그녀는 자기가 소개된 방식에 불만을 토로했고, 『19세기 악마』 분책들의 양식을 따라 게재된 자신의 초상화도 마음에 들지 않는다고 말했소. 사실 내가 보기에도 그녀의 초상화는 약간 남자 같은 느낌을 주었소. 곧이어 우리는 다이애나를 더 여성스럽게 그린 초상화를 게재하고, 한 소묘화가가 파리의 어느 호텔에 묵고 있는 그녀를 직접 찾아가서 그린 것이라고 주장했소.

다이애나는 『새롭게 태어난 자유로운 팔라디움』을 분책의 형태로 출간하면서 저자로 활동하기 시작했소. 이때 그녀는 팔라디움파에서 이탈한 메이슨들의 대변자를 자처하면서 루시퍼 숭배의 자세한 실상을 용감하게 고발하고 그 집단이 전례 도중에 사용하는 신성 모독의 언사들을 낱낱이 폭로하겠다고 선언했소. 그녀는 팔라디움파의 내부에서 겪은 일을 회상하면서 격렬한 혐오감을 드러냈소. 그것이 어찌나 분명했던지, 어느 대성당의 의전 사제인 뮈스텔 신부는 「가톨릭 논평」에 기고한 글을 통해 그녀가 팔라디움파에서 이탈한 것을 두고 개종의 서막이라고 말했소. 다이애나는 뮈스텔 신부에게 가난한 사람들을 위한 기부금으로 2백 프랑을 보냄으로써 다시금 자기 존재를 드러냈소. 그러자 뮈스텔 신부는 다이애나를 위해 기도하자고 자기 독자들에게 권했고요.

맹세코 뮈스텔은 우리가 지어낸 인물도 아니고 매수한 사람도

곧이어 우리는 다이애나를 더 여성스럽게 그린
초상화를 게재하고, 한 소묘화가가
파리의 어느 호텔에 묵고 있는
그녀를 직접 찾아가서 그린 것이라고 주장했소.

아니오. 그럼에도 그는 마치 우리가 쓴 대본에 따라 행동하는 것처럼 보였소. 그르노블의 대주교 파바 예하의 지도를 받는 「경건한 주간」도 뮈스텔 신부의 잡지와 행보를 같이했소.

내가 기억하기로 다이애나는 1895년 6월에 개종했고 반년에 걸쳐 『한때 팔라디움파의 일원이었던 여자의 회고록』을 역시 분책의 형태로 출간했소. 그녀가 이미 개종한 마당이라 『새롭게 태어난 자유로운 팔라디움』의 분책을 발간하는 일은 당연히 중단될 수밖에 없었거니와, 그 책의 예약 구독자들은 『회고록』 쪽으로 예약을 이전하든 환불을 받든 원하는 대로 할 수 있었소. 내 기억이 맞는지 모르지만, 다이애나를 불순하게 여긴 몇몇 독실한 신자를 제외하면 모든 독자가 예약 변경을 받아들였던 것 같구려. 사실 개종한 다이애나는 죄인 다이애나만큼이나 기상천외한 이야기들을 들려주고 있었고 대중도 그것을 원했을 거요. 결국 탁실의 생각이 맞아떨어진 셈이오. 교황 비오 9세가 하녀와 사랑을 나누었다고 이야기하건 사탄을 숭배하는 메이슨이 동성애 의식을 벌인다고 이야기하건 아무런 차이를 두지 않는다는 게 탁실의 기본 방침이었소. 사람들은 그저 금지된 것에 관한 이야기를 듣고 싶어 한다고 탁실은 생각했던 거요.

다이애나는 바로 그 금지된 것을 사람들에게 약속하고 있었소. 〈나는 내가 힘닿는 데까지 저지해 보려고 했던 일이며 내가 언제나 경멸했던 일, 그리고 내가 좋게 여겼던 일까지 포함해서 그 비밀 집단의 내부에서 벌어진 모든 일을 알리기 위해 글을 쓸 것이다. 판단은 독자들의 몫이니…….〉

용감한 다이애나. 우리는 하나의 신화를 창조했소. 그녀는 모르고 있었지만, 우리는 그녀가 얌전하게 굴도록 마약을 주입하고 있었고, 그녀는 그 마약 때문에 황홀한 기분에 젖어 살면서 오로지 우리의(아니 그들의) 애무에만 순종했소.

*

사람들이 그녀에게 열광하던 때의 일들이 눈에 선하오. 본당 신부들, 가정주부들, 회개한 죄인들의 열렬한 관심과 애정이 가톨릭으로 개종한 천사 같은 다이애나에게 쏠리고 있었소. 주간 「순례자」는 중병에 걸려 있던 루이즈라는 여자가 다이애나의 후원으로 루르드 성지 순례에 참여했다가 병이 나았다는 소식을 전했소. 가톨릭계의 최대 일간지 「라 크루아」는 이렇게 썼소. 〈우리는 미스 다이애나 본이 출간하기 시작한 『한때 팔라디움파의 일원이었던 여자의 회고록』 첫 장의 교정쇄를 읽었는바, 아직도 이루 형언할 수 없는 감동에 사로잡혀 있다. 그녀에게 관심을 갖는 영혼들에게 하느님의 크나큰 은총이 함께하기를…….〉 그런가 하면 교황청의 대표 자격으로 반(反)프리메이슨 연맹 중앙위원회에 참여하고 있던 라차레스키 예하는 다이애나의 개종을 기념하는 뜻으로 로마 성심 성당에서 감사의 3일 미사를 올리게 했으며, 다이애나가 작곡했다는 잔 다르크 찬가(사실은 탁실의 한 친구가 어느 술탄인지 칼리프인지를 위해서 작곡한 오페레타의 아리아)가 로마의 중앙위원회가 주최한 반프리메이슨 행사에서 연주되기도 하고 여러 대성당에서 불리기도 했소.

게다가 마치 우리가 일부러 일을 꾸미기라도 한 것처럼, 리지외에 있는 카르멜회 수녀원의 한 수녀가 나섰소. 수도명이 〈아기 예수와 성면(聖面)의 테레즈〉[11] 이고 젊은 나이에 벌써 성스러운 분위기를 자아내던 이 수녀는 개종한 다이애나의 회고록을 읽고 감명을 받아 자기가 수녀원 자매들을 위해서 쓴 작은 연극 작품에 그녀를 한 인물로 끼워 넣었소. 잔 다르크가 등장하는「인류의 승리」라는 연극이었는데, 수녀는 그 오를레앙 처녀로 분장하고 찍은 자기 사진을 다이애나에게 보내기까지 했소.

다이애나의 회고록이 몇 개의 언어로 번역되는 동안, 파로키 교황 대리 추기경은 그녀의 개종을 치하하며 그것을 〈은총의 장려한 승리〉로 규정했고, 교황 비서인 빈첸초 사르디 몬시뇰은 다이애나가 그 파렴치한 사이비 종교 집단의 일원이었던 것은 나중에 그 집단을 더욱 호되게 박살 내기 위한 하느님의 섭리였다고 썼으며, 예수회 잡지『가톨릭 문명』은 미스 다이애나 본이 〈신광의 부름을 받고 어둠 속에서 빠져나와 이제 교회를 위해 자신의 경험을 사용하고 있는바 그 저작의 정확성과 유용성은 어느 것에도 견줄 수가 없다〉고 주장했소.

*

나는 불랑의 오퇴유 셋집 출입이 점점 잦아지고 있음을 알고 있었소. 그와 다이애나의 관계는 어떤 것이었을까요? 나는 이따금 그녀의 방에 불쑥 들어갔다가 그들이 서로 끌어안고 있는 것을 보았소. 다이애나는 황홀한 표정으로 천장을 바라보고 있습

11 프랑스인이라서 이렇게 표기했지만, 우리나라에서는 보통 〈아기 예수와 성면의 데레사〉, 〈아기 예수의 성녀 데레사〉 또는 〈소화(작은 꽃) 데레사〉라 부른다.

디다. 하지만 어쩌면 그녀는 제2의 상태로 들어가서 이제 막 자신의 죄를 고백한 뒤에 그 정결해진 상태를 즐기고 있었는지도 모를 일이오. 내가 보기에 더 수상쩍은 것은 그녀와 탁실의 관계였소. 나는 그녀의 방에 그들 두 사람만 있을 때도 불쑥 들어간 본 적이 있었소. 그들은 소파에서 서로 끌어안고 있었는데, 그녀는 옷매무새가 흐트러져 있었고 탁실은 얼굴이 창백합디다. 잘됐군, 누군가는 다이애나의 육욕을 충족시켜야 하는데 내가 그러고 싶지는 않거든, 하고 나는 생각했소. 여자와 몸을 섞는 것 자체가 끔찍한 일이거늘, 하물며 미친 여자와 관계하는 것이랴.

내가 〈착한〉 다이애나와 함께 있을 때면, 그녀는 순결한 자태로 내 어깨에 머리를 기댄 채 자기 죄를 사해 달라고 울면서 간청했소. 내 뺨에 닿은 그 머리의 온기며 회개의 냄새를 풍기는 그 입김 때문에 나는 약간의 전율을 느꼈소. 그래서 즉시 몸을 빼내고 다이애나에게 성상 앞에 가서 무릎을 꿇고 용서를 빌라고 권했지요.

*

팔라디움파의 동아리들이 숱한 익명의 편지를 보내어 배신자 다이애나에 대한 음험한 협박의 말들을 늘어놓았소(그런 동아리들이 정말로 존재했을까요? 수많은 편지들이 그것을 증명하는 듯하지만, 그 또한 무언가에 대해서 말하면 그것이 존재하게 되는 현상의 하나일 수 있소). 그런데 그사이에 내가 이해할 수 없는 일이 벌어졌소. 불랑 신부의 죽음이 바로 그것이오. 나는 분명 그가 죽었다고 말했소. 그런데 최근 몇 해 동안에도 다이애나와 함께 있는 그를 보았던 일이 어렴풋이 생각나는 건 무슨 까닭인지 모르겠구려.

너무 많은 것을 기억해 내려고 내 정신을 혹사했나 보오. 이제 쉬어야겠소.

23

알차게 보낸 12년 세월

1897년 4월 15일과 16일 일기를 바탕으로

이 대목에서 달라 피콜라의 글은 거의 맹렬하다 할 만큼 시모니니의 일기와 교차한다. 비록 관점은 상반될지라도 때로는 둘이서 동일한 사건을 이야기하기도 한다. 그러나 정작 시모니니 자신은 같은 시기에 벌어진 여러 사건이며 자기가 접촉했던 사교계와 사람들을 경쟁적으로 기억해 내는 것이 힘겹기라도 하듯 쓰다 말다 하기를 더욱 빈번하게 되풀이한다. 시모니니는 종종 시간을 혼동하여 모든 정황으로 미루어 나중에 일어났을 공산이 큰 사건을 먼저 이야기하기도 한다. 여하튼 그런 과정을 거쳐서 그가 재구성하는 시기는 이른바 탁실의 개종에서 1896년 또는 1897년에 이르게 될 것이다. 줄잡아도 12년에 해당하는 이 세월의 회상은 빠른 서술의 연속인바, 어떤 대목은 속기를 방불케 하는 방식으르 기록되어 있어서, 마치 머릿속에 갑자기 떠오른 것들이 사라질까 저어

한 것만 같다. 그리고 대화와 성찰과 극적인 사건들에 관한 보고가 아주 산만하게 갈마든다.

이렇듯 이 일기를 쓰는 사람에게는 균형 잡힌 비스 나란디[1]가 없는 듯하고, 화자 역시 그 결함을 메울 만한 능력이 없는 터라, 그저 전체 회고담을 여러 개의 작은 장으로 나누는 것에 그칠 것인데, 그리 되면 마치 사건들이 차례차례 일어나거나 서로 분리된 채로 벌어진 것처럼 보일 테지만, 실상은 모든 사건들이 거의 동시에 벌어진 것으로 보아야 하리라 — 예컨대 뒤에서 보듯이 시모니니가 라치콥스키와 대화를 나누는 것과 가비알리를 만나는 것이 시간상 동떨어진 일들로 여겨질 테지만, 실제로는 그 두 가지가 같은 날 오후에 잇달아 벌어진 일들이다. 하지만 흔히 하는 말대로 그게 그거 아닐는지…….

아당 살롱

시모니니는 자기가 어떻게 탁실을 개종의 길로 몰아갔는지 기억하고 있고(그러고 나서 왜 달라 피콜라가 탁실을 자기에게서 가로챘는지는 모를지라도), 그 뒤에 프리메이슨회에 가입하는 대신 메이슨들이 아주 많으리라 짐작되는 공화주의자들의 사교계에 자주 출입하기로 결심한 것도 생생하

1 *vis narrandi*. 서술 능력, 입담이라는 뜻.

게 기억한다. 그는 본 거리의 서점에서 사귄 사람들, 그중에서도 투스넬이 주선해 준 덕분에 쥘리에트 라메신의 살롱에 출입할 수 있게 되었다. 첫 남편과 사별한 쥘리에트 라메신은 그사이에 다시 결혼하여 마담 아당이 되어 있었다. 그녀의 남편은 공화주의 좌파 정당 출신의 전직 국회의원이자 부동산 은행의 설립자이고 종신 상원 의원이기도 했다. 따라서 처음에 푸아소니에르에 있다가 말제르브 대로로 옮겨 간 그녀의 살롱에는 돈과 고급 정치와 교양이 빚어내는 특유의 분위기가 있었다. 여주인 자신이 약간의 명성을 얻은 저자(가리발디의 전기를 출간하기까지 한 문인)일 뿐만 아니라, 강베타나 티에르나 클레망소 같은 정치인들이며 프뤼돔, 플로베르, 모파상, 투르게네프 같은 문인들도 이 살롱을 드나들고 있었다. 시모니니는 거기에서 빅토르 위고와 마주친 적도 있었다. 그건 위고가 사망하기 조금 전의 일이었는데, 살아생전에 이미 하나의 기념비처럼 우뚝한 존재가 되어 있던 그는 나이와 상원 의원의 직무와 뇌 충혈의 후유증 때문에 매우 지친 기색을 보이고 있었다.

시모니니는 그런 사교계에 드나드는 것에 익숙하지 않았다. 바로 그 무렵에 그는 마늬 레스토랑에서 프로이드 박사를 만났고, 그 젊은 의사가 샤르코 박사의 집에 저녁 식사를 하러 가기 위해 연미복과 검은 넥타이를 사야만 했다고 이야기하는 것을 들으며 소리 없이 웃었다. 그런데 이제 시모니니 자신도 연미복과 넥타이를 사야 했고, 파리에서 가장 뛰어난(그리고 가장 입이 무거운) 가발 제조업자의 가게에 가서 근사한 새 수염도 구해야 했다. 그는 젊은 시절에 웬만큼 공부를 한 터라 교양이 아주 부족하지는 않았고 파리에 온 뒤에도 손에서 완전히 책을 놓았던 것은 아니지만, 막상 살롱에서 벌어지는 생생한 이야기판에 끼어 있으니 거북한 기분이 들었다. 대화는 재기발랄하고 지적이고 때로 심오했으며, 그 주역들은 언제나 화제에 정통한 면모를 과시했다. 그래서 그는 침묵을 지키며 모든 대화를 주의 깊게 들었고, 자신의 이야기는 이따금 시칠리아 원정 때의 무훈을 암시하는 것으로 그쳤다. 프랑스에서는 가리발디가 여전히 잘나가고 있었다.

그런데 시모니니를 어리둥절하게 만든 일이 하나 있었다. 그는 당시로선 전혀 새로울 것이 없는 공화주의적인 주장뿐만 아니라 매우 혁명주의적인 견해를 들을 수 있으리라 기대했다. 그런데 쥘리에트 아당은 차르 지지 세력과 긴밀하게 연결되어 있을 법한 러시아 사람들과 어울리는 것을 좋아하고 있었다. 그녀는 자기 친구 투스넬과 마찬가지로 영국을 혐오했고, 자기가 발행하는 『신평론』이라는 잡지에 레옹 도데 같은 작가의 글을 실어 주고 있었다. 레옹 도데는 소설가 알퐁스 도데의 아들인데, 아버지가 진실한 민주주의자로 여겨지던 것과는 달리 왕정복고주의자라는 평가를 받는 터였다. 하지만 마담 아당은 놀랍게도 두 사람을 모두 살롱에 받아들인 것이었다.

그들은 종종 유대인에 대한 반감을 드러내며 열띤 대화를 나눴다. 하지만 그런 반감이 어디에서 비롯된 것인지는 분명하지 않았다. 투스넬 같은 저명한 사회주의자들이 유대인 자본가들에 대한 증오심을 부추기고 있었기 때문일까? 아니면 율리아나 글린카가 살롱에 퍼뜨리고 있던 종교적인 반유대주의의 영향이었을까? 글린카는 러시아 신비주의 세력과 아주 긴밀한 관계를 맺고 있었다. 외교관이었던 아버지가 브라질에서 근무하던 시절, 그녀는 아주 젊은 나이에 브라질의 민간 신앙인 칸돔블레에 입문하여 그 의식들을 배웠고, 당시 파리에서 활동하고 있던 신지학 협회의 창설자 블라바츠키 부인과 절친한 사이라고 했다.

쥘리에트 아당은 유대인 세계에 대한 불신을 분명하게 드러내고 있었다. 시모니니가 참석한 어느 날 밤의 독회에서 그녀는 러시아 작가 도스토옙스키의 짤막한 글들을 소개했다. 이 작가는 시모니니가 만났던 브라프만이 유대인들의 통치 기구 카할에 관해서 폭로한 이야기에 빚을 지고 있는 게 분명했다.

「도스토옙스키는 이렇게 말하고 있어요. 유대인들은 영토와 정치적 자유와 율법을 잃고 신앙마저 거의 다 잃었던 게 한두 번이 아니지만 매번 살아남아 이전보다 공고히 단결하곤 했으니, 생명력이 넘치는 유달리 강하고 힘찬 민족이라 아니할 수 없으나, 만약 실재하는 국가들 위에 그들만의 국가가 있지 않았다면 그렇듯 강고하게 버틸 수는 없었으리라. 그들은 스타투스 인 스타투(국가 안의 국가)[2]를 언제 어디서

2 *status in statu.*

나, 심지어는 가장 혹독한 박해를 받던 시기에도 유지해 왔으며, 자기들이 빌붙어 사는 민족들과 섞이지 않고 따로 떨어져 살면서 하나의 근본 원칙을 따르고 있으니, 그 원칙이란 〈너희가 온 지구의 표면에 흩어져 있을 때라도 그건 대수로운 일이 아니니 신앙을 잃지 말라. 너희에게 약속된 모든 것이 실현될 것인즉, 그때까지 똘똘 뭉쳐서 살고 경멸하고 착취하면서 기다리고 또 기다리라……〉.」

「그 도스토옙스키라는 친구는 수사학의 달인이구먼.」 투스넬은 그렇게 허두를 떼고 평설하되 「그가 이 글을 어떻게 시작하는지 보게나. 유대인들에 대한 이해와 연민을 표명하고 있네. 이런 말 하기는 뭣하지만, 그들에 대한 존경심까지 담고 있어. 〈나 역시 유대인들의 적일까? 내가 그 불운한 종족의 적이라는 게 있을 법한 일인가? 아니다, 그 반대다. 내가 말하고 쓰는 모든 것은 정녕코 인류의 감정과 정의가 명령하는 바이고, 인류와 기독교의 율법이 요구하는 바이다. 나의 모든 글은 분명코 유대인들을 위해 쓰인 것이다……〉.[3] 멋진 전제일세. 하지만 그러고 나서 도스토옙스키는 그 불운한 종족이 어떻게 기독교 세계를 파괴하려고 획책하는지 입증해 보이고 있어. 책략이 아주 훌륭하지 않은가. 이건 새로운 게 아닐세. 자네는 아마 읽지 않았겠지만, 마르크스의 공산당 선언이 바로 이런 식으로 되어 있네. 공산당 선언은 〈하나의 유령이 유럽을 떠돌고 있다〉 하고 대뜸 극적인 긴장을

3 도스토옙스키가 독자적으로 발간한 월간지 『어느 작가의 일기』 1877년 3월호에 실린 「유대인 문제」 중에서.

불러일으키는 것으로 시작하네. 그런 다음 로마 시대부터 오늘날까지 전개된 계급 투쟁의 역사를 일목요연하게 제시하지. 부르주아지를 〈혁명적인〉 계급으로 다루고 있는 대목에 이르면 숨이 막힐 정도로 긴장이 고조되네. 마르크스는 지구 전역으로 퍼져 나가는 그 도도한 새 세력을 마치 창세기 첫머리에 나오는 하느님의 입김처럼 묘사하네. 그러다가 그 찬사(이건 정말이지 찬미로 가득 차 있다네)가 끝나면, 부르주아 계급의 승리가 불러낸 지하 세력이 무대에 등장하지. 자본주의의 배 속에서 자본주의의 무덤을 팔 인부들, 즉 프롤레타리아들이 생겨나는 것일세. 그들은 거침없이 선언하네. 이제 우리는 너희를 파멸시키고 너희에게 속해 있던 모든 것을 빼앗고자 한다고. 대단하지 않은가. 도스토옙스키는 바로 그런 방식으로 유대인들을 다루고 있네. 그들이 유구한 역사를 이어 오며 생존하는 것을 뒷받침한 음모를 정당화하고 나서, 그들을 제거해야 할 적으로 고발하고 있으니 말일세. 도스토옙스키는 진정한 사회주의자야.」

「그는 사회주의자가 아니에요.」 하고 율리아나 글린카가 미소를 지으며 끼어들더니 「그는 선지자이고, 자기가 깨달은 진실을 말하고 있는 겁니다. 보시다시피 그는 어떤 반론이 나올지 예상하고 있어요. 유대인들이 제기할 수 있는 반론들 중에서 가장 그럴싸해 보이는 건 이런 거예요. 지난 몇 세기 동안 국가 안의 국가가 있었던 것은 사실이지만, 그건 박해 때문에 생겨난 것이고 유대인들이 본토박이 민족들과 대등한 권리를 누리게 되면 그 비밀 국가는 해체될 것이다. 천만의 말씀! 도스토옙스키는 그런 주장이 거짓임을 우리에게 알려 주고 있어요. 유대인들은 다른 시민들과 동등한 권리를 얻는다 하더라도, 메시아가 나타나서 모든 민족을 굴복시키리라는 오만한 사상을 절대로 포기하지 않을 겁니다. 그들이 돈놀이와 보석 장사를 좋아하는 것도 그런 사상과 무관하지 않아요. 그들은 금은보화를 쌓아 놓았다가 메시아가 오면 자기들에게 삶의 터전을 마련해 주었던 나라를 버리고 모든 재산을 챙겨서 가버릴 거예요. 도스토옙스키가 시적으로 표현한 것처럼 새벽빛이 환하게 밝아 오면, 선민들은 심벌즈와 팀파니와 백파이프와 돈과 옛 집의 성스러운 물건들을 가져갈 거예요.」

「프랑스에서는 그들에게 너무 관대했어.」 하고 투스넬이 아퀴를 지어 말하되 「이제 그들은 주식 시장과 은행을 지배하고 있네. 그러니 사회주의는 반유대주의일 수밖에……. 영국에서 건너온 자본주의의 새로운 원리들이 득세하던 바로 그때에 프랑스에서 유대인들이 성공을 거둔 것은 우연이 아닐세.」

「투스넬 선생님은 사태를 너무 단순하게 보시는군요.」 하더니 글린카가 말을 잇대어 「러시아에는 선생님이 예찬하신 그 마르크스의 혁명 사상에 중독된 사람들 중에 유대인들이 많아요. 유대인들이 어디에나 있다고요.」

그러면서 글린카는 마치 거리 모퉁이에서 〈그들〉이 단검을 들고 자기를 기다리고 있기라도 하듯, 살롱의 창문 쪽을 돌아보았다. 시모니니는 모르데카이가 자기를 잡으러 계단

1re Année. — N° 25 Paris et Départements, le Numéro : 10 Centimes. Samedi 30 Décembre 1893

LA LIBRE PAROLE

ILLUSTRÉE

La France aux Français !

RÉDACTION 14 Boulevard Montmartre | Directeur : EDOUARD DRUMONT | ADMINISTRATION 14, boulevard Montmartre

「이제 그들은 주식 시장과 은행을 지배하고 있네.
그러니 사회주의는 반유대주의일 수밖에……」

을 올라온다고 상상하던 어릴 적의 일을 떠올리며 다시금 그 시절의 공포에 사로잡혔다.

오흐라나를 위해 일하다

시모니니는 글린카가 고객이 될 수 있음을 즉시 간파했다. 그가 가장 먼저 도모한 일은 그녀의 옆에 앉아서 은근히 아부를 하는 것이었다 — 그건 상당한 노력을 요하는 일이었다. 우리 주인공은 여성의 매력에 관해 높은 안목을 지니고 있지 않았지만, 그래도 글린카가 족제비 상인 데다 미간이 너무 좁다는 것 정도는 알고 있었다. 그녀에 비하면 쥘리에트 아당은 비록 그가 20년 전에 알았던 그 쥘리에트는 아닐지라도 여전히 아름다운 자태와 매력적인 위엄을 지니고 있었다.

어쨌거나 시모니니는 글린카와 너무 얽히지 않도록 조심하면서도 그녀의 황당한 이야기에 귀를 기울였고, 그녀가 뷔르츠부르크에서 히말라야 도사의 환영을 만나 어떤 계시를 받았다며 몽환에 젖을 때도 그 사실에 흥미를 느끼는 척했다. 보아하니 그녀에게 반유대인 문서를 팔 때는 그녀의 신비학적 성향에 맞게 개작된 것을 제공해야 할 법했다. 그녀에 관한 다른 소문도 감안할 필요가 있었다. 그것에 따르자면, 율리아나 글린카는 러시아 비밀경찰의 거물인 오르제옙스키 장군의 조카딸로서 그를 통해 모종의 방식으로 차르의 정보기관인 내무부 공안국, 즉 오흐라나의 요원이 되었다 — 그리고 바로 그 자격으로 새로운 대외 첩보 책임자인 표트르 라치콥스키와 연결되어 있었다(부하인지 협력자인지 경쟁자인지, 그 관계의 성격은 분명하지 않았다). 좌파 신문인 「르 라디칼」은 글린카가 망명 중인 러시아 테러리스트들을 계획적으로 고발하면서 생계비를 벌고 있다는 의혹을 제기했다 — 그것이 의미하는 바는 그녀가 아당 살롱뿐만 아니라 시모니니가 모르는 다른 사교계에도 출입하고 있다는 것이었다.

프라하의 묘지 장면을 글린카의 취향에 맞게 개작하려면, 경제 계획에 관한 장광설을 없애고 랍비들의 연설에서 메시아사상과 관련된 측면을 부각시켜야 했다.

시모니니는 구즈노의 책과 당시의 다른 문헌들을 조금씩 표절하면서 랍비들의 관점에서 하느님의 선택을 받은 군주가 이민족들의 모든 불의를 일소할 이스라엘의 임금으로 재림하는 것을 상상했다. 그럼으로써 메시아에 대한 환상이 담긴 대목을 프라하의 묘지 이야기 속에 두 페이지 이상 삽입했다. 이를테면 이런 대목이었다. 〈사탄의 온갖 권능과 가공할 위엄을 지닌 이스라엘 임금의 통치가 낡아빠진 우리 세계로 다가온다. 시온의 피에서 태어난 임금, 적그리스도가 만국의 권좌에 오르리라.〉 하지만 차르 체제 지지자들이 공화주의 사상을 몹시 두려워하고 있다는 사실도 고려해야 했다. 그래서 시모니니는 백성들에게 투표권을 주는 공화주의적인 제도에 관한 주장을 덧붙였다. 바로 그런 제도가 있기 때문에 유대인들은 유권자 과반수를 매수하여 자기들 목적에 유용한 법률들을 도입할 수 있다는 식의 주장이었다. 묘지에 모인 랍비들은 이렇게 말하고 있었다. 〈어리석은 이민족들은 공화 정치 체제에서는 전제 정치 때보다 더 많은 자유를 누린다고 생각하오. 그러나 실상을 보자면 전제 정치 체제에서는 현자들이 통치를 하지만 자유 체제에서는 천민들이 통치를 하고 이들은 우리 유대인들의 돈에 쉽게 조종되오. 공화정이 실시되면 세계의 임금이 권좌에 오르는 데 장애가 되지 않겠는가 하고 생각할 수도 있겠지만, 그건 별로 문제가 되지 않을 거요. 나폴레옹 3세가 잘 보여 주었듯이, 공화국에서도 얼마든지 황제가 생겨날 수 있소.〉

그게 다가 아니었다. 시모니니는 자기 할아버지의 이야기를 다시 기억해 내고, 세계 비밀 정부가 어떻게 기능해 왔는지 그리고 장차 어떻게 기능해야 하는지에 관한 장문의 총론을 추가하여 랍비들의 연설을 더욱 풍부하게 만들었다. 이상하게도 글린카는 그런 논거들이 도스토옙스키의 논거들과 동일하다는 사실을 끝내 알아차리지 못했다 — 아니 어쩌면 알아차렸을 것이고, 그래서 오히려 그 고문서가 도스토옙스키의 글을 뒷받침하고 있다는 사실에 기뻐하면서 문서의 진실성을 확신했을지도 모를 일이다.

아무튼 그런 식으로 시모니니는 프라하의 묘지에 모인 랍비들의 입을 통해 새로운 사실들이 드러나게 했다. 그들의 발언에 따르면, 십자군 전쟁은 예루살렘을 다시 세계의 중심으로 우뚝 세우기 위한 유대교 신비주의자들의 음모에 성전 기사단이 가세함으로써 일어났으나, 아쉽게도 결국엔 아랍인들이 십자군 병사들을 바다로 몰아냈고 성전 기사들은 비참한 최후를 맞고 말았으니, 만약 그러지 않았다면 유대인들의 계획이 몇 세기 전에 실현되었을 것이었다.

같은 맥락에서 프라하 묘지의 랍비들은 인본주의와 프랑스 대혁명과 미국 독립 전쟁이 어떤 식으로 기독교의 원리와 군주들에 대한 존경심을 약화시키는 데 이바지하고 유대인의 세계 지배를 위한 길을 열어 주었는지 회상하고 있었다. 당연한 이야기지만, 유대인들은 그 계획을 실현하기 위해 번듯한 간판을 내걸었으니, 그게 바로 프리메이슨회였다.

결국 시모니니는 바뤼엘 신부의 옛 책을 교묘하게 재활용한 셈인데, 글린카와 그녀의 러시아 물주들은 그 책을 모르고 있는 듯했다. 아닌 게 아니라 글린카는 그 보고서를 오르제옙스키 장군에게 보냈고, 장군은 거기에서 두 부분을 뽑아 활용하는 게 좋겠다고 생각했다. 두 부분 가운데 더 짧은 쪽은 프라하의 묘지에 관한 첫 보고서의 장면과 대동소이한 것이었는데, 그들은 이것을 러시아의 여러 잡지에 게재했다 — 이미 10여 년 전에 괴체의 소설에서 발췌한 랍비의 연설문이 페테르부르크에서 돌아다녔고, 그 뒤에 독일 작가 테오도르 프리치의 『반유대주의 교리문답』에도 실렸지만, 그들은 그 사실을 잊고 있었던 모양이다(아니면 그런 사실조차 모르고 있었거나, 자기들은 알아도 대중은 까맣게 잊었을 거라고 생각했으리라). 나머지 한 부분은 〈타이나 예브레이스트바(유대인들의 비밀)〉라는 제목의 소책자로 출간되었는데, 오르제옙스키 자신이 여기에 서문을 붙여 주장하되, 마침내 빛을 보게 된 이 문헌을 통해 프리메이슨 사상과 헤브라이즘의 긴밀한 관계를 처음으로 입증하고 있으니 그 두 가지 사상은 모두 니힐리즘의 선구라 하였다(이는 당시 러시아에서는 매우 심각한 고발이었다).

물론 오르제엡스키는 응분의 보수를 시모니니에게 보냈다. 게다가 글린카는 훌륭한 보고서를 만들어 준 것에 보답을 하겠다며 (황송하고도 으스스하게도) 자기 몸을 선사하려고 했다. 시모니니는 그 끔찍한 일을 모면하고자 짐짓 손을 부들거리고 수줍은 한숨을 이리 쉬고 저리 쉬면서 그녀에게 알리기를, 수십 년 전부터 스탕달의 모든 독자가 옥타브 드 말리베르를 두고 쑥덕거리고 있는바, 자기의 운명이 바로 그 남자의 운명과 다르지 않다고 말했다.[4]

그때부터 글린카는 시모니니에게 관심을 보이지 않았고, 그도 그녀에 대한 흥미를 잃었다. 그런데 어느 날 시모니니는 데죄네 알라 푸르셰트[5]로 갈빗살 구이와 콩팥 구이나 먹

4 옥타브 드 말리베르는 스탕달이 1827년에 익명으로 발표한 첫 소설 『아르망스』의 주인공. 파리의 명문 대학을 갓 졸업한 명민한 귀족 청년 옥타브는 아르망스를 사랑하면서도 그녀에게 기꺼이 다가가지 못하는 기이한 행동을 되풀이하여 사랑 자체를 의심 받는 지경에 이른다. 소설의 말미에서 그는 〈아무에게도 고백한 적이 없는 끔찍한 비밀〉이 있다면서 아르망스에게 말한다. 〈나는 그대를 무척 사랑하오. 내 사랑을 의심하지 마오. 하지만 당신을 사랑하는 이 몸이 어떤 자인지 아오? 바로 괴물이오.〉 옥타브가 스스로를 괴물이라고 말하는 이유가 소설에 명시적으로 드러나 있는 것은 아니지만, 여러 단서로 미루어 큰 사고를 당한 뒤에 성불능자가 되었음을 충분히 짐작할 수 있다.

5 *déjeuner à la fourchette*. 포크를 사용해서 먹는 데죄네라는 뜻. 원래 하루 중 가장 먼저 하는 식사를 가리키던 데죄네가 〈프티 데죄네〉로 대체되어

을까 하고, 오페라 광장에 있는 〈평화〉 카페에 들어가다가 그녀와 마주쳤다. 그녀는 꽤나 상스러운 보이는 뚱뚱한 부르주아와 함께 한식탁에 앉아서 이야기를 나누고 있었는데 두 사람 사이에 팽팽한 긴장이 흐르는 것을 분명히 감지할 수 있었다. 그는 걸음을 멈추고 인사를 했다. 글린카는 그를 라치콥스키라는 그 남자에게 소개하지 않을 수 없었고, 남자는 깊은 관심을 보이며 그를 살펴보았다.

시모니니는 남자가 왜 자기를 그토록 주의 깊게 살피는지 의아하게 여겼지만, 얼마 지나지 않아 라치콥스키가 가게로 직접 찾아옴에 따라 그 이유를 깨닫게 되었다. 라치콥스키는 어글어글한 미소를 흘리며 자기 집에라도 온 듯 거리낌 없이 가게를 가로지르고 계단을 보자마자 곧장 위층으로 올라가더니 서재로 들어가서 작은 팔걸이의자에 앉았다.

그러고는 대뜸 한다는 소리가

「괜찮으시다면, 곧장 일 얘기로 들어갑시다.」

여느 러시아 사람처럼 금발이긴 한데 30대를 넘긴 듯 흰 머리카락이 드문드문 보였다. 도톰하고 육감적인 입술, 우뚝한 콧대, 슬라브족 특유의 눈썹, 서글서글하면서도 서늘한 미소, 사탕발림의 어조. 사자보다는 표범에 더 가까운 자로군, 하고 시모니니는 평했다. 그러면서 밤중에 오스만 베이의 호출을 받고 센 강변로로 나가는 것과 아침 일찍 라치콥스키의 호출을 받고 그의 사무실이 있는 그르넬 거리의 러시

가던 19세기에, 가볍게 먹는 아침과 달리 늦은 아침에 고기 요리를 곁들여 푸짐하게 먹는 식사를 가리키던 말.

아 대사관으로 가는 것 가운데 어느 쪽이 덜 불안할까 하고 생각했다. 시모니니의 대답은 오스만 베이 쪽이었다.

라츠코프스키가 이야기를 시작했다.

「시모니니 대위, 내가 일하는 데가 어떤 기관인지 당신은 아마 잘 모를 겁니다. 서구에서는 흔히 오흐라나라고 부르지만 그건 적절치 않은 이름입니다. 러시아 망명자들은 경멸의 뜻으로 오흐랑카라고 부르기도 하지요.」

「그렇게 수군거리는 것을 들은 적이 있습니다.」

「수군거리기는커녕 백주에 그렇게 떠들어 대죠. 우리 기관을 러시아어로는 오흐란노이예 오트델레니예라고 하는데, 이는 내무부 산하의 정보기관인 공안국을 가리킵니다. 1881년 차르 알렉산드르 2세가 시살당한 뒤에 황실을 보호하기 위해 창설된 기관인데, 점차 니힐리스트의 테러 위협에 대처하는 임무를 맡게 되면서 여러 부서를 신설해야만 했고, 망명자들과 이민자들이 날로 증가하고 있는 외국에까지 지부를 두게 되었습니다. 내가 여기에 와 있는 것도 바로 그런 사정 때문입니다. 하지만 나는 백주에 당당하게 우리나라의 이익을 위해 일합니다. 암중비약하는 자들은 테러리스트들입니다. 무슨 말인지 아시겠어요?」

「그건 알겠습니다만, 왜 나를?」

「차근차근 얘기합시다. 혹시라도 테러리스트 집단에 관한 정보가 있다면, 겁내지 말고 나한테 툭 터놓고 이야기하세요. 내가 알아보니까 왕년에는 루이 나폴레옹 황제 편에 섰던 위험인물들을 프랑스 정보기관에 밀고하셨더군요. 누군가를 밀고한다고 할 때는 친구들이나 적어도 자주 만나는 사람들을 밀고할 수밖에 없는 것 아닙니까? 나는 새파란 애송이가 아닙니다. 나도 한때는 러시아 테러리스트들을 접촉했어요. 오래전 일이지만, 그 덕분에 반테러 분서에서 경력을 쌓았어요. 그 부서에서는 오로지 반체제 집단을 직접 겪어 본 사람들만이 좋은 실적을 올리죠. 국법을 수호하는 일에 유능하게 기여하려면 법을 어겨 봐야 해요. 여기 프랑스에서는 비독이라는 사람이 훌륭한 본보기를 보여 주지 않았습니까? 그는 한때 도형수였다가 경찰 간부가 되었으니까요. 너무 깨끗한 경관들을 오히려 조심해야 합니다. 그들은 겉멋만 부리는 자들이니까요. 어쨌거나 하던 얘기로 다시 돌아갑시다. 최근에 우리는 일부 유대계 지식인들이 테러리스트들 사이에서 암약하고 있음을 알아차렸습니다. 나는 차르를 가까이에서 모시는 몇몇 인사들의 명령을 받아 중요한 사실을 입증하려 애쓰고 있어요. 러시아 백성의 강한 기질을 약화시키고 그들의 생존 자체를 위협하는 자들이 바로 유대인들이라는 사실 말입니다. 앞으로 소문을 듣게 되시겠지만, 나는 세르게이 비테 장관의 비호를 받는 사람으로 알려져 있는데, 장관은 자유주의자라는 평판을 듣는 양반이고 그런 주제에 관해서 내 말에 귀를 기울이지 않아요. 하지만 이걸 아셔야 해요. 우리 같은 사람은 현재의 주인을 섬기면 안 되고 다음 주인을 맞이할 채비를 해야 합니다. 한 마디로 말해서 나는 시간을 낭비하고 싶지 않아요. 당신이 글린카 여사한테 준 문서를 봤습니다. 내 결론은 그것의 상당 부분을 쓰레기통에 버려야 한다는 겁니다. 자신을 위장하기 위해 골동품 장수라는 직업을 선택한 사람답더군요. 골동품 장수란 낡아빠진 물건을 새것보다 더 비싸게 파는 사람이니까요. 이미 여러 해 전에 당신은 『동시대인』이라는 잡지를 통해 당신 할아버지에게서 물려받은 민감한 문서들을 게재했어요. 당신에겐 다른 문서가 더 있을 겁니다. 없다면 오히려 이상한 일이죠. 소문에 듣자 하니, 당신은 많은 것들에 관해서 아주 많은 정보를 가지고 있다더군요(여기에서 시모니니는 첩보원이 되기보다 첩보원 행세를 하리라는 계략에서 다시 이득을 보고 있는 셈이었다). 그러니까 내가 당신에게서 원하는 것은 신뢰할 만한 문서입니다. 나는 밀과 가라지를 구별할 줄 압니다. 돈은 드리겠지만, 만약 문서가 좋지 않으면 내가 화를 낼 겁니다. 아시겠어요?」

「그런데 정확히 무엇을 원하시는 겁니까?」

「내가 그걸 알면 당신한테 돈을 주지 않겠지요. 내 부서에도 문서 꾸미는 일을 아주 잘 하는 사람들이 있지만, 나는 그들에게 내용을 제공해야 합니다. 러시아의 선량한 백성에게 유대인들이 메시아를 기다리고 있다는 식의 이야기를 할 수는 없어요. 그런 얘기는 농민들에게도 지주들에게도 중요하지 않아요. 유대인들이 메시아를 기다리고 있다는 얘기를 하더라도 러시아 백성들의 호주머니 사정과 연관 지어서 설명하지 않으면 안 되는 겁니다.」

「그런데 유독 유대인들을 겨냥하시는 이유는 뭔가요?」

「러시아에는 유대인들이 있기 때문입니다. 내가 터키에 있었다면 아르메니아 사람들을 겨냥했겠지요.」

「그러니까 유대인들이 말살되기를 바라시는 거군요. 오스만 베이처럼 — 혹시 그를 아시는지 모르겠습니다만.」

「오스만 베이는 광신자입니다. 게다가 그 자신이 유대인이에요. 그 사람하고는 거리를 두는 게 좋을 겁니다. 내가 원하는 것은 유대인들을 말살하는 게 아닙니다. 이런 말이 과하게 들릴지 모르지만, 유대인들은 나의 가장 훌륭한 동맹군입니다. 나는 러시아 민중의 정신적 안정에 관심이 있고, 그들의 불만이 차르 쪽으로 향하는 것을 원치 않아요(아니 내가 비위를 맞추려는 사람들이 그것을 원치 않아요). 따라서 러시아 민중에게는 적이 필요합니다. 예전의 전제 군주들처럼 그 적을 몽골이나 타타르 같은 곳에 가서 찾을 필요는 없어요. 쉽게 알아볼 수 있고 그래서 더 무시무시한 적이 필요한데, 그런 적은 러시아 민중들 속에 또는 그들의 집 문턱에 있어야 합니다. 그게 바로 유대인들이죠. 하느님의 섭리로 그들이 우리 곁에 있으니 그들을 이용해야죠. 우리가 두려워하거나 미워할 만한 유대인들이 언제나 있게 해달라고 기도해야 합니다. 민중에게 희망을 주기 위해서는 적이 필요합니다. 누가 말하기를 애국주의란 천민들의 마지막 도피처라 했습니다. 도덕적인 원칙과 담을 쌓은 자들이 대개는 깃발로 몸을 휘감고, 잡것들이 언제나 저희 종족의 순수성을 내세우는 법이죠. 자기가 한 국가나 민족의 일원임을 확인하는 것, 이는 불우한 백성들의 마지막 자산입니다. 그런데 그런 소속감은 증오에, 자기들과 같지 않은 자들에 대한 증오심에 바탕을 두고 있습니다. 증오심을 시민적인 열정으로 키워 나가야 합니다. 적이란 결국 민중의 벗입니다. 자기가 가난하고 불행한 것은 자기 잘못이 아니라 어딘가 다른 데에 분명한 이유가 있다고 느끼려면 언제나 증오할 사람이 필요합니다. 증오는 그야말로 원초적인 열정입니다. 사랑이란 비정상적인 상황에서 나오는 감정이죠. 그리스도가 죽임을 당한 것도 그 때문입니다. 인간의 본성에 어긋나는 것을 가르치신 것이죠. 누군가를 평생토록 사랑할 수 있을까요? 그건 이룰 수 없는 희망입니다. 그래서 간통이며 모친 살해며 친구를 배신하는 일 따위가 생겨나는 겁니다. 반면에 누군가를 평생토록 미워하는 것은 가능합니다. 그자가 우리 곁에서 계속 증오심을 부추기기만 한다면 말입니다. 증오는 심장을 뜨겁게 하죠.」

드뤼몽

시모니니는 한동안 그 면담을 곱씹었다. 라치콥스키의 말투가 진지했던 것으로 보아, 만약 참신한 문서를 그에게 주지 않으면 정말 〈화〉를 내리라는 생각이 들었다. 당시에 시모니니는 아직 자기 우물을 바닥내지 않았고, 오히려 랍비들의 발언록을 여러 종류로 만들기 위해 수많은 문서들을 모아 놓은 상황이었다. 하지만 그는 무언가 그 이상의 것이 필요하다고 느끼고 있었다. 글린카 같은 사람들에게 잘 통했던 적그리스도의 이야기가 아니라, 당대의 관심사를 더 가까이에서 다룬 어떤 것이 필요했다. 요컨대 수정된 프라하의 묘지 보고서를 헐값에 팔아 치우기보다는 가격을 높이고 싶었다. 그래서 그는 기다리고 있었다.

베르가마스키 신부도 반프리메이슨 문서를 내놓으라고 성화였다. 시모니니는 신부를 만나 사정이 여의치 않음을 털어놓았다.

「이 책을 보게.」 하더니 신부는 말을 잇대어 「에두아르 드뤼몽이 쓴 『유대인의 프랑스』일세. 수백 페이지나 돼. 분명코 자네보다 유대인들에 관해서 많이 아는 사람이 드디어 나온 게야.」

시모니니는 책을 조금 훑어보다가

「애개! 이건 15년 전에 구즈노 노인이 쓴 책과 똑같은걸요.」

「그래서? 사람들이 이 책을 서로 먼저 읽겠다고 난리를 쳤네. 독자들은 구즈노를 모르는 게 분명해. 자네의 러시아 고객이 드뤼몽을 읽기 전에 뭔가를 해야 하지 않겠어? 자네는 재활용의 달인 아니던가? 드뤼몽 쪽 사람들이 무슨 말을 하고 있는지 무슨 일을 벌이고 있는지 가서 알아보게.」

드뤼몽과 접촉하는 것은 쉬운 일이었다. 아당 살롱에서 시모니니는 알퐁스 도데의 호감을 샀고, 덕분에 그 작가의 집에서 열린 야회에 초대를 받았다. 도데의 집은 파리 남동쪽 교외 드라베유의 샹프로제 마을에 있었다. 작가의 아내 쥘리아 도데의 우아한 환대를 받으며, 공쿠르 형제, 피에르 로티, 에밀 졸라, 프레데릭 미스트랄 같은 문인들이 모여들었고, 『유대인의 프랑스』를 출간한 뒤로 유명해지기 시작한 드뤼몽도 참석했다. 그 첫 만남을 계기로 시모니니는 몇 해 동안 드뤼몽과 교류했다. 처음에는 드뤼몽이 창설한 반유대주의 연맹을, 그다음에는 그의 신문인 「자유 발언」의 편집실을 자주 드나들었다.

드뤼몽의 생김새를 보자면, 사자의 갈기 같은 머리털에 검은 수염을 덥수룩하게 기른 데다 코는 매부리 같고 눈빛은 이글이글 불타는지라 그즈음의 인상학적 통념에 비춰 보면 유대인 예언자로 보일 법했다. 하기야 그의 반유대주의에는 예언자나 메시아를 연상시키는 바가 없지 않았다. 마치 전능하신 분의 특별한 부름을 받고 선민을 자처하는 무리를 없애 버리는 일에 앞장서고 있는 사람처럼 보였다. 시모니니는 유대인에 대한 드뤼몽의 앙심에 깊은 인상을 받았다. 그는 가슴 절절하게, 오로지 그 일을 위해 태어난 사람처럼, 자신의 모든 것을 바쳐서 — 성적인 충동을 대체하는 내면의 강력한 자극을 받아 — 유대인들을 미워하고 있는 듯했다. 드뤼몽은 투스넬과 같은 철학적이고 정치적인 반유대주의자도 아니었고, 구즈노 같은 신학적인 반유대주의자도 아니었다. 그는 관능에 따라 움직이는 반유대주의자였다.

길고 한가로운 편집 회의 동안에 그가 말하는 것을 들어보면 그 점을 충분히 확인할 수 있었다.

「나는 데포르트 신부의 이 책에 기꺼이 서문을 썼네. 유대교에서 행하는 피의 봉헌 의식을 둘러싼 비밀을 다룬 책일세. 그건 단지 중세의 관습이 아니야. 오늘날에도 살롱을 운

1re Année. — N° 23 Paris et Départements, le Numéro : 10 Centimes. Samedi 16 Décembre 1893

LA LIBRE PAROLE

ILLUSTRÉE La France aux Français !

RÉDACTION
14 Boulevard Montmartre

Directeur : EDOUARD DRUMONT

ADMINISTRATION
14, boulevard Montmartre

SI NOUS LES LAISSONS FAIRE ....

그 첫 만남을 계기로 시모니니는 몇 해 동안 드뤼몽과 교류했다.
처음에는 드뤼몽이 창설한 반유대주의 연맹을,
그다음에는 그의 신문인
「자유 발언」의 편집실을 자주 드나들었다.

영하는 유대인 명문가의 안주인들은 기독교도 아이들의 피를 넣은 과자를 만들어서 손님들에게 대접한다네.」

한번은 이런 말도 했다.

「셈족은 돈을 지나치게 밝히고 욕심이 많으며 음모를 잘 꾸미고 교활한 반면, 우리 아리아인들은 열광에 잘 빠지고 영웅과 기사의 풍모를 좋아하며 사리사욕이 없고 솔직한 데다 어수룩하다 싶을 만큼 남을 잘 믿네. 셈족은 땅거죽에 붙어사는 자들이라서 현재의 삶 너머에서 아무것도 보지 못해. 그들의 성서에서 현실 밖의 세계를 언급한 대목을 본 적이 있는가? 아리아인은 언제나 초월을 향한 열정에 사로잡혀 있네. 기독교의 신은 하늘 높은 곳에 있고, 유대인의 신은 산이나 덤불 속에서 나타날 뿐 그보다 높은 곳에서 출현하지 않아. 셈족이 장사꾼이라면, 아리아인들은 농부, 시인, 수도사, 그리고 무엇보다 죽음을 두려워하지 않는 전사일세. 셈족은 창조력이 전혀 없어. 훌륭한 음악가나 화가나 시인 중에 어디 유대인이 있던가? 과학적인 발견을 한 유대인을 본 적이 있어? 아리아인들은 발명을 하고, 셈족은 그 발명들을 이용하지.」

이어서 그는 바그너가 쓴 글을 낭송했다. 〈영웅이든 연인이든 고대나 현대의 어떤 인물을 유대인이 맡아서 연기하는 것을 상상하면 우스꽝스러운 느낌이 절로 든다. 무엇보다 혐오스러운 것은 유대인들의 말투에서 나타나는 특이한 억양이다. 그들이 말할 때 내는 날카로운 소리들, 휘파람 소리가 섞인 그 시끄러운 소리들은 유난히 우리 귀에 거슬린다. 유대인은 본바탕이 선천적으로 메말라서 우리의 반감을 많이 사거니와, 그 척박함은 그들의 노래에서 가장 잘 드러난다. 노래는 개인의 감정을 가장 생생하고 참되게 드러내는 예술이다. 우리가 여느 예술에 대해서는 유대인들의 자질을 어느 정도 인정할 수 있을지 모르겠으나, 노래에 대해서는 그럴 수가 없다. 자연이 유대인들에게는 노래를 허용하지 않은 모양이다.〉

「그런데 이상한걸.」 하고 어떤 사람이 끼어들더니 자문하듯 「유대인들이 악극 분야로 몰려드는 것은 어떻게 설명할 수 있지? 로시니, 마이어베어, 멘델스존, 주디타 파스타가 모두 유대인 아닌가…….」

하니 다른 사람이 의견을 내어

「그건 아마도 음악이 우월한 예술이라는 게 사실이 아니기 때문일 걸세. 독일의 그 철학자가 말하지 않았어? 음악은 듣고 싶어 하지 않는 사람까지 방해하기 때문에 회화와 문학보다 열등하다고. 만약 어떤 사람이 자네 가까이에서 자네가 좋아하지 않는 선율을 연주한다 하더라도, 자네는 그냥 꼼짝없이 들어야 하네. 마치 누가 역겨운 향수를 뿌린 손수건을 자기 호주머니에서 꺼내 들었을 때와 비슷한 상황이지. 아리아인의 자랑거리는 문학인데, 그것이 오늘날 위기를 맞고 있네. 반면에 음악은 허약한 자들과 병자들을 위한 감각적인 예술인데 날로 승승장구하고 있지. 모든 동물 가운데 악어 다음으로 음악을 좋아하는 게 유대인이야. 유대인들은 모두 음악가일세. 피아노 연주자, 바이올린 연주자, 첼로 연주자

치고 유대인 아닌 사람을 찾아보기가 어려워졌어.」

「그래, 하지만 그들은 그저 위대한 작곡가들에게 기생하는 연주자들일 뿐이야.」

하고 반박하더니 드뤼몽은 먼저 질문했던 사람을 보며

「자네가 말한 마이어베어와 멘델스존은 2급 음악가야. 하지만 우리 프랑스의 들리브와 오펜바흐는 유대인들이 아니지.」

이어서 유대인들이 음악과 거리가 있는지 아니면 음악이야말로 유대인들이 가장 잘 하는 예술인지를 놓고 갑론을박이 벌어졌지만, 의견은 제각각이었다.

에펠탑을 건설하겠다는 계획이 나왔을 때도 그러더니, 그것이 완공되자 반유대주의 연맹의 분노는 절정에 달했다. 독일계 유대인의 작품인 에펠탑은 몽마르트르 언덕의 사크레쾨르 성당에 대한 유대인의 응수라는 게 그들의 생각이었다. 그들 중에서도 가장 격렬한 분노를 표명한 인물은 아마 언론인 드 비에즈였을 것이다. 그는 유대인들이 보통 사람들과 달리 오른쪽에서 왼쪽으로 글을 쓴다는 사실을 열등함의 증거로 예시하면서 주장했다.

「바빌로니아 방식을 따른 그 형태만 보더라도 유대인들의 뇌가 우리의 뇌와 다르게 생겨 먹었다는 것을 알 수 있고…….」

그들의 화제는 알코올 중독으로 넘어갔다. 당시에는 민중의 과도한 음주가 프랑스 사회의 크나큰 병폐였다. 파리에서만 매년 14만 1천 헥토리터의 알코올을 소비했다 하지 않는가!

「독주가 유행하는 것은 유대인들과 메이슨들 때문이야. 옛날에 아콰 토파나[6]라는 독약을 제조했던 그들이 새로운 독을 만들고 있는 거야. 이 독은 겉으로 보기엔 물과 비슷하지만 아편과 물집청가리 분말이 들어 있어서, 무기력증과 백치 상태를 야기하고 나중에는 중독자를 죽음으로 이끌지. 그들은 이 독을 술에 넣어서 사람들을 자살로 내몰고 있네.」

하고 한 사람이 말하자 다른 사람은 한술 더 떠서

「술도 문제이지만 외설물은 또 어떻고? 투스넬의 글을 인용하자면(사회주의자들도 때로 진실을 말할 수 있네), 돼지야말로 비천함과 추잡함에 빠져 있음에도 부끄러운 줄을 모르는 유대인들의 상징이야. 하기야 탈무드에도 꿈에서 똥을 보면 좋은 일이 생긴다는 말이 나오네. 요즘에 돌아다니고 있는 음란물은 모두 유대인들이 출간한 것일세. 크루아상 거리의 도색 잡지 시장에 한번 나가 보게. 유대인들이 작은 가게들을 죽 벌여 놓고 음란한 장면들이 들어 있는 잡지들을 팔고 있네. 소녀와 방사를 벌이는 수도사, 머리채를 늘어뜨린 알몸의 여인에게 채찍질을 하는 신부, 발기한 남근을 보란 듯이 드러낸 사내들, 술에 취한 보조 수사들의 방탕한 추태 따위를 보여 주는 잡지들 말일세. 사람들은 시시덕거리면서 그 가게들 앞을 지나다녀. 심지어는 아이들을 데리고 거기를 지나가는 어른들도 있어. 이런 말 하기는 뭣하지만, 이

6 〈토파나의 물〉이라는 뜻의 독약. 17세기에 이탈리아의 독살 전문가 줄리아 토파나가 제조하여 남편을 살해하고 싶어 하는 불행한 여인들에게 팔았다고 한다.

「독주가 유행하는 것은 유대인들과 메이슨들 때문이야.
옛날에 아콰 토파나라는 독약을 제조했던 그들이
새로운 독을 만들고 있는 거야.」

건 그야말로 항문의 승리일세. 의전 사제들이 항문 성교를 하고, 본당 신부들이 수녀들의 엉덩이에 채찍질을 하다니, 그들은 어찌 이런 것을 상상한단 말인가…….」

유대인들의 방랑 생활도 자주 화제에 올랐다.

어느 날 드뤼몽이 일깨우되

「유대인들은 뜨내기야. 하지만 무언가를 피해서 떠도는 것이 아니라 새로운 땅들을 탐사하기 위해 돌아다니는 것일세. 아리아인들은 항해를 하고 아메리카 대륙과 같은 미지의 땅들을 발견하네. 반면에 셈족은 아리아인들이 새로운 땅을 발견할 때까지 기다리고 있다가 나중에 그 땅을 개발하러 나서지. 그러한 점은 옛이야기에도 잘 나타나 있네. 유대인들은 상상력이 빈곤해서 재미있는 옛이야기를 지어내지 못했지만 그들의 셈족 형제들이 들려준 『천일야화』에 보면, 어떤 사람이 황금으로 가득 찬 가죽 주머니나 도둑들의 금은보화가 감춰져 있는 동굴이나 착한 정령이 들어 있는 호리병을 발견하는 이야기가 나오지. 그 모든 것들을 하늘이 선물한다는 식으로 말일세. 반면에 아리아족의 옛이야기에서는 주인공들이 성배의 획득을 꿈꾸고, 그들이 갈망하는 모든 것은 투쟁과 희생을 통해서만 얻을 수 있는 것으로 되어 있네.」

「그런데도 유대인들은 온갖 역경을 딛고 살아남는 데 성공했지…….」

하고 드뤼몽의 한 친구가 말하자, 드뤼몽은 원한이 북받친 듯 입에 게거품을 물고

「물론 그들을 없애 버리는 것은 불가능한 일이야. 다른 민족들은 타지로 이주하면 기후 변화와 새로운 식생활을 견디지 못하고 쇠약해지네. 그런데 유대인들은 옮겨 다니면서 오히려 강해져. 마치 곤충들처럼 말이야.」

「그들은 집시들처럼 병에 걸리는 법이 없어. 동물의 시체를 먹고 사는데도 그래. 어쩌면 인육을 먹기 때문인지도 모르지. 그래서 아이들을 납치하는 거고…….」

「하지만 인육을 먹는다 해서 수명이 연장되는 건 아니지. 아프리카 흑인들을 보라고. 그들에게도 식인 풍습이 있지만 파리 떼처럼 죽어 나가잖아.」

「그렇다면 유대인들의 면역성을 어떻게 설명할 수 있지? 기독교인들의 평균 수명이 37세인데 그들의 평균 수명은 53세라더군. 그리고 중세 이래로 관찰해 온 현상이거니와, 유대인들은 기독교인들보다 전염병에 더 잘 저항하는 모양이야. 마치 그들 내부에 독한 기운이 있어서 그것이 보통의 페스트를 막아 주고 있는 게 아닌가 싶네.」

시모니니는 이미 구즈노가 그런 주제를 다뤘음을 지적했지만, 드뤼몽의 동아리는 견해의 독창성이나 진실성 따위에는 별로 신경을 쓰지 않았다.

「그건 그래.」 하더니 드뤼몽은 말을 잇대어 「그들이 우리보다 몸의 질병에 더 잘 저항하는 것은 사실일세. 하지만 정신병에는 그들이 더 취약해. 늘 거래와 투기와 음모 속에 살아가다 보니 신경계에 탈이 나는 거야. 이탈리아의 정신병자 비율을 보면, 유대인들은 348명에 한 명꼴이고, 가톨릭 신자들은 778명에 한 명꼴이라네. 샤르코 박사도 러시아 유대인들에 관한 흥미로운 연구를 한 적이 있네. 그래서 우리는 러시아 유대인들이 가난하고 정신 질환을 많이 앓고 있다는 것을 알게 되었지. 하지만 프랑스 유대인들이라고 해서 정신병이 적은 것은 아닐세. 다만 그들은 부자라서 거액을 내고 블랑슈 박사의 클리닉을 드나들면서 병을 숨기고 있는 것이지. 자네들 이거 알아? 유대계 여배우 사라 베르나르는 자기 침실에 하얀 관을 놓아두고 있다네.」

「그들은 우리보다 갑절이나 빠른 속도로 자식들을 낳고 있어. 전 세계를 놓고 보면 그들의 인구가 이제 4백만이 넘네.」

「이미 출애굽기에 나와 있는 대로 이스라엘 자손들은 해마다 수가 불어나고 크게 번성하여 지구를 뒤덮는 아주 강력한 민족이 되었소.」

「그들은 이제 바로 여기에 있어. 그리고 우리가 그들의 존재를 알아차리지 못했을 때도 여기에 있었네. 마라Marat가 누구였던가? 그의 진짜 성은 마라Mara였네. 에스파냐에서 쫓겨난 유대인 가문 출신이라는 것일세. 이 가문은 유대계라는 것을 숨기기 위해 프로테스탄트로 개종했지. 마라는 피해망상과 살인의 광기에 사로잡혔던 정신병자였고 지독한 피부병에 걸린 채 추한 몰골로 죽었네. 그는 유대인의 특성을 가장 잘 보여 주는 인물이야. 기독교인들에게 복수하기 위해 되도록 많은 기독교인을 단두대로 보냈지. 카르나발레 박물관[7]

7 파리 역사에 관한 자료를 소장, 전시하는 시립 박물관. 파리 3구 마레 구역에 있으며 프랑스 대혁명에 관한 사료와 예술 작품의 컬렉션이 특히 유명하다.

에 있는 그의 초상화를 보게나. 그야말로 환각에 빠진 신경병 환자의 모습일세. 로베스피에르와 자코뱅파의 다른 인물들과 마찬가지로 안면의 좌우가 비대칭인데, 이것만 봐도 정신의 균형이 상실되었음을 알 수 있네.」

「혁명의 배후에 유대인들이 있었다는 것은 우리 모두가 아는 바일세. 그런데 나폴레옹은 어떤가? 교황을 증오하고 메이슨들과 결탁했던 것으로 보아 혹시 유대인이 아니었을까?」

「그런 것 같기도 해. 디즈레일리도 그렇게 말했으니까. 발레아레스 제도와 나폴레옹이 태어난 코르시카 섬은 에스파냐에서 쫓겨난 유대인들에게 도피처 구실을 했지. 그 뒤에 그들은 기독교로 개종해서 저희가 섬기던 주인들의 성씨를 저희의 성으로 삼았네. 오르시니와 보나파르트 같은 성을 말일세.」

어떤 이야기판에나 산통을 깨는 사람, 그러니까 적절치 않은 순간에 적절치 않은 질문을 던지는 사람은 늘 있게 마련이다. 바로 그런 사람의 입에서 뼈가 있는 질문이 나왔다.

「그렇다면 예수는? 예수는 유대인이었네. 하지만 그는 젊은 나이에 죽었고 돈에 무관심했으며 오로지 하늘의 왕국만 생각했네.」

그러자 젊은 자크 드 비에즈가 나서서 대답하되

「여러분, 그리스도가 유대인이었다는 것은 유대인들이 스스로 퍼뜨린 전설입니다. 성 바오로나 4복음서 저자들 같은 유대인들이 말입니다. 하지만 실상을 보자면 예수는 우리 프랑스인들과 마찬가지로 켈트족의 일원이었습니다. 프랑스는 원래 켈트족의 땅이었고, 라틴족이 여기를 정복한 것은 장구한 세월이 흐른 뒤의 일입니다. 켈트족은 라틴족의 침공을 받아 세력이 약해지기 전까지는 정복 민족이었습니다. 갈리아의 켈트인들이 마케도니아를 거쳐 그리스에 당도한 뒤에 소아시아까지 진출했다는 얘기를 들은 적이 없으십니까? 예수가 태어난 갈릴리 지방의 이름은 갈리아 사람들이 그곳을 식민지로 만든 사실에서 연유한 것입니다. 한편 동정녀가 아들을 낳았다는 이야기로 말하자면, 이건 켈트족과 드루이드교의 신화입니다. 예수는 우리가 가진 모든 초상화에 나와 있는 모습을 보면 금발에 파란 눈입니다. 그리고 예수는 유대인들의 관습과 미신과 악행을 비판했고, 유대인들이 메시아에게서 기대하던 것과는 반대로 자기 왕국은 지상에 있지 않다고 했죠. 또한 유대인들이 단순한 일신론자들이었다면, 그리스도는 켈트족의 다신교에서 영향을 받아 삼위일체의 사상을 제기하였습니다. 그래서 유대인들이 예수를 살해한 것입니다. 예수를 단죄한 대사제 가야바, 예수를 배반한 유다, 예수를 모른다고 한 베드로…… 유대인은 바로 그들입니다.」

드뤼몽은 반유대주의 신문 「자유 발언」을 창간하던 해에 파나마 운하 비리를 파고들었다. 운이 좋았거나 직감이 발동한 것이었다.

그는 대대적인 보도를 시작하기에 앞서 시모니니에게 설

명했다.

「사건은 간단하오. 페르디낭 드 레셉스는 수에즈 운하를 개통시킨 바로 그 사업가인바, 그가 파나마 지협을 뚫는 임무를 맡았소. 이 사업에는 6억 프랑이 소요될 것으로 예상되었고, 레셉스는 투자자들을 모으기 위해 주식회사를 세웠지요. 숱한 우여곡절 끝에 1881년에 공사가 시작되기는 했으나 레셉스는 돈이 더 필요해지자 대대적인 주식 공모를 벌였소. 그런데 그는 그렇게 거두어들인 돈의 일부를 사용하여 기자들을 매수하고 사업을 진행하는 과정에 드러난 문제들을 감추는 데 사용했어요. 이를테면 1887년에 파나마 지협을 겨우 반밖에 뚫지 못한 상황에서 이미 14억 프랑을 썼음에도 그런 사정을 숨겼던 거요. 레셉스는 에펠에게 도움을 청했소. 그 흉물스러운 탑을 설계한 유대인 말이오. 그런 다음 계속 자금을 끌어들이고 기자들과 여러 장관들을 구워삶기 위해서 돈을 썼소. 그러다가 4년 전에 그 파나마 운하 회사가 도산했고 주식 공모에 참가했던 8만 5천 명의 선량한 프랑스인들이 돈을 날렸지요.」

「그건 널리 알려진 이야기가 아니오?」

「그래요, 하지만 이제 내가 입증할 수 있는 것은 레셉스와 손을 잡았던 사람들이 유대인 금융업자들이고, 그중 하나가 프로이센에서 귀족의 작위를 받은 자크 드 라이나흐 남작이라는 사실이오. 내일 우리 신문에 기사가 나가면 세상이 떠들썩해질 거요.」

아닌 게 아니라 드뤼몽의 「자유 발언」은 세상을 떠들썩하게 만들었다. 기자들과 공무원들과 전직 장관들이 스캔들에 휘말렸고, 라이나흐는 자살했으며, 몇몇 주요 인사들이 감옥에 갔고, 에펠은 가까스로 궁지를 모면했다. 드뤼몽은 타락한 세태를 격렬하게 비판하는 언론인으로 개가를 올렸다. 하지만 그는 그것에 만족하지 않고 반유대주의 운동에 구체적인 논거를 부여하려 애쓰고 있었다.

몇 개의 폭탄

시모니니가 드뤼몽에게 접근하기 전으로 잠시 돌아가서, 어느 날 그는 에뷔테른의 호출을 받았다. 여느 때와 마찬가지로 약속 장소는 노트르담 대성당의 신자석이었다.

「시모니니 대위.」 하고 그는 운을 떼더니 「몇 해 전에 나는 탁실을 반프리메이슨 운동으로 몰아가는 일을 당신에게 맡겼소. 그자가 비열하고 우스꽝스러운 곡예를 부리게 함으로써 가장 저속한 반프리메이슨 활동가들의 신뢰를 떨어뜨릴 요량이었소. 당신을 대신해서 그 일을 맡았던 달라 피콜라 신부는 자기가 모든 것을 틀어쥐고 일을 도모해 나가겠노라 약속했고, 나는 그에게 적지 않은 돈을 주었소. 한데 이 탁실이라는 자가 도를 넘어서고 있소. 나한테 달라 피콜라 신부를 보낸 사람이 당신이니, 그에게 그리고 탁실에게 압력을 넣어 보시오.」

일기의 이 대목에서 시모니니는 머릿속이 텅 빈 것처럼 아무것도 기억나지 않는다고 스스로 고백한다. 달라 피콜라 신부가 탁실을 맡았던 것은 알고 있는 듯한데, 자기가 신부에게 무슨 일인가를 맡겼던 것에 대해서는 전혀 기억을 못 하고 있다. 다만 자기가 에뷔테른에게 무슨 말을 했는지는 분명히 기억한다. 그는 자기가 앞으로 탁실의 일에 관심을 갖겠지만, 당분간은 유대인 문제에 계속 신경을 쓸 것이며, 곧 드뤼몽의 동아리와 접촉할 참이라고 말했다. 놀랍게도 에뷔테른은 그 동아리에 호감을 갖고 있었다. 시모니니는 의아해하며 그에게 물었다.

「이건 내가 한두 번 들은 얘기가 아닙니다만, 프랑스 정부는 반유대주의 운동에 가세할 의사가 전혀 없다고 하지 않았나요?」

에뷔테른의 대답은 이러했다.

「상황이 달라지고 있소, 대위. 알다시피 얼마 전까지만 해도 유대인들은 둘 중의 하나였소. 오늘날 러시아나 로마에 사는 유대인들이 그러하듯 게토에 모여 사는 불쌍한 악마들이거나 프랑스에서 흔히 볼 수 있었던 것처럼 대은행가들이었다는 거요. 돈이 많지 않은 유대인들은 고리대금업을 하거나 의술에 종사했지만, 큰돈을 번 유대인들은 궁정의 돈줄이 되고 군자금이 필요한 국왕에게 빚을 주면서 더욱 부자가 되었소. 그런 의미에서 그들은 정치판에 끼어들지 않고도 언제나 권력의 편에 있었던 셈이오. 그리고 그들은 금융에 관심이 많았기 때문에 공업에는 신경을 쓰지 않았소. 그런데 우리가 알아차리지 못하는 사이에 무슨 일이 벌어진 거요. 프랑스 혁명 이후에 국가들은 유대인들이 제공할 수 있는 것 이상의 자금을 필요로 했고, 그에 따라 유대인들이 점차 대출의 독점적인 지위를 잃게 되었소. 우리가 이제야 알아차린 것이지만, 그러는 사이에 혁명은 모든 시민의 평등으로 이어졌지요. 적어도 우리나라의 사정은 그렇소. 그러면서 비록 게토의 불쌍한 악마들은 여전히 제외되었지만, 나머지 유대인들은 시민 계급이 되었소. 일부는 자본가 계급이 되었고, 일부는 다양한 직종에 종사하는 중간 계급이 되었지요. 개중에는 국가 기관에 고용된 자들과 군대에 들어간 자들도 있었소. 오늘날 유대인 장교들의 수가 얼마나 되는지 아시오? 당신이 짐작하는 것보다 훨씬 많을 거요. 군대만 그렇다면 그냥 그러려니 할 수도 있소. 유대인들은 점차 아나키즘과 공산주의를 신봉하는 체제 전복 집단 속으로 숨어들었소. 예전에 혁명을 한답시고 나대던 속물들은 자본주의를 반대하는 것과 같은 맥락에서 유대인들을 미워했고, 유대인들은 따지고 보면 언제나 정권을 잡고 있는 세력의 편에 서 있었소. 그런데 오늘날에는 유대인들이 〈야당〉 편에 서는 게 대세가 되어 가고 있소. 몇 해 전에 세상을 떠난 마르크스가 바로 유대인이었소. 혁명가들은 그를 대단한 인물로 칭송하지만, 그가 누구였소? 알고 보면 무일푼인 주제에 귀족 계급 출신의 아내에게 얹혀살았던 부르주아였소. 우리가 간과하면 안 되는 것들은 그 밖에도 많소. 예를 들면 우리의 고등교육은 콜레주 드 프랑스에서 고등 연구원에 이르기까지 유대인 교수들에게 좌지우지되고 있고, 파리의 모든 극장이 유대인들의 수중에 있으며, 〈토론 일보〉가 금융계의 공식 기관지가 된 것에서 보듯이 대다수 신문들이 그들의 소유가 되어 가고 있소.」

시모니니는 부르주아 유대인들이 도처에 퍼져 있는 판국에 에뷔테른이 그들에 관해서 무엇을 알아내고자 하는 것인지 의아하지 않을 수 없었다. 그래서 질문을 던지자 에뷔테른은 뜻 모를 손짓을 하고 나서 대답했다.

「나도 모르겠소. 우리가 아는 것은 그저 주의를 게을리하지 말아야 한다는 것뿐이오. 문제는 그 새로운 범주의 유대인들을 믿을 수 있느냐 하는 거요. 유대인들이 세계를 정복하기 위해 음모를 꾸미고 있다는 이상한 소문을 염두에 두고 하는 소리가 아니오. 그 부르주아 유대인들은 스스로를 예전의 유대인 공동체에 속해 있는 것으로 여기지 않고, 대개는 자기들의 출신을 창피스럽게 생각하오. 그렇다고 그들이 신뢰할 만한 시민들이냐 하면 그것 역시 아니오. 그들은 근자에 와서야 온전하게 프랑스인이 되었고, 내일에 가서는 우리를 배신할 수도 있소. 프로이센의 부르주아 유대인들과 결탁해서 음모를 꾸미지 말라는 법이 없소. 프로이센군이 침략했던 시기에 첩자들의 대부분은 알자스 지방의 유대인들이었소.」

그들이 헤어지려던 참에 에뷔테른이 덧붙였다.

「이왕 만난 김에 이 얘기도 해야겠구려. 라그랑주하고 일하던 시절에 당신은 가비알리라는 자를 상대한 적이 있소. 그자를 체포하는 데에 공을 세운 사람이 바로 당신이오.」

「맞습니다. 그자는 위셰트 거리를 본거지로 삼고 있던 테러리스트들의 우두머리였어요. 내가 알기로 그들은 모두 기아나의 카옌이나 그 어름에 있을 텐데요.」

「가비알리만 빼고요. 그자는 최근에 탈출해서 파리에 나타났소.」

「악마의 섬[8]에서 탈출할 수도 있습니까?」

「인간은 어디에서나 탈출할 수 있소. 배짱만 두둑하다면 말이오.」

「왜 그자를 체포하지 않습니까?」

「요즘 같은 때에는 폭탄을 잘 만드는 자가 우리에게 도움이 될 수도 있으니까요. 우리는 그자의 소재를 파악했소. 클리냥쿠르 구역에서 넝마주이 노릇을 하고 있습디다. 당신이 그를 찾아보지 않겠소?」

파리에서 넝마주이들을 찾아내는 것은 어려운 일이 아니었다. 예전에 그들은 파리 시내 전역에 아주 넓게 퍼져서 일을 하기는 했어도 본거지는 무프타르 거리와 생메다르 거리 사이에 있었다. 이제 다른 패거리들의 사정은 몰라도 에뷔테른이 말한 패거리는 클리냥쿠르 성문 주위에 살고 있었다. 그곳은 가시덤불로 지붕을 이은 판잣집들이 모여 있는 동네

8 남아메리카 프랑스령 기아나의 쿠루 앞바다에 있는 작은 섬. 나폴레옹 3세 치하의 제2제정기에 정치범과 중죄인을 수용하기 위한 감옥이 설치된 뒤로 백 년 가까이 프랑스 역사상 가장 악명 높은 유형지로 사용되었다. 이 소설의 뒷부분에서 자세하게 다루고 있는 알프레드 드레퓌스가 바로 이 섬에서 1895년부터 1899년에 걸쳐 유배 생활을 했고, 『파피용』이라는 자선전과 동명의 영화로 유명해진 앙리 샤리에르 역시 이 섬의 유형수였다.

였는데, 이유는 알 수 없지만 악취가 진동하는 그런 환경에서도 해마다 철이 되면 해바라기들이 만발했다.

이 동네에는 〈발이 축축해지는 레스토랑〉이라는 이름의 식당이 있었으니, 손님들이 질척한 길거리에서 기다렸다가 들어가야 한다 해서 그런 이름이 붙은 것이었다. 일단 들어가면 1수를 내고 커다란 포크를 찌그러진 솥에 담글 수 있는 권리를 얻는데, 솥에서 무엇을 건져 올리는가는 그저 복불복이라서 재수가 좋으면 고깃덩어리를 건지지만 재수가 없으면 당근을 건질 수도 있었다 — 아무튼 그렇게 낚시질을 하고 나면 뒷사람을 위해 자리를 비켜 주어야 했다.

넝마주이들은 〈가구 딸린 여관방〉을 얻어서 살고 있었는데, 말이 좋아 가구지 실상은 침대 하나, 탁자 하나, 짝이 맞지 않는 의자 두 개가 고작이었다. 벽에는 쓰레기통에서 찾아낸 성화나 헌털뱅이 소설책의 삽화들이 붙어 있었다. 거울 쪼가리는 주일의 몸단장을 위해서 없어서는 아니 될 물건이었다. 넝마주이들은 그런 방에서 횡재다 싶은 물건들을 먼저 골라냈으니, 뼈, 도자기, 유리, 낡은 리본, 비단 쪼가리 따위가 바로 그런 물건들이었다. 그들은 매일 새벽 6시에 일을 시작했고, 저녁 7시가 되기 전에 일을 끝냈다. 그 뒤에도 일을 하다가 순라군(또는 그즈음에 모두가 부르던 대로 플릭)[9]한테 들키면 벌금을 물어야 했다.

9 *flic*. 19세기 중반부터 경찰관을 가리키는 속어로 등장하여 오늘날에도 널리 쓰이고 있다.

시모니니는 가비알리가 있을 법한 곳으로 그를 찾으러 갔다. 한참을 찾아 헤맨 끝에, 어느 비빈[10]에 들어갔는데, 포도주뿐만 아니라 압생트를 파는(그것도 마치 여느 압생트와는 다르다는 듯 독이 들어 있음을 강조하면서 파는) 이 싸구려 술집에서 사람들이 한 남자를 가리켜 주었다. 시모니니는 예전에 가비알리와 사귀던 시절에 자기가 아직 수염을 달고 다니지 않았음을 기억해 냈고, 그래서 수염을 뗀 채로 거기에 나갔다. 20년의 세월이 흘렀지만, 가비알리가 자기를 알아볼 수 있으리라 생각했다. 알아볼 수 없을 정도로 변한 쪽은 가비알리였다.

가비알리는 핼쑥한 얼굴에 주름이 쪼글쪼글하고 턱수염을 길게 기르고 있었다. 명색이 넥타이라고 목에 두르고 있는 것은 노르족족한 밧줄에 더 가까웠고, 옷깃에는 기름때가 덕지덕지했으며, 거기에서 빠져나와 있는 목은 야윌 대로 야위어 있었다. 게다가 차림새를 볼작시면, 머리에는 누덕누덕 기운 모자를 쓰고 빛바랜 초록색 프록코트 안에 찌글찌글한 조끼를 받쳐 입었으며, 구두는 몇 해 동안 닦지 않은 듯 흙먼지가 더뎅이로 앉고 구두끈은 끈적거리는 국수 가닥처럼 숫제 가죽에 달라붙어 있었다. 그래도 넝마주이들 사이에 섞여 있으니 가비알리의 차림새가 전혀 유별나 보이지 않았다. 그

10 *bibine*. 오늘날에는 품질이 낮은 술(특히 맥주)을 가리키는 말로만 쓰이지만, 19세기에는 싸구려 술집을 가리키기도 했다. 빅토르 위고의 『레 미제라블』에 〈넝마주이들의 술집〉(4권 4장)으로 처음 소개되었듯이, 비빈이라는 말은 19세기 파리의 넝마주이들과 불가분의 관계에 있다. 그게 아마도 에코가 굳이 이 단어를 프랑스어로 제시한 이유일 것이다.

보다 잘 차려입은 사람은 아무도 없기 때문이었다.

시모니니는 상대가 재회를 반기리라 기대하면서 자기가 누구인지를 알려 주었다. 하지만 가비알리는 눈에 칼을 세우고 그를 노려보았다.

「내 앞에 다시 나타나다니 배짱 한번 좋소, 대위.」 하더니 그는 시모니니가 당황해하는 것을 보고 말을 잇대어 「나를 정녕 바보로 아는 거요? 그날 나는 똑똑히 봤소. 경관들이 들이닥쳐서 우리를 향해 총을 쏘았고, 당신은 그 불쌍한 친구에게 확인 사살을 가했소. 당신네 요원이라며 우리에게 보낸 사람을 당신 스스로 죽인 거요. 그 뒤에 우리 생존자들은 모두 카옌으로 가는 같은 범선에 실렸는데, 당신은 거기에 없었소. 얘기인즉 뻔하오. 카옌에서 15년 동안 놀고먹었더니 사람이 똑똑해집디다. 당신은 우리가 테러를 모의하는 것처럼 일을 꾸민 뒤에 경찰에 밀고한 거요. 그런 짓거리를 해서 돈깨나 벌었겠는걸.」

「그래서, 복수라도 하겠다는 겐가? 자네는 인간쓰레기로 전락했어. 자네의 가정이 사실이라면, 경찰은 내 말을 들을 거고, 내가 자네를 아는 누군가에게 알리기만 하면 자네는 다시 카옌으로 돌아가겠구먼.」

「제발 그런 말 마쇼, 대위. 카옌에서 죽을 고생을 한 덕에 나도 세상살이의 이치를 터득했소. 음모가 노릇을 하려면 경찰의 끄나풀을 조심해야 한다는 것을 뒤늦게 깨달았소. 그건 술래잡기와 비슷한 것이라서 숨는 자들이 있으면 술래도 당연히 있게 마련이오. 게다가 당신도 알다시피 혁명가들은 누구나 세월이 지나면 옥좌와 제단의 수호자가 되오. 왕정이든 교회든 나하고는 아무 상관이 없지만, 위대한 이상을 좇는 시대가 끝난 것은 분명한 것 같소. 이른바 제3공화국이 들어서고 나서는 전제 군주를 쓰러뜨리고 싶어도 그런 자를 어디에서 찾아야 할지조차 모르게 되었소. 나는 아직 한 가지 일에는 쓸모가 있소. 폭탄을 만드는 것 말이오. 당신이 나를 찾아왔다는 것은 당신이 폭탄을 원하고 있다는 뜻이오. 당신이 돈을 준다면, 원하는 것을 만들어 주겠소. 내가 어디에 살고 있는지 보시오. 잠자리와 음식을 바꿀 수만 있다면 나는 더 바랄 게 없소. 내가 저승으로 보내야 할 사람이 누구요? 예전의 혁명가들이 그랬던 것처럼 나는 돈에 몸을 파는 파렴치한이 되었소. 당신은 그게 어떤 건지 누구보다 잘 알 거요.」

「내가 폭탄을 원하는 것은 맞네만, 어떤 폭탄을 어디에서 사용할 것인지는 아직 모르고 있네. 그 얘기는 때가 되면 하기로 하세. 내가 자네한테 약속할 수 있는 것은 돈과 자네의 과거를 지워 주는 것, 그리고 새로운 신분증을 만들어 주는 것일세.」

가비알리는 누구든 돈을 제대로 주기만 하면 그를 위해 일하겠다는 뜻을 밝혔고, 시모니니는 우선 그가 적어도 한 달 동안은 넝마를 줍지 않고도 살아갈 만한 돈을 주었다. 사람들을 시키는 대로 고분고분 따르게 만드는 데는 유형만 한 것이 없다.

가비알리가 해야 할 일은 에뷔테른이 나중에 시모니니에

게 알려 주었다. 1893년 12월, 오귀스트 바양이라는 아나키스트가 국민 의회 의사당에 못들을 가득 채워 넣은 작은 폭탄을 던지면서 〈부르주아지에게 죽음을! 아나키즘 만세!〉를 외쳤다. 이는 하나의 상징적인 몸짓이었다. 바양은 재판정에서 이렇게 말했다. 「만약 내가 사람들을 죽이려 했다면, 폭탄을 커다란 탄알들로 채웠을 겁니다. 여러분에게 제 목을 자르는 기쁨을 주기 위해 거짓말을 할 수는 없지 않습니까?」 하지만 재판부는 그에게 사형 선고를 내렸으며, 대통령은 감형을 바라는 사회 일각의 탄원을 외면하고 일벌백계 차원에서 그를 단두대로 보냈다. 그런데 문제는 그것으로 끝나지 않았다. 정보기관은 그런 종류의 행동이 영웅적으로 보일 수 있고 모방으로 이어질 수 있다는 사실에 불안해하고 있었다.

에뷔테른의 설명은 이러했다.

「고약한 지도자들이 있소. 공포와 사회 불안을 정당화하고 조장하면서, 정작 자기들은 클럽이나 레스토랑에 아주 느긋하게 앉아서 시를 논하고 샴페인을 마시는 자들 말이오. 로랑 텔라드라는 그 돼먹지 않은 기자를 보시오. 자기도 국회 의원이 되어 볼까 하고 언론의 영향력을 이용하고 있는 자인데, 그자가 바양에 관해서 이렇게 썼소. 〈행위가 아름다웠다면, 피해자들이 생겼다 한든 그게 대수인가?〉 정부 쪽에서 보면 텔라드 같은 자들은 단두대로 보내기가 어렵기 때문에 바양 같은 자들보다 더 위험하오. 특권을 누리면서도 대가를 전혀 치르지 않는 그런 지식인들에게 교훈이 되도록 공개적으로 따끔한 맛을 보여 주어야 하오.」

그 따끔한 맛을 직접 보여 주는 게 바로 시모니니와 가비알리가 해야 하는 일이었다. 몇 주일 뒤, 텔라드가 포요 레스토랑에서 값비싼 음식을 먹으려던 찰나에 그가 앉아 있던 구석 자리에서 폭탄이 터졌고, 텔라드는 한쪽 눈을 잃었다(가비알리는 진짜 천재였거니와, 그 폭탄은 애초부터 피해자를 죽이기 위해 만들어진 것이 아니라 그냥 그자에게 꼭 필요한 부위를 다치게 할 정도로만 고안된 것이었음이라). 정부 쪽 신문들은 잘코사니 하면서 〈그래 어떻소, 텔라드 씨, 그 행위가 아름답습디까?〉 하는 식으로 논평을 썼다. 그것은 정부에도, 시모니니와 가비알리에게도 하나의 쾌거였다. 그리고 텔라드는 한쪽 눈을 잃은 것으로 그치지 않고 명성에도 큰 타격을 입었다.

누구보다 만족스러워한 사람은 가비알리였다. 시모니니는 인생의 불우한 우연 때문에 삶과 신용을 잃었던 사람에게 그것들을 되돌려 주는 것은 좋은 일이라고 생각했다.

같은 시기에 에뷔테른은 시모니니에게 다른 임무들을 더 맡겼다. 파나마 운하 비리 사건은 이제 여론의 관심을 끌지 못하고 있었다. 새로운 정보가 없는 채로 같은 소리를 되풀이하다 보니 시간이 지나면서 대중이 따분함을 느끼게 된 것이었다. 그래서 드뤼몽은 이제 그 사건에서 눈을 돌렸지만, 다른 언론인들은 사그라지는 숯불에 계속 입김을 불어 대고 있었고, 정부는 불꽃이 되살아나지 않을까 전전긍긍하고 있었다. 이제 지나간 일이 되어 버린 사건의 여파에서 대중의 관심을 딴 데로 돌려야 했다. 그래서 에뷔테른은 신문들의 일 면을 장식할 만한 폭동을 일으켜 보라고 시모니니에게 요구했다.

폭동을 일으키는 것은 쉬운 일이 아니라고 시모니니가 말하자, 에뷔테른은 소동을 피우도록 조종하기가 가장 쉬운 사람들은 대학생들이라고 일러 주었다. 대학생들을 선동해서 무언가를 시작하게 한 다음 군중 소요 전문 요원들이 끼어드는 것이 가장 좋은 방법이라는 것이었다.

시모니니는 대학생 집단과 접촉하고 있지 않았지만, 대학생들 가운데 자기에게 도움이 되는 자들은 혁명주의 성향을 지닌 자들, 특히 아나키스트들이라고 즉시 생각했다. 아나키스트들의 세계를 가장 잘 아는 사람은 누구일까? 직업상 그들 사이에 침투해서 그들을 밀고하는 자, 그러니까 라치콥스키였다. 그래서 시모니니는 라치콥스키에게 연락을 취했고, 그 러시아인은 우호적인 태도를 보인답시고 그 늑대 이빨 같은 이들이 다 드러나도록 웃으면서 용건을 물었다.

「명령에 따라 소요를 일으킬 수 있는 대학생들이 필요하오.」

라치콥스키의 대답은 이러했다.

「간단해요. 〈붉은 성〉에 가보세요.」

붉은 성은 갈랑드 거리에 있는 싸구려 술집이었는데, 알고 보니 라틴어 구역 밑바닥 인생들의 집결 장소였다. 붉은색을 칠한 정면은 단두대를 연상시키는 모습이었고, 안쪽은 마당으로 통해 있었다. 안으로 들어서자마자 산패한 기름과 곰팡이와 끓이고 또 끓인 수프의 역한 냄새 때문에 숨이 막힐 듯 했다. 여러 해 동안 실내에 가득 고여 있던 냄새들이 기름기 묻은 벽에 달라붙어 마치 손으로 만질 수 있는 자취를 남겨 놓은 것만 같았다. 벽에 그렇게 기름기가 많이 묻어 있는 까닭을 이해할 수가 없었다. 수프 말고는 요리를 팔지 않기 때문에 먹을 것을 각자 가져와야 하는 술집이었으니 말이다. 담배 연기와 가스등에서 발산되는 물질로 이루어진 유독한 안개가 잠을 불러오는 듯, 식탁 양편에 서너 명씩 다닥다닥 붙어 앉은 부랑자들이 서로 어깨를 기댄 채 자고 있었다.

그러나 안쪽에 있는 두 개의 방에는 부랑자들이 아니라 싸구려 보석으로 상스럽게 치장한 늙은 창부들과 열너덧 살 나이에 어울리지 않게 벌써 방자해 보이고 눈가가 거무스레한 데다 결핵에 걸린 것처럼 창백한 어린 매음녀들, 그리고 앞방에 모인 부랑자들의 누더기보다 한결 좋은 프록코트를 입고 모조 보석을 박은 반지를 낀 동네 무뢰한들이 모여 있었다.

오사리잡것들이 모여드는 이 시궁창 같은 곳에 옷맵시가 화려한 숙녀들과 야회복 차림의 신사들이 돌아다니고 있었으니, 그 이유인즉 붉은 성이 놓치지 말아야 할 짜릿한 자극이 되었던 것이라. 늦은 밤 극장의 공연이 끝나고 나면 파리 사교계의 남녀들이 호사스러운 사륜마차를 타고 와서 천민들의 술판을 즐기곤 했다 — 이 천민들 가운데 상당수는 선량한 부르주아들의 구경거리가 되어 주는 대가로 공짜 압생트를 얻어 마셨고, 부르주아들은 똑같은 압생트를 시켜서 갑절이나 비싼 값을 냈다.

그러나 안쪽에 있는 두 개의 방에는 부랑자들이 아니라
싸구려 보석으로 상스럽게 치장한 늙은 창부들과
열너덧 살 나이에 어울리지 않게 벌써 방자해 보이고
눈가가 거무스레한 데다 결핵에 걸린 것처럼 창백한 어린 매음녀들,
그리고 앞방에 모인 부랑자들의 누더기보다 한결 좋은
프록코트를 입고 모조 보석을 박은 반지를 낀
동네 무뢰한들이 모여 있었다.

이 붉은 성에서 시모니니는 라치콥스키가 일러 준 대로 파욜이라는 자를 만났다. 그는 태아 장사를 전문으로 하는 중늙은이였는데, 낮에 이 병원 저 병원을 돌아다니며 배아와 태아를 거두어다가 의대생들에게 되팔아서 번 돈을 밤마다 붉은 성에서 80도짜리 증류주를 마시며 다 써버리고 있었다. 그는 술과 썩은 고기 냄새를 풀풀 풍기고 있었는데, 그 냄새가 어찌나 역겨웠던지 악취 나는 그 술집에서조차 외따로 앉아 있어야만 했다. 그래도 무슨 재주가 있었는지 대학생들과 친분을 많이 쌓았고, 특히 만년 대학생으로 놀고먹는 자들, 태아에 관한 연구보다 방탕한 생활에 더 관심이 많은 자들, 기회가 오면 소요를 일으킬 준비가 되어 있는 자들을 많이 알고 있는 모양이었다.

그런데 공교롭게도 바로 그즈음에 라틴어 구역의 젊은이들은 낡아 빠진 생각에 젖은 상원 의원 베랑제의 처사에 분개하고 있었다. 그는 풍기 문란을 억제하기 위한 법률을 제안했고, 그 법률의 첫 번째 피해자가 될 대학생들은 즉시 그에게 〈부끄럼쟁이 영감〉이라는 별명을 붙였다. 법률안의 빌미가 된 것은 사라 브라운이라는 여자의 신체 노출이었다. 그녀는 발 데 캇자르[11]에서 옷을 반쯤 벗고 포동포동한 살을

11 Bal des Quat'z Arts. 〈4예술 무도회〉라는 뜻. 캇자르는 〈카트르 아르 Quatre Arts〉의 속어 발음. 1892년 회화, 조각, 판화, 건축 분야의 대학생들이 몽마르트르에서 가장 무도회를 연 것을 시작으로 매년 봄에 열렸다. 1893년 무도회에서 미술 모델을 하는 한 여자가 음악에 맞춰 옷을 차례로 벗은 사건(스트립쇼의 효시)이 빌미가 되어 베랑제 상원 의원의 주도하는 〈도덕 수호 연맹〉이 결성되었고 행사 주최자들이 기소되어 재판을 받았다.

드러낸 채로(시모니니는 십중팔구 땀으로 번들거리고 있었을 그 여자의 맨살을 떠올리며 전율했다) 공연을 했다.

대학생들에게서 관음증의 솔직한 쾌락을 빼앗아 가는 것은 위험한 일이다. 파올이 친하게 어울리는 무리는 벌써 적어도 하룻밤 정도 베랑제 상원 의원의 창문 아래에 가서 소동을 피우려는 계획을 짜고 있었다. 그러니까 그들이 언제 거기에 가는지를 알아내서, 싸움을 벌이고 싶어 하는 다른 자들을 주변에 대기시키기만 하면 되는 것이었다. 파올은 돈을 조금 쥐여 주자 모든 것을 자기가 알아서 주선해 주었다. 시모니니가 할 일은 그저 에뷔테른에게 날짜와 시간을 알려 주는 것뿐이었다.

그리하여 대학생들이 소동을 벌이자마자 일개 중대의 군인들, 아니 어쩌면 경관들이 출동했다. 세상 어디에서나 진압 경찰이 등장하면 대학생들은 전의를 활활 불태우기 마련인지라, 돌멩이들이 날아가고 함성이 높아 갔다. 그런데 한 병사가 소요 현장을 연기로 뒤덮기 위해 쏘아 보낸 연막탄이 우연히 그곳을 지나가던 가엾은 사내의 눈에 정통으로 맞았다. 그렇게 사망자가 발생하는 것은 피할 수 없는 일이었다. 그쯤 되고 나면 즉시 민보가 세워지고 진짜 폭동이 시작되리라는 것은 누구나 짐작할 수 있는 바이라. 바로 이 대목에서 파올이 동원한 싸움꾼들이 소요에 가세했다. 대학생들은 합승 마차 한 대를 세우고 승객들에게 정중하게 요구해서 모두 내리게 한 뒤에 바리케이드를 치기 위해 마차를 뒤집어엎었다. 하지만 광포한 싸움꾼들이 즉시 나서서 마차에 불을 질렀다. 대학생들의 항의 시위는 잠깐 사이에 폭동으로 변했고, 폭동은 다시 혁명의 태동 단계로 넘어갔다. 이로써 한동안 신문들은 이 사건을 일 면 기사로 다룰 것이고, 파나마 사태는 잊힐 것이었다.

정보 명세서

1894년은 시모니니가 가장 많은 돈을 벌어들인 해였다. 그건 거의 우연히 그렇게 된 것이지만, 일견 우연으로만 보이는 일도 사실은 언제나 약간의 도움을 받아야 일어나는 법이라.

그 무렵에 드뤼몽은 군대 내에 유대인들이 너무 많다는 사실에 감정이 격해져 있었다.

「아무도 그 얘기를 하지 않아.」

하더니 그는 근심 어린 표정으로 말을 잇대어

「그 이유가 뭔 줄 알아? 군대란 우리나라의 제도 가운데 가장 명예로운 분야인데, 그 내부에 장차 조국을 배신하지도 모를 자들이 침투해 있다고 말하거나 군대가 수닳은 유대인들(그가 이 단어를 발음할 때 어찌나 입술을 앞으로 쑥 내밀던지 마치 당장 그 파렴치한 종족 전체와 격렬하게 한판 붙기를 바라는 사람처럼 보였다)로 오염되어 있다고 떠들어 대면, 우리 군에 대한 신뢰가 무너질 수 있기 때문이지. 하지만 정말이지 누군가는 그 얘기를 해야 하네. 자네들, 요즘에 유대인들이 어떤 방법으로 저희들 자신을 높이려고 하는지 아나? 장교 경력을 쌓거나 예술가와 남색자로 귀족들의 살롱에 자주 드나드는 게 그 방법일세. 공작 부인들은 구닥다리 신사들이나 명문가 출신의 의전 사제들과 통간하는 것에 싫증이 난 데다가 워낙 이상야릇하고 신기하고 망측한 것을 좋아하는 터라 요새는 여자들처럼 분을 바르고 파촐리 향수를 뿌리고 다니는 사내들에게 매혹되고 있네. 하지만 그런 건 아무래도 좋아. 상류 사회가 타락하든 말든 나한테는 별로 중요하지 않고, 후작 부인들이 어떤 놈팡이와 놀아나든 내가 알 바 아닐세. 그러나 군대가 타락하게 되면 프랑스 문명도 끝장나는 거야. 나는 유대인 장교들의 대다수가 프로이센 첩보망을 형성하고 있으리라 확신하네. 다만 증거가 없어, 증거가.」

하더니 자기 신문의 편집자들을 향해 소리쳤다.

「증거들을 찾아내!」

시모니니는 「자유 발언」의 편집실에서 에스테라지 소령과 인사를 텄다. 상대는 심하게 겉멋을 부렸고, 자기가 귀족 출신에다 오스트리아 빈에서 공부했다는 사실을 자랑했으며, 과거에 벌였거나 앞으로 벌일 결투들을 암시했지만, 사람들은 그가 빚에 허덕이고 있다는 것을 알고 있었다. 신문 편집자들은 그가 조심스럽게 접근해 오면 돈을 꾸려는 속셈임을 알아차리고 그를 피하기 일쑤였다. 에스테라지에게 돈을 빌려 주면 절대로 돌려받을 수 없다는 것을 알기 때문이었다.

그는 약간 여자 같은 거조를 보였고, 자수가 들어간 손수건을 자꾸 입에 갖다 대는 버릇이 있어서 혹자는 그가 결핵 환자라고 말하기도 했다. 그가 군인으로서 걸어온 길은 특이했거니와, 처음에는 기병 장교로 1886년 이탈리아 원정에 참가한 뒤에 교황 호위대에서 근무했고, 그다음에는 외인부대에 배속되어 1870년 전쟁에 참여했다. 사람들은 그가 군의 방첩대와 모종의 관계를 맺고 있다고 수군거렸지만, 그의 제복만 보아서는 그런 사실을 확인할 길이 없었다. 드뤼몽은 그를 매우 존중해 주었는데, 이는 아마도 군부에 확실한 인맥을 형성하기 위함이었으리라.

어느 날 에스테라지는 〈르 뵈프 알라 모드〉[12]에서 저녁을 먹자며 시모니니를 초대했다. 에스테라지는 미뇽 다뇨 올레튀(상추를 곁들인 새끼 양의 안심)[13]를 주문하고 포도주 목록을 찬찬히 검토하여 선택하고 난 뒤에 용건을 말하기 시작했다.

「시모니니 대위, 우리의 벗 드뤼몽은 증거들을 찾고 있지만 절대로 찾아내지 못할 겁니다. 군 내부에 프로이센의 첩자 노릇을 하는 유대인들이 있다는 것을 알아내는 것은 중요하지 않아요. 세상에 첩자는 쌔고 쌨기 때문에 하나가 더 있

12 Le Boeuf à la Mode. 〈인기 있는 쇠고기〉라는 뜻의 이 말은 쇠고기와 당근, 감자, 기름살 조각 등으로 만드는 요리 이름이기도 하고, 이 요리를 대접하던 유명한 식당의 이름이기도 했다. 이 식당은 1792년에 문을 연 뒤로 파리에서 가장 우아한 식당들 가운데 하나로 명성을 누리다가 제1차 세계 대전 직후에 사라졌다고 한다.

13 *mignon d'agneau aux laitues.*

든 없든 그 사실만을 두고 사람들이 분노하지는 않을 겁니다. 정치와 관련해서 중요한 것은 첩자들이 존재한다는 사실을 〈입증〉하는 겁니다. 첩자나 내란 음모자를 잡기 위해서 반드시 증거를 찾아내야만 하는 것은 아니라는 데에 동의하실 겁니다. 사실 증거를 찾아내는 것보다는 조작하는 편이 더 용이하고, 할 수만 있다면 첩자 자체를 만들어 내는 것이 더 쉬운 일이죠. 그러니까 국가의 이익을 생각해서 우리는 자기만의 어떤 약점 때문에 의심을 받을 만한 유대인 장교를 선택해서, 그가 중요한 정보들을 파리 주재 독일 대사관에 넘겼다는 것을 입증해야 합니다.」

「〈우리〉라 함은 누구를 일컫는 것이오?」

「나는 육군 참모 본부 산하의 〈통계과〉를 대표해서 말하는 겁니다. 현재 상데르 중령이 이끌고 있는 부서인데, 이름만 놓고 보면 별것 아닌 것처럼 보이는 이 부서가 우리 군의 정보기관으로 주로 독일을 상대로 한 첩보 활동을 수행하고 있다는 것은 당신도 아마 아실 겁니다. 처음에 이 부서는 독일인들이 자기네 나라에서 무슨 일을 벌이고 있는가에 관심을 갖고 온갖 정보를 수집했습니다. 신문 기사들을 분석하는 것은 물론이고, 독일을 여행한 장교들이나 국경 수비대, 국경을 넘나들며 활동하는 우리 요원들의 보고서들을 바탕으로 해서, 독일군의 편성이나 독일 기병 사단의 수, 병사들의 봉급 등 요컨대 모든 것에 대해서 되도록 많은 것을 알아내려고 애썼죠. 하지만 최근에 이 부서는 독일인들이 우리나라에서 무슨 일을 벌이고 있는가에 대해서도 관심을 갖기로 했어요. 혹자는 첩보 활동과 방첩 활동이 통합되는 것을 불만스럽게 여깁디다만, 두 활동은 긴밀하게 결합되어 있어요. 파리 주재 독일 대사관에서 무슨 일이 벌어지고 있는지 알아내야 합니다. 그곳은 외국 영토이니까 거기에서 정보를 수집하는 것은 간첩 행위입니다. 하지만 거기에서 우리에 관한 정보를 수집하는 것은 방첩 활동이죠. 현재 독일 대사관에는 우리를 위해 일하고 있는 사람이 있습니다. 청소 부서에 소속되어 있는 마담 바스티앙이라는 여자인데, 일부러 문맹자인 척하고 있지만 실제로는 글을 읽은 것은 물론이려니와 독일어도 해독할 줄 압니다. 그 여자가 하는 일은 매일 대사관의 사무실들에 있는 휴지통을 비우는 것입니다. 그러니까 독일인들은 자기들이 쓰레기통에 버린 메모와 문서가 당연히 소각되리라 믿고 있지만(그들이 얼마나 아둔한지 잘 아실 겁니다), 사실은 그것들이 우리한테 전달되는 것이죠. 따라서 우리 군의 한 장교가 우리의 군비에 관한 극비 정보를 알려주는 내용의 문서를 만들어 내야 합니다. 그런 문서가 독일 대사관에서 발견되어 우리 수중에 들어오면, 사람들은 문서 작성자가 비밀 정보에 접근할 수 있는 자일 것으로 추정하게 될 것이고, 우리가 그자가 누구인지를 알아내게 될 것입니다. 그러니까 우리에게 필요한 것은 하나의 메모, 하나의 작은 목록, 이를테면 보르드로[14]입니다. 우리가 당신에게 일을

14 *bordereau.* 명세서를 뜻한다. 드레퓌스 사건의 알파이자 오메가인 이 문서를 프랑스인들이 메모나 편지 따위로 부르지 않고 이렇게 부른 것은, 문서 작성자가 수신자에게 〈몇 가지 흥미로운 정보를 보낸다〉면서 정보들의 명

부탁하는 이유가 바로 거기에 있습니다. 듣자 하니 당신은 그 분야에서 예술가의 경지에 올라 있다고 하더군요.」

시모니니는 자기에게 그런 재능이 있다는 것을 방첩대에서 어떻게 알았는지 묻지 않았다. 아마도 에뷔테른을 통해서 알게 되었을 것이었다. 그는 상대의 칭찬에 감사를 표하고 말했다.

「짐작건대 어느 특정인의 필체를 똑같이 모방해야 되겠구려.」

「이미 맞춤한 후보자를 물색해 두었습니다. 드레퓌스 대위라는 자인데, 당연히 알자스 출신이고 수습 요원으로 방첩대에서 일하고 있습니다. 부유한 여자하고 결혼한 데다 호색한의 면모를 보이고 있어서 동료들이 하나같이 그를 아니꼽게 여기죠. 그가 설령 기독교인이었다 해도 사정은 별로 달라지지 않았을 겁니다. 그의 편이 되어 줄 사람은 아무도 없을 거예요. 희생의 제물로 삼기에는 아주 제격이죠. 문서가 우리 수중에 들어오면 약간의 조사를 거쳐서 문서 작성자가 드레퓌스라는 것을 확인하게 될 것입니다. 그러면 드뤼몽 같은 사람들이 나서서 대중의 분노를 촉발하고 유대인들의 위험성을 고발하겠지요. 그와 동시에 군이 첩자를 색출하여 무력화시킨 것을 칭찬하며 군의 위신도 세워 줄 테고요. 무슨 뜻인지 알겠어요?」

세를 다섯 항목으로 나눠 나열하고 있기 때문이다. 이하에서는 보르드로를 〈명세서〉로 옮기기로 한다.

「그러면 드뤼몽 같은 사람들이 나서서 대중의 분노를 촉발하고
유대인들의 위험성을 고발하겠지요.」

어찌 그 말뜻을 모르랴. 10월초에 시모니니는 상데르 중령을 만났다. 얼굴이 창백하고 이렇다 할 특징이 없게 생긴 것이 영락없는 방첩대 우두머리의 상호였다.

「여기 이건 드레퓌스의 필체 견본이고, 이건 전사할 문서요.」 하고 그는 종이 두 장을 내밀더니 「보다시피 이 쪽지의 수신자는 독일 대사관의 무관인 폰 슈바르츠코펜이고, 내용은 120밀리 대포의 유압식 반동 제어 장치라든가 그와 비슷한 다른 사항들에 관한 군사 문서들을 보내겠다는 거요. 독일인들이 솔깃해할 만한 문서들을 제공하겠다고 알려 주는 편지란 말이오.」

하니 시모니니가 묻되

「이왕이면 무기 제조 기술에 관한 약간의 상세한 정보를 삽입하는 게 좋지 않을까요? 그러면 문서 작성자의 매국 행위가 훨씬 두드러져 보일 텐데요.」

「당신이 이걸 알았으면 하오.」 하더니 상데르는 말끝을 달아 「일단 사건이 터지면 이 명세서는 공공의 것이 되오. 무기 제조 기술과 관련된 정보들을 언론에 넘겨줄 수는 없소. 그건 그렇고, 시모니니 대위, 당신이 편하게 작업할 수 있도록 방 하나를 마련해 놓았고 필기도구도 준비했소. 종이며 펜이며 잉크가 모두 이곳의 사무실들에서 사용하는 것들이오. 나는 공들인 작품을 원하오. 그러니까 천천히 하시오. 완벽한 필체가 나올 때까지 연습을 충분히 하란 말이오.」

시모니니는 그렇게 했다. 명세서는 얇은 반투명 종이에 쓰인 30행짜리 문서였다. 앞면에는 18행, 뒷면에는 12행이 들어가 있었다. 시모니니는 양면의 행간에 차이가 나도록 신경을 썼다. 앞면의 행간은 넓게 잡고, 뒷면의 행간은 더 급하게 쓴 티가 나도록 좁게 잡았다. 마음이 초조하고 불안한 상태에서 글을 쓰다 보면 처음엔 여유를 가지고 시작했다가도 나중엔 저절로 손이 빨라지지 않으랴 생각한 것이다. 또한 누구든 그런 종류의 문서를 휴지통에 버릴 때는 찢어서 버린다는 점도 고려했다. 그 문서는 몇 조각으로 나뉜 채 방첩대에 전달될 것이고, 방첩대에서는 그 조각들을 다시 붙여야 할 것이므로, 접합이 용이하도록 글자와 글자 사이에도 공간을 둘 필요가 있었다. 그렇다고 자간을 너무 벌려서 필적 견본과 차이가 나게 해서는 안 될 일이었다.

요컨대 그는 맡은 일을 훌륭하게 해냈다.

그 뒤에 상데르는 문서를 육군 장관 오귀스트 메르시에 장군에게 보냈고, 그와 동시에 방첩대에서 근무하는 모든 장교들의 필적을 조사하라고 명령했다. 결국 상데르의 오른팔 구실을 하던 부하들은 문서의 필체가 드레퓌스의 것이라고 보고했고, 드레퓌스는 10월 15일에 체포되었다. 그 소식은 두 주일 동안 교묘하게 감춰진 듯했지만, 감질나게 조금씩 새어 나가 기자들의 호기심을 부추기더니, 모두가 쉬쉬하는 가운데 한 사람의 이름이 입에서 입으로 전해지기 시작했고 마침내 드레퓌스 대위가 범인이라는 사실이 확인되었다.

에스테라지는 상데르의 허락을 얻자마자 즉시 드뤼몽에게

알렸고, 드뤼몽은 소령의 전언을 손에 들고 편집부 사무실들을 돌아다니며 〈증거야 증거, 여기 증거가 있어!〉 하고 소리쳤다. 11월 1일 치 「자유 발언」은 〈반역, 유대인 장교 A. 드레퓌스 체포〉라는 제목으로 그 사건을 대서특필했다. 이로써 언론의 보도 경쟁이 시작되고 온 프랑스가 분노의 불길에 휩싸였다.

그런데 바로 그날 아침, 모두가 편집부에 모여 특종을 자축하고 있을 때, 시모니니는 에스테라지가 드레퓌스의 체포 소식을 알리기 위해 보낸 편지를 보게 되었다. 편지는 드뤼몽의 책상 위에 놓여 있었고, 비록 유리잔에 닿아 얼룩이 묻기는 했어도 읽는 데는 아무런 문제가 없었다. 시모니니는 드레퓌스의 필체를 모방하기 위해 연습을 많이 했던 터라 한눈에 그 필체를 알아볼 수 있었다. 그런데 에스테라지가 보냈다는 편지의 필적이 어느 모로 보나 자기가 연습한 필체와 비슷했다. 위조자는 어느 누구보다 그런 것에 민감한 법이다.

이게 어찌된 일인가? 상데르가 나한테 필체 견본을 주면서, 드레퓌스가 쓴 문서 대신 에스테라지가 쓴 문서를 주었을까? 그게 있을 법한 일인가? 정말 기이하고, 이유를 알 수 없는 일이다. 하지만 무언가 잘못된 게 분명하다. 상데르가 실수를 한 것일까? 아니면 고의로 그랬을까? 정말 고의로 그랬다면 그 이유는 무엇일까? 아니면 상데르 자신도 어떤 부하에게 속아서, 그자가 가져다준 것이 엉뚱한 견본일 줄도 모르고 나한테 전해 주었을까? 만약 상데르가 믿는 도끼에 발등을 찍힌 거라면 필적이 바뀐 사실을 그에게 알려 주어야 한다. 그러나 만약 속임수를 쓴 사람이 상데르라면, 그의 술책을 알아차렸다고 내색하는 꼴이니 말하는 게 오히려 위험하다. 에스테라지에게 알려 줄까? 하지만 만약 상데르가 에스테라지에게 해코지를 하기 위해 일부러 필적을 바꿔치기한 거라면, 피해자에게 그 사실을 알리는 것은 어리석은 짓이다. 자칫하면 모든 기관원들의 눈 밖에 날 수도 있다. 그냥 모른 체하고 가만히 있을까? 그러다가 만약 어느 날 방첩대가 필적이 바뀐 것을 내 책임으로 돌리면?

시모니니는 그 실수에 아무런 책임이 없었고, 그 점을 분명히 해두고 싶었다. 무엇보다 자기가 만든 가짜 문서가 이를테면 진실한 위작이기를 바랐다. 그는 위험을 무릅쓰기로 결심하고, 상데르의 사무실로 갔다. 상데르는 시모니니가 자기를 협박해서 돈을 뜯어내려고 하는 건 아닐까 저어한 듯 처음엔 맞아들이기를 망설였다.

이윽고 시모니니가 진실(그 거짓투성이 사건에서 유일하게 참된 사실)을 알려 주자, 상데르는 얼굴이 평소보다 창백해지면서 믿기지 않는다는 표정을 지었다.

「대령님.」 하고 부른 뒤에 시모니니는 말을 잇대어 「틀림없이 명세서의 사본을 보관하고 계실 겁니다. 드레퓌스의 필체 견본과 에스테라지의 필체 견본을 가져다가 세 문서를 대조해 보는 게 어떨까요?」

상데르가 몇 마디 지시를 내리자 조금 뒤에 종이 세 장이 그의 책상에 놓였다. 시모니니는 그에게 증거를 대기 시작했다.

「예를 들어 여기를 보십시오. 에스테라지가 쓴 글에서

*adresse*나 *intéressant*처럼 s가 겹쳐 있는 단어들을 보면 언제나 첫 번째 s가 더 작고, 두 글자가 붙어 있는 경우가 거의 없습니다. 오늘 아침에 에스테라지의 편지를 보자마자 저는 이 점을 알아차렸습니다. 제가 명세서를 작성할 때 유달리 심혈을 기울여서 모방한 필체가 바로 이것이었으니까요. 이제 드레퓌스의 필적을 보십시오. 놀랍게도 이건 제가 처음 보는 필적입니다. 두 개의 s 중에서 첫 번째 것이 크고 두 번째 것이 작을 뿐만 아니라, 두 글자가 언제나 붙어 있습니다. 계속할까요?」

「아니요, 그 정도면 됐소. 어쩌다 이런 착오가 생겼는지 모르겠소. 조사해 보리다. 문제는 당신이 만든 문서가 메르시에 장군의 손에 들어가 있다는 거요. 장군은 그 문서와 드레퓌스의 필적 견본을 대조해 보려고 할 수도 있소. 하지만 장군은 필적 감정가가 아니고 두 필적 사이에는 유사한 점이 적지 않소. 장군이 에스테라지의 필적과도 대조해 보아야 한다는 생각을 하지 않으면 그만이오. 내가 보기엔 장군이 하필 에스테라지를 생각할 이유가 없소 — 당신이 말해 주지 않는 한 말이오. 이 모든 일을 잊어버리도록 하시오. 그리고 다시는 여기에 오지 마시오. 당신의 보수는 섭섭지 않게 챙겨 주겠소.」

그 뒤로 시모니니는 비밀 정보에 의존할 필요도 없이 사태의 추이를 알 수 있었으니, 모든 신문이 드레퓌스 사건에 관한 기사로 도배되어 있었음이라. 육군 참모 본부 내에도 신중하게 처신할 줄 아는 사람들이 있었거니와, 그들은 명세서의 작성자가 드레퓌스라고 믿게 할 만한 확실한 증거들을 요구했다. 상데르는 유명한 범죄학자인 베르티용에게 필적 감정을 의뢰했다. 베르티용은 명세서의 필체가 드레퓌스의 필체와 정확히 일치하는 것은 아니라면서도, 이 사건을 자기 필체 변조의 명백한 사례로 규정했다. 드레퓌스가 비록 한 부분에 불과하지만 자기 필체를 변조해서 마치 다른 사람이 편지를 쓴 것처럼 속이려 했으며, 그로 인해 사소한 차이가 생겨났다 할지라도 그 문서의 작성자가 드레퓌스인 것은 분명하다는 얘기였다.

「자유 발언」은 매일 여론을 들쑤시면서 드레퓌스가 다른 유대인들의 보호를 받고 있기 때문에 사건의 중대성이 낮게 평가되고 있다는 의혹까지 제기하고 있었다. 이런 마당에 누가 감히 문서가 날조되었다는 의심을 품을 수 있었으랴? 드뤼몽은 한 기사에서 이렇게 썼다. 〈우리 군에는 4만 명의 장교가 있다. 메르시에 장군은 어찌하여 하고많은 장교들을 놓아두고 하필이면 사해동포주의에 물든 알자스 출신 유대인에게 국방 기밀을 맡겼단 말인가?〉 메르시에는 자유주의자였고, 오래전부터 유대인들에게 너무 호의적이라는 이유로 드뤼몽과 국가주의 언론의 압력을 받아 온 터였다. 그는 자기가 유대인 반역자를 옹호하는 사람으로 비치는 것을 원치 않았다. 따라서 그는 드레퓌스에 관한 수사를 포기하기는커녕 매우 적극적인 태도를 보이고 있었다.

드뤼몽은 공격의 고삐를 늦추지 않았다. 〈오랫동안 유대인들은 군대와 무관하게 지냈고 군대는 프랑스의 순수성을 지켜 왔다. 이제 유대인들은 우리 군대의 내부에까지 침투했다. 그들은 곧 프랑스의 주인 노릇을 하려 할 것이고, 로스차일드는 군대에 침투한 유대인들을 통해 군의 동향에 관한 보고를 받을 것이다……. 이쯤 되면 독자들도 그들의 목적이 어디에 있는지 짐작했으리라.〉

바야흐로 긴장이 최고조에 달해 있었다. 용기병 대위 크레미외 포아는 드뤼몽에게 편지를 보내어 그가 유대인 장교들 전체를 모독하고 있다면서 사죄를 요구했다. 드뤼몽이 사죄를 거부함에 따라 두 사람은 결투를 벌이게 되었는데, 더욱 당혹스러운 일은 크레미외 포아가 결투의 증인으로 내세운 사람이 다름 아닌 에스테라지였던 것이라……. 그들의 결투가 승부를 내지 못한 채로 끝나자 이번에는 「자유 발언」 편집부의 모레스 후작이 크레미외 포아에게 결투를 신청했다. 하지만 그 장교의 상관들은 그가 다시 결투에 참가하는 것을 막기 위해 외출 금지 명령을 내렸다. 그래서 그를 대신하여 마예르 대위가 검을 들고 싸웠지만, 그는 허파에 상처를 입고 사경을 헤매게 되었다. 연일 격렬한 논쟁이 벌어지고 종교 전쟁의 재현을 우려하는 목소리도 들렸다. 시모니니는 그저 한 시간 정도 필경사 노릇을 했을 뿐인데 그 결과로 세상이 그토록 시끄러워졌다는 사실에 만족해하고 있었다.

12월에 군사 재판이 열렸다. 그와 때를 같이하여 또 다른 문서가 나타났다. 파리 주재 이탈리아 대사관의 무관 파니차르디가 독일인들에게 보낸 편지였는데, 그 내용인즉 〈그 비열한 D〉라고 지칭되는 자가 그에게 몇몇 요새의 평면도를 팔았다는 것이었다. 그 D가 과연 드레퓌스일까? 아무도 감히 그것을 의심하려고 하지 않았다. 훨씬 뒤에 가서야 그게 드레퓌스가 아니고 뒤부아라는 육군부 직원이며 그자가 정보 하나당 10프랑을 받고 팔아넘겼다는 사실이 드러나지만, 그건 이미 모든 게 끝난 뒤의 일이다. 12월 22일 드레퓌스는 유죄 판결을 받았고, 이듬해 1월 초에 군사 학교에서 계급장을 떼였으며, 2월에는 악마의 섬으로 유배되었다.

시모니니는 그의 군적을 박탈하는 의식을 구경하러 갔고, 일기에서 그 행사가 매우 많은 것을 시사했던 것으로 회상하고 있다. 연병장의 네 변에 장병들이 도열해 있었고, 드레퓌스는 그 용사들 사이로 거의 1킬로미터를 걸어가야만 했다. 병사들은 여느 행사 때나 다름없이 태연한 자세로 서 있었지만, 그들의 눈빛에는 경멸의 기색이 어려 있었다. 이윽고 다라스 장군이 장검을 뽑아 들고 팡파르가 울리는 가운데, 제복을 갖춰 입은 드레퓌스가 네 포병의 호위를 받으며 장군 쪽으로 걸어갔다. 장군이 군적 박탈을 선고하자, 깃털 장식 달린 군모를 쓴 거구의 헌병 장교가 드레퓌스 대위에게 다가가더니, 계급장과 단추와 연대 번호표를 떼어 내고 그의 군도를 빼앗아 자기 무릎에 대고 분지른 뒤에 그 두 동강을 반역자의 발치에 던졌다.

드레퓌스는 태연해 보였고, 일부 언론은 그것을 반역의 징표로 간주하게 된다. 시모니니가 기억하기로 드레퓌스는 계

Le Petit Journal

Le Petit Journal
Le Supplément illustré

SUPPLÉMENT ILLUSTRÉ
Huit pages : CINQ centimes

ABONNEMENTS

Sixième année
DIMANCHE 13 JANVIER 1895
Numéro 217

LE TRAITRE
Dégradation d'Alfred Dreyfus

장군이 군적 박탈을 선고하자, 깃털 장식 달린
군모를 쓴 거구의 헌병 장교가 드레퓌스 대위에게 다가가더니, 계급장과
단추와 연대 번호표를 떼어 내고 그의 군도를 빼앗아
자기 무릎에 대고 분지른 뒤에 그 두 동강을
반역자의 발치에 던졌다.

급장을 떼이던 순간에 〈저는 결백합니다!〉라고 소리쳤다. 하지만 그러면서도 드레퓌스는 차렷 자세를 흩뜨리지 않는 절도 있는 모습을 보였다. 시모니니는 그 태도를 보며 속으로 이렇게 비꼬았다. 〈저 유대인이 주제에 맞지 않게 프랑스 장교가 되긴 했지만, 결국엔 프랑스 장교의 품격이 몸에 배어 상관들의 결정에 이의를 제기하지 않는 거야. 마치 상관들이 자기를 반역자로 규정했으니 한 치의 의심도 없이 그 결정을 받아들여야 한다는 듯이. 어쩌면 지금 이 순간 저 유대인은 자기가 정말로 반역 행위를 했다고 느끼는지도 몰라. 그렇다면 자기가 결백하다는 주장은 그저 의례의 일부일 뿐이지.〉

시모니니는 자기가 기억해 낸 것이 사실에 가까우리라 믿었지만, 이튿날 자기의 커다란 종이 상자들 가운데 하나에서 브리송이라는 사람이 「프랑스 공화국」에 실었던 기사를 찾아내서 읽어 보니 그 내용이 정반대였다.

> 장군이 그의 얼굴에 대고 그 불명예스러운 말을 내뱉자, 그는 한 팔을 들어 올리며 〈프랑스 만세! 저는 결백합니다!〉라고 소리쳤다.
>
> 하사관은 자기 의무를 이행했다. 드레퓌스의 제복에 달려 있던 금빛 계급장이 바닥에 떨어졌다. 그의 소속 부대를 나타내는 붉은 띠들도 떨어져 나갔다. 그의 군복은 검정 일색이 되고 군모도 갑자기 검게 변한지라, 마치 그가

이미 죄수복을 걸친 것만 같다……. 그는 〈저는 결백합니다!〉라고 계속 소리친다. 쇠살문 너머에 모인 군중은 윤곽만 어렴풋이 보이는 드레퓌스를 향해 저주의 소리와 새된 휘파람을 쏟아 낸다. 드레퓌스는 그 저주의 말을 듣고 더욱 격분한다.

그가 한 무리의 장교들 앞을 지나갈 때 〈꺼져라, 유다!〉 하는 소리가 솟아오른다. 드레퓌스는 성난 표정으로 몸을 돌려 다시 소리친다. 〈저는 결백합니다, 저는 결백합니다!〉

이제 우리는 그의 표정을 분명하게 볼 수 있다. 우리는 그 표정에서 최후의 고백을 읽어 낼 수 있으리라 기대하면서, 다시 말해 이제껏 오로지 재판관들만이 접근해서 가장 은밀한 속내를 살펴보고자 했던 그 영혼의 반영을 포착할 수 있으리라 기대하면서, 잠시 그를 뚫어져라 바라본다. 하지만 그의 표정을 지배하는 것은 분노, 극한까지 치솟은 분노이다. 그의 입술은 보는 사람을 섬뜩하게 할 만큼 일그러져 있고, 눈은 벌겋게 충혈되어 있다. 그때 비로소 우리는 깨닫는다. 그 죄인이 그토록 단호해 보이고 그토록 당당하게 걷고 있는 것은 격렬한 분노에 사로잡혀 신경이 곧 끊어질 정도로 팽팽해져 있기 때문이다…….

저 남자의 영혼은 무엇을 감추고 있는가? 저토록 간절하게 자신의 결백을 주장하면서도 명령에 고분고분 따르는 이유는 무엇일까? 혹시 대중을 미혹시키고 그들의 의심을 부추기려는 것은 아닐까? 자기에게 유죄 판결을 내린 재판관들의 공정성에 관해서 의문이 제기되게 하려는 것일까? 문득 한 가지 생각이 번개처럼 우리의 뇌리를 스친다. 만약 그가 죄인이 아니라면, 도대체 얼마나 끔찍한 고문이 있었던 것이랴!

시모니니는 조금의 가책도 느끼지 않았던 것으로 보인다. 그는 자기 때문에 드레퓌스가 죄인이 되었음에도 그 유대인의 유죄를 확신하고 있었다. 하지만 자기의 기억과 그 기사 사이에 차이가 있는 것을 보고 그 사건이 한 나라 전체를 얼마나 심하게 뒤흔들었지 새삼 깨달았다. 당시에 프랑스인들은 일련의 사건들 속에서 각자 자기가 보고 싶어 하는 것만을 보고 있었다.

어쨌거나 드레퓌스가 악마에게 가든, 악마의 섬에 가든 그건 더 이상 그가 신경 쓸 일이 아니었다.

보수는 제때에 은밀한 방식으로 그에게 전달되었다. 그가 기대했던 것보다 훨씬 많은 금액이었다.

탁실을 계속 감시하다

시모니니가 분명히 기억하거니와, 그 모든 일이 벌어지는 동안 그는 탁실이 무슨 일을 꾸미고 있는지 잘 알고 있었다. 그건 무엇보다 드뤼몽의 진영에서 탁실을 놓고 많은 이야기를 했기 때문이다. 그들은 처음에 탁실 사건을 대수롭지 않게 여기면서 그저 의심과 호기심이 반반씩 섞인 눈으로 바라보았다. 하지만 나중에는 태도를 바꿔 짜증과 분노를 드러냈다. 드뤼몽은 스스로를 프리메이슨회와 유대인들에게 반대하는 진실한 가톨릭 신자 — 자기 딴에는 그러했다 — 로 여기고 있던 터라, 탁실 같은 사기꾼이 자기편에 있다는 사실을 여간 거북하게 느끼지 않았다. 탁실이 사기꾼이라는 것은 드뤼몽이 오래전부터 직감해 온 바였다. 그래서 그는 이미 『유대인의 프랑스』에서 탁실의 반교권주의 서적이 모두 유대인 출판업자들에 의해 출간되었음을 강조하면서 그를 공격한 바 있었다. 그런데 그즈음에는 정치적인 이유가 더해지면서 그들의 관계가 더욱 악화되었다.

앞의 일기에서 달라 피콜라 신부가 알려 주었듯이, 드뤼몽과 탁실은 파리 시의원 선거에서 같은 선거구에 출마했다. 그러니 서로 드러내 놓고 싸움을 벌이지 않을 수 없었다.

탁실은 『므시외 드뤼몽, 심리학적 연구』라는 책을 발간하여 상대의 과도한 반유대주의를 조롱 섞인 어조로 비판하고, 반유대주의는 가톨릭 신자들보다 사회주의나 혁명주의 언론에 더 잘 어울린다고 지적했다. 드뤼몽은 『어느 반유대주의자의 유언』으로 응수하여, 탁실의 개종에 의문을 제기하고 그가 과거에 저지른 신성 모독 행위를 상기시키는 한편, 그가 유대인 세계를 상대로 싸움을 벌이지 않는 것을 두고 유권자들의 우려와 의심을 부추겼다.

드뤼몽이 「자유 발언」을 창간한 1892년에 탁실은 『19세기 악마』를 분책으로 출간하기 시작했다. 그런데 「자유 발언」이 정치 투쟁에 앞장서는 신문으로서 파나마 운하 스캔들을 폭로할 정도의 능력을 가지고 있었다면, 『19세기 악마』는 신뢰할 만한 출판물로 간주하기가 어려운 책이었다. 사정이 그러했기에 「자유 발언」의 편집부에서는 탁실을 더욱 가소롭게 여기며 조롱했고, 나중에는 음흉한 미소를 지으며 그가 점차 불행에 빠져드는 것을 지켜보게 된다.

아무튼 드뤼몽이 지적한 대로, 그 무렵까지만 해도 탁실은 비판보다 망외의 지지를 더 많이 받았다. 신비로운 다이애나가 등장하자 협잡꾼들 수십 명이 나서서 다이애나를 잘 아노라고 주장했다. 한 번도 만난 적이 없는 여자를 놓고 친분이 있다며 허풍을 치는 것이었다.

도메니코 마르조타라는 이탈리아인은 『어느 제33계급의 회상. 아드리아노 렘미, 프리메이슨 최고 지도자』라는 책을 출간하고, 그것을 다이애나에게 보내면서 그녀의 반란에 대한 지지를 표명했다. 마르조타가 편지에서 스스로 주장한 대로라면, 그는 피렌체 사보나롤라 회당의 서기이자 팔미 조르다노 브루노 회당의 존사이자 공인 스코틀랜드 전례의 제33계급 최고 대총감이었고, 멤피스 미스라임 전례의 최고 대공(제95계급)이자 칼라브리아와 시칠리아 미스라임 회당의 감독이자 아이티 전국 대동방 회당의 명예 회원이었으며, 나폴리 최고 연합 평의회의 정회원, 트레 칼라브리에 메이슨 회당의 총감독, 미스라임 동방 메이슨 기사단 또는 파리 이집트 동방 메이슨 기사단 종신 수장(제90계급), 만국 프리메이슨회 수호 기사단 사령관, 팔레르모 이탈리아 연맹 최고 평의회 종신 명예 회원, 나폴리 중앙 지도자 회의 상임 감독관 겸 최고 대표, 개혁 팔라디움파 회원이었다. 요컨대 한때 프리메이슨 고위 지도자였다가 그 단체를 떠났다는 얘기였다. 드뤼몽은 그가 가톨릭 신앙으로 개종한 것은 자기 분파의 우두머리가 되고자 했으나 지휘권이 자기에게 떨어지지 않고 아드리아노 렘미라는 자에게 돌아갔기 때문이라고 말했다.

마르조타의 이야기에 따르면, 그 음흉한 아드리아노 렘미는 도둑으로 인생 경력을 쌓기 시작했는바, 마르세유에서 나폴리 팔코네 상사의 신용장을 위조했고 어떤 의사의 아내가 주방에서 차를 끓이는 사이에 진주 염낭과 금화 3백 프랑을 훔쳤다. 그 뒤에 감옥살이를 하고 콘스탄티노플로 건너가서 유대인 청과상을 만나 기독교 세례를 부정하고 할례를 받겠다고 나섬으로써 일자리를 얻었다. 거기에서 그는 유대인들의 도움을 받아 프리메이슨회의 일원으로 활동했다.

마르조타는 그 이야기를 마무리하면서, 〈인류의 모든 고통은 저주받은 유대 종족에게서 나오는바, 그들은 저희의 영향력을 총동원하여 저희 가운데 가장 악한 자를 프리메이슨 만국 최고 정부의 우두머리 자리에 앉혔다〉고 주장했다.

성직자들은 이 고발을 반겼고, 마르조타가 1895년에 출간한 『팔라디움, 프리메이슨회 내부의 사탄·루시퍼 숭배』라는 책의 첫머리에는 그르노블과 몽토방, 엑상프로방스, 리모주, 망드, 타랑테즈, 파미에, 오랑, 안시의 주교들과 예루살렘의 총대주교 루도비코 피아비가 보낸 치하의 편지가 실렸다.

문제는 마르조타의 정보가 이탈리아 정치인들의 반을 모함하고, 특히 왕년에 가리발디의 부관이었고 당시 이탈리아 왕국의 총리였던 크리스피의 체면을 손상한다는 데에 있었다. 프리메이슨의 전례에 관한 황당무계한 이야기를 출간해서 팔아먹는 것은 문제가 없지만, 프리메이슨회와 정치권력 사이의 관계를 다루면 일부 거물들의 분노를 사서 앙갚음을 당할 염려가 있었다.

탁실은 그 점을 잘 알고 있었을 텐데도 마르조타에게 빼앗기고 있던 영역을 되찾으려는 욕심이 앞선 나머지 다이애나의 이름으로 거의 4백 쪽에 달하는 『제33계급 크리스피』를 출간했다. 이 책에는 크리스피가 연루되었던 로마 은행 스캔들을 비롯한 유명한 사건들이며 그가 악마 하보림과 맺었다는 계약에 관한 이야기, 그가 참가한 팔라디움파의 집회에서 소피 발데르가 딸을 잉태했다는 소식을 전했고 그 딸이 훗날 적그리스도를 낳으리라는 이야기 따위가 뒤섞여 있었다.

드뤼몽은 분통을 터뜨렸다.

「허섭스레기야. 정치 투쟁을 이따위로 하면 안 되지!」

하지만 바티칸에서는 그 책을 호의적으로 받아들였고, 그 바람에 드뤼몽은 더욱 분노했다. 사실 바티칸은 크리스피에게 원한이 있었으니, 크리스피는 교회의 불관용에 희생된 철학자 조르다노 브루노의 동상을 로마의 한 광장에 세우게 했고,[15] 동상 제막식 날 교황 레오 13세는 성 베드로 상 앞에

15 조르다노 브루노의 동상은 1889년에 그가 이단으로 몰려 화형당했던 장소인 캄포 데 피오리(〈꽃밭〉이라는 뜻) 광장에 세워졌다. 이 동상의 건립은 수많은 유럽인들의 관심이 쏠린 일대 사건이었다. 한 철학자의 복권이라는 의미를 넘어서서 교회의 몽매주의에 맞서 학문의 자유를 선언하는 상징적인 사건으로 받아들여졌기 때문이다.

무릎을 꿇고 앉아 온종일 속죄의 기도를 올렸던 것이라. 그러니 교황이 크리스피를 공격하는 문서들을 읽으면서 잘코사니를 외쳤으리라는 것은 능히 짐작할 수 있다. 교황 비서인 사르디 몬시뇰은 교황의 뜻에 따라 다이애나에게 통상의 〈교황 강복〉뿐만 아니라 심심한 감사의 말을 전하고, 〈타락한 사이비 종교 집단〉의 흑막을 벗기는 장한 일을 계속하도록 격려했다. 그 사이비 종교 집단이 타락했음을 가장 잘 보여 주는 것은 다이애나의 책에 실린 악마 하보림의 형상이었다. 이 악마는 머리가 세 개였는바, 하나는 머리털이 불꽃으로 되어 있는 사람의 머리였고 나머지 둘은 고양이와 뱀의 머리였다 — 다만 다이애나는 그런 형상을 제시하면서도 자기 나름대로 학문적 엄밀성을 추구한답시고 그런 형상의 악마를 자기 눈으로 직접 본 적은 없노라고 말했다(자기가 악마를 불러냈을 때는 반드르르한 은빛 수염을 기른 노인의 모습으로 나타났다는 것이었다).

드뤼몽은 다시 분통을 터뜨렸다.

「아무리 사기를 치더라도 최소한 있을 법한 이야기를 해야 하는데, 그들은 그런 것조차 신경을 쓰지 않아. 프랑스에 온 지 얼마 되지도 않은 미국 여자가 어떻게 이탈리아 정치의 그 모든 비밀을 알 수 있겠어? 일반 사람들이야 그런 건 아무래도 상관없다고 하면서 책을 산다고 쳐도, 교황이 저렇게 나오면 터무니없는 이야기에 신뢰성을 부여했다고 비판을 받게 될 게야. 교회에 약점이 있어. 그 약점에 맞서 교회를 수호해야 해!」

다이애나의 존재 자체를 의심하는 목소리가 일기 시작했다. 그 의심을 가장 먼저 공개적으로 표명한 것은 물론 「자유 발언」이었다. 곧이어 교회의 영향 아래에 있는 것이 분명한 「미래와 우주」 같은 간행물들이 논쟁에 가세했다. 반면에 가톨릭계의 다른 간행물들은 다이애나의 존재를 증명하겠다며 상상을 초월할 정도로 갖은 애를 다 쓰고 있었다. 「마리아의 장미나무」는 다이애나를 직접 만났다는 성 베드로 변호사 협회 회장 로티에의 증언을 실었다. 그는 다이애나가 탁실이며 바타유며 그녀의 초상화를 그린 화가와 함께 있는 것을 보았다고 했다. 그것은 다이애나가 아직 팔라디움파에 소속되어 있을 때의 일이었지만, 개종을 눈앞에 두고 있어서 그랬는지 그녀의 얼굴에서 빛이 났더라는 것이었다. 그는 그녀의 모습을 이렇게 묘사했다. 〈다이애나는 스물아홉 살의 젊은 여자로서 아리땁고 기품이 있으며, 신장은 중키가 넘고, 표정은 서글서글하고 솔직해 보이며, 반짝이는 눈에는 총기가 어려 있을 뿐만 아니라 명령을 하며 살아온 사람 특유의 위엄과 단호함이 배어 있다. 차림새는 부자연스럽게 꾸민 구석이 없고 매우 고아하다. 외국의 부유한 여자들은 보석을 주렁주렁 매달아 우스꽝스럽게 치장하기가 일쑤이지만 그녀에게서는 그런 면모를 찾아볼 수 없다……. 그녀의 눈동자 빛깔은 아주 특별하다. 어찌 보면 바닷물처럼 파랗고 또 어찌 보면 선연한 황금빛으로 보인다.〉 그는 그녀에게 샤르트뢰즈 술을 권했던 이야기도 했다. 그녀는 가톨릭교회의 냄새가 나는 것은 다 싫다면서 코냑만 마시더라는 것이었다.

1896년 9월 트렌토에서 반(反)프리메이슨 대회가 열렸다. 탁실의 주도로 열린 행사였는데, 공교롭게도 바로 여기에서 독일 가톨릭계의 의혹과 비판이 강하게 제기되었다. 바움가르텐이라는 신부는 다이애나의 출생증명서와 그녀의 개종을 참관한 사제의 증언을 요구했다. 탁실은 자기 호주머니 속에 증거들이 있다고 주장하면서도 그것들을 끝내 보여 주지 않았다.

그다음 달에 가르니에 신부는 「프랑스 민중」에 기고한 글에서 프리메이슨회가 하나의 속임수로 탁실을 내세운 것이 아닌가 하는 의혹을 제기했고, 바이 신부도 유력한 일간지인 「라 크루아」에서 탁실과 거리를 두어야 한다는 의견을 피력했으며, 「쾰른 민중 신문」은 바타유가 『19세기 악마』의 분책이 나오기 시작한 해에도 여전히 하느님과 모든 성인의 이름을 모독하고 있었음을 상기시켰다. 반면에 탁실의 변함없는 지지자인 의전 사제 뮈스텔과 예수회의 「가톨릭 문명」은 다이애나를 옹호하기 위해 논쟁에 나섰고, 파로키 추기경의 비서는 그녀에게 편지를 보내어 그녀의 존재까지 의심하기에 이른 중상모략의 폭풍우에 꿋꿋하게 맞서라고 격려했다.

드뤼몽은 각계각층에 인맥이 있었고 신문쟁이 특유의 육감도 없지 않았던 터라, 시모니니가 모르는 어떤 경로를 통해 바타유라는 필명 뒤에 아크가 있다는 사실을 알아냈는바, 아마도 술에 취하면 우울과 참회에 빠져들기가 날로 자심해지던 아크가 어느 날 또다시 만취한 채로 주사를 부리다가 드뤼몽에게 딱 걸려들었지 싶은데, 아무튼 이로 인하여 일의 형세가 갑자기 바뀌었으니, 아크가 나서서 처음에는 「쾰른 민중 신문」에 그다음에는 「자유 발언」에 자기의 거짓을 고백했던 것이라. 그는 순진하게도 이와 같이 썼다. 〈교황의 회칙 후마눔 제누스가 공표되었을 때 나는 가톨릭 신자들의 한없는 고지식함과 어수룩함을 이용하여 돈깨나 벌 수 있는 기회가 왔다고 생각했다. 쥘 베른 같은 작가만 있으면 황당무계한 거짓말도 제법 그럴싸해 보일 수 있는 것이다. 나는 바로 그 쥘 베른이었다. 그뿐이다……. 나는 아무도 확인하러 가지 않으리라 굳게 믿고 외국의 어딘가에서 벌어진 일이라고 하면서 기상천외한 이야기들을 꾸며 댔고……. 가톨릭 신자들은 모든 것을 곧이들었다. 사람들의 아둔함이 그 지경인지라 이제 와서 내가 자기들을 속였노라 말한다 해도 그들은 내 말을 믿지 않으리라.〉

다이애나를 보았다고 주장한 바 있는 로티에 변호사는 「마리아의 장미나무」에 글을 실어 자기가 속았던 것 같다면서 자기가 본 여자는 다이애나 본이 아니라고 말을 바꿨다. 그리고 마침내 포르탈리에 신부의 이름으로 『연구』라는 아주 진지한 잡지를 통해 예수회가 처음으로 포문을 열었다. 그뿐 아니라 여러 신문의 보도에 따르면, 찰스턴(만국 프리메이슨회의 수장 앨버트 파이크가 있다는 바로 그곳)의 주교 노스롭 몬시뇰이 직접 로마에 가서 교황을 알현하고 자기네 도시의 메이슨들은 선량한 사람들이며 그들의 회당에는 사탄의 조각상 따위가 없음을 분명히 알려 주었다.

드뤼몽의 승리였다. 탁실은 해먹을 만큼 해먹었고, 반프리메이슨 투쟁과 반유대인 투쟁은 바야흐로 다시 진지한 사람들의 수중으로 돌아가고 있었다.

24

미사에 참석한 어느 날 밤

1897년 4월 17일

대위 보시오.

당신의 마지막 글들은 엄청나게 많은 사건들을 아우르고 있구려. 보아하니 당신이 그 사건들을 경험하는 동안 나는 다른 일들을 겪었던 모양이오. 당신은 분명 내 주위에서 무슨 일이 벌어지고 있는지 알고 있었소(탁실과 아크가 세상을 떠들썩하게 만들고 있었으니 몰랐을 리가 없지요). 그래서 내 쪽에서 되살려 낼 수 있는 것보다 더 많은 것을 기억하고 있는 것 같소.

지금이 1897년 4월이니까 내가 탁실이며 다이애나와 일을 벌인 지 12년이 지났고 그동안 너무 많이 일이 벌어졌소. 우리가 불랑 신부를 사라지게 한 것도 그 일들 가운데 하나요. 그게 언제였던가?

그건 우리가 『19세기 악마』를 출간하기 시작한 지 1년이 채 되지 않았을 때의 일일 거요. 어느 날 저녁 불랑 신부가 사색이 된 채로 오퇴유에 와서는 입가로 자꾸 뿜어져 나오는 거품을 손수건으로 연신 닦아 내면서 말했소.

「나는 죽은 목숨일세. 그들이 나를 죽이고 있어.」

아크 박사가 그를 진정시키기 위해 독주 한 잔을 권하자, 그는 마다하지 않고 받아 마신 뒤에 토막말로 주술과 방자에 관한 이야기를 들려주었소.

불랑이 이미 우리에게 말했듯이, 그는 장미십자 카발라 기사단의 스타니슬라스 드 구아이타와 사이가 아주 나빴고, 그 기사단을 함께 창설했다가 결별하여 가톨릭 장미십자 기사단을 세운 작가 조제팽 펠라당과도 관계가 좋지 않았소 — 우리가 이미 『19세기 악마』에서 그들을 다룬 바 있었소. 내가 보기에 펠라당의 장미십자 기사단과 뱅트라를 계승한 불랑의 동아리 사이에는 별다른 차이가 없었소. 그들은 모두 카발라 기호들로 덮인 백의를 입고 돌아다녔고, 선신 편에 있는지 악마 편에 있는지 태도가 모호하기는 어느 쪽이나 마찬가지였으니까 말이오. 하지만 어쩌면 서로 비슷하다는 바로 그 점 때문에 불랑이 펠라당 무리와 척지고 있었는지도 모르겠소. 그들은 같은 영토를 뒤지고 다니면서 같은 부류의 길 잃은 영혼들을 유혹하려 애쓰고 있었소.

구아이타의 추종자들이 주장하던 바에 따르면, 그는 세련된 귀족이었고(후작이라고 합디다), 오각성(五角星)이 박힌 주술서들이며 룰루스와 파라셀수스의 연금술 관련 저서들, 자기에게 흑마법과 백마법을 가르친 엘리파스 레비스의 원고들, 그 밖의 희귀한 신비학 서적들을 수집하고 있었으며, 트뤼덴 거리에 면한 어느 건물의 1층에 살면서 몇몇 신비주의자들하고만 교류하

그런데 다른 소문에 따르면, 그는 자기
집에 있는 장롱 하나에 악령을 가둬 놓고 싸우고 있으며,
술에 만취하거나 모르핀을 복용하면 정신 착란 상태에서
유령들을 분명하게 본다고 했소.

고 때로는 몇 주일 동안 집 안에 칩거한다고 합디다. 그런데 다른 소문에 따르면, 그는 자기 집에 있는 장롱 하나에 악령을 가둬 놓고 싸우고 있으며, 술에 만취하거나 모르핀을 복용하면 정신 착란 상태에서 유령들을 분명하게 본다고 했소.

그는 신비학의 위험한 분야들을 두루 섭렵한 뒤에 그 결과를 『저주받은 학문들에 관한 시론』이라는 책에 담았는데, 이 책에서 불랑의 루시퍼파, 사탄파, 악마파의 간계를 고발하고 불랑을 〈성교를 전례의 관행으로 만든〉 성도착자로 규정했소.

그들의 반목은 긴 역사를 가지고 있소. 이미 1887년에 구아이타와 그의 측근들은 〈교의 재판〉을 벌여 불랑에게 형벌을 내리기로 결정했소. 그 형벌이라는 것이 정신에 대한 것인지 신체에 대한 것인지는 확실치 않소. 하지만 불랑은 오래전부터 그게 신체적 형벌이라고 주장해 왔고, 정체를 알 수 없는 유체가 날아와서 끊임없이 자기를 공격하고 상처를 입힌다고 느꼈으며, 눈으로 볼 수도 없고 손으로 만질 수도 없는 그 유체를 구아이타 일당이 마치 표창처럼 자기에게 날려 보내는 것이라고 생각했소.

사정이 그러했기에 그날 불랑은 자기가 곧 죽으리라 예감했던 거요.

「밤마다 잠이 들라치면 타격이 가해지는 게 느껴지네. 주먹에 맞고 손등에 맞는 느낌이 들어. 이건 내 병든 오감이 빚어내는 환각이 아닐세. 정말이네. 그럴 때마다 내 고양이가 마치 감전이라도 당한 것처럼 바르르 떨거든. 내가 알기로 구아이타는 밀랍 인형을 만들어서 그것을 바늘로 찌르고 있고, 그래서 내가 동통을 느끼는 것일세. 나는 그자가 앞을 보지 못하도록 역으로 방자

정체를 알 수 없는 유체가 날아와서
끊임없이 자기를 공격하고 상처를 입힌다고 느꼈으며,
눈으로 볼 수도 없고 손으로 만질 수도 없는
그 유체를 구아이타 일당이 마치 표창처럼 자기에게
날려 보내는 것이라고 생각했소.

를 보내 보았지만, 그자는 함정을 알아차렸네. 주술에서는 구아이타가 나보다 강해. 그자가 다시 나에게 방자를 보내기 시작했어. 눈이 침침하고 숨이 가빠지고 있어. 내가 몇 시간이나 더 살 수 있을지 모르겠네.」

우리는 그가 진실을 말하고 있는지 확신할 수가 없었소. 하지만 그게 문제가 아니었소. 그는 정말로 고통을 느끼고 있었으니 말이오. 그때 탁실이 기발한 생각을 해냈소.

「죽은 것처럼 보이게 하세요.」 하더니 그는 말을 잇대어 「친지들에게 당신이 파리에 머물던 중에 사망했다고 알린 다음 다시는 리옹으로 돌아가지 마시고 여기에서 은신처를 구하세요. 턱수염과 콧수염을 깎고 딴사람이 되어서 살아가는 겁니다. 다이애나처럼 다른 사람의 육신으로 깨어나되, 다이애나처럼 원래 상태로 돌아가지 말고 계속 바뀐 상태를 유지하세요. 구아이타 일당이 당신을 죽은 사람으로 여기고 방자를 그만둘 때까지 말입니다.」

「리옹을 떠나 여기에서 어찌 살란 말인가?」

「여기 오퇴유에서 우리와 함께 사세요. 싸움의 열기가 수그러들고 적들이 잠잠해질 때까지는 그러는 게 좋겠어요. 마침 다이애나도 점점 많은 도움을 필요로 하고 있는 상황입니다. 매일 여기에 계신다면 이따금씩 들를 때보다 우리에게 더 도움이 될 겁니다.」 하더니 탁실은 다시 말끝을 달아 「그런데 믿을 만한 친구들이 있다면, 거짓 부고를 보내기 전에 그들에게 편지를 쓰세요. 죽음에 대한 예감으로 가득 찬 편지를 쓰고 구아이타와 펠라당을 딱 꼬집어서 당신의 죽음이 그들 탓이라는 것을 알리라는 겁니다. 그러면 비탄에 빠진 당신 제자들은 당신을 살해한 자들을 상대로 규탄 운동을 벌일 테니까요.」

불랑은 탁실의 책략을 그대로 따랐소. 그 속임수를 알고 있는 사람은 마담 티보뿐이었는데, 불랑의 조수이자 여사제이자 속내를 털어놓는 친구(그리고 아마도 그 이상의 존재)였던 그 여자는 그의 임종 장면을 파리의 친구들에게 아주 그럴싸하게 묘사해 주었소. 그리고 어떻게 했는지는 모르지만, 리옹의 신자들을 상대로 해서도 일을 잘 처리했거니와, 아마 비어 있는 관을 매장하게 하지 않았나 싶소. 그 뒤로 얼마 지나지 않아서 그녀는 어떤 집의 집사로 들어갔는데, 그게 누구의 집인고 하니 바로 불랑의 사후에 그를 옹호해 준 벗들 가운데 하나인 인기 작가 위스망스요 — 확신컨대, 내가 오퇴유 집에 없는 날 밤이면 이따금 그녀가 불랑을 만나러 잠깐씩 들렀을 거요.

불랑이 죽었다는 소식이 전해지자 신문 기자 쥘 부아는 일간 「질 블라스」에 실린 기사에서 구아이타의 주술 행위를 규탄하고 불랑이 그의 방자 때문에 죽었다고 공격했소. 그런가 하면 일간 「피가로」는 위스망스와 대담한 내용을 실었는데, 이 대담에서 위스망스는 구아이타의 주술이 어떻게 사람에게 해를 끼치는지 상세하게 설명했소. 쥘 부아는 「질 블라스」를 통해 재차 구아이타를 고발하고, 그의 유체 독침 때문에 정말로 간이며 심장이 훼손되었는지 알아보기 위해 부검을 해야 한다면서 사법 당국의 수사를 촉구했소.

구아이타는 역시 「질 블라스」를 통해 반박하면서 사람을 죽일 수 있다는 자신의 주술 능력을 놓고 이렇게 빈정거렸소. 〈아무

렴, 그렇고말고요. 나는 가장 위험한 독을 악마와도 같은 솜씨로 다루고, 그것을 증발시켜 맹독성의 증기로 만든 다음 수백 리 떨어진 곳으로 날려 보내 내가 못마땅해하는 사람들의 콧구멍 속으로 몰아넣을 수 있소. 나는 다가올 세기의 질 드 레요.〉 그런 다음 구아이타는 부아와 위스망스에게 결투를 신청했소.

아크 박사는 어느 쪽이든 그런 주술로는 상대방에게 생채기를 낼 수도 없었을 거라면서 냉소를 지었소. 하지만 툴루즈의 한 신문은 누군가의 주술이 정말 효과를 낸 것처럼 보도했소. 쥘 부아가 랜도 마차를 타고 결투장으로 가던 도중에 이 마차를 끌던 두 마리 말 가운데 하나가 아무 이유도 없이 쓰러지는 바람에 말을 교체했지만, 이 말 역시 맥없이 쓰러지고 랜도 마차가 전복되어서 부아는 여기저기에 멍이 들고 상처투성이가 된 채로 결투장에 당도했다는 거요. 게다가 나중에 부아가 말하기를, 자기 총알이 자연을 초월한 어떤 힘의 영향을 받은 듯 권총의 총열을 빠져나가지 못 하고 그 안에 정지해 있었다고 한 모양입디다.

불랑의 친구들은 펠라당의 장미십자 기사단에 관해서도 신문들에 제보를 했소. 그 패거리가 노트르담 대성당에서 흑미사를 거행했는데, 면병을 높이 들어 올리던 순간에 참가자들이 일제히 단검을 빼어 들고 제단 쪽을 겨누며 위협하는 동작을 취했다는 것이었소. 그 진위야 할 수 없지만, 『19세기 악마』에서 다룰 만한 흥미로운 소식이었소. 다만 우리 독자들은 이미 그보다 놀라운 소식들에 익숙해져 있는 터라, 불랑을 이야기 속에 끌어들일 필요가 있었소. 그것도 별로 좋지 않은 모습으로 말이오.

아크가 나서서 불랑을 설득했소.

「불랑은 죽었습니다. 그러니까 그 고인에 대해서 우리가 무슨 이야기를 하건 이제 당신과는 아무 상관이 없는 것으로 보아야 합니다. 게다가 언젠가 당신이 다시 세상에 나타나게 될 경우를 생각해서 우리는 당신에게 도움이 될 수 있도록 당신을 신비로운 인물로 만들 생각입니다. 그러니 우리가 무어라고 쓸지 걱정하지 마세요. 그건 당신에 관한 것이 아니라 이제는 존재하지 않는 불랑이라는 인물에 관한 것입니다.」

불랑은 받아들였고, 어쩌면 자아도취의 망상에 빠져 탁실과 아크가 자기의 신비주의 의식에 관해서 계속 꾸며 대는 이야기를 읽으며 즐거워했을지도 모르는 일이오. 하지만 실상을 보자면, 그때부터 그의 마음은 오로지 다이애나에게 쏠려 있는 것 같았소. 그는 병적이다 싶을 만큼 끈질기게 그녀를 따라다녔소. 그리고 그녀는 마치 현실에서 더 멀리 벗어나고 싶어 하는 사람처럼 갈수록 자기의 환상 속으로 깊이 빠져들고 있었소. 나는 그런 모습을 보면서 공포에 가까운 불안을 느꼈소.

*

그 뒤에 우리에게 일어난 일은 당신이 이야기한 바와 같소. 가톨릭 세계는 양분되었고, 한쪽에서 다이애나 본의 존재 자체에 관한 의혹이 제기되었으며, 아크는 우리를 배신했고, 탁실이 건설한 성채는 무너져 가고 있었소. 바야흐로 우리는 두 무리에게 쫓기는 중이었소. 한쪽에서는 우리의 적들이, 다른 한쪽에서는 당신이 말한 그 마르조타 같은 다이애나의 모방자들이 우리를 쫓고 있었소. 우리는 우리가 과도하게 굴었다는 것을 깨달았소.

사실 머리 셋 달린 악마가 이탈리아 정부 수반과 함께 향연을 벌인다는 것은 받아들이기 어려운 이야기였소.

베르가마스키 신부를 만날 기회는 많지 않았지만, 그 드문 만남을 통해서도 나는 한 가지 사실을 분명히 깨달았소. 「가톨릭 문명」을 내는 로마의 예수회 회원들은 여전히 다이애나 편에 서 있었지만, 프랑스의 예수회 회원들은 당신이 인용한 포르탈리에 신부의 기사에서 보듯 이미 그 모든 이야기를 묻어 버리기로 결정했다는 사실이오. 또한 에뷔테른을 만나 짤막한 면담을 나누고 난 뒤에는 메이슨들 역시 서둘러 그 소극을 끝내고 싶어 한다는 사실을 확신하게 되었소. 가톨릭 신자들 쪽에서 보면 고위 성직자들의 명예가 실추되지 않도록 탁실과 다이애나를 은밀하게 퇴장시키는 것이 바람직했고, 메이슨들 편에서 보면 여러 해에 걸친 탁실의 반프리메이슨 선전 활동이 순전한 협잡이었다는 것을 보여 주기 위해 탁실이 요란하게 과거를 부정하는 게 필요했소.

사정이 그러했던지라 어느 날 나는 두 통의 전언을 동시에 받았소. 하나는 베르가마스키 신부가 보낸 것이었는데, 그 내용은 이러했소. 〈탁실에게 5만 프랑을 주도록 허락할 터인즉 그가 그 모든 일에서 손을 떼도록 조치하시오. 그리스도 안에서 하나 되는 형제로서, 베르가마스키.〉 반면에 에뷔테른이 보낸 다른 전언의 내용인즉, 〈이제 끝냅시다. 탁실에게 10만 프랑을 주시오. 자기가 모든 이야기를 꾸며 냈다는 사실을 만천하에 고백하는 대가요.〉

양쪽에서 뒷배를 봐주고 있었으니 나는 그냥 일을 실행하기만

하면 되는 것이었소 — 물론 나는 물주들이 약속한 돈을 받고 나서 일에 착수했소.

아크가 변절한 덕에 내 임무를 수행하기가 한결 수월했소. 내가 할 일은 그저 탁실이 전향하도록, 아니 더 정확히 말하면 재전향하도록 부추기는 것뿐이었소. 그 사업을 처음 시작하던 때와 마찬가지로 15만 프랑이 내 재량에 맡겨졌고, 탁실의 몫으로는 7만 5천 프랑이면 충분했소. 나에게는 돈보다 설득력이 있는 논거가 있었기 때문이오.

「이보게 탁실, 우리는 아크를 잃었네. 그리고 다이애나를 대중 앞에 내세우기는 어려울 거야. 내가 보기에는 그녀를 사라지게 하는 것이 좋을 듯한데, 그 방법은 차차 생각해 보겠네. 그런데 정작 내가 걱정하는 것은 자네일세. 내가 여기저기에서 들은 소문에 따르면, 메이슨들이 자네를 없애 버리기로 결정한 모양이야. 자네 자신이 썼듯이 그들의 복수는 잔인하지. 예전 같으면 가톨릭계의 여론이 자네를 지켜 주었을 테지. 하지만 자네도 알다시피 이젠 예수회 사제들도 발뺌을 하는 판이야. 그런데 마침 자네에게 아주 좋은 기회가 왔네. 어느 프리메이슨 회당에서, 이건 극비 사항이니까 자세한 것은 알려고 하지 말게, 자네에게 7만 5천 프랑을 주겠다고 하네. 대신 자네는 모두를 농락했노라고 선언해야 해. 그것이 메이슨들에게 어떤 도움이 되는지는 자네도 짐작할 수 있을 거야. 메이슨들은 자네가 그들에게 던진 똥을 닦아 내어 가톨릭 신자들에게 바를 거야. 이제껏 자네 이야기를 고지식하게 믿어 왔던 가톨릭 신자들을 바보로 만드는 거지. 그 극적인 반전으로 자네는 다시 세상에 널리 알려질 것이고, 자네의 다음 책들은 이전에 낸 책들보다 많이 팔릴 거야. 가톨릭 신자들을 겨냥한 자네 책들은 판매가 점점 줄고 있잖은가. 반교권주의 독자들과 프리메이슨 독자들을 되찾아야 하네. 그게 자네에게 유리해.」

굳이 힘주어 말할 필요도 없었소. 탁실은 어릿광대요. 새로운 어릿광대 놀음판에 다시 나설 수 있게 되었다는 생각에 그의 눈이 반짝이고 있습디다.

「이렇게 하겠습니다, 신부님. 강당 하나를 빌려 놓고, 언론에 다음과 같이 알리는 겁니다. 모일에 다이애나 본이 청중 앞에 나타나서, 그녀가 루시퍼의 허락을 받고 찍어 온 악마 아스모데오의 사진을 공개하리라고 말입니다. 그리고 광고지를 통해서 저는 이렇게 약속할 겁니다. 참가자들 중에서 한 사람을 추첨하여 4백 프랑 상당의 타자기 한 대를 주겠다고요. 그러나 추첨을 실제로 진행할 필요는 없을 거예요. 그도 그럴 것이 제가 거기에 나가는 것은 다이애나가 존재하지 않는다고 말하기 위함이니까요. 그녀가 존재하지 않는다면, 타자기 역시 존재하지 않는 게 당연하지 않습니까? 벌써 그 장면이 눈에 선해요. 저는 모든 신문의 일 면에 나오게 될 겁니다. 굉장한 일이죠. 행사를 제대로 준비할 수 있도록 시간을 주세요. 그리고 괜찮으시다면, 그 7만 5천 프랑 중에서 일부를 선금으로 달라고 하세요. 비용이 필요하니까…….」

이튿날, 탁실은 강당을 구했소. 지리학회의 강당이었는데, 부활절 다음 월요일에만 비어 있을 거라고 했소. 내가 이렇게 말했던 것이 기억나오.

「그러면 거의 한 달 뒤로구먼. 그때까지 자네는 이것저것 참견하지 말고 조신하게 굴어야 하네. 다른 험담이 생겨나지 않도록 말일세. 그동안 나는 다이애나를 어떻게 할지 생각해 보겠네.」

탁실은 잠시 머뭇거렸소. 입술이 떨리고 그 바람에 콧수염도 바르르 떨립디다.

「설마…… 다이애나를 제거하시려는 것은 아니죠?」

하고 그가 물었소.

「바보 같은 소리! 내가 성직자라는 사실을 잊지 말게. 나는 내가 그녀를 빼내 왔던 곳으로 도로 데려다 줄 걸세.」

그는 다이애나를 잃게 되리라는 생각에 어찌할 바를 몰라 하는 것 같았소. 하지만 메이슨들의 복수에 대한 공포가 다이애나에게 끌리는 마음, 아니 끌렸던 마음보다 더 강했던가 보오. 그자는 악한일 뿐만 아니라 비겁자요. 내가 정말 다이애나를 없애 버릴 생각이라고 말했다면 그자가 어떻게 나왔을 것 같소? 아마 메이슨들이 무서워서 그 생각을 받아들였을 거요. 자기가 직접 그 임무를 수행하는 것만 아니라면 말이오.

부활절 다음 월요일이 며칠인가 하고 꼽아 보니 4월 19일이 되는구려. 내가 그날 탁실과 헤어지면서 한 달 뒤에 보자고 말했으니까, 그날은 3월 19일이나 20일이었던 게 분명하오. 오늘은 4월 17일이오. 지난 10여 년의 사건들을 조금씩 재구성하다 보니 어느덧 한 달 전의 일을 회상하기에 이른 거요. 이 일기가 당신뿐만 아니라 나에게도 도움을 주어서 내 기억 상실의 원인을 밝혀낼 수 있을 줄 알았는데, 아무 소득이 없었소. 그렇다면 정작 중대한 사건은 바로 지난 4주일 사이에 일어난 것인지도 모르겠구려.

이제 왠지 두렵소. 지난 한 달 동안 무슨 일이 있었는지 기억을 더 되살리기가 무섭소.

4월 18일 새벽

탁실이 성난 기색으로 집 안을 왔다 갔다 하면서 안절부절못하고 있었음에도, 다이애나는 무슨 일이 벌어지고 있는지 알아차리지 못했소. 두 상태를 오가며 눈을 동그랗게 뜬 채로 우리가 수군거리는 소리를 듣다가 그저 어떤 사람이나 장소의 이름이 희미한 섬광처럼 뇌리를 스칠 때면 퍼뜩 정신을 차리는 것 같았소.

다이애나는 갈수록 하나의 식물과도 같은 상태로 전락하고 있었소. 그래도 자기가 동물임을 보여 주는 요소가 하나 있었다면, 그건 갈수록 심하게 달아오르던 관능이었소. 그 관능은 대상을 가리지 않고 분출되었소. 어떤 때는 탁실을 표적으로 삼았고, 아크가 아직 우리와 함께 있었을 때는 그를 겨냥하기도 했으며, 불랑이나 나를 향할 때도 물론 있었소 — 나로 말하자면 그녀에게 아무런 빌미도 주지 않았지만 말이오.

다이애나는 스물두세 살 무렵에 우리 동아리의 일원이 되었는데, 어느새 서른다섯 살을 넘긴 여인으로 변해 있었소. 하지만 탁실은 갈수록 음탕한 미소를 지으며 그녀가 성숙해 갈수록 점점 농염해진다고 말했소. 마치 여자가 서른을 넘겨도 여전히 사내의 욕정을 불러일으킬 수 있다는 듯이 말이오. 하기야 거의 나무처럼 살아가는 그녀의 눈에도 이따금 신비로운 매력이 서려 들기는 합디다.

어쨌거나 나는 그따위 타락한 색정에 관해서는 아는 바가 없소. 이런 세상에, 내가 왜 그 여자의 육신을 놓고 길게 말하는지 모르겠구려. 우리에게 그 여자는 그저 가엾은 도구였을 뿐인데 말이오.

*

위에서 나는 다이애나가 우리에게 무슨 일이 벌어지고 있는지 알아차리지 못했다고 말했소. 어쩌면 내가 잘못 생각하고 있는 것일 수도 있소. 사실 3월에 다이애나는 탁실과 아크가 더 이상 보이지 않아서 그랬는지 몰라도 매우 격앙된 모습을 보였으니까요. 그녀는 히스테리 발작에 시달렸고 악마가 잔인하게 자기를 괴롭힌다고 말했소. 악마가 상처를 주고 물어뜯고 다리를 비틀고 얼굴을 때린다면서, 눈 주위에 푸르스름하게 멍이 든 것을 보여 주기까지 했소. 그녀의 손바닥에는 흉터와 비슷한 자국들이 나타나기 시작했소. 그녀는 루시퍼를 숭배하는 팔라디움파의 일원인 자기에게 악마의 권능이 왜 그리도 혹독하게 작용하는지 모르겠다면서, 도움을 청하듯 내 옷을 붙잡고 매달렸소.

그러자 불랑이 생각납디다. 주술에 관해서라면 그가 나보다 조예가 깊었소. 아닌 게 아니라 내가 그를 불러오자마자 다이애나는 그의 팔을 잡고 부들부들 떨기 시작했소. 불랑은 그녀의 목덜미에 두 손을 얹고 부드러운 어조로 무슨 말인가를 건네면서 그녀를 진정시키더니, 그녀의 입 안에 침을 뱉었소.

「내 딸아(그는 다이애나를 그렇게 불렀소), 누가 너에게 영향을 미쳤기에 너를 괴롭히는 자가 너의 주 루시퍼라고 생각하는 게냐? 너의 팔라디움 신앙을 경멸하고 벌하는 진짜 적이 있다고 생각하지 않느냐? 그 적은 바로 기독교인들이 예수 그리스도라고 부르는 아이온이거나 이른바 성인들 가운데 하나라고 생각하지 않느냐?」

그러자 다이애나는 당황한 표정으로

「하지만 신부님, 팔라디움파는 배임자 그리스도의 권능을 전혀 인정하지 않아요. 그래서 저는 언젠가 면병을 칼로 찌르라는 요구를 받았을 때, 한낱 밀가루 덩어리 속에 어떤 권능이 실재한다고 인정하는 것은 어리석은 일이라고 생각하며 거부했어요.」

「얘야, 그건 네가 잘못 알고 있는 것이다. 그리스도인들이 어떻게 하는지 보아라. 그들은 그리스도의 절대적인 힘을 인정하면서도 악마의 존재를 부정하지 않아. 오히려 악마의 함정과 적의와 유혹을 두려워하지. 우리도 그렇게 해야 하느니라. 우리 주 루시퍼의 권능을 믿으면서도 루시퍼의 적인 아도나이가 그리스도의 형상으로 존재하고 야비한 행위를 통해 스스로를 드러낸다고 생각해야 하는 게야. 그러니까 너는 루시퍼 신자에게 허락되는 있는 유일한 방식으로 네 적의 형상을 짓밟아야 하느니라.」

「그 유일한 방식이라는 게 뭔가요?」

「흑미사지. 만약 네가 흑미사를 통해서 기독교의 신을 부정하지 않는다면 너는 루시퍼의 가호를 받을 수 없을 게다.」

불랑은 사탄 숭배, 루시퍼 숭배, 팔라디움파가 똑같은 목적과 똑같은 정화의 기능을 가지고 있다고 그녀를 설득하려 했소. 결국 그녀는 그의 말에 설복당한 것처럼 보였고, 불랑은 사탄 숭배자들의 집회에 그녀를 데려다 줄 수 있느냐고 내게 물었소.

다이애나의 외출을 허용하는 것은 꺼림칙한 일이었지만, 나는 그녀에게 약간의 휴식이 필요하리라고 생각했소.

*

나는 불랑 신부가 다이애나와 밀담을 나누는 것을 보았소. 그가 그녀에게 말합디다.

「어제 그것이 마음에 들더냐?」

어제 무슨 일이 있었던 것일까?

신부가 말을 이었소.

「그건 그렇고, 파시 구역에 신성을 박탈당한 예배당이 하나 있는데, 바로 내일 밤 거기에서 내가 장엄 미사를 거행할 것이다. 내일은 여느 날과 달라. 3월 21일, 신비로운 의미들로 가득 찬 춘분날이거든. 하지만 네가 오겠다고 하면, 지금 너를 영적으로 준비시켜야 해. 고해 성사를 하듯 단둘이서 말이야.」

나는 방을 나섰고, 불랑은 한 시간 넘게 그녀와 단둘이 있었다. 이윽고 그는 나를 다시 부르더니, 다이애나가 이튿날 파시에 있는 예배당에 갈 것인데, 그녀가 나하고 함께 가기를 원한다고 말했다.

「맞아요, 신부님.」 하더니 다이애나는 뺨이 발그레해진 채로 기이하게 눈을 반짝이며 「그래요, 저랑 같이 가주세요.」

거절해야 마땅한 일이었소만, 나는 호기심에 사로잡혀 있었고 불량 신부의 눈에 너무 편협한 신앙인으로 보이고 싶지 않았소.

*

이 대목을 쓰려니 몸이 부들거리오. 내 손이 저 혼자 종잇장 위를 달리고 있소. 이제 나는 회상하는 것이 아니라 다시 겪고 있소. 마치 지금 이 순간 내 눈앞에서 벌어지고 있는 일을 이야기하는 기분이오.

때는 3월 21일 밤이었소. 시모니니 대위, 당신이 일기를 쓰기 시작한 게 3월 24일인데, 그때 당신은 내가 22일 아침에 기억을 잃었을 거라고 말했소. 그러니까 무언가 끔찍한 일이 일어났다면, 그건 틀림없이 21일 밤의 일이었을 거요.

나는 그때 일을 재구성하려 애쓰고 있소만 그게 여간 고통스럽지 않소. 신열이 나는지 내 이마가 뜨겁구려.

다이애나를 오퇴유의 집에서 데리고 나오자 나는 삯마차 마부에게 어떤 주소를 알려 주오. 마부는 나를 이상한 눈으로 바라보오. 내가 사제복을 입고 있거나 말거나 그 주소로 가는 사람은 모두 수상쩍다고 생각하는 눈치요. 그래도 내가 행하를 두둑하게 얹어 주겠다고 하니 군말 없이 마차를 몰기 시작하오. 마차는 도심에서 점점 멀어지며 갈수록 어두워지는 길들을 따라 변두리 쪽으로 달리더니, 이울고 버려진 오두막들이 늘어선 길로 접어들어 거의 폐허가 된 낡은 예배당의 정면을 마주하고 멈춰 서오.

우리가 마차에서 내리자, 마부는 급히 떠나려는 기색을 보이오. 어찌나 서두르는지 내가 마차 삯을 내고 나서 몇 프랑을 더 없어 주려고 호주머니를 뒤지는 사이에 〈괜찮습니다, 신부님, 아무튼 고맙습니다!〉 하고 소리치더니 1초라도 빨리 떠나려고 행하를 포기하오.

「추워요, 그리고 무서워요.」

하면서 다이애나는 나에게 바싹 기대오. 그녀의 팔이 와 닿는 것을 느끼며 몸을 움츠리는데, 정작 팔은 옷에 가려서 보이지 않소. 비로소 그녀의 복장이 이상하다는 것을 깨닫소. 두건 달린 긴 외투로 머리부터 발끝까지 온몸을 가리고 있어서 누가 그 어둠 속에서 그녀를 본다면 수도사로 여길 법하오. 금세기 초에 유행했던 고딕 소설들의 수도원 지하실 장면에 딱 어울릴 법한 모습이오. 다이애나가 그런 옷을 입은 것은 처음 보지만, 그녀가 뒤모리에 박사의 병원을 떠날 때 가져온 가방 안에 들어 있었던 옷일 게요. 사실 나는 그 가방을 검사하겠다는 생각을 해본 적이 없소.

예배당 쪽문이 반쯤 열려 있소. 우리는 양측 통로가 없이 하나로 트여 있는 회중석으로 들어서오. 제단에 몇 개의 촛불이 놓여 있고, 제단을 에워싸듯 반원형 후진을 따라 늘어선 삼각 램프들에도 불이 켜져 있어서 예배당 안이 어둡지 않소. 제단은 장례식 때 사용하는 것과 비슷한 검은 천으로 덮여 있소. 그 위쪽에 보이는 것은 십자가나 다른 성상이 아니라 악마의 조각상이오. 이 악마는 머리가 숫염소 형상인 데다가 적어도 30센티미터는 되는 커다란 음경을 발딱 세우고 있소. 초들은 흰색이나 상아색이 아니라 검은색이오. 한복판에 있는 감실에는 해골 세 개가 들어 있소.

「저게 누구의 해골인지 불랑 신부한테 들었어요.」 하고 다이애나가 속삭이오. 「동방 박사 3인의 유해예요. 진짜 동방 박사들인 테오벤스, 멘세르, 사이르 말이에요. 그들은 유성 하나가 떨어졌다는 소식을 듣고 그리스도 탄생의 증인이 되지 않기 위해 팔레스타인에서 멀리 떠났다더군요.」

제단 앞에는 젊은이들 한 무리가 반원을 그리며 서 있소. 오른쪽에는 남자들, 왼쪽에는 여자들이 있는데, 모두가 너무 앳되어서 남녀를 구분하기가 쉽지 않소. 반원을 이룬 그 무리에 들어가자면 남성성과 여성성을 아울러 가진 수려한 용모의 젊은이라야만 하는 게 아닌가 싶소. 그들은 머리에 마른 장미꽃으로 만든 화관을 쓰고 있는데 그 때문에 남녀의 차이가 더더욱 불분명해지는 것 같소. 그래도 남녀를 식별할 수 있는 것은, 남자들은 완전히 발가벗은 채로 음경을 보란 듯이 드러내고 있는 반면, 여자들은 짧은 튜닉을 입기는 했으되 그 천이 투명에 가까워서 작은 젖가슴이며 막 두드러지기 시작하는 허리의 곡선이 그대로 비쳐 보이기 때문이오. 그들은 모두 매우 아름답지만 표정은 천진하다기보다 짓궂어 보이는데, 그것이 오히려 그들의 매력을 높여 주는 게 분명하오 — 솔직하게 고백하거니와(신부인 내가 대위인 당신에게 고백을 하다니 기이한 상황이구려), 나는 성숙한 여자들 앞에 서면 심한 공포는 아니더라도 약간의 두려움을 느끼는 사람인데, 소년 소녀의 아름다움 앞에서는 겁을 먹지 않소.

그 특이한 복사(服事)들은 제단 뒤로 가서 작은 향로들을 가져오더니 참가자들에게 나누어 주오. 그런 다음 그들 가운데 몇몇이 나뭇진을 많이 함유한 잔가지들을 삼각 램프로 가져가서 불을 붙인 다음 그것들을 가지고 향로에 불을 피우니, 짙은 연기와 함께 심신을 나른하게 만드는 이국풍 마약의 향기가 피어오르오. 다른 젊은이들은 작은 술잔들을 나눠 주오. 눈빛이 되바라진 한 소년이 나에게도 술잔을 권하면서 말하오.

「드십시오, 신부님. 이걸 마시면 온전한 마음으로 의례에 임하는 데 도움이 됩니다.」

그것을 마시고 나니 마치 모든 일이 안개 속에서 펼쳐지는 것처럼 느껴지오.

이윽고 불랑이 나타나오. 고대 그리스의 남자들이 몸에 두르던 것과 같은 하얀 클라미스를 입고 그 위에 붉은 제의를 걸친 차림이오. 제의에는 십자가가 거꾸로 찍혀 있는데, 십자가의 기둥과 가로대가 교차하는 자리에는 검은 숫염소가 뒷다리로 일어서서 뿔을 앞으로 내밀고 있는 형상이 들어가 있소. 그런데 불랑의 첫 동작부터가 기이하오. 일견 우연히 또는 실수로 그런 것처럼 보이나 실상은 음흉한 색정의 몸짓인즉, 클라미스가 벌어지면서 남근이 드러나는데, 그게 실로 엄청난 대물인지라 불랑 같은 약골에게 그런 것이 달려 있으리라고는 상상조차 하지 못했소. 그것은 이미 발기해 있소. 필시 불랑이 미리 복용한 어떤 마약의 효능일 게요. 다리에는 검은색이지만 속이 훤히 비치는 스타킹을 신었는데, 이는 예전에 셀레스트 모가도르가 마비유 무도장에서 캉캉을 추던 때에 신었던 스타킹과 같은 것이오(유감스럽게도 그것들을 그린 삽화가 「샤리바리」 같은 풍자 신문과 여러 주간지에 실렸기 때문에 원하든 원치 않든 사제들까지 그것들을 보게 된 거요).

미사 집전자는 신자들에게서 등을 돌린 채 라틴어 미사를 기도문을 낭송하기 시작하고 복사들이 그에 응답하오.

「인 노미네 아스타로트 에트 아스모데이 에트 베엘제부트(아스타로트와 아스모데오와 바알세불의 이름으로).[1] 인트로이보 아드 알타레 사타나이(사탄의 제단으로 나아가리다).」[2]

「쿠이 라이티피카트 쿠피디타템 노스트람(저희의 욕구를 풍성하게 하시는 이).」[3]

「루치페르 옴니포텐스, 에미테 테네브람 투암 에트 아플리게 이니미코스 노스트로스(전능하신 루시퍼여, 당신의 어둠을 내어 저희의 적들을 치소서).」[4]

「오스텐데 노비스, 도미네 사타나스, 포텐티암 투암, 에트 엑사우디 룩수리암 메암(주님이신 사탄이시여, 저희에게 당신의 권능을 보이시고 저의 호사를 이뤄 주소서).」[5]

「에트 블라스페미아 메아 아드 테 베니아트(또한 저의 불경한 언사가 당신께 이르게 하소서).」[6]

이어서 불랑은 자기 옷에서 십자가 하나를 꺼내더니 그것을 발밑에 놓고 여러 번 짓밟소.

「오 십자가여, 성전 기사단의 옛 기사장들을 기리고 그들의 원

1 *In nomine Astaroth et Asmodei et Beelzébuth.*

2 *Introibo ad altare Satanae.*

3 *Qui laetificat cupiditatem nostram.*

4 *Lucifer omnipotens, emitte tenebram tuam et afflige inimicos nostros.*

5 *Ostende nobis, Domine Satanas, potentiam tuam, et exaudi luxuriam meam.*

6 *Et blasphemia mea ad te veniat.*

수를 갚기 위해 내 그대를 짓밟노라. 그대가 거짓된 신 예수 그리스도의 거짓 성화의 도구였던지라 내 그대를 짓밟노라.」

그때 다이애나가 나에게 귀띔조차 하지 않고 마치 갑작스러운 계시를 받은 듯(그러나 필시 불랑이 어제 고해 성사를 하는 척하며 일러 준 대로) 신자들 사이로 나아가서 제단 발치에 서더니, 신자들 쪽으로 돌아서서 엄숙한 동작으로 두건과 외투를 쓱 미끄러뜨리고는 알몸이 되어 환히 빛나오. 무어라 형언할 수가 없소, 시모니니 대위. 마치 너울 벗은 이시스 여신을 보는 듯하오. 그저 얼굴만 얇은 검은색 가면으로 가리고 있을 뿐이오.

내 속에서 오열 같은 것이 솟구치오. 한 여자가 알몸의 참을 수 없는 난폭함을 온전히 보여 주고 있소. 생전 처음 보는 장면이오. 늘 단정하게 틀어 올린 모습만 보아 왔던 붉은빛 도는 금발이 치렁치렁 늘어져 야하게 엉덩이를 쓰다듬고, 그 엉덩이는 동글동글하고 포동포동하기가 사악하다 싶을 만큼 완벽하오. 이교의 조각상과도 같은 몸이오. 대리석처럼 하얀 어깨 위로 가녀리면서도 도도해 보이는 목이 마치 가느다란 기둥처럼 솟아 있고, 젖가슴은(내가 여자의 유방을 보는 건 이게 처음이오) 그 봉긋함이 사탄처럼 오만하오. 가슴골에는 살이 아닌 것의 유일한 잔재, 다시 말해서 그녀가 한시도 떼어 놓지 않는 메달이 걸려 있소.

다이애나는 몸을 돌려 음란스럽도록 나긋나긋한 걸음으로 제단 앞의 삼단 층층대를 올라가더니, 불랑의 도움을 받아 제단 위에 몸을 누이오. 은색 술이 달린 벨벳 베개에 머리를 얹자 긴 머리채가 제단 밖으로 흘러내리오. 그런 다음 배가 조금 봉긋하게 솟아오르도록 엉덩이를 들고 두 다리를 벌리니 음문을 가리는 적갈색 거웃이 드러나오. 몸뚱이가 초들의 불그스름한 불빛을 받아 사위스럽게 빛나고 있소. 세상에, 내 눈앞에 보이는 것을 무슨 말로 형용해야 할지 모르겠소. 여자들의 육신에 대한 나의 생리적인 혐오감과 그녀가 불러일으키는 공포가 스러지고 새로운 느낌이 생겨나는 것만 같소. 마치 한 번도 맛본 적이 없는 어떤 혼성주가 내 혈관을 타고 퍼져 나가는 것 같은 기분이랄까…….

불랑은 다이애나의 가슴에 상아로 만든 작은 남근을 올려놓고 배에 자수 천을 깔더니 거기에 검은 돌로 만든 술잔을 올려놓소.

그러고는 술잔에서 면병 하나를 꺼내오. 그것은 시모니니 대위 당신이 파는 것들과 같은 이미 축성된 면병이 아니오. 불랑 자신이 이제 곧 다이애나의 배 위에서 그것을 축성하려는 것이오. 불랑은 한때 거룩한 로마 가톨릭교회의 사제였으니 비록 파문을 당했다 할지라도 그 효력이 아직 살아 있다고 생각하는 듯하오.

그가 다시 기도문을 낭송하오.

「수스치페, 도미네 사타나스, 한크 호스티암, 쿠암 에고 인디그누스 파물루스 투우스 오페로 티비(주님이신 사탄이시여, 변변치 않은 종인 제가 당신께 바치는 이 면병을 받아 주소서).[7] 아멘.」

그런 다음 그는 면병을 받쳐 든 손을 바닥 쪽으로 두 번 내렸다가 하늘 쪽으로 두 번 올리고, 좌우로 번갈아 돌린 뒤에 신자들에게 보이며 말하기를,

7 *Suscipe, Domine Satanas, hanc hostiam, quam ego indignus famulus tuus offero tibi.*

「남쪽의 사탄, 동쪽의 루시퍼, 북쪽의 벨리알, 서쪽의 레비아탄께 비오니, 지옥의 문들이 활짝 열려 그 이름들의 호출을 받은 심연 우물의 파수꾼들이 제게로 오게 하소서. 지옥에 계신 우리 아버지, 온 세상이 당신을 저주하게 하시고, 당신의 통치를 소멸케 하시며, 당신의 뜻이 지옥에서와 같이 땅에서도 경멸받게 하소서! 다 같이 짐승의 이름을 찬양할지라!」

그러자 젊은이들이 큰 소리로 응답하여

「육 육 육!」

짐승의 수요!

다시 불랑이 소리치되

「루시퍼께 영광, 그 이름은 고난이라. 오, 죄악과 자연을 거스르는 성교와 근친상간과 신성한 항문 성교의 주님, 사탄이시여, 주님을 흠숭하나이다. 그리고 그대 예수여, 내 그대를 이 면병으로 화신케 하니, 이로써 우리는 그대의 고통을 되살릴 수 있고 그대를 십자가에 박았던 못으로 그대를 다시 괴롭힐 수 있으며 롱기누스의 창으로 그대를 다시 찌를 수 있다.」

「육 육 육!」

불랑은 면병을 들어 올리며 암송하되

「한처음에 살이 있었다. 살은 루시퍼와 함께 있었고 살이 곧 루시퍼였다. 살은 한처음에 루시퍼와 함께 있었다. 모든 것이 살을 통하여 생겨났고, 살 없이 생겨나는 것은 하나도 없다. 살은 말이 되어 어둠 속에서 우리 가운데 살았다. 우리는 살의 영광을, 울부짖음과 격정과 욕망으로 충만한 루시퍼의 외딸로서 지닌 그 어두운 영광을 보았다.」

그는 면병을 다이애나의 배 위에서 미끄러뜨려 그녀의 질 속에 넣소. 그런 다음 그것을 다시 꺼내어 회중석을 향해 들어 올리며 큰 소리로 외치오.

「너희는 이것을 받아먹어라!」

두 젊은이가 불랑 앞에 조아리며 그의 클라미스 자락을 들어 올리고 그의 발기된 성기에 함께 입을 맞추오. 그러자 소년소녀들의 무리 전체가 그의 발치로 달려들더니, 소년들은 용두질을 하기 시작하고, 소녀들은 차례로 너울을 벗은 뒤에 감창소리를 내지르며 서로 엉긴 채 나뒹구오. 공기에 다른 향내들이 섞여 드오. 더는 참을 수 없을 만큼 진하고 독한 향내들이 진동하오. 참가자들 모두가 욕정의 한숨에 이어 발정 난 동물의 울음을 토하더니, 하나둘 옷을 벗고는 성별과 나이를 가리지 않고 서로 교접을 벌이기 시작하오. 뿌연 연기 사이로 70대의 노파가 보이오. 살갗은 쪼글쪼글하고 젖가슴은 두 장의 상추 잎이나 진배없고 다리는 뼈만 앙상한 노파가 바닥에 쓰러지자, 한 젊은이가 달려들어 한때는 음부였으나 이제는 그런 이름으로 불릴 수 없는 부위에 입을 대더니 삼킬 듯이 빨아 대오.

나는 그저 몸을 부들거리며 이 매음굴에서 빠져나가려고 주위를 두리번거리오. 마치 두꺼운 구름 속에 웅크리고 있는 듯 사위가 온통 독을 품은 입김으로 가득 차 있소. 미사를 시작할 때 마신 음료가 마약이었던 게 분명하오. 생각을 조리 있게 할 수도 없고 모든 것이 불그스름한 안개에 휩싸인 것처럼 보이오. 그 안개 속에서 다이애나가 눈에 띄오. 여전히 발가벗은 몸으로 얇은 가면마저 벗은 채 제단에서 내려오더니, 미치광이들의 무리가 계속 육욕의 광란을 벌이면서 어렵사리 길을 틔워 주는 가운데 내 쪽으로 다가오오.

그 미치광이들과 한통속이 되는 게 두려워서 뒤로 물러서는데 기둥 하나가 나를 막아서오. 다이애나는 숨을 헐떡이며 내 뒤로 가오. 오 세상에, 내 펜이 떨리고 머리가 어질어질하오. 소리조차 지르지 못한 나 자신이 그때나 지금이나 너무나 혐오스러워서 눈물이 날 지경이오. 나에게 속하지 않은 어떤 것이 내 입안으로 밀고 들어왔소. 나는 향내에 정신을 잃고 바닥에 쓰러지오. 나와 살을 섞으려고 애쓰는 그 몸뚱이 때문에 금방이라도 숨을 끊어질 듯 흥분이 고조되고, 살페트리에르 병원의 어느 히스테리 환자처럼 악마에 들린 기분이 드오. 나는 이물 같은 그 살을 만지고 (마치 내가 원하기라도 하듯 내 손으로 말이오!), 마치 어느 외과 의사가 당찮은 호기심을 부리듯 빠끔히 벌어진 그녀의 상처 속으로 파고드오. 그러면서도 그 마녀에게 나를 놓아 달라고 애원하고, 나를 지킬 양으로 그녀를 깨무니, 그녀는 또 하라고 소리치오. 나는 머리를 뒤로 젖히고 사정을 경계한 티소 박사의 가르침을 떠올리오. 내가 알기로, 정액을 많이 쏟으면 온몸이 야위고 안색이 창백해지며 눈이 흐려지고 잠을 설치게 되며 목소리가 갈라지고 안구에 통증이 생기며 악취를 풍기는 붉은 반점이 얼굴에 돋고 검게 타버린 것 같은 물질을 토하게 되며 심장 박동이 빨라지오 — 그러다가 끝내는 매독에 걸려 실명까지 하게 되오.

이제 아무것도 보이지 않을 만큼 안개가 짙어지는 동안, 무어라 형언할 수 없는 느낌이 갑자기 치밀어 오르오. 온몸이 찢기는 듯 도저히 견딜 수 없는 기분이오. 마치 내 혈관의 모든 피가 경련 상태에 가까울 만큼 팽팽해진 팔다리의 어느 상처에서, 코에서, 귀에서, 손끝에서, 심지어는 항문에서까지 분출하는 것만 같소. 살려 주오, 살려 주오, 죽음이 무엇인지 알 것 같소. 산 자라면 누구나 혐오하며 피하는 죽음, 그러면서도 자신의 씨를 퍼뜨리려는 기이한 본능에 이끌려 추구하는 죽음…….

이제 더는 못 쓰겠소. 나는 그 일을 회상하는 것이 아니라 다시 겪고 있소. 정말 참을 수 없는 경험이오. 차라리 모든 기억을 다시 잃었으면 좋겠소…….

*

실신했다가 깨어난 듯 다시 정신을 차려 보니, 내 옆에 불랑이 다이애나의 손을 잡고 서 있소. 그녀는 다시 외투를 입은 차림이오. 불랑이 내게 말하오.

「문 앞에 마차가 대기하고 있소. 다이애나가 너무 지쳐서 집에 데려다 주어야겠소.」

그녀는 달달 떨면서 알아들을 수 없는 말들을 중얼거리오.

불랑은 이상하리만치 친절하게 굴고 있소. 언뜻 생각하기에 무언가에 대해서 사과를 하려는 게 아닌가 싶소 — 하기야 나를 그 역겨운 모험에 끌어들인 게 바로 불랑이오. 그런데 내가 다이애나를 돌볼 테니 그만 가보라고 말하자, 그는 자기 역시 오퇴유에 살고 있음을 상기시키면서 우리와 같이 가겠다고 고집을 부리오. 마치 질투를 하는 것만 같소. 나는 그를 자극할 양으로 오퇴유가 아니라 다른 데로 갈 것이며, 다이애나를 믿을 만한 친구 집으로 데려가는 거라고 말하오.

그는 마치 내가 자기 먹잇감을 빼앗아 가기라도 하는 것처럼 안색이 창백해지오.

「상관없소. 나도 가겠소. 다이애나에게는 도움이 필요하오.」

삯마차에 오르자 나는 댓바람에 메트르 알베르 거리의 주소를 마부에게 알려 주오. 이날 밤부터 다이애나를 오퇴유에서 사라지게 하기로 이미 마음을 정하고 있었던 모양이오. 불랑은 의아한 표정으로 나를 바라보았지만, 가타부타 말하지 않고 다이애나의 손을 잡은 채로 마차에 오르오.

우리는 가는 동안 서로 아무 말도 나누지 않소. 마차에서 내려 그들을 내 거처로 데리고 들어가자마자 나는 그녀를 침대에 쓰러뜨린 다음 한쪽 손목을 잡고 소리치오. 우리 사이에 그 일이 벌어진 뒤로 처음으로 말하는 거요.

「왜 그랬지? 도대체 왜 그런 짓을 한 거지?」

불랑이 끼어들려고 하기에 나는 그를 냅다 떼밀어 버리오. 그는 벽에 부딪혀 방바닥에 쓰러지오. 비로소 그자가 얼마나 허약한지 깨닫소. 그에 비하면 나는 헤라클레스요.

다이애나가 몸부림을 치는 통에 그녀의 외투 앞섶이 열리고 젖가슴이 드러나오. 그녀의 살을 다시 보는 게 견디기 어려워서 나는 앞섶을 여며 주려고 하오. 그러다가 잠시 몸싸움을 하는 중에 그녀의 목에 걸린 메달의 사슬이 끊어지고 메달이 내 손에 남소. 다이애나는 그것을 도로 빼앗으려고 하지만 나는 방 안쪽으로 물러나서 그 작은 유물을 열어 보오.

금으로 된 어떤 형상이 나타나는데 그 생김새가 분명 십계 석판을 본뜬 모자이크이고 그 위에 히브리어 글자들이 씌어 있소.

「이게 무엇을 의미하는 거지?」 하면서 나는 침대에 쓰러져 있는 다이애나에게 다가가 「네 어머니의 초상화 뒤에 왜 이런 기호들이 있는 것이냐?」

그녀는 넋이 나간 사람의 목소리로 중얼거리오.

「엄마는, 엄마는 유대인이었고…… 아도나이를 믿었기에…….」

일이 그렇게 되었소. 나는 악마의 족속인 한 여자와 살을 섞었을 뿐만 아니라, 유대인 여자와 한 몸이 되었던 거요 — 내가 알기로 유대인들은 혈통이 모계로 이어지니, 혹시라도 그 교접을 통해서 내 씨가 그 정결치 못한 배를 수태시켰다면, 나는 유대인의 아비가 될 것이오.

「네가 어찌 나한테 이럴 수가 있느냐?」

하고 소리치며 나는 그 논다니에게 달려들어 목을 조르고, 그녀가 몸부림을 치자 두 손에 더욱 힘을 주오. 불랑이 정신을 차리고 나에게 덤벼들기에 나는 한 발로 사타구니를 걷어차서 그를 다시 물리치오. 그러고는 그가 한 구석에 쓰러져 까무러지는 것을 보고 다시 다이애나에게 덤벼들어 목을 조르오(아, 정말이지 나는 제정신이 아니었소!). 그녀의 눈이 눈구멍에서 점점 튀어나오는 것처럼 보이고 그녀의 혀가 입 밖으로 쑥 빠져나와 점점 팽팽해지오. 그러다가 마지막으로 숨을 토하는 소리가 들리고 그녀의 몸이 축 늘어지오.

그 장면이 눈에 선하오. 나는 내 행동의 엄청난 결과를 물끄러미 바라보고 있소. 불랑은 몸을 가누지 못하고 신음 소리만 내고 있소. 나는 정신을 추스르려고 애쓰면서 헛헛하게 웃소. 이건 어

「엄마는, 엄마는 유대인이었고……
아도나이를 믿었기에…….」

쩔 수 없는 일이오. 내가 어찌 유대인의 아비가 될 수 있으리오.

그 장면이 눈에 선하오. 여자의 시체를 지하 하수도로 사라지게 해야 한다는 생각이 들었소— 이제 하수도가 당신의 그 프라하 묘지보다 시신을 더 잘 받아 주고 있소. 하지만 밤이라서 램프를 든 채로 시체를 끌고 복도를 지나 당신네 집으로 간 다음 가게로 내려가고 다시 거기에서 지하실을 거쳐 하수도로 내려가야 하오. 불랑의 도움이 필요한 상황이오. 그는 이제 방바닥에서 몸을 일으키며 얼이 빠진 눈길로 나를 바라보고 있소.

바로 그 순간 나는 또 깨닫소. 내 범죄의 목격자를 이 집에서 나가게 하면 안 된다는 생각이 든 거요. 나는 바타유가 준 권총을 서랍에 감춰 두었던 것을 기억해 내고, 권총을 찾아내어 불랑에게 겨누오. 그는 여전히 환각에 빠진 사람처럼 나를 빤히 바라보고 있소.

「유감스럽소, 불랑 신부.」 하고 나는 말을 잇대어 「목숨을 보전하고 싶다면 내가 이 시신을 치울 수 있도록 도와주시오.」

「알았소, 알았소.」

말투로 보건대 그는 마치 성애의 황홀경에 빠져 있는 사람 같소. 정신이 너무나 혼미한 탓에, 혀를 빼물고 눈알이 튀어나온 채로 죽어 있는 다이애나가 저의 쾌락을 위해 나를 이용했던 벌거벗은 다이애나만큼이나 매혹적으로 보이는 모양이오.

어찌 보면 정신이 혼미하기는 나도 마찬가지요. 나는 마치 꿈을 꾸고 있는 듯이 다이애나를 외투로 감싸고, 램프 하나에 불을 켜서 불랑에게 건네주오. 그런 다음 죽은 여자의 두 발을 잡고 질질 끌면서 복도를 지나 당신네 집으로 간 뒤에, 나선 계단을 통해 가게로 내려가고 거기에서 다시 하수도로 내려가오. 시체의 머리가 음산한 소리를 내며 계단에서 통통 튀오. 마침내 나는 다이애나의 시신을 달라 피콜라(나 말고 다른 달라 피콜라)의 유해 옆에 나란히 눕혀 놓소.

불랑은 이제 미쳐 버린 듯 웃고 있소.

「죽은 사람들이 많구려. 어쩌면 여기가 낫겠소. 구아이타가 나를 기다리고 있는 저 바깥세상보다……. 내가 다이애나와 함께 있어도 되겠소?」

「여부가 있겠소, 불랑 신부. 그렇게 해준다면야 나로서는 더 바랄 게 없소.」

나는 권총을 꺼내고 방아쇠를 당겨 그의 이마 한복판을 맞히오.

불랑은 옆으로 쓰러지며 다이애나의 다리를 거의 덮어 버리오. 나는 몸을 숙이고 그를 들어 올려 다이애나 옆에 나란히 눕히지 않을 수 없소. 그들은 두 연인처럼 누워 있소.

*

이렇듯 불안한 마음으로 기억을 더듬으며 이야기를 하다 보니, 내가 기억을 잃기 직전에 무슨 일이 벌어졌는지 다시 알게 되었소.

모든 게 분명해졌소. 이제 나는 아오. 지금은 4월 18일 부활절 새벽이오. 나는 3월 21일 한밤중에 무슨 일이 일어났는지 썼소. 내가 달라 피콜라라고 믿었던 사람에게 무슨 일이 일어났는지…….

25

사태의 전말을 분명히 이해하다

1897년 4월 18일과 19일 일기를 바탕으로

나중에 시모니니의 어깨 너머로 이 대목의 일기를 읽은 사람이라면 마치 손에 힘이 풀려서 펜이 제멋대로 움직인 듯 글이 중동무이된 것을 보았으리라. 글을 쓰던 사람이 바닥으로 쓰러지면서 아무런 의미 없이 길게 이어지던 낙서가 급기야는 지면을 벗어나 책상의 펠트 천을 더럽히기에 이르렀다. 일기장의 다음 면에 적힌 것은 달라 피콜라의 뒤를 이어 시모니니 대위가 다시 써 내려간 것이었다.

그는 사제복을 입고 달라 피콜라의 가발을 쓴 채로 깨어났음에도 이번에는 자기가 시모니니임을 분명히 깨달았다. 그는 깨어나자마자 책상 위에 일기의 마지막 대목이 펼쳐져 있는 것을 보았다. 자칭 달라 피콜라가 작성한 그 글은 극도의 흥분 상태에서 쓰인 듯 뒤로 갈수록 알아보기가 어려웠다. 그는 땀을 흘리고 심장을 두근거리며 그것을 읽어 나가다가 기절해 버렸다. 이번에는 달라 피콜라가 아니라 바로 시모니니 자신이 기절한 것이었다.

정신이 돌아오고 머릿속의 안개가 차츰 걷히자 모든 것이 분명해졌다. 기억 상실은 치유되었고 그는 사태의 전말을 깨달았다. 그와 달라 피콜라는 한사람이었다. 전날 밤에 달라 피콜라가 기억해 낸 일을 이제는 그 자신도 기억하고 있었다. 요컨대 그는 달라 피콜라 신부(자기가 살해한 뻬드링니 신부가 아니라 자기가 다시 태어나게 한 뒤에 여러 해 동안 자기 분신으로 삼았던 신부)의 옷을 입고 흑미사라는 그 끔찍한 일을 겪은 것이었다.

그다음에는 무슨 일이 벌어졌을까? 아마 다이애나와 드잡이를 하던 중에 그녀가 그의 가발을 벗겼을 것이고, 그는 그 불행한 여자의 시신을 하수도로 끌고 가는 데 거치적거리지 않도록 수단을 벗어 버렸을 것이며, 그 일을 끝낸 뒤에는 본능적으로 메트르 알베르 거리의 침실에 가서 잠들었다가 3월 22일 아침에 깨어났을 것이고, 그래서 자기 옷이며 가발이 어디에 있는지를 몰랐을 것이다.

다이애나와 살을 섞은 일, 그녀의 혐오스러운 혈통이 드러난 것, 마치 하나의 의식을 치르듯 어쩔 수 없이 저지른 살인, 그 모든 것이 그에겐 너무나 감당하기 어려웠고, 그래서 바로 그날 밤 그는 기억을 잃고 말았다. 말하자면 달라 피콜라와 시모니니가 함께 기억을 잃었고, 그 뒤로 한 달 내내 두 인격이 갈마들었다. 그 상태는 아마도 다이애나의 증상과 비슷했을 것이다. 그는 간질 발작이나 기절 같은 어떤 발작을 통해 한 상태에서 다른 상태로 옮겨 갔지만, 그런 사실을 알아차리지 못한 채 매번 그냥 잠을 잤다고 여기면서 다른 사람으로 깨어났다.

프로이드 박사의 치료법은 효험이 있었다(다만 프로이드 자신은 그런 사실을 절대로 알지 못하리라). 시모니니는 잠결처럼 혼미한 머릿속을 뒤져 어렵사리 끄집어낸 기억들을 또 다른 자신에게 이야기해 나가다가 결정적인 대목, 다시 말해서 그에게 엄청난 충격을 가함으로써 그를 기억 상실에 빠지게 한 사건에 도달했다. 그 사건 때문에 시모니니의 인격은 둘로 나뉘었고, 두 인격은 저마다 과거의 한 부분을 기억하면서도 하나로 통합되지 못했으며, 저마다 기억이 소실된 끔찍한 이유를 상대방에게 감추려고 했던 것이었다.

그 모든 기억을 온전히 되살리고 나자 시모니니는 녹초가 된 기분을 느끼면서, 자기가 진정 다시 태어났음을 확인하기 위해 일기장을 덮고 외출을 하기로 했다. 이제 자기가 누구인지를 아는 터라 어느 사람을 만나든 문제될 것이 없었다. 그는 모든 것을 고루 갖춘 온전한 식사에 대한 욕구를 느끼고 있었다. 하지만 그날은 식도락을 삼가는 게 좋을 듯했다. 오감이 이미 너무나 혹독한 시련을 겪은 날이었기 때문이다. 그는 고행 수련을 하는 은자처럼 회개의 욕구를 느꼈다. 그래서 플리코토네 식당에 가서 13수를 내고 적당한 악식을 먹었다.

집에 돌아오자 그는 일기장에 몇 가지 세부 사항을 적어넣음으로써 과거의 재구성을 마무리했다. 애초에 기억을 되살리기 위해 쓰기 시작한 것이나 이제 지난 일들을 모두 알고 있으니, 일기를 계속 써나갈 이유는 전혀 없는 셈이었다. 하지만 일기를 쓰는 것 자체가 어느덧 하나의 습관이 되어 있었다. 그는 한 달 조금 넘게 달라 피콜라라는 사람이 따로 존재한다고 생각하면서 자기에게 이야기 상대가 있다는 환상을 품어 왔고, 그와 대화하면서 자기가 어린 시절부터 얼마나 고독하게 살아 왔는지를 새삼 깨달았다. 어쩌면 그는 대화 상대를 만들어 내기 위해 자기 인격을 분열시켰는지도 모를 일이다(화자는 감히 그렇게 추정한다).

이제 그 타인은 존재하지 않으며 일기 자체가 혼자만의 대화였다는 사실을 인정할 때가 되었다. 그럼에도 그는 그 독백에 익숙해진 터라 일기를 계속 써나가기로 결심했다. 그건 그가 유달리 자기 자신을 사랑하기 때문이 아니었다. 남들에 대한 혐오감이 너무 강하다 보니, 자기 자신을 별로 좋아하지 않음에도 그냥 참아 줄 수밖에 없는 지경에 이른 것이었다.

그는 라그랑주가 불랑 신부를 맡아서 기찰하라고 요구했을 때, 자기가 죽인 진짜 달라 피콜라를 대신하는 가짜 인물을 등장시켰다. 성직자로 변장하면 의심을 덜 받고 많은 일을 할 수 있으리라 생각한 것이었다. 자기가 이미 없애 버린 사람을 세상에 다시 나타나게 하는 것도 별로 나빠 보이지 않았다.

옛날에 모베르 외통골목의 집과 가게를 헐값으로 사들였

을 때, 그는 메트르 알베르 거리에 면한 방과 출구는 사용하지 않고 가게를 내기에 편한 외통골목 쪽을 자기 주소로 삼았다. 그러다가 달라 피콜라가 등장하자, 그 방에 싼 가구를 들이고 유령 신부의 유령 거처를 만들었다.

달라 피콜라는 사탄 숭배자들과 신비술사들의 은밀한 세계를 뒤지고 다니는 데에 도움이 되었을 뿐만 아니라, 임종을 앞둔 사람의 머리맡을 지키는 데에도 쓸모가 있었다. 죽어가는 사람의 가까운 친척(또는 먼 친척)이 종부 성사를 위해 달라 피콜라를 부르면, 나중에 시모니니가 유언장을 위조해서 그 사람을 상속의 수혜자로 만들어 주기가 일쑤였다 — 혹시라도 그 생급스러운 문서에 의심을 품는 사람이 있을 때는 성직자인 달라 피콜라가 나서서 고인이 죽기 직전에 자기에게 속삭인 얘기가 그 유언장의 내용과 일치한다고 증언해 주었다. 그러던 차에 탁실을 내세운 출판 사업이 시작되면서 달라 피콜라는 중요한 인물이 되었고, 10년 넘게 그 사업을 거의 도맡아서 추진했다.

시모니니는 달라 피콜라로 변장한 채 베르가마스키 신부와 에뷔테른에게도 접근할 수 있었다. 그만큼 그의 변장이 아주 훌륭했다는 얘기였다. 달라 피콜라는 수염이 없었고 연한 금발에다 눈썹이 다보록했으며, 무엇보다 파란 안경으로 시선을 감추고 있었다. 그 정도로는 성에 차지 않는다는 듯, 그는 다른 필체를 만들어 내기 위해 애썼고, 그 결과 더 자잘하고 거의 여성스럽다 할 만한 글씨체가 나왔다. 그는 목소리를 바꾸는 데도 성공했다. 정말이지 그가 달라 피콜라 행세를 할 때는 말투와 글씨체가 달라지는 것은 물론이고 사고방식조차 달라졌다. 그렇듯 그는 자기 역할에 온전히 몰입했다.

이제 달라 피콜라가 사라져야 한다는 것(그 이름을 가진 모든 사제들의 운명)은 애석한 일이지만, 시모니니는 그 사업을 완전히 청산해야만 했다. 그것은 자기에게 트라우마를 안겨 준 수치스러운 사건들을 기억에서 지워 버리기 위함이기도 했고, 약속한 대로 부활절 다음 월요일에 탁실이 청중 앞에서 가톨릭 신앙의 포기를 선언할 것이기 때문이기도 했으며, 또 한편으로는 다이애나가 사라진 것을 두고 혹자가 위험천만한 의혹을 제기할 것에 대비하여 전체적인 음모의 흔적을 깡그리 지워 버려야 하기 때문이기도 했다.

그가 청산 작업을 벌일 수 있는 시간은 그 일요일과 이튿날 오전밖에 남아 있지 않았다. 그는 달라 피콜라의 옷을 다시 걸쳐 입고 탁실을 만나러 갔다. 탁실은 거의 한 달 동안 이틀이나 사흘에 한 번 꼴로 오퇴유에 들렀지만, 매번 달라 피콜라도 다이애나도 보이지 않고 집을 지키는 노파는 아무것도 모른다는 말만 했던 터라, 메이슨들 쪽에서 벌써 납치를 벌인 것은 아닐까 하고 전전긍긍하던 참이었다. 달라 피콜라로 변장한 시모니니는 그럴싸하게 둘러댔다. 뒤 모리에 박사가 마침내 다이애나의 진짜 가족이 사는 찰스턴의 주소를 알려 주었기 때문에 이러구러 방도를 찾아내어 그녀를 미국으로 가는 배에 태워 주었다고, 그리고 때마침 그녀가 떠났으니 그녀를 둘러싼 간계를 폭로하는 일이 용이하게 되었다고. 그런 다음 그는 사전에 약속한 7만 5천 프랑 가운데 5천 프랑을 탁실에게 선금으로 건네주고, 나머지는 지리학회 강당에서 기자 회견을 한 뒤에 주겠다면서 당일 오후에 만나기로 약속을 정했다.

이어서 그는 달라 피콜라로 변장한 모습 그대로 오퇴유의 셋집에 갔다. 노파는 거의 한 달 전부터 그와 다이애나를 보지 못한 터라 크게 놀라며 맞아들이더니, 탁실이 딱하게도 여러 번 다녀갔는데 그에게 아무 말도 해줄 수 없었노라고 말했다. 그는 노파에게도 다이애나가 가족을 다시 찾았기 때문에 미국으로 떠났다고 말해 주었다. 그런 다음 해고 보상금을 두둑하게 쥐여 주자, 노파는 군말 없이 옷가지를 챙겨서 날이 저물기 전에 떠나갔다.

그날 저녁에 시모니니는 여러 해 동안 함께 활동했던 동아리의 모든 문서와 흔적을 불태웠고, 밤늦게 다이애나의 모든 옷가지를 상자에 담아 가비알리에게 선물로 가져다주었다. 모름지기 넝마주이란 자기 수중에 들어온 물건들의 출처를 따지지 않는 법이었다. 이튿날 아침, 그는 집주인을 찾아가서, 뜻하지 않게 먼 나라에 선교 활동을 가게 되었노라 핑계를 대고, 계약 해지에 따른 책임을 지겠다면서 반년 치 월세를 군말 없이 내놓았다. 집주인은 그와 함께 셋집에 가서 가구들이며 벽들의 상태가 온전하다는 것을 확인한 다음, 열쇠를 받아서 문들을 꼭꼭 잠갔다.

그다음은 달라 피콜라를 두 번째로 죽일 차례였다. 그건 아주 간단한 일이었다. 시모니니는 신부의 분장을 지우고 수단을 벗어 변장 도구를 모아 둔 복도에 정돈해 두었다. 이로써 달라 피콜라는 지상에서 사라졌다. 그는 만전을 기하기 위해 달라 피콜라의 방에서 기도대와 기도서들을 치우고, 어떤 골동품 애호가도 사지 않을 그 물건들을 가게에 내려다 놓았다. 이로써 달라 피콜라가 쓰던 방은 또 다른 인물로 행세할 때 사용할 수 있는 평범한 거처로 변했다.

이제 그 사기 행각의 자취는 탁실과 아크의 기억 속에만 남아 있었다. 하지만 바타유라는 필명 뒤에 숨어 있던 아크는 이미 배신을 한 마당이라 다시는 세상에 나타나지 않을 것이었다. 그리고 탁실로 말하자면, 바로 그날 오후에 자기 이야기를 마무리하기로 되어 있었다.

4월 19일 오후, 시모니니는 평소의 복장을 하고 탁실의 개종 번복 공연을 즐기러 갔다. 탁실이 알고 있는 그의 모습은 달라 피콜라나 가짜 공증인 푸르니에로 변장한 모습뿐이었다. 푸르니에는 수염이 없고 머리털이 밤색이며 금니가 두 개 박혀 있는 모습이었다. 탁실은 수염을 기른 시모니니를 딱 한 번 본 적이 있었다. 옛날에 위고와 블랑의 편지들을 위조해 달라고 부탁하러 왔을 때였다. 하지만 그건 15년 전의 일이라서 십중팔구 그 위조자의 얼굴을 잊어버렸을 터였다. 그래도 시모니니는 혹시 그가 알아볼 것에 대비하여 흰 수염을 달고 녹색 안경을 씀으로써 지리학회의 일원처럼 보이게 했다. 그래서 그는 객석에 조용히 앉아서 공연을 즐길 수 있었다.

그 행사에 관한 소식은 모든 신문에 보도되었다. 호사가들, 다이애나 본의 지지자들, 메이슨들, 기자들뿐만 아니라 대주교와 교황 대사가 보낸 사람들까지 몰려드는 통에 강당은 만원이 되었다.

탁실은 남프랑스 사람다운 넉살과 입담을 과시하며 이야기를 늘어놓았다. 청중은 그가 다이애나를 소개하고 지난 15년 동안 자기가 책을 통해 주장한 것을 재차 확인하리라 기대하고 있었지만, 그는 청중의 의표를 찌르며 가톨릭계 신문의 기자들과 설전을 벌이고 자신의 고백을 이런 말로 요약했다. 〈속담에서 이르듯 지난 일을 돌이킬 수 없을 바엔 우는 것보다 웃는 것이 낫습니다.〉 그는 남들을 속여 먹기 좋아하는 자신의 성향을 언급했다(마르세유 출신이 어디 가겠느냐는 말에 청중은 웃음을 터뜨렸다). 그리고 자기가 교활한 선동가라는 것을 청중이 믿어 주도록 마르세유의 상어와 레만 호의 수몰 유적에 관한 이야기를 입담 좋게 들려주었다. 하지만 그 어떤 것도 자기 생애 최고의 속임수에 비하면 아무것도 아니라면서, 마침내 거짓 개종을 폭로하고 고해 신부와 지도 신부들이 회개의 진실성을 확신하도록 어떤 식으로 그들을 속였는지 이야기했다.

그의 연설은 초장부터 여러 번 중단되었다. 청중의 왁자한 웃음소리 때문이기도 했고, 여러 사제가 점점 격한 분노를 드러내며 발언에 나섰기 때문이기도 했다. 자리에서 일어나 강당을 나가 버리는 사제들이 있는가 하면, 그에게 린치를 가할 기세로 의자를 움켜쥐는 사람들도 있었다. 탁실은 그 소동을 뚫고 다시 연설을 이어 나가, 교황의 회칙 〈후마눔 제누스〉가 공표된 뒤에 교회의 환심을 사기 위해 메이슨들을 헐뜯기로 결심한 사정을 이야기했다.

「따지고 보면 메이슨들 역시 저한테 고마워해야 할 것입니다. 그들은 진보를 사랑하는 메이슨이라면 당연히 우스꽝스럽게 여길 낡아 빠진 관행들을 폐지하기로 결정했는바, 이는 제가 메이슨들의 의례에 관한 책을 낸 것과 무관하지 않습니다. 가톨릭 신자들로 말하자면, 제가 개종하자마자 확인한 바입니다만, 그들 가운데 다수는 메이슨들이 지고의 존재로 여기는 〈우주의 대설계자〉를 악마로 간주하고 있었습니다. 그러니까 저로서는 그저 그들의 확신을 과장하기만 하면 되었던 것이죠.」

소란은 끊이지 않았다. 탁실이 레오 13세와 나눈 대화(교황이 무엇을 원하느냐고 묻자, 탁실은 〈지금 당장 성하의 발 아래에서 죽는다면 저에게는 그보다 더한 행복이 없을 것이옵니다〉라고 대답했다)를 인용하자, 여기저기에서 고함이 터져 나왔다. 〈교황 성하를 존중하시오, 당신은 그분의 존함을 부를 자격이 없소!〉 하는 외침이 들리는가 하면, 〈우리가 저따위 이야기를 듣고 있어야겠소? 불쾌하기 짝이 없소!〉 하는 소리도 나오고, 〈오! ……천하의 불상놈! 오! ……추잡한 난장판!〉 하는 탄식도 일었다. 반면에 대다수 청중은 비웃음을 흘리고 있었다.

탁실은 이야기를 이어 나갔다.

「그렇듯이 저는 처음부터 끝까지 제가 지어낸 팔라디움파의 의례를 집어넣음으로써 현대 루시퍼주의의 실상을 크게 부풀렸습니다.」

이어서 그는 알코올 중독에 걸린 옛 친구를 어떻게 바타유 박사로 둔갑시켰는지, 소피 발데르 또는 소피아 사포를 어떻게 지어냈는지 이야기하고, 다이애나 본의 이름으로 출간한 책들도 모두 자기가 썼다고 고백했다.

「다이애나는 한낱 필경사 겸 타자수일 뿐이었습니다. 그녀는 프로테스탄트이며 미국 타자기 회사의 외판원이었고, 영리하고 재치 있는 여자였으며, 프로테스탄트들이 대개 그러하듯 우아한 단순성을 지니고 있었습니다. 저는 먼저 그녀가 저의 짓궂은 장난에 관심을 갖도록 유도하고 그녀를 음모에 끌어들였습니다. 그녀는 저의 공모자가 되어, 주교들이며 추기경들과 편지를 주고받는가 하면 교황 비서의 서신들을 받기도 하고 루시퍼 숭배자들의 음모에 관해 정보를 바티칸에 알려주기도 하면서 그 사기극에 재미를 붙였습니다. 그런데…….」

하더니 탁실은 말을 잇대어

「우리는 메이슨들 역시 우리 속임수에 넘어가는 것을 보았습니다. 우리가 다이애나의 이름으로 책을 출간하여, 루시퍼파의 최고 지도자인 찰스턴의 수장이 아드리아노 렘미를 자기 후계자로 임명했다고 폭로하자, 어느 국회의원을 비롯한 이탈리아의 일부 메이슨들은 그 소식을 진지하게 받아들이고, 렘미가 자기들에게 그 사실을 알려주지 않은 것에 항의했습니다. 곧이어 시칠리아와 나폴리와 피렌체에서 세 개의

「다이애나는 한낱 필경사 겸 타자수일 뿐이었습니다.
그녀는 프로테스탄트이며 미국 타자기 회사의 외판원이었고,
영리하고 재치 있는 여자였으며, 프로테스탄트들이
대개 그러하듯 우아한 단순성을 지니고 있었습니다.」

독립 팔라디움파 최고 평의회가 구성되었고, 다이애나는 각 평의회의 명예 회원으로 추대되었습니다. 한심한 거짓말로 유명 인사가 된 마르조타 씨는 다이애나를 잘 안다고 썼지만, 사실 그는 그녀를 만난 적도 없으면서 내가 들려준 이야기를 가지고 사기를 친 것입니다. 아니 어쩌면 그는 정말로 그녀와의 만남을 회상한다고 생각하면서 그런 글을 썼을지도 모르죠. 출판업자들 역시 속아 넘어갔지만, 그들은 불평할 이유가 없습니다. 제 덕분에 『천일야화』에 비견할 만한 책들을 출간했으니까요.」

그는 말을 잇대어

「여러분, 뒤늦게 속았다는 것을 알아차린 마당에 더 무엇을 할 수 있겠습니까? 그냥 관객들과 더불어 웃고 넘어가는 게 상책입니다.」

하더니 그는 자기를 가장 악착스럽게 비판했던 사람들 가운데 하나가 청중석에 앉아 있음을 보고

「가르니에 신부님, 화를 내신들 무슨 소용이 있겠습니까? 그저 남들의 웃음가마리만 될 뿐이죠.」

「당신은 비루한 협잡꾼이오!」

하고 소리치며 가르니에 신부는 지팡이를 흔들어 댔고 그의 벗들은 그를 만류하려고 애썼다.

탁실은 천사 같은 표정으로 말을 이어

「한편으로 생각해 보면, 우리는 메이슨들의 입회 의식 때에 악마가 등장한다는 이야기를 곧이곧대로 믿은 사람들을 나무랄 수가 없습니다. 선량한 기독교인들 역시 사탄이 예수

그리스도를 산꼭대기로 데려가서 지상의 모든 왕국을 보여 주었다는 이야기를 믿고 있지 않습니까? 지구가 둥근데 세상의 모든 왕국을 어떻게 한눈에 보여 줄 수 있었는지 따지지 않고 말입니다.」

「잘한다!」

하고 몇 사람이 소리치자

「아무리 그래도 신성 모독은 삼가야지!」

하고 다른 사람들이 맞받으니, 탁실은 비로소 아퀴를 지으며

「여러분, 분명히 고백하거니와 저는 영아 살해의 죄를 지었습니다. 팔라디움파는 이제 죽었습니다. 그 아비가 그것을 살해했기 때문입니다.」

소란은 이제 절정에 달했다. 가르니에 신부는 의자 위에 올라서서 청중에게 연설을 하려고 했다. 그러나 그의 목소리는 일부 청중의 야유와 또 다른 청중의 폭언에 묻혀 버렸다. 탁실은 연단에 그대로 선 채로 군중의 야단법석을 지켜보고 있었다. 그에게는 그야말로 영광의 시간이었다. 만약 그가 혹세무민의 왕으로 등극하고 싶어 했다면, 그 목표를 이룬 셈이었다.

사람들이 주먹이나 지팡이를 휘두르고 〈당신은 수치심도 없소?〉 하고 소리치며 그의 앞으로 지나가도, 그는 당당하게 그들을 바라보며 영문을 모르겠다는 표정을 짓고 있었다. 도대체 무엇을 부끄러워해야 한단 말인가? 모두가 내 얘기를 하고 있다는 사실이 수치스러운 것인가?

그 소란을 지켜보며 가장 즐거워했던 사람은 단연코 시모니니였다. 그는 그날 이후에 탁실에게 무슨 일이 벌어질지를 생각하고 있었다.

마르세유 출신의 그 협잡꾼은 돈을 받기 위해 달라 피콜라를 찾아다닐 테지만, 그가 어디에 있는지를 알아내지 못할 것이었다. 오퇴유 구역에 가본다 한들, 집이 텅 비어 있거나 벌써 다른 사람이 들어와 살고 있을 터였다. 탁실은 달라 피콜라가 메트르 알베르 거리에 살고 있다는 말을 들은 적도 없었고, 공증인 푸르니에를 어디 가야 만날 수 있는지도 모르고 있었으며, 오래전에 위고의 편지를 위조해 준 공증인을 찾아내야 한다는 생각은 절대로 그의 머릿속에 떠오르지 않을 것이었다. 그가 불랑을 찾아낸다는 것은 생각할 수도 없는 일이었다. 또한 탁실은 에뷔테른이 고위 메이슨이라는 것은 어렴풋하게 알고 있을지언정 그가 자기 사건에 관련되어 있다는 사실은 전혀 알아차리지 못했고, 베르가마스키 신부가 배후에 있다는 사실도 모르고 있었다. 요컨대 탁실은 자기가 받기로 되어 있던 보수를 누구에게 요구해야 할지 모르게 될 것이고, 그 보수의 반을 자기 몫으로 챙기려던 시모니니는 그것을 통째로(아깝게도 선금으로 준 5천 프랑은 제외하고) 꿀꺽해 버릴 것이었다.

시모니니는 그 한심한 사기꾼이 자기와 함께 일을 벌였던 사람들을 찾아 파리 시내를 헤매고 다닐 것을 생각하며 즐거워했다. 그가 찾아다닐 신부와 공증인은 세상에 존재한 적이 없는 사람들이었고, 한 사탄 숭배자와 팔라디움파의 여자는 시체로 변하여 아무도 모르는 파리 하수도의 한 지점에 누워 있었으며, 바타유 박사 행세를 하던 자는 설령 술에 취하지 않았을 때 다시 만나게 된다 할지라도 그에게 아무것도 말해 주지 못할 것이었다. 결국 그는 부당한 임자를 만나 사라진 돈 다발을 찾아 헤매게 될 것이었다. 가톨릭 신자들은 그를 격렬하게 비난할 것이고, 메이슨들은 당연히 또 다른 변절을 두려워하며 의심의 눈초리로 그를 바라볼 터였다. 게다가 인쇄업자들에게 갚아야 할 빚도 아직 많이 남아 있을 터이니, 어찌해야 할지를 모르고 그저 진땀만 흘리며 갈팡질팡할 것이 뻔했다.

하지만 그 망나니 같은 마르세유 놈은 그래도 싸다, 하고 시모니니는 생각했다.

26

마지막 해결책

1898년 11월 10일

탁실과 다이애나에게서 벗어난 것, 그리고 그보다 중요한 일인 달라 피콜라에게서 해방된 것도 어언 1년 반 전의 일이 되었다. 나는 병을 앓았으나 이젠 치유되었다. 자기 최면 또는 프로이드 박사 덕분이다. 하지만 지난 몇 달은 매우 불안한 마음으로 보냈다. 내가 신자였다면 자책감에 시달렸다고 말할 수도 있으리라. 그러나 내가 무엇에 대해서 자책을 느끼고 누구 때문에 괴로워한단 말인가?

탁실을 우롱한 바로 그날 저녁에 나는 조용히 쾌재를 부르며 그 일을 자축했다. 승리의 기쁨을 누군가와 함께 나눌 수 없다는 것이 조금 아쉽기는 했다. 하지만 나는 혼자 만족해하는 것에 익숙해진 몸이 아닌가. 나는 예전에 마니 레스토랑을 자주 드나들던 유명 인사들의 새로운 단골집이 된 브레방 바셰트에 갔다. 탁실을 내세운 사업을 청산하면서 거금을 챙겼기 때문에 나는 무엇이든 할 수 있었다. 레스토랑의 지배인은 나를 알아보았다. 하지만 중요한 것은 내가 기억을 회복하여 그를 알아보았다는 사실이다. 그는 프랑실리옹 샐러드를 권하면서 긴 설명을 늘어놓았다. 그것은 알렉상드르 뒤마의 연극 「프랑실리옹」이 크게 성공하면서 — 아버지의 뒤를 이어 아들 뒤마가 활약하는 시대가 되었으니, 오 세상에 내가 많이도 늙었구나 — 만들어진 샐러드였다. 그 조리법을 보자면, 감자를 육수에 넣고 삶아서 둥근 조각으로 썬 다음, 아직 미지근할 때 소금과 후추와 올리브기름과 오를레앙 식초로 양념을 하고, 백포도주(가능하다면 샤토 디켐) 반 잔을 넣어 풍미를 더한 뒤에, 가늘게 썬 향초들을 첨가한다. 다른 한편으로는 커다란 홍합들을 셀러리 한 줄기와 함께 쿠르부용[1]에 넣고 삶는다. 그 전부를 한데 섞은 다음, 샴페인을 넣고 삶은 송로를 얇게 썰어서 그 위를 덮는다. 요리가 적당히 식은 채로 식탁에 오르도록 접대하기 두 시간 전에 모든 것을 조리해 둔다.

그런데 요즘 들어 내 마음이 평온하지 않고, 다시 일기를 쓰면서 내 심리 상태를 규명하고 싶은 욕구를 느낀다. 프로이드 박사의 치료법에서 아직 벗어나지 못한 모양이다.

무언가 석연치 않은 일들이 끊이지 않아서 불안감을 떨칠 수가 없다. 우선 하수도 속에 누워 있는 러시아인의 정체가 궁금해서 여간 답답하지 않다. 그는 작년 4월 12일에 여기 이

1 *court-bouillon.*

집에 침입해서 방들을 뒤지고 다녔다. 침입자는 아마도 한 사람이 아니라 두 사람이었을 것이다. 그렇다면 나머지 한 사람이 여기에 다시 왔을까? 어떤 물건 — 펜이나 종이 묶음 같은 하찮은 물건들 — 이 제자리에 있지 않고 내가 절대로 놓아두지 않는 엉뚱한 곳에서 발견되는 경우가 여러 번 있었다. 어떤 자가 침입해서 집 안을 뒤지다가 물건을 옮겨 놓은 것일까? 그렇다면 그자는 무엇을 찾으러 왔을까?

러시아인들이 왔다는 것은 라치콥스키가 배후에 있다는 뜻이다. 그는 수수께끼 같은 인물이다. 그는 내가 할아버지에게서 물려받은 미발표 문서를 가지고 있으리라 믿고 있으며, 두 번 나를 찾아와서 그 문서를 요구했다. 나는 그때마다 적당히 둘러대며 그를 돌려보냈는데, 이는 내가 아직 만족할 만한 문서를 만들어 내지 못했기 때문이기도 했고, 그의 욕구를 부추기기 위함이기도 했다.

마지막으로 왔을 때 그는 더 기다리고 싶지 않다면서, 단지 가격이 성에 차지 않아서 그러는 거냐고 끈질기게 물었다. 내 대답은 이러했다.

「나는 탐욕스러운 사람이 아닙니다. 내 선조부께서는 그날 밤 프라하의 묘지에서 오고간 말들을 빠짐없이 기록한 문서들을 정말로 나한테 물려주셨습니다. 하지만 그 문서들은 지금 여기에 없습니다. 파리를 떠나 어딘가로 가서 그것들을 찾아와야 합니다.」

「그럼 거기로 가시오.」

하더니 라치콥스키는 드레퓌스 사건의 여파 때문에 내가

곤경에 처할 수도 있음을 넌지시 일깨웠다. 이자가 드레퓌스 사건에 대해서 무엇을 알고 있는 거지?

사실 드레퓌스가 악마의 섬에 유배당한 뒤에도 그 사건을 둘러싼 잡음은 끊이지 않았다. 시간이 흐를수록 여론이 잠잠해지기는커녕, 드레퓌스가 결백하다고 생각하는 사람들, 즉 이른바 〈드레퓌스파〉 인사들이 목소리를 높이기 시작했고 여러 필적 감정가들이 베르티용의 감정에 이의를 제기하고 나섰다.

1895년 말, 상데르가 방첩대를 떠나고(진행성 마비나 그 비슷한 어떤 병에 걸린 모양이다) 피카르라는 자가 그의 후임이 되면서 모든 일이 어그러지기 시작했다. 피카르는 취임하자마자 꼬치꼬치 캐기를 좋아하는 사람의 면모를 보이더니, 이미 몇 달 전에 결론이 난 드레퓌스 사건을 놓고 계속 뒷조사를 벌이다가, 마침내 지난해 3월 새로운 단서를 포착했다. 독일 대사관의 무관이 에스테라지 소령에게 보내려던 전보의 초안을 발견한 것이었다. 이번에도 문서를 발견한 곳은 독일 대사관의 휴지통이었다. 문서에 에스테라지의 내통을 의심할 만한 내용이 있었던 것은 아니지만, 독일 대사관 무관이 프랑스 장교와 모종의 관계를 유지하고 있다는 것은 이상한 일이 아닐 수 없었다. 피카르는 에스테라지를 엄중히 감시하고 필체 견본을 구하여 조사한 끝에, 드레퓌스가 작성했다는 명세서의 필체가 에스테라지의 필체와 유사하다는 사실을 알아차렸다.

그 정보는 「자유 발언」에 새어 나갔고, 그래서 나도 그것을 알게 되었다. 드뤼몽은 피카르가 잘 해결된 사건을 다시 문제 삼으려 한다면서 분개했다.

「내가 알기로 피카르는 그 사실을 부아데프르 장군과 공스 장군에게 보고했는데, 다행히도 장군들은 그자의 말에 귀를 기울이지 않았네. 우리 장군들은 신경병 환자들이 아니지.」

11월쯤에 나는 편집부 사무실에서 에스테라지와 마주쳤다. 그는 매우 흥분된 기색을 보이며 사석에서 따로 이야기를 나누자고 했다. 그러고는 앙리 소령이라는 사람을 대동하고 내 집으로 왔다.

「시모니니, 명세서를 내가 작성했다고 사람들이 수군거리고 있소. 당신은 드레퓌스가 쓴 편지나 메모의 글씨체를 모방해서 그 문서를 베끼지 않았소?」

「물론입니다. 상데르가 필체 견본을 가져다주었습니다.」

「그건 나도 아는데, 왜 그날 상데르가 나를 그 자리에 부르지 않았는지 모르겠소. 내가 드레퓌스의 필체 견본을 확인하지 못하게 하려고 그랬던 것 아니오?」

「저는 시키는 대로 했을 뿐입니다.」

「알아요, 알아. 하지만 그 문제를 해결하도록 도와주는 게 당신한테도 좋을 거요. 만약 내가 이유를 알지 못하는 어떤 음모에 당신이 이용당한 것이라면, 그 음모를 꾸민 사람 편에서 보면 당신처럼 위험한 증인을 제거하는 게 좋지 않겠소? 그러니까 당신은 이 일과 밀접한 관련을 맺고 있는 거요.」

이래서 군인들과 얽히지 말았어야 하는 것이었다. 기분이

영 개운치 않았다. 곧이어 에스테라지는 내게서 무엇을 기대하는지 설명했다. 그러면서 두 가지 문서를 내게 주었다. 하나는 이탈리아 대사관의 무관 파니차르디가 쓴 편지였고, 다른 하나는 내가 그 편지의 필체를 모방해서 위조해야 할 편지의 문안이었는데, 그 내용은 파니차르디가 독일 대사관의 무관에게 드레퓌스의 협력에 관해서 이야기하는 것으로 되어 있었다.

에스테라지는 이렇게 말을 맺었다.

「이 문서를 발견해서 공스 장군에게 전달하는 일은 앙리 소령이 맡아 줄 거요.」

나는 주문받은 대로 작업을 했고, 그 대가로 천 프랑을 받았다. 그 뒤에 무슨 일이 있었는지는 모르지만, 1896년 말에 피카르는 튀니지 제4보병대로 전출되었다.

그런데 내가 탁실을 처리하는 일에 골몰해 있던 바로 그 무렵에, 피카르가 자기 친구들을 들쑤신 탓인지 사태가 복잡해졌다. 당연히 비공식적인 정보들이 이러저러한 방식으로 신문들에 전달된 것이었다. 드레퓌스파 신문들은 확실한 소식이라며 그것들을 보도했고, 반드레퓌스 신문들은 중상모략이라고 맞받았다. 때를 같이하여 피카르가 수신자로 되어 있는 전보들이 나타났고, 그것들을 근거로 독일 대사관 무관이 에스테라지에게 보냈다는 그 악명 높은 전보의 작성자가 바로 피카르라는 주장이 나왔다. 내가 이해한 바에 따르면, 그것은 에스테라지와 앙리의 술책이었다. 그들은 마치 정구를 할 때 상대가 보낸 공을 도로 넘겨 보내듯이, 상대를 모함할 구실을 새로 꾸며낼 필요도 없이 상대가 제기한 혐의를 도리어 상대에게 씌우자는 것이었다. 정말이지 첩보 행위란 군인들의 손에 맡기기에는 너무나 진지한 일이다. 라그랑주와 에뷔테른 같은 첩보 전문가들은 그런 난장판을 만들어 낸 적이 없었다. 정보기관의 책임자로 있다가 어느 날 갑자기 튀니지의 제4보병대로 전출당할 수 있는 사람들, 또는 교황 호위대에서 외인부대로 옮겨 간 사람들에게서 무엇을 기대할 수 있겠는가?

어쨌거나 그 마지막 작전은 별로 도움이 되지 않았고, 에스테라지에 관한 수사가 시작되었다. 그때 만약 에스테라지가 모든 혐의에서 벗어나기 위해, 명세서를 작성한 사람이 바로 나라고 이야기했다면 일이 어떻게 돌아갔을까?

*

나는 1년 동안 잠을 제대로 자지 못했다. 밤마다 집 안에서 무슨 소리가 나는 듯하여 자리에서 일어나 가게로 내려가 보고 싶은 마음이 일었지만, 러시아인을 또 만나게 될까 두려웠다.

*

금년 1월에 열린 비공개 재판에서 에스테라지는 모든 혐의를 씻고 무죄 판결을 받았다. 반면에 피카르는 60일 동안 요새 감옥에 갇히는 벌을 받았다. 그러나 드레퓌스 파 인사들은 공격의 고삐를 늦추지 않았다. 졸라와 같은 약간 상스러운 작가는 〈나는 규탄한다……!〉라는 제목의 격렬한 기사를 발표했고, 시시껄렁한 작가들이며 학자를 자처하는 자들 한 무리가 재심을 요구하며 논쟁에 가세했다. 프루스트, 아나톨 프랑스, 소렐, 모네, 르나르, 뒤르켐, 그자들은 대체 누구인가? 하나같이 내가 마담 아당의 살롱에서 본 적이 없는 인물들이다. 소문에 듣자 하니, 그 프루스트라는 자는 스물다섯 살 먹은 남색자인데 작가는 작가로되 다행히 아직 작품을 출간한 적이 없다 했다. 모네는 내가 그자의 작품을 한두 점 보아서 알거니와, 세계를 눈곱 낀 눈으로 바라보는 것 같은 어설픈 환쟁이다. 글쟁이나 환쟁이 따위가 무얼 안다고 군사 재판소의 결정에 이의를 달고 나선단 말인가? 드뤼몽이 한탄한 대로 〈오 한심한 프랑스!〉로고. 소송에서 패배한 변호사 클레망소가 〈지식인들〉이라고 부르는 그들은 남들이 잘 하지 않는 희귀한 일에 재주가 있는 모양이니, 그저 그런 일에나 신경을 쓰면 좋으련만…….

졸라는 명예 훼손 혐의로 기소되어 재판을 받았고, 다행스럽게도 재판부는 졸라에게 1년의 금고형을 선고했다. 프랑스에는 아직 정의가 살아 있다고 드뤼몽은 평했다. 그는 5월에 알제에서 국회의원으로 출마하여 당선된 바 있었다. 그를 비롯한 일군의 반유대주의자들이 의회에 진출함에 따라, 반드레퓌스 진영의 주장에 더욱 힘이 실릴 것이었다.

만사가 점점 좋은 쪽으로 돌아가는 듯했다. 7월에 피카르는 8개월의 금고형을 선고받았다. 졸라는 영국으로 망명했다. 나는 이제 아무도 드레퓌스 사건을 재론하지 않으리라 생각했다. 그러던 차에 퀴이네 대위라는 자가 느닷없이 나타나더니, 드레퓌스의 반역 행위를 언급한 파니차르디의 편지가 가짜였음을 입증했다. 그 편지는 내가 완벽한 솜씨를 발휘해서 만들어 낸 것인데, 그자가 어떻게 그것이 가짜임을 알아냈는지 궁금하다. 어쨌거나 군 수뇌부는 그의 주장에 귀를 기울였고, 편지를 입수해서 그 내용을 유포한 사람이 앙리 소령이었으므로 〈앙리 위서〉라는 말이 나오기 시작했다. 8월말, 앙리는 압력을 견디지 못하고 자기가 편지를 위조했다고 자백했다. 그는 몽발레리앵 요새의 영창에 갇혔는데, 이튿날 면도날로 자기 목을 그었다. 내가 뭐랬는가. 어떤 일들은 절대로 군인들의 손에 맡기면 안 되는 것이다. 어떻게 반역의 혐의를 받고 있는 사람을 체포해 놓고 그에게 면도날을 남겨 놓을 수 있단 말인가?

「앙리는 자살한 게 아닐세. 앙리는 자살**당했어!**」 드뤼몽은 분노에 가득 차서 그렇게 언성을 높이더니 「참모 본부에 아직 유대인들이 너무 많아! 앙리의 명예 회복을 위한 소송을 벌이자면 자금이 필요할 테니, 우리가 나서서 공개 모금을 벌이도록 하세!」

그러나 네댓새 뒤에 에스테라지는 벨기에를 걸쳐 영국으로 도망쳤다. 그건 유죄를 자백한 것이나 진배없는 행동이었다. 내가 이해할 수 없었던 것은 에스테라지가 스스로를 지키기 위해 잘못을 나에게 떠넘길 수도 있었는데 왜 그러지 않았느냐는 것이었다.

「참모 본부에 아직 유대인들이 너무 많아!」

*

내가 그런 문제로 불안해하던 어느 날 밤, 집 안에서 또다시 이상한 소리가 들렸다. 이튿날 아침에 살펴보니 가게뿐만 아니라 지하실까지 난장판으로 변해 있었고, 하수도로 통하는 작은 층층대의 뚜껑 문도 열려 있었다.

나도 에스테라지처럼 도망쳐야 하지 않을까 생각하고 있는데, 라치콥스키가 가게 문의 초인종을 울렸다. 그는 2층으로 올라갈 생각도 하지 않고, 혹시라도 사겠다는 사람이 있을까 싶어 가게에 내놓은 골동품 의자에 앉더니 다짜고짜 말문을 열었다.

「이 집 지하실 밑의 하수도에 시체가 네 구나 있고, 그중 하나는 내가 여기저기로 찾아다니던 내 부하의 시체입니다. 이 사실을 파리 경찰에 알릴까 하는데, 당신 생각은 어떻소? 나는 기다리다 지쳤소. 앞으로 이틀을 줄 테니 당신이 말한 그 문서들을 되찾아 오시오. 그러면 내가 아래에서 본 것을 잊어버리겠소. 내가 보기에 이건 공정한 거래요.」

라치콥스키는 내 집의 하수도에 관해서 모든 것을 알고 있는 게 분명했다. 하지만 나는 당황하지 않았다. 오히려 조만간 내가 그에게 무언가를 주어야 한다는 점을 염두에 두고, 그가 제안한 거래에서 또 다른 이익을 얻어 내려고 애썼다. 나는 대담하게 되받았다.

「프랑스군의 첩보 기관 때문에 한 가지 문제가 생겼는데 그것을 해결할 수 있도록 저를 도와주셨으면 하는데요…….」

그는 웃음을 터뜨렸다.

「명세서의 작성자가 바로 당신이라는 사실이 드러날까 봐 두려워하는 거요?」

이자는 분명코 모든 것을 알고 있었다. 그는 생각을 모으듯 두 손을 맞잡고 설명을 시도했다.

「보아하니 당신은 이 사건에서 정작 문제가 되는 것이 무언인지 전혀 깨닫지 못하고, 그저 당신이 연루되는 것만 걱정하고 있구려. 안심하시오. 모두가 명세서를 진짜 문서로 생각하는 것은 프랑스의 안보를 위해 꼭 필요한 일이오.」

「그건 왜 그렇습니까?」

「이유인즉 이렇소. 프랑스 포병대는 매우 혁신적인 대포인 75밀리 포를 개발하고 있소. 따라서 독일인들은 프랑스군이 여전히 120밀리 포에 매달리고 있는 것으로 믿고 있어야 하오. 독일인들은 한 첩자가 120밀리 포에 관한 비밀을 팔려고 했다는 사실을 알게 되었을 것이고, 그 비밀이 누설되면 프랑스군이 큰 타격을 입는 것으로 믿고 있을 거요. 그런데 상식적으로 생각해 보면, 독일인들은 이렇게 자문했어야 하오. 〈만약 그 명세서가 진짜라면, 우리는 그것을 휴지통에 버리기 전에 그것에 관해서 무언가를 알아냈어야 하지 않는가? 그리고 그런 문서는 휴지통에 버릴 것이 아니라 씹어서 삼켜 버려야 하지 않았을까?〉 하지만 그들은 함정에 빠졌소. 정보기관이라는 데가 원래 그렇소. 아무도 다른 요원들에게 모든 것을 말하는 법이 없고, 사무실의 동료가 이중간첩일 수도 있다고 생각하며 언제나 조심하오. 독일의 첩보원들은 아마도 돌아가면서 서로를 비난했을 거요. 〈어떻게 이럴 수가 있는가? 그렇게 중요한 정보가 전달되었다는데, 무관조차 그 사실을 모르고 있었다니! 무관은 알고 있으면서도 입을 다물었던 것일까?〉 하는 식의 의문이 제기되면서, 서로를 의심하는 기류가 한바탕의 회오리바람처럼 몰아쳤을 거고, 누군가는 목이 달아났을 거요. 아무튼 프랑스군 쪽에서 보면 모두가 명세서를 진짜로 생각해야 하는 것이었고 앞으로도 그래야 하오. 드레퓌스를 되도록 빨리 악마의 섬으로 보내야 했던 이유도 바로 거기에 있소. 드레퓌스가 스스로를 변호하기 위해 이렇게 말한다고 생각해 보시오. 만약 내가 첩자 노릇을 했다면 120밀리 포에 관한 비밀을 누설했을 리가 없고 75밀리 포에 관한 정보를 팔았을 것이다 하는 식으로 말이오. 내가 짐작하기엔 어떤 요원이 드레퓌스를 찾아가서 권총을 코앞에 들이대고 계속 불명예스러운 꼴을 당하느니 자살을 선택하라고 권했을 거요. 드레퓌스가 자살을 했다면, 공개 재판에 따르는 일체의 위험을 피할 수 있었을 거요. 하지만 드레퓌스는 호락호락한 위인이 아니라서 자신을 지키겠다고 고집을 부렸소. 모름지기 장교란 상부의 명령에 따를 뿐 자기 생각이 없어야 하는 법인데, 그는 자기가 결백하다고 생각했소. 게다가 내가 보기에 그자는 75밀리 포에 관해서 아무 것도 모르고 있었소. 방첩대의 수습 요원으로 일하기 시작한 장교가 중요한 군사기밀을 접한다는 것은 상상하기 어려운 일이오. 그래도 만약에 대비하는 것이 상책이므로 그를 멀리 보낸 거요. 이제 알겠소? 명세서가 당신 작품이라는 사실이 드러나면, 공든 탑이 무너지는 격이고 독일인들은 120밀리 포가 오판을 유도하기 위한 미끼라는 것을 알아차릴 거요 — 독일 놈들이 이해가 더딘 것은 사실이지만 그렇다고 완전히 멍청한 건 아니오. 당신도 알겠지만 사실 정보기관을 이끄는 자들이 아둔하다는 점에서는 프랑스의 경우도 독일에 못지않소. 그건 분명하오. 그들이 아둔하지 않다면 우리 오흐라나를 위해서 일할 거요. 오흐라나는 프랑스나 독일의 정보기관에 비하면 잘 돌아가는 편이고, 양쪽에 정보원들을 두고 있소.」

「그런데 에스테라지는 어떻게 된 것인가요?」

「그 걸멋쟁이는 이중 첩자요. 대사관의 독일인들을 위해 상데르를 염탐하는 척하면서 상데르를 위해 대사관의 독일인들을 염탐했던 거요. 에스테라지는 드레퓌스 사건을 꾸미기 위해 심혈을 기울였지만, 상데르는 그의 형편이 매우 궁색하다는 것과 독일인들이 그를 의심하기 시작했다는 사실을 알아차렸소. 상데르는 자기가 당신에게 에스테라지의 필체 견본을 주었다는 것을 잘 알고 있었소. 일단은 드레퓌스를 간첩으로 몰되, 만약 일이 잘못될 경우에는 허위 문서의 책임을 에스테라지에게 떠넘기겠다는 복안이었던 거요. 당연히 에스테라지는 너무 늦게야 자기가 어떤 함정에 빠졌는지를 알아차렸소.」

「그런데 왜 에스테라지는 내 이름을 말하지 않았을까요?」

「그의 정체가 탄로 났다면 그는 어느 요새 감옥에 갇히거나 운하 공사장으로 끌려갔어야 할 텐데, 그러기는커녕 런던에서 정보기관의 돈을 받아 가며 빈둥거리고 있소. 명세서의 작성자가 드레퓌스라는 주장을 고수하든 드레퓌스 대신 에스테라지를 반역자로 몰든, 명세서가 허위 문서라는 사실이 드러나면 안 되오. 그 날조의 책임을 당신에게 돌릴 사람은 아무도 없을 거요. 그러니까 당신은 철저하게 보호를 받고 있다는 얘기요. 하지만 나는 저 아래에 시체들이 있다는 것을 알기 때문에 당신을 곤경에 빠뜨릴 수 있소. 그러니까 나한테 도움이 될 만한 정보들을 내놓으시오. 내일모레 나를 위해서 일하는 골로빈스키라는 젊은이가 당신을 찾아올 거요. 당신한테 원본을 만들라는 게 아니오. 결국 원본은 러시아어로 쓰여야 하고, 그 작업은 골로빈스키가 할 테니까 말이오. 당신이 해야 할 일은 그 친구에게 참신하고 진실하고 설득력 있는 자료를 제공하는 거요. 프라하의 묘지에 관한 당신의 문서는 이제 도나캐나 다 아는 것이 되어 버렸으니 그 내용을 보강해야 하오. 말하자면 유대인들의 세계 지배 음모를 폭로하는 발언들의 출처가 그 묘지에서 열린 집회인 것은 괜찮은데, 집회가 열린 시기를 불분명하게 처리해야 하고, 중세풍의 황당한 이야기가 아니라 현재의 실정에 맞는 주제를 다뤄야 한다는 거요.」

상당한 노력이 필요한 상황이었다.

*

나는 남아 있는 이들을 꼬박 바치다시피 하여, 10년 넘게 드뤼몽과 교제하는 동안 작성해 둔 발언 기록이며 신문에서 오려 낸 기사 등 수백 건의 자료를 한데 모았다. 기사들은 모두 「자유 발언」에 실렸던 것들이라서 장차 활용할 날이 있으리라고는 생각하지 않았다. 하지만 아마도 러시아인들에게는 그런 기사들도 참신한 자료가 될 것이었다. 관건은 내가 앞서 작성한 문서들과 구별되게 하는 것이었다. 유대인들이 음악에 별로 재능이 없다든가 탐험을 하지 않는다는 식의 이야기는 골로빈스키와 라치콥스키의 관심을 끌 수 없을 게 분명했다. 그들의 마음을 사로잡는 것은 유대인들이 선량한 사람들의 경제적 파산을 획책하고 있다는 의혹이었다.

나는 랍비의 연설문들을 만들 때 이미 사용했던 것들을 다시 검토해 보았다. 그 글들에서 유대인들은 철도, 광산 채굴권, 삼림 개발권, 조세 관리, 대규모 토지를 독점하겠다는 의지를 드러내고 있었으며, 법조계와 공교육의 장악을 겨냥하고 있었고, 철학과 정치학과 과학과 예술 분야에 침투하려 하고 있었고, 특히 의사가 사제보다 가정에 파고들기 용이하다는 점을 들어 의업에 대거 진출할 것을 권장하고 있었다. 또한 그들은 종교를 약화시키고 자유사상을 전파하며 교과과정에서 교리 문답 수업을 폐지하고 주류 거래를 독점하며 언론을 장악해야 한다고 말하고 있었다. 세상에, 내가 꾸며낸 것이기는 해도 유대인들의 음모는 정말 엄청났다.

그 자료를 재활용하는 것이 불가능해 보이지는 않았다. 라치콥스키는 랍비의 연설문들 중에서 내가 글린카에게 주었던 필사본만 읽었을 터인데, 이는 특히 종교와 묵시록의 주제를 중요하게 다룬 이본이었다. 그렇기는 해도 이전에 작성했던 글들에 무언가 새로운 내용을 추가해야 하는 것은 분명한 사실이었다.

나는 보통 독자의 관심사와 밀접하게 연결될 수 있는 모든 주제를 신속하게 점검했다. 그런 다음 적당히 노랗게 변한 종이에다 반세기 전의 아름다운 글씨체로 내가 정리한 내용을 옮겨 적었다. 그리하여 새로운 문서 하나가 탄생했다. 이는 명목상 할아버지가 젊은 시절 토리노의 게토에서 숨어 지내던 때에 입수해서 나에게 물려주신 문서였다. 문서의 작성 경위는 유대교 랍비들이 프라하의 묘지에서 회동한 뒤에 나온 발언록을 토리노 게토의 유대인 집회 도중에 프랑스어로 번역해서 작성한 것으로 되어 있었다.

이튿날 골로빈스키가 가게로 들어섰을 때, 나는 라치콥스키가 그토록 중요한 일을 러시아의 농촌에서 갓 올라온 것 같은 애송이에게 맡겼다는 사실에 놀랐다. 골로빈스키는 약골이고 근시인 데다 옷차림까지 누추해서 영락없는 상민으로 보였다. 그런데 막상 이야기를 나눠 보니 겉으로 보기보다는 제법 영리했다. 그는 러시아인의 거친 말투가 섞인 엉터리 프랑스어로나마 대뜸 토리노 게토의 랍비들이 어떻게 프랑스어로 문서를 작성했느냐고 물었다. 나는 당시에 피에몬테에서는 글을 아는 사람이라면 누구나 프랑스어를 할 줄 알았노라고 대답했다. 그는 더 이의를 달지 않았다. 나중에 나는 프라하의 묘지에 모인 랍비들이 히브리어로 발언했을까 아니면 이디시어로 발언했을까 자문해 보았다. 하지만 문서가 이미 프랑스어로 작성된 마당이라, 그건 아무래도 상관이 없겠다 싫었다.

나는 내 문서의 장점을 설명하기 시작했다.

「이 문서를 읽어 보면 유대인들이 무엇에 중점을 두고 있는지 잘 알 수 있소. 예를 들어 그들은 이교도의 윤리를 타락시키기 위해 무신론 철학자들의 사상을 널리 퍼뜨릴 것을 강조하고 있소. 그리고 이 대목을 들어 보시오. 〈우리는 기독교인들의 정신에서 하느님의 개념까지 떼어 내어 산술적인 계산과 물질적인 욕구로 그것을 대체해야 합니다.〉」

나는 사람들이 타산을 좋아하지 않는다는 점을 염두에 둔 것이었다. 그리고 드뤼몽이 언론의 선정성에 대해 불평하던 것을 기억해 내고, 적어도 관습을 중시하는 보수주의자들의 눈에는 대중을 겨냥한 싸구려 오락의 확산이 어떤 음모의 결과로 보일 만하다는 점을 염두에 두었다.

「이 대목을 들어 보시오.」 하고 나는 다시 읽어 나갔다. 「〈민중이 어떤 새로운 정치적 행동 노선에 눈뜨지 않도록 우리는 체육 대회, 여가 활동, 다양한 취미 생활, 음주 문화 등 온갖 종류의 오락거리로 그들의 관심을 딴 데로 돌려야 하고, 그들이 예술 경연과 운동 경기에 참여하도록 권장해야 합니다……. 우리는 대중이 과도한 사치를 좋아하도록 부추길 것이고, 노동자들의 봉급을 올려 주되 작황이 좋지 않다는 핑계로 식량과 생필품 가격을 함께 올림으로써 그들의 부담을 경감시키지 않을 것입니다. 또한 우리는 노동자들 사이에 무질서의 씨앗을 뿌리고 애주의 성향을 부추김으로써 그들의 생산성을 근저에서 약화시키고자 합니다. 우리는 일견 진보주의나 자유주의와 비슷해 보일 법한 갖가지 이론을 지어내어 여론을 그런 쪽으로 몰아갈 것입니다.〉」

「좋아요, 좋습니다.」 하더니 골로빈스키는 말을 잇대어 「그런데 산술에 관한 이야기 말고 무언가 대학생들의 귀에 쏙 들어갈 만한 것은 없습니까? 러시아에서는 대학생들이 중요합니다. 그들은 한시도 감시를 게을리할 수 없는 열혈한들이죠.」

「여기 있소. 〈우리는 권력을 잡게 되면, 젊은이들의 마음을 뒤흔들 가능성이 있는 주제들을 교육 과정에서 모두 없애 버릴 것입니다. 우리는 그들을 순종하는 아이들로 만들 것이고, 저희의 군주를 사랑하게 만들 것입니다. 고전이나 역사에는 좋은 본보기보다 나쁜 사례가 더 많기 때문에, 우리는 그런 것들을 미래의 문제들에 관한 연구로 대체할 생각입니다. 우리에게 불리하게 작용할 염려가 있는 과거의 사건들은 인류의 기억에서 지워 버려야 합니다. 우리가 우리의 목표에 도달할 때까지는 사상의 자유와 독립성을 강조하되, 일단 권력을 잡은 뒤에는 그런 것의 잔재를 완전히 사라지게 해야 합니다……. 3백 페이지 이하의 책들에 대해서는 세금을 두 배로 물려야 합니다. 그러면 작가들은 어쩔 수 없이 두꺼운 책들을 출간하게 될 것이고, 대중은 그런 책들을 거의 읽지 않게 될 것입니다. 반면에 우리는 대중을 가르치고 그들이 딴생각을 품지 못하도록 값싼 책들을 찍어 낼 것입니다. 순전히 오락만을 추구하는 문학 작품에 대해서는 세금이 감면될 것이고, 우리를 공격하기 위해 펜을 놀리는 자들은 출판업자를 만나지 못하게 될 것입니다.〉 신문들에 대해서 말하자면, 유대인들은 허울뿐인 언론 자유를 통해 여론을 광범위하게 통제하는 방안을 구상하고 있소. 랍비들의 말에 따르면, 대다수 정기 간행물을 독점해야 하고, 그것들이 일견 서로 다른 견해들을 표명하게 함으로써 사상이 자유롭게 유통되고 있다는 인상을 주되, 실제로는 어느 신문이나 잡지든 유대인 지배자들의 의견을 대변하게 만든다는 것이오. 랍비들은 기자들이 모두 한통속이고 그들 모두가 같은 씨실에 의해 하나의 천에 묶여 있는바, 그 씨실을 드러내겠다고 협박하면 어떤 편집인도 감히 저항하지 못할 것이므로 기자들을 매수하기가 어렵지 않으리라 보고 있소. 언론계에 받아들여진 사람들치고 사생활에서 어떤 수상쩍은 사건에 연루되지 않은 자가 없으리라는 것이오. 그들의 말을 더 들어 보시오. 〈우리가 새로운 체제를 건설함으로써 범죄까지 사라졌다는 것을 대중이 믿게 하기 위해서는 당연히 범죄 사건에 관한 보도를 일절 금지해야 할 것입니다. 언론에 대한 과도한 통제를 걱정할 필요는 없습니다. 백성들은 노동과 가난에 얽매여 언론이 자유롭든 말든 신경도 쓰지 않을 테니까요. 노닥거리기 좋아하는 자들이 이러쿵저러쿵 지껄일 권리를 얻는다 한들, 무산 계급의 노동자들에게 무슨 이득이 있다고 그것을 간절히 바라겠습니까?〉」

「그거 좋군요.」 하고 평하더니 골로빈스키는 말끝을 달아 「우리나라에서는 자유의 광신자들이 늘 정부가 검열을 한다고 불평하고 있거든요. 유대인 정부가 들어서면 상황이 더욱 나빠지리라는 것을 깨닫게 해야 합니다.」

「그 점에 대해서라면 훨씬 좋은 대목이 있소. 〈군중의 비열함과 부화뇌동과 무절제를 항상 염두에 두어야 합니다. 군중의 힘은 맹목적이고 분별이 없습니다. 군중은 어떤 때는 우파의 주장에 어떤 때는 좌파의 주장에 귀를 기울입니다. 그런 대중이 무언가를 차분하게 판단하거나 사사로운 이익에 얽매이지 않고 국사를 공명정대하게 경영한다는 거 가능하겠습니까? 대중이 외적에 맞서 나라를 수호하는 데에 기여할 수 있을까요? 그건 불가능합니다. 그들이 하나의 계획을 세운다 해도, 그 계획이 대중의 머릿수만큼이나 많은 부분으로 나뉘어 버리기 때문에, 결국은 제 가치를 잃고 이해할 수도 실행할 수도 없는 것으로 변해 버립니다. 오로지 전제 군주만이 광대한 계획들을 구상하여 기계 장치처럼 일사불란한 정부 기구의 각 부분에 적절한 역할을 할당할 수 있습니다……. 전제 군주제가 없으면 문명도 있을 수 없습니다. 문명이란 오로지 대중에게 휘둘리지 않는 우두머리의 영도 아래에서만 나아갈 수 있기 때문입니다.〉 여기 이 다른 문서를 보면 이런 말도 있소. 〈헌법은 결코 민중의 의지에서 나온 것이 아니며, 국가 경영에 관한 계획은 오로지 한 사람의 머리에서 나와야 합니다.〉 그리고 이 대목도 읽어 보시오. 〈우리는 여러 개의 팔을 가진 비슈누처럼 모든 것을 통제할 것입니다. 우리는 경찰에조차 의존하지 않게 될 것입니다. 우리 백성들의 3분의 1이 나머지 3분의 2를 감시할 테니까요.〉」

「아주 훌륭합니다.」

「또한 이런 대목도 있소. 〈군중은 미개하고 기회가 있을 때마다 그런 특성을 드러낸다. 음주를 무제한으로 허용하는 사회에서 술 때문에 얼간이가 되어 버린 알코올 중독자들을 생각해 보십시오! 우리는 장차 우리 백성들에게 그런 자들을 본받도록 허용해야 할까요? 기독교인들의 세계에서 민중은 술 때문에 멍청해지고, 젊은이들은 우리 요원들이 부추긴 조숙한 방탕에 탐닉하여 상궤를 벗어나고 있습니다……. 오로지 순수한 힘만이 승리를 가져오고 정치를 가능케 합니다. 우리는 폭력을 원칙으로 삼고, 간계와 위선을 규칙으로 삼아야 합니다. 그런 악은 선에 도달하기 위한 유일한 수단입니다. 따라서 매수와 사기와 배신을 주저하며 우리의 발걸음을 멈춰서는 아니 됩니다. 목적은 수단을 정당화합니다.」

「러시아에서는 공산주의에 관한 논의가 무성합니다. 프라하의 랍비들은 공산주의에 대해서 무어라 말하고 있나요?」

「이 대목을 읽어 보시오. 〈정치 분야로 넘어가서, 만약 대중의 지지를 얻고 권력을 획득하는 데 도움이 된다면, 사유재산을 몰수하는 일에 주저하지 맙시다. 우리는 노동 계급의 해방자로 행세하면서 우리 프리메이슨회가 천명한 형제애의 원칙에 따라 노동 계급을 사랑하는 척해야 합니다. 그들을 가진 자들의 압제에서 해방시키기 위해 떨쳐 일어났다고 주장하면서, 사회주의자들과 공산주의자들과 아나키스트들로 이루어진 우리 군대에 그들이 합류하도록 권해야 한다는 것이지요. 예전에 노동 계급을 착취했던 귀족 계급은 노동 계급이 잘 먹고 건강하고 힘이 좋아야 자기들에게도 유익했습니다. 반면에 우리에게는 이교도의 퇴화가 더 유익합니다. 우리의 힘은 노동 계급을 언제나 결핍과 무능력의 상태에 묶어 두는 데에서 생겨납니다. 노동 계급이 그런 상태에 있어야 우리의 의지에 종속시킬 수 있으니까요. 그리고 노동 계급의 주위에는 우리에게 맞서서 봉기하도록 도와줄 만한 세력이 절대로 생겨나지 않게 해야 합니다.〉 또 이런 대목도 있소. 〈우리는 간접적인 수단들을 총동원하고 우리가 완전히 독점하고 있는 황금을 이용해서 세계적인 경제 위기를 야기할 것입니다. 그러면서 다른 한편으로는 유럽 전역에 걸쳐 노동자들을 선동하여 대규모 군중이 거리로 쏟아져 나가게 만들 것입니다. 그러면 군중은 자기들도 모르는 사이에 어린 시절부터 시샘해 온 사람들에게 덤벼들면서 행복해할 것이며, 그들의 재산을 약탈하고 유혈 사태를 일으킬 것입니다. 하지만 우리는 해를 입지 않을 것인바, 그 이유인즉 우리는 언제 공격이 시작되는지를 미리 알고 우리의 이익을 지키기 위한 조치를 취할 것이기 때문입니다.〉」

「유대인들과 메이슨들의 관계에 관한 이야기는 없습니까?」

「그럴 리가요! 그 점을 아주 분명하게 보여주는 대목이 여기 있소. 〈우리가 아직 권력에 도달하지 못한 동안에는 세계 곳곳에 프리메이슨 회당들을 창설하고 늘리도록 노력해야 합니다. 그 회당들은 우리가 정보를 수집하는 주요한 장소들이자 선전 활동의 중심이 될 것입니다. 우리는 그 회당들에서 사회주의자들이며 혁명주의자들과 긴밀한 유대 관계를 형성할 것입니다. 국제 비밀경찰의 요원들은 거의 모두가 우리 회당들의 회원이 될 것입니다. 비밀 결사에 가입하는 사람들은 대부분 모험가들이고 이러저러한 이유로 출세의 길을 개척하려는 사람들이며 진중한 마음을 가진 자들이 아닙니다. 그런 사람들과 함께라면 우리의 목적을 추구하기가 쉬울 것입니다. 우리가 프리메이슨회의 사업들을 이끄는 유일한 민족이 되는 것은 아주 당연한 일입니다.〉」

「굉장하군요!」

「이런 점도 유념할 필요가 있소. 부유한 유대인들은 가난한 유대인들을 상대로 한 반유대주의가 결국엔 자기들에게 유익하다고 보고 있소. 반유대주의가 횡행하면 마음씨 착한 기독교인들은 유대 민족 전체에 대해 연민을 갖게 되니까요. 여기 이 대목을 보시오. 〈반유대주의 시위 또한 유대인 지도자들에게는 오히려 도움이 되었습니다. 그런 일들이 벌어지면 유대인들이 박해를 받는 것처럼 보이면서 일부 이교도의 마음에 연민이 생겨나기 때문입니다. 그것은 결과적으로 이교도들 사이에 시온의 대의에 대한 호감을 불러일으키는 데에도 도움이 됩니다. 또한 우리 민족의 서민들을 박해하는 것으로 나타났던 반유대주의는 우리 지도자들이 가난한 동포들을 통제하고 종속시키는 데에도 도움을 주었습니다. 지도자들은 박해를 용인했다가 적당한 때에 개입하여 동포들을 구원했습니다. 그들은 반유대주의 소요가 벌어지는 동안에도 고통을 겪은 적이 없고, 사업의 진척에 방해를 받거나 경영인이나 행정가라는 공식적인 지위에 타격을 입은 적도 없다는 점을 유념하십시오. 옛날에는 바로 그 지도자들이 가장 비천한 유대인들을 공격하도록 기독교도 사냥개들을 풀어놓았고, 그 사냥개들을 통해 양 떼의 질서를 유지하고 유대 민족의 단결력을 강화하였습니다.〉」

나는 모리스 졸리가 대부와 이자세에 관해서 지나치게 전문적으로 설명한 여러 대목들을 다시 써먹었다. 나로서는 이해하기가 쉽지 않은 대목들이었고, 졸리가 글을 쓰던 시절의 이자세가 오늘날과 동일한지도 확실치 않았지만, 나는 졸리의 책을 믿고 그 대목들도 골로빈스키에게 넘겨주었다. 빚이 많은 소상공인이나 고리대금의 소용돌이에 빠진 사람들이라면 아마도 이 대목들을 매우 주의 깊게 읽을 것이었다.

또한 나는 그즈음에 「자유 발언」의 편집부에서 들은 도시 철도에 관한 토론도 활용하기로 했다. 파리에 지하철을 건설한다는 것은 벌써 수십 년 전부터 나온 이야기지만, 공식적인 계획안이 가결된 것은 1897년 7월의 일이었고, 최근에 들어서야 뱅센 성문에서 마요 성문에 이르는 노선의 첫 굴착 공사가 시작되었다. 그렇듯이 아직 대수로운 일은 아니었지만, 「자유 발언」은 벌써 1년 넘게 도시 철도 회사에 유대인 주주들이 많다는 점을 들어 이의를 제기하고 있었다. 나는 지하철 건설을 유대인들의 음모와 결부시키는 것이 매우 유용하리라고 생각했다. 그래서 내 문서에 이런 대목을 추가했다. 〈얼마쯤 지나면 모든 도시에 지하철과 지하도가 생겨날 것입니다. 우리는 그 지하 공간으로부터 세계의 모든 도시를 폭파할 것이고, 그와 함께 그 도시들의 관공서들이며 문서들을 허공으로 날려 버릴 것입니다.〉

그 대목을 읽어 주자 골로빈스키가 물었다.

「그런데 프라하의 집회가 아주 오래전에 열렸다면, 그 랍비들이 어떻게 지하철에 관해서 알았을까요?」

「우선, 10년 전에 『동시대인』에 실린 랍비 연설문의 마지막 필사본을 보면 그 집회는 1880년에 열린 것으로 되어 있는데, 내가 알기로 그때 이미 런던에는 지하철이 존재했소. 또 다른 이유를 말하자면, 계획이란 모름지기 예언의 양상을 띠게 마련이라는 것이오.」

골로빈스키는 불길한 전조가 강하게 느껴진다면서 그 대목을 높이 평가하고 나서 지적했다.

「이 문서들에 나타나 있는 의견들 가운데 다수가 서로 모순된다고 생각하지 않으십니까? 예를 들어 한편에서는 사치와 지나친 쾌락을 금지하고 주취를 벌해야 한다고 주장하는데, 다른 쪽에서는 체육과 여가 활동을 권장하고 노동자들을 술꾼으로 만들어야 한다고 말하고 있습니다.」

「유대인들은 어떤 말을 해놓고 그 말을 뒤집기가 일쑤요. 타고난 거짓말쟁이들이지요. 하지만 만약 당신이 페이지가 많은 문서를 만들어 낸다면, 사람들은 그것을 단숨에 읽지 않을 거요. 독자들의 혐오감을 불러일으키되, 한 번에 한 가지에 대해서 혐오감을 갖도록 해야 하오. 어떤 사람이 오늘 어느 대목의 주장을 읽고 분개한다면, 그는 어제 자기를 분개시킨 주장을 더 이상 기억하지 못하는 법이오. 게다가 잘 읽어 보면 알겠지만, 프라하에 모인 랍비들이 사치와 오락과 술을 이용하자는 것은 **지금**의 민중을 노예 상태로 전락시키기 위함이고, 그들이 권력을 획득하게 되면 민중에게 절제와 미풍을 강요할 것이오.」

「그렇군요, 죄송합니다.」

「사실 나는 이 문서들을 놓고 어린 시절부터 수십 년 동안 숙고를 거듭해 왔소. 그러니 어조의 미세한 차이까지 속속들이 알 수밖에요.」

하고 나는 정당한 오만함을 드러내며 아퀴를 지었다.

「맞는 말씀입니다. 그런데 저는 유대인들의 흉악함을 강조하기 위해서 독자들의 머릿속에 오래도록 남을 아주 강한 단정으로 문서를 끝맺고 싶습니다. 예를 들면 이런 식으로요. 〈우리에게는 무량한 야심과 바닥 모를 탐욕과 가차 없는 복수욕과 격렬한 증오가 있다.〉」

「신문 연재소설의 한 대목이라면 나쁘지 않을 거요. 하지만 유대인들이 바보가 아닌 다음에야 일부러 그런 말을 해서 비난을 살 리가 있겠소?」

「제가 보기에 그 점에 대해서는 별로 걱정할 필요가 없을 듯합니다. 랍비들은 유대인 묘지에 모여서 이야기를 나누고 있습니다. 자기들의 말이 이교도의 귀에 들어가지 않으리라 확신하면서 거리낌 없이 발언한다는 것이죠. 어쨌거나 중요한 것은 군중의 분노를 촉발하는 것입니다.」

골로빈스키는 훌륭한 협력자였다. 그는 내 문서들을 진본으로 여기거나 그렇게 여기는 척하면서도 필요하다 싶을 때는 주저 없이 변경을 가하고 있었다. 라치콥스키가 사람을 제

「저는 유대인들의 흉악함을 강조하기 위해서
독자들의 머릿속에 오래도록 남을 아주 강한 단정으로
문서를 끝맺고 싶습니다. 예를 들면 이런 식으로요.
〈우리에게는 무량한 야심과 바닥 모를 탐욕과
가차 없는 복수욕과 격렬한 증오가 있다.〉」

대로 선택한 것이었다.

골로빈스키의 결론은 이러했다.

「제가 보기에 이 정도면 충분합니다. 이 자료들을 프라하의 묘지에서 열린 랍비 집회의 프로토콜이라는 제목으로 다시 짜 맞출 생각입니다.」

프라하의 묘지에 관한 문서들이 내 손을 떠나가고 있었다. 하지만 아마도 그렇게 떠나보내는 것이 그것들의 성공에 협력하는 길일 것이었다. 나는 안도감을 느끼며 골로빈스키를 저녁 식사에 초대했다. 우리가 간 곳은 쇼세 당탱 거리와 이탈리앵 대로의 모퉁이에 있는 파야르 레스토랑이었다. 음식값이 비싸기는 해도 맛은 일품으로 칠 만한 요릿집이었다. 골로빈스키는 풀레 아르시뒤크(대공식 닭고기)[2]와 카나르 알라 프레스(압착기로 누른 오리 고기)[3]를 아주 맛나게 먹었다. 하지만 스텝 지대에서 온 이런 촌놈은 아마 자우어크라우트를 대접했다 해도 진미로 여기며 푸지게 먹었을 것이었다. 그랬다면 나는 돈도 절약할 수 있었을 것이고, 음식을 너무 요란하게 씹어 대는 손님을 향해 종업원들이 던지는 의아한 눈길도 피할 수 있었으리라.

어쨌거나 그는 즐겁게 식사를 했고, 술기운 탓인지 종교나 정치와 관련된 진지한 열정 때문인지 흥분된 기색으로 두 눈을 반짝이며 말했다.

「이 자료들에서 아주 훌륭한 문헌이 나올 겁니다. 유대 종

2 *poulet archiduc.*

3 *canard à la presse.*

족과 유대교의 철저한 증오심이 분출하는 문헌 말입니다. 이 문서들을 읽어 보면 증오가 부글거리는 느낌이 들어요. 원한으로 가득 찬 그릇에서 증오가 넘쳐 나는 것 같다고나 할까요……. 바야흐로 마지막 해결책의 시간이 도래했다는 사실을 많은 사람들이 깨닫게 될 겁니다.」

「오스만 베이도 마지막 해결책이라는 말을 합디다. 그 사람을 아시오?」

「직접 만난 적은 없고 명성은 익히 들었습니다. 어쨌거나 분명한 것은 어떤 대가를 치르든 그 저주받은 종족을 일소해야 한다는 사실입니다.」

「라치콥스키의 견해는 그와 다른 것 같소. 그는 유대인들을 살려 두는 게 유익하다고 했소. 그들이 쓸모 있는 적이라는 거요.」

「허튼소리입니다. 쓸모 있는 적은 언제든지 찾아낼 수 있습니다. 제가 라치콥스키를 위해 일한다고 해서 그의 견해를 무조건 추종한다고 생각하지는 마십시오. 라치콥스키 자신이 저에게 가르쳐주기를, 오늘의 주인을 위해 일하더라도 내일의 주인을 섬길 준비를 해야 한다고 했습니다. 라치콥스키는 영원히 그 자리에 있지 않습니다. 신성한 러시아에는 그보다 과격한 사람들이 많습니다. 서유럽 정부들은 너무 겁이 많아서 마지막 해결책을 결정하지 못합니다. 반면에 러시아는 패기와 환각적인 희망에 가득 찬 나라이고, 러시아인들은 언제나 완전한 혁명을 꿈꾸고 있습니다. 우리가 어떤 결정적인 행동을 원한다면 러시아인들에게 기대를 걸 수밖에 없습니다. 평등과 박애를 내세우며 스스로를 계속 타락시키고 있는 프랑스인들이나 위대한 행동을 할 줄 모르는 상스러운 독일인들에게는 그런 것을 기대할 수 없죠.」

내가 오스만 베이와 한밤중에 면담을 나누던 때에 직감했던 바가 사실로 나타나고 있었다. 일찍이 바뤼엘 신부는 내 선조부의 편지를 받고도 대학살이 벌어질 것을 저어한 나머지 유대인들의 음모를 고발하지 못했다. 그런데 당시에 할아버지가 원하셨던 일이 이제 현실로 나타날 조짐을 보이고 있었다. 오스만 베이와 골로빈스키가 예상하고 있는 마지막 해결책이라는 것이 바로 그 일이 아니겠는가? 할아버지는 아마도 내가 당신의 꿈을 실현해 주기를 바라셨을 것이다. 그렇다고 내가 유대 민족 전체를 말살하는 일에 직접 나설 수는 없는 노릇이었고, 천만다행으로 그 일은 내 몫으로 들어오지 않았다. 하지만 비록 소박하게나마 나는 내 나름대로 기여를 하고 있는 셈이었다.

게다가 그것은 돈벌이가 되는 활동이기도 했다. 유대인들은 모든 기독교인을 없애 버리기 위해 나에게 돈을 주지 않을 것이었다. 기독교인들의 수가 너무 많기 때문이다. 그리고 만약 기독교인들을 모두 없애 버리는 게 가능하다면, 그들이 직접 나서지 나에게 일을 맡길 리가 없었다. 반면에 유대인들을 말살하는 것은 여러 모로 보아 가능성이 없지 않은 일이었다.

나는 대체로 보아 신체적인 폭력을 혐오하는 사람인지라

그들을 제거하는 일에 나서지 않을 것이었다. 하지만 파리 코뮌 참가자들이 처형되는 것을 직접 보았기 때문에 그런 일을 어떻게 해야 하는지는 잘 알고 있었다. 그건 군사 훈련과 정신 교육을 잘 받은 부대원들을 이끌고 다니면서 매부리코에 곱슬머리인 사람을 만날 때마다 무조건 붙잡아서 총살을 시키면 되는 일이다. 더러 기독교인들이 지나가다가 붙잡히는 경우도 있겠지만, 알비 십자군이 베지에의 카타리파를 공격하던 때에 어느 고위 성직자가 말했던 것처럼, 한 명이라도 놓치면 안 되니까 그들을 모두 죽여야 한다. 그러면 나중에 하느님께서 당신 백성을 알아보실 테니까.

내가 작성한 유대교 랍비들의 발언록에 나와 있듯이, 목적은 수단을 정당화한다.

27

중단된 일기

1898년 12월 20일

랍비들의 발언록을 작성하기 위해 아직 간직하고 있던 모든 자료를 골로빈스키에게 넘겨주고 나자 나 자신이 텅 비어버린 기분이 들었다. 마치 젊은 시절에 법과 대학을 졸업하고 나서 〈이제 뭘 하지?〉 하고 자문하던 때와 비슷했다. 게다가 인격이 분열되어 있던 상태에서 치유된 뒤로는 내 이야기를 들려줄 사람이 아무도 없다.

나는 토리노의 다락방에서 뒤마의 『주세페 발사모』를 읽으면서 시작된 평생의 작업에 종지부를 찍었다. 나는 할아버지를 생각한다. 그분은 모르데카이의 유령을 언급하실 때마다 눈을 휘둥그렇게 뜬 채 허공을 응시하셨다. 내 작품 덕분에 온 세상의 모르데카이들이 장엄하고도 무시무시한 화형 장작더미 쪽으로 나아가고 있다. 그런데 나는 어디로 가지? 의무를 다한 뒤에 찾아오는 애수는 화륜선 갑판에서 망망대해를 마주하고 있을 때 느끼는 우수보다 막막하고도 미묘하다.

나는 여전히 친필 유언장을 위조하고 있고, 일주일에 수십 개의 면병을 팔고 있다. 하지만 에뷔테른은 이제 나를 찾지 않는다. 아마 내가 너무 늙었다고 생각하는 모양이다. 군인들 얘기는 하지 말자. 한때 나와 관계를 맺었던 군인들의 머릿속에서도 내 이름은 지워졌을 것이다 — 상데르는 몸이 마비된 채로 어느 병원에 누워 있고, 에스테라지는 런던의 고급 창가에서 카드놀이를 하고 있는 마당이니, 나를 알았던 사람들이 남아 있을 것 같지도 않다.

이제 돈에 대한 욕심은 없다. 돈은 모을 만큼 모았다. 하지만 사는 게 따분하다. 위장에 탈이 나서 맛있는 요리를 먹으며 위안을 얻을 수도 없다. 나는 집에서 수프를 끓여 먹는다. 레스토랑에서 저녁을 먹으면 밤새 잠을 이루지 못한다. 때로는 먹은 것을 토하기도 한다. 오줌도 예전보다 자주 마렵다.

「자유 발언」 사람들과는 계속 교류하고 있지만, 드뤼몽의 반유대주의적 광기는 더 이상 나를 흥분시키지 않는다. 프라하의 묘지에 관한 문서를 작성하는 것은 이제 러시아인들의 일이다.

드레퓌스 사건은 아직 끝나지 않았다. 여론이 다시 비등하고 있다. 오늘은 언제나 반드레퓌스파의 견해를 맹렬하게 표명해 온 「라 크루아」 같은 신문에 뜻밖에도 드레퓌스파 가톨릭 신자의 글이 실렸다(아, 「라 크루아」가 다이애나를 지지하기 위해 애써 주던 호시절이 그립도다!). 어제는 콩코르드 광장에서 반유대주의자들의 격렬한 시위가 벌어졌다는 소식이 신문들의 일 면을 장식했다. 시사만화가 카랑 다슈는 한 일간지에 두 컷짜리 만평을 실었는바, 그 첫 번째 컷에는 대가족이 화목하게 식탁에 둘러앉아 있는 모습이 그려져 있고 그 밑에 절대로 드레퓌스 사건을 화제에 올리지 말하는 가장의 말이 적혀 있으며, 두 번째 컷에는 그들이 기어이 말을 하고야 말았다는 간단한 설명과 함께 격렬한 난투 장면이 나와 있다.

드레퓌스 사건은 프랑스인들을 둘로 갈라놓고 있을 뿐만 아니라, 여기저기에서 읽은 바에 따르면 세계 전체를 분열시키고 있는 모양이다. 재판이 다시 열리게 될까? 어쨌거나 드레퓌스는 아직 카옌의 도형장에 있다. 그건 마땅하고 옳은 일이다.

나는 베르가마스키 신부를 만나러 갔다. 신부는 늙고 지쳐 보였다. 하기야 내가 예순여덟 살이니 신부는 이제 여든다섯 살이 되었으리라.

「그러잖아도 자네한테 인사를 하려던 참일세.」 하더니 신부는 사정을 설명하되 「이탈리아로 돌아가서 얼마 남지 않은 날들을 우리 집에서 보내려고 하네. 나는 우리 주님의 영광을 위해 일했네. 일을 너무 많이 했다고 말할 수도 있을 게야. 자네는 어떤가? 여전히 너무 많은 음모들 속에서 살아가는 건 아니겠지? 이제 나는 음모가 지긋지긋하네. 자네 할아버지 시대에는 모든 게 분명했지. 한쪽에는 카르보나리가 또 한쪽에는 우리가 있었기 때문에 적이 누구이고 어디에 있는지를 잘 알고 있었네. 이제는 모든 게 너무 많이 변했어. 나도 옛날의 내가 아니고.」

나는 베르가마스키 신부를 만나러 갔다.
신부는 늙고 지쳐 보였다.

신부는 이미 분별력을 잃었다. 나는 형제애를 담아 그를 안아 주고 그의 집을 나섰다.

*

어제 저녁, 우리 동네의 〈빈자 성(聖) 쥘리앵〉 성당 앞을 지나가다가 현관 옆에 더없이 비천한 사람 하나가 앉아 있는 것을 보았다. 그는 앉은뱅이에다 소경이었고, 홀떡 벗어진 머리는 보랏빛이 도는 상처로 덮여 있었는데, 한쪽 콧구멍에 작은 피리를 집어넣어 힘겹게 어떤 선율을 뽑아내면서 다른 콧구멍으로는 콧바람을 거칠게 불어 대고, 마치 물에 빠진 사람이 숨을 가누려고 할 때처럼 입을 크게 벌리고 있었다.

까닭 모르게 두려움이 엄습했다. 산다는 게 갑자기 추하게 느껴졌다.

*

나는 잠을 잘 자지 못한다. 꿈자리가 뒤숭숭하다. 다이애나가 머리를 풀어 헤친 창백한 몰골로 자꾸 꿈에 나타난다.

나는 종종 이른 아침에 꽁초 줍는 사람들이 일하는 것을 보러 간다. 그들의 모습은 언제 봐도 흥미롭다. 그들은 첫새벽부터 악취 나는 자루를 밧줄로 허리에 매어 달고 끝에 뾰족한 쇠붙이가 달린 막대기를 들고 돌아다니는데, 이 막대기를 작살처럼 사용해서 탁자 밑에 떨어져 있는 꽁초까지 찍어 올린다. 이들이 노천카페에 들어갈라치면, 종업원들이 발길질을 하거나 젤츠 탄산수를 분사하여 그들을 쫓아내는데, 그 광경이 정말 가관이다.

그들 가운데 다수는 센 강가에서 밤을 보내기 때문에 새벽에 강가에 나가면 그들이 강둑에 앉아 있는 것을 볼 수 있다. 그들은 거기에서 침의 습기가 아직 남아 있는 축축한 꽁초를 째어 담뱃가루와 재를 분리하는 작업을 벌인다. 어떤 자들은 담뱃진이 묻은 셔츠를 빨아 널고 그것이 마르는 동안 선별 작업을 벌인다. 가장 악착스러운 자들은 엽궐련의 꽁초뿐만 아니라 지궐련의 꽁초까지 긁어모아서 젖은 종이와 담뱃가루를 분리해 내는데, 이는 훨씬 더 역겨운 일이다.

그러고 나면 그들은 모베르 광장과 그 주변으로 흩어져서 저희의 상품을 판다. 그러다가 몇 푼 벌었다 싶으면 즉시 술집으로 들어가서 독주를 마신다.

나는 남들의 삶을 관찰하면서 시간을 보낸다. 연금 생활자 또는 노병처럼 살아가고 있는 것이다.

*

기이한 일이다. 유대인들에 대한 그리움 같은 것이 느껴진다. 그들이 없어서 아쉽다. 나는 젊은 시절부터 이를테면 묘석을 하나하나 세워 나가듯 프라하의 묘지를 건설해 왔다. 그런데 이제 그 묘지를 골로빈스키에게 빼앗긴 기분이 든다. 그들은 내가 건설한 묘지를 가지고 모스크바에서 무슨 일을 벌이고 있을까? 어쩌면 내가 작성한 발언록들을 한데 모아 예전의 분위기를 완전히 없앤 채로 건조하고 관료적인 하나의 문서를 만들고 있을지도 모른다. 그런 문서가 만들어진다면 아무도 읽으려 하지 않을 것이고, 나는 쓸모없는 증언을 작성하느라 평생을 허비한 꼴이 될 것이다. 아니 어쩌면 그 반대로 내 랍비들(정말이지 그들은 언제나 **나의** 랍비들이었다)의 사상이 온 세상으로 퍼져 나가 마지막 해결책이 뒤따를지도 모른다.

*

나는 어디선가 읽은 덕분에 파리 19구 플랑드르 거리의 어느 오래된 마당 안쪽에 포르투갈계 유대인들의 묘지가 있다는 사실을 알게 되었다. 그 묘지가 생긴 사연은 이러하다. 17세기 말에 카모라는 사람이 그 일대의 땅을 사들여 저택을 지었는데, 그는 유대인들에게서 돈을 받고 자기 땅에 시신을 묻을 수도 있도록 허락했다. 대부분 독일계였던 그 유대인들은 어른의 시신에 대해서는 50프랑을, 아이의 시신에 대해서는 20프랑을 지불했다. 나중에 그 저택은 마타르라는 사람에게 넘어갔다. 그는 동물의 가죽을 벗겨서 파는 사람이었는데, 유대인들의 무덤 옆에 가죽을 벗겨 낸 말이며 소의 시체를 묻기 시작했다. 유대인들이 그에게 항의를 해보았지만 소용이 없었다. 그러자 포르투갈계 유대인들은 옆의 토지를 구입하여 자기들만의 묘지를 만들었고, 독일계 유대인들은 몽루즈에 다른 땅을 마련했다.

포르투갈계 유대인들의 묘지는 금세기 초에 폐쇄되었지만, 안에 들어가는 것은 여전히 가능하다. 거기에는 묘석이 스무 개쯤 서 있고, 묘비명들은 히브리어나 프랑스어로 되어 있다. 나는 기이한 묘비명 하나를 보았는데 그 내용은 이러하다. 〈지고하신 하느님께서 저의 스물세 번째 생일에 저를 도로 부르셨습니다. 저는 노예 상태보다 지금의 처지가 더 좋습니다. 유일 불가분의 프랑스 공화국 2년 4월 28일에 세상을 떠난 사뮈엘 페르난데스 파투, 여기에 잠들다.〉 영락없는 공화파 유대인의 무덤이다.

비록 초라한 묘지일지언정 내가 판화로만 본 프라하 묘지를 상상하는 데는 도움이 되었다. 나는 훌륭한 이야기꾼이었다. 작가의 길을 걸었다면 꽤 성공을 거두었을지도 모른다. 나는 몇 개 되지 않는 단서들만 가지고 마법의 장소, 세계 지배의 음모가 꾸며지는 어둡고 으스스한 요처를 만들어 냈다. 왜 내 창작물을 남에게 넘겨주었을까? 그 묘지에서 더 많은 일들이 펼쳐지게 할 수도 있었으련만…….

*

라치콥스키가 다시 찾아왔다. 그는 아직도 내가 필요하다고 말했다. 나는 분통을 터뜨렸다.

「계약을 존중하지 않으시는군요. 우리는 서로 비긴 것으로 알고 있었는데요. 나는 특별한 자료를 당신에게 제공했고, 당신은 그 대가로 내 집 하수도에 관한 일을 모른 척하기로 하지 않았던가요? 아직 무언가를 더 기대할 사람이 있다면 그건 오히려 접니다. 설마 그토록 소중한 문서를 공짜로 얻을 수 있다고 생각하시는 건 아니겠지요?」

「계약을 존중하지 않는 쪽은 당신이오. 당신 문서들에 대해서는 내 침묵으로 대가를 치렀소. 그런데 당신은 이제 돈까지 요구하고 있소. 좋아요, 긴말 하지 않겠소. 문서들에 대해서 돈을 지불하겠소. 그러니까 당신은 내가 하수도에 관해서 침묵을 지키는 대가를 아직 치르지 않은 셈이오. 그리고 이왕 일이 이렇게 되었으니 하는 말이지만, 당신은 흥정을 할 처지가 아니오. 내 심기를 불편하게 만드는 건 당신에게 득이 되지 않소. 전에도 말했듯이 프랑스 편에서 보면 드레퓌스의 명세서가 진짜 문서로 판명되는 게 꼭 필요하오. 하지만 러시아 쪽에서 보면 경우가 다를 수밖에 없소. 나는 당신을 언론의 먹잇감으로 던져 주어도 손해 볼 것이 전혀 없소. 하지만 당신은 남은 생애를 재판정과 감옥에서 보내게 될 거요. 아, 이 얘기를 잊고 있었구려. 나는 당신의 과거 행적을 알아보기 위해 베르가마스키 신부도 만나고 에뷔테른 씨도 만났소. 내가 그들한테서 무슨 얘기를 들었는지 아시오? 당신은 그들에게 달라 피콜라 신부를 소개했고 그가 탁실 사건을 꾸몄다고 합디다. 그래서 달라 피콜라의 행방을 수소문해 보았더니, 그야말로 연기처럼 사라졌습디다. 오퇴유 구역의 셋집에서 탁실 사건을 함께 모의했던 자들도 모두 종적을 감췄소. 탁실만 빼고 말이오. 그자는 그 사라져 버린 신부를 찾아서 파리 시내를 헤매고 다닙디다. 나는 마음만 먹으면 그 신부를 살해한 혐의로 당신을 고발할 수도 있소.」

「시신이 있는 것도 아닌데 어떻게 살인 혐의를 씌우겠다는 건가요?」

「저 밑에 시신이 네 구나 있소. 하수도에 시신을 네 구나 갖다 놓은 자라면 다른 곳에 또 한 구의 시신을 갖다 놓았을 공산이 크오.」

나는 그 한심한 작자의 손아귀에 들어가 있었다. 그러니 양보를 할 수밖에 없었다.

「좋습니다. 원하시는 게 뭡니까?」

「당신이 골로빈스키에게 넘겨준 자료를 읽다가 한 대목에서 내가 큰 충격을 받았소. 지하철을 이용해서 대도시들을 폭파한다는 계획 말이오. 그런데 사람들이 그 말을 믿게 하려면, 실제로 지하에서 폭탄이 터져야 할 거요.」

「어디에서요? 런던에서 말입니까? 여기에는 아직 지하철이 존재하지 않습니다.」

「하지만 굴착 공사는 시작되었소. 벌써 센 강을 따라서 땅굴이 뚫려 있소. 파리를 날려 버리라는 얘기가 아니오. 그저 땅굴 천정을 받치는 들보 두세 개를 무너뜨리기만 하면 되는 일이오. 이왕 하는 김에 도로 바닥의 한 부분을 붕괴시키면 더욱 좋소. 대단한 폭파는 아니지만, 그 정도 되면 하나의 위협과 확증으로 받아들여질 거요.」

「알겠습니다. 그런데 그게 저하고 무슨 상관이 있는 겁니까?」

「내가 알기로 당신은 이미 폭발물을 가지고 일한 적이 있고, 수하에 폭탄 전문가들을 거느리고 있소. 일을 좋은 쪽으로 생각하시오. 내가 보기엔 모든 게 아무 탈 없이 이루어질 거요. 밤에는 그 굴착 공사장을 감시하는 사람들이 없으니까 말이오. 하지만 우연히도 일이 아주 고약하게 돌아가서 테러범이 밝혀질 수도 있음을 인정해야 하오. 만약 범인이 프랑스인이라면, 그는 몇 해 동안 감옥살이를 하게 될 거요. 하지만 범인이 러시아인이라면 프랑스와 러시아 사이에 전쟁이 일어날 거요. 그러니까 이건 내 부하를 시켜서 할 수 있는 일이 아니오.」

나는 격렬하게 반발할 참이었다. 당신이 뭔데 나에게 그런 미친 짓거리를 하도록 강요하는 거요? 나는 평온한 삶을 좋아하고 나이도 많은 사람이오. 그러다가 나는 분노를 억누르고 생각을 궁굴렸다. 내가 몇 주일 전부터 느껴 온 공허감은 무엇에 기인하는가? 내가 더 이상 주역이 아니라는 느낌 때문이 아니겠는가?

나는 그 임무를 받아들임으로서 제일선으로 복귀했다. 프라하의 묘지 이야기에 신뢰성을 부여하고, 그 이야기를 다른 어느 때보다 더욱 그럴싸하고 참되게 만드는 일에 기여하게 된 것이었다. 나는 또다시 혼자서 한 종족을 무찌르고 있었다.

내 대답은 이러했다.

「적임자가 한 사람 있습니다. 먼저 그 사람하고 얘기를 나눠 봐야 합니다. 수일 내로 연락드리겠습니다.」

*

나는 가비알리를 찾아 나섰다. 그는 여전히 넝마주이로 일하고 있지만, 내가 도와준 덕분에 하자가 전혀 없는 신분증을 얻었고 약간의 돈도 모은 터다. 하지만 5년도 채 지나지 않은 사이에 세월이 지독하게 그를 할퀴고 지나갔다 — 카옌에서 죽을 고생을 한 탓이리라. 그는 술잔을 들기도 쉽지 않을 만큼 손을 부들부들 떨고 있었다. 나는 후하게 선심을 쓰며 여러 번 그의 술잔을 채워 주었다. 그는 거동이 불편해 보였고 몸을 숙이는 데에 어려움을 느끼는 듯했다. 그런 몸으로 어떻게 넝마를 주울 수 있는지 이해할 수가 없었다.

그는 내 제안을 듣자마자 열띤 반응을 보였다.

「이제는 옛날 방식으로 하지 않소. 옛날에는 어떤 폭탄들을 사용할 수가 없었소. 폭탄을 설치해 놓고 멀리 떨어져야 하는데, 폭탄이 그럴 시간을 주지 않았기 때문이오. 하지만 이제는 시한폭탄이 있어서 아무 문제가 없소.」

「그건 어떻게 작동하는 거지?」

「간단하오. 작은 자명종 하나를 아무거나 구해서 원하는 시각에 울리도록 맞춰 놓소. 시곗바늘이 정해 놓은 시각에 다 다르면 종소리가 울리게 되는데, 만약 자명종을 기폭약에 제대로 연결해 놓으면 종소리가 울리는 대신 기폭약이 발화하고 이어서 폭탄이 빵 터지는 거요. 당신이 거기에서 아주 멀리 떨어진 뒤에 말이오.」

이튿날, 그는 간단하면서도 무시무시한 기계 장치를 가지고 내 집으로 왔다.

「이 얼키설키한 전선과 회중시계를 가지고 폭발을 일으킨다는 겐가? 그것이 어떻게 가능한지 상상이 안 되는구먼.」

「생긴 건 이래도 폭발을 일으킬 수 있소.」

하고 가비알리는 젠체하며 말했다.

이틀 뒤에 나는 굴착 공사장에 가서, 호기심이 많은 사람인 양 노동자들에게 몇 가지 질문까지 해가면서 현장을 답사했다. 나는 차도에서 내려가기 쉬운 장소 한 곳을 점찍어 두었다. 차도 바로 밑에 나 있는 공간으로, 버팀목들을 즉 받쳐 놓은 지하 통로의 출구에 해당하는 듯했다. 그 지하 통로가 어디로 통하는지, 어딘가로 통하기는 하는지 따위는 내가 알 바 아니었다. 그저 그 입구에 폭탄을 설치하기만 하면 모든 게 끝나는 것이었다.

답사를 끝내고 나는 가비알리를 만나 솔직하게 말했다.

「나는 자네의 전문 지식을 대단히 존중하네. 하지만 손이 떨리고 다리가 후들거리고 있어서 자네는 구덩이 속으로 내려갈 수가 없을 걸세. 그리고 자네가 말하는 그 장치를 제대로 다룰 수 있을지 걱정이 되네.」

그의 눈에 물기가 어렸다.

「사실이오. 내 인생은 끝장난 것이나 진배없소.」

「자네 대신 그 일을 해줄 사람이 없을까?」

「이제 아는 사람이 없소. 나의 가장 훌륭한 동지들은 아직 카옌에 있다는 사실을 잊지 마시오. 그들을 거기에 보낸 사람이 바로 당신이오. 그러니까 당신이 책임을 지시오. 폭탄을 터뜨리고 싶으면 당신이 직접 갖다 놓으란 말이오.」

「바보 같은 소리, 난 전문가가 아닐세.」

「전문가가 아니라도 할 수 있는 일이오. 전문가가 가르쳐 주는 대로 하기만 하면 되오. 이 탁자에 놓인 것을 잘 보시오. 이건 시한폭탄을 작동시키는 데 꼭 필요한 장치요. 우선 자명종은 여기 있는 이것처럼 특별한 게 아니어도 상관없소. 그저 정해 놓은 시각에 저절로 소리가 나게 하는 장치만 들어 있으

그 지하 통로가 어디로 통하는지,
어딘가로 통하기는 하는지 따위는 내가 알 바 아니었다.
그저 그 입구에 폭탄을 설치하기만 하면
모든 게 끝나는 것이었다.

면 되는 거요. 다음은 전지인데, 이것은 자명종이 작동되는 순간에 기폭약을 발화시키는 구실을 하오. 나는 구식에 익숙한 사람이라서 다니엘 전지를 사용할 거요. 이 전지에서는 볼타 전지와 달리 액체 성분을 주로 사용하오. 한쪽 용기에는 황산동 용액을 반쯤 채워 넣고, 다른 쪽 용기에는 황산아연 용액을 반쯤 채워 넣소. 그런 다음 황산동 용액에는 구리 극판을, 황산아연 용액에는 아연 극판을 박는데, 이러면 두 극판의 끄트머리가 당연히 전지의 두 극이 되는 거요. 알겠소?」

「거기까지는 알겠네.」

「좋소. 다니엘 전지를 사용하는 경우에 한 가지 문제가 있다면, 그것을 운반할 때 조심해야 한다는 거요. 하지만 전지가 기폭약과 폭탄에 연결되어 있지 않으면 아무 문제가 없소. 전지가 기폭약과 폭탄에 연결되어 있을 때는 전지를 평평한 곳에 놓아야 하오. 바보가 아닌 다음에야 모두가 그렇게 할 거요. 기폭약은 아무거나 소량만 있으면 충분하오. 끝으로 엄밀한 의미의 폭약에 대해서 말하자면, 당신도 기억하다시피 예전에는 내가 흑색 화약을 예찬했소. 그런데 지금으로부터 10년쯤 전에 발리스타이트가 개발되었소. 장뇌 10퍼센트에 니트로글리세린과 콜로디온을 각각 45퍼센트씩 배합한 거요. 이것이 처음 개발되었을 때는 장뇌의 휘발성이 너무 강하다는 문제가 있었소. 한마디로 말해 매우 불안정한 폭약이었다는 거요. 하지만 이탈리아인들이 아빌리아나에서 그 제품을 생산한 뒤로는 그런 대로 믿을 만한 폭약이 되었소. 영국인들이 개발한 코르다이트를 사용하는 것에 대해서는 내가 아직 마음을 정하지 못하고 있소. 이 폭약에는 장뇌 대신 바셀린이 들어가 있고, 나머지 성분으로는 니트로글리세린이 50퍼센트, 아세톤에 녹인 면화약이 37퍼센트 함유되어 있는데, 그 전체를 바짝 마른 스파게티처럼 길게 늘여 놓았소. 내가 어떤 폭약을 선택할지는 두고 봐야 알겠지만, 어느 쪽을 선택하든 차이는 별로 없을 거요. 그러니까 당신은 이런 점만 유념하면 되오. 먼저 자명종의 바늘을 정해 놓은 시각에 맞춘 다음, 자명종을 전지에 연결하고 이 전지를 기폭약에, 그리고 다시 이 기폭약을 폭약에 연결해야 하오. 그러고 나서 자명종을 작동시키는 거요. 조심할 것은 작업의 순서를 절대로 뒤집지 말라는 거요. 만약 먼저 기폭약과 폭약을 연결한 뒤에 자명종 바늘을 돌렸다가는…… 뻥! 알겠소? 내가 가르쳐준 순서대로 작업을 한 뒤에는 집이나 극장이나 레스토랑에 가서 느긋하게 기다리시오. 그 다음의 일은 폭탄이 알아서 할 테니까 말이오. 알겠소?」

「알겠네.」

「시한폭탄을 터뜨리는 것은 아이들도 할 수 있는 일이라고 말하면 과장이 되겠지만, 당신은 왕년에 가리발디 의용대의 대위였으니까 당연히 해낼 수 있을 거요. 당신은 손을 떨지도 않고 눈도 아직 밝으니까, 그냥 내가 일러 준 대로 하면 되는 거요. 순서만 잘 지키면 아무 문제가 없소.」

*

나는 받아들였다. 그 일을 해낸다면 나는 갑자기 젊음을 되찾게 될 것이고, 세상의 모든 모르데카이를 내 발아래에 엎드리게 만들 수 있을 것이다. 토리노 게토의 그 더러운 계집애도 나에게 굴복하지 않을 수 없으리라. 뭐, 나보고 가뉴라고? 내가 너에게 본때를 보여 주마.

욕정으로 한껏 달아오른 다이애나의 냄새. 그것을 떨쳐 버리고 싶다. 1년 반 전부터 그 냄새가 밤마다 나를 괴롭히고 있다. 이제 분명히 알겠다. 나는 오로지 그 저주받은 종족을 말살하기 위해 존재해 왔다. 라치콥스키의 말이 옳다. 오로지 증오만이 심장을 다시 뜨겁게 만든다.

내 의무를 이행하되, 이왕이면 옷을 잘 차려입고 해야 한다. 나는 쥘리에트 아당의 살롱에 갈 때처럼 연미복을 입고 수염을 달았다. 그리고 공교롭게도 장롱 밑바닥에 아직 남아 있던 약간의 코카인을 발견했다. 내가 프로이드 박사에게 구해 주었던 파크 앤 데이비스사의 코카인이다. 그게 어떻게 거기에 남아 있었는지 모르겠다. 나는 한 번도 그것을 사용해 본 적이 없지만, 프로이드의 말이 맞는다면 그것이 나에게 용기를 북돋워 줄 것이다. 나는 코카인을 복용하고 작은 잔에 코냑을 따라 세 잔을 연거푸 마셨다. 이제 나는 한 마리 사자가 된 기분이다.

가비알리는 나와 함께 가고 싶어 하지만 나는 그것을 허락하지 않을 것이다. 그는 거동이 너무 느려서 오히려 나에게 방해가 될 수도 있다.

나는 일이 어떻게 돌아갈지 아주 잘 알고 있다. 내 폭탄은 획기적인 사건이 될 것이다.

가비알리가 나에게 마지막으로 일러 준다. 이것을 조심하고 저것을 조심하라고.

작작하시지, 나는 아직 망령 든 늙은이가 아니란 말일세.

〈끝〉

사실(史實)과 허구

이 이야기에 나오는 인물들 가운데 내가 지어낸 인물은 단 하나, 주인공 시모네 시모니니뿐이다 — 주인공의 할아버지 시모니니 대위는 허구의 인물이 아니지만, 역사에 알려진 바로 보자면 그는 바뤼엘 신부에게 한 통의 편지를 보낸 수수께끼의 인물일 뿐이다.

그 밖의 모든 등장인물들은(공증인 레바우덴고와 염초장 니누초 같은 몇몇 주변 인물을 제외하면) 실제로 존재했으며, 소설에서 그들이 말하고 행하는 바는 실존 인물들이 말하고 행한 바와 동일하다. 이런 사정은 비단 실명으로 등장하는 인물들(예컨대 레오 탁실은 여러 가지 점에서 있을 법하지 않은 인물로 보일 수도 있지만, 그 같은 인물조차 정말로 존재했다)에게만 해당하는 것이 아니라, 내가 지어낸 이름으로 등장하는 인물들에게도 해당한다. 내가 일부 인물들에게 가짜 이름을 붙인 까닭은 그저 서술의 경제성을 고려한 것인바, 예컨대 나는 두 사람(역사적으로 실재했던 인물들)이 실제로 말하거나 행한 바를 한 사람(내가 지어낸 인물)이 말하고 행하게 만들었다.

시모네 시모니니는 콜라주 기법의 산물이고, 따라서 소설 속에서 그가 행한 것으로 되어 있는 일들은 실제로 여러 사람에 의해서 행해진 것들이다. 하지만 다시금 곰곰이 생각해 보면, 그런 시모네 시모니니조차 어떤 점에서는 실제로 존재했다고 볼 수 있다. 더 나아가서, 내친김에 마저 말하자면, 그는 여전히 우리들 사이에 있다.

줄거리와 구성

이 소설에는 주인공의 일기들이 전재되어 있는바, 화자가 짐작하기에, 그 일기들이 꽤나 혼돈스러운 방식으로(현재와 과거를 넘나드는 기법, 다시 말해서 영화인들이 플래시백이라 부르는 기법을 많이 사용해서) 짜여 있는지라, 독자들 중에는 주인공의 출생부터 그의 일기가 끝나기까지 사건들의 선형적 전개를 따라가지 못하는 이들도 없지 않을 것이다. 그것은 영어권 사람들이 말하는 스토리와 플롯의 어찌할 수 없는 어긋남, 더 어려운 말로 하자면, 러시아 형식주의자들(모두 유대인)이 말하는 파불라와 슈제트 사이의 숙명적인 기능 장애이다. 사실 화자는 이야기의 갈피를 잡느라고 종종

애를 먹었지만, 훌륭한 독자라면 그런 미묘한 기법에 구애받지 않고 이야기를 온전히 즐길 수 있으리라 생각한다. 그렇다 해도 혹시 지나치게 꼼꼼한 독자, 또는 갈피를 분명하게 잡지 못하는 독자가 있을까 싶어서, 여기에 일람표 하나를 제시하는바, 이 표를 보면 스토리와 플롯이라는 두 층위(예전에 흔히 하던 말로 〈잘 짜인〉 소설들에 공통으로 나타나는 두 층위) 사이에 어떤 관계가 있는지 분명하게 알 수 있다.

〈플롯〉 난에는 각각의 장(章)에 해당하는 일기의 대목들을 독자가 읽는 순서대로 적어 놓았다. 반면에 〈스토리〉 난에는 시모니니나 달라 피콜라가 시간을 달리하여 회상하고 재구성하는 사건들을 실제로 일이 벌어진 순서대로 다시 정리해 놓았다.

장	플롯	스토리
1. 어느 행인이 있어 그 우중충한 아침 나절에	화자가 시모니니의 일기를 읽어 나가기 시작한다.	
2. 나는 누구인가?	1897년 3월 24일 일기	
3. 마니 레스토랑	1897년 3월 25일 일기 (1885년에서 1886년 사이에 마니 레스토랑에서 식사했던 것을 회상)	
4. 할아버지 시대	1897년 3월 26일 일기	1830~1855 어린 시절과 청소년기. 할아버지가 사망하던 때까지.
5. 카르보나로 행세를 하는 시모네	1897년 3월 27일 일기	1855~1859 공증인 레바우덴고의 사무실에서 일하다가 처음으로 정보기관과 접촉.
6. 정보기관의 정보원 노릇을 하다	1897년 3월 28일 일기	1860 사르데냐 왕국 정보기관의 책임자들과 면담.
7. 천인대와 함께	1897년 3월 29일 일기	1860 뒤마와 함께 엠마호를 타고 팔레르모에 당도. 니에보를 만남. 1차 토리노 귀환.
8. 헤라클레스호	1897년 3월 30일~4월 1일 일기	1861 니에보의 실종. 2차 토리노 귀환에 이어 파리에 망명.

9. 파리	1897년 4월 2일 일기	1861년부터 파리 생활 초기.
10. 당황한 달라 피콜라	1897년 4월 3일 일기	
11. 졸리	1897년 4월 3일 밤의 일기	1865 졸리를 기찰하기 위한 옥살이. 카르보나리를 상대로 한 함정.
12. 어느 날 밤 프라하에서	1897년 4월 4일 일기	1865~1866 프라하의 묘지 집회 장면의 첫 버전. 브라프만과 구즈노를 만남.
13. 달라 피콜라는 자신이 달라 피콜라가 아니라고 한다	1897년 4월 5일 일기	
14. 비아리츠	1897년 4월 5일 정오 무렵 일기	1867~1868 뮌헨에서 괴체를 만남. 달라 피콜라 살해.
15. 다시 살아난 달라 피콜라	1897년 4월 6일과 7일 일기	1869 라그랑주가 불랑에 관한 이야기를 들려줌.
16. 불랑	1897년 4월 8일 일기	1869 달라 피콜라, 불랑을 만남.
17. 파리 코뮌의 나날	1897년 4월 9일 일기	1870 파리 코뮌 기간의 사건들.
18. 프로토콜	1897년 4월 10일과 11일 일기	1871~1879 베르가마스키 신부와 재회. 프라하의 묘지 집회 보고서의 내용을 보강. 졸리 살해.

19. 오스만 베이	1897년 4월 11일 저녁 일기	1881 오스만 베이를 만남.
20. 러시아 사람들이오?	1897년 4월 12일 일기	
21. 레오 탁실	1897년 4월 13일 일기	1884 시모니니, 탁실을 만남
22. 19세기 악마	1897년 4월 14일 일기	1884~1896 반프리메이슨 선동가 탁실의 이야기
23. 알차게 보낸 12년 세월	1897년 4월 15일과 16일 일기	1884~1896 위와 동일한 시기를 시모니니의 관점에서 재구성(3장에서 이야기한 바대로 시모니니가 마니 레스토랑에서 정신과 의사들을 만나는 것도 바로 이 시기)
24. 미사에 참석한 어느 날 밤	1897년 4월 17일 일기 (이 일기는 4월 18일 새벽에 마무리된다)	1896~1897 탁실 사업의 청산 1897년 3월 21일 흑미사
25. 사태의 전말을 분명히 이해하다	1897년 4월 18일과 19일 일기	1897 시모니니, 사태의 전말을 이해하고 달라 피콜라를 없애다
26. 마지막 해결책	1898년 11월 10일 일기	1898 마지막 해결책
27. 중단된 일기	1898년 12월 20일 일기	1898 테러 준비

Сергѣй Нилусъ.

Великое

въ маломъ

и

АНТИХРИСТЪ,

какъ близкая политическая возможность.

ЗАПИСКИ ПРАВОСЛАВНАГО.

(ИЗДАНІЕ ВТОРОЕ, ИСПРАВЛЕННОЕ И ДОПОЛНЕННОЕ).

ЦАРСКОЕ СЕЛО.
Типографія Царскосельскаго Комитета Краснаго Креста.
1905.

세르게이 닐루스의 『미약함 속의 창대함』.
바로 이 책에 『시온 장로들의 프로토콜』이라는
위서가 최초로 실렸다.

시모니니 시대 이후의 사건들

1905년 러시아에서 세르게이 닐루스가 『미약함 속의 창대함』이라는 책을 출간. 이 책에 다음과 같은 소개 글과 함께 하나의 문서가 실려 있다.
〈이 문서는 이제 고인이 된 한 친구가 나에게 맡긴 필사본인바, 전 세계에 걸친 불길한 음모의 구상과 전개를 매우 정확하게 분명하게 묘파하고 있다. (……) 이 문서는 지금으로부터 약 4년 전에 내 수중에 들어왔거니와, 그때 내가 얻은 절대적인 보증에 따르면, 이는 한 여인이 프리메이슨회의 가장 높은 계급에 속한 가장 강력한 지도자들 가운데 한 사람에게서 훔쳐낸 문서(원본)를 원문 그대로 번역한 것이다. (……) 그 절도 행위는 프랑스 — 《유대 프리메이슨 음모》의 본거지 — 에서 《깨달은 자들》의 비밀 집회가 열린 뒤에 이루어졌다. 나는 보고자 하고 듣고자 하는 사람들에게 《시온 장로들의 프로토콜》이라는 제목이 붙은 이 문서를 과감히 공개하는 바이다.〉

1921년 「런던 타임스」는 『시온 장로들의 프로토콜』과 모리스 졸리의 책이 어떤 관계에 있는지를 알아내고 『프로토콜』이 거짓 문서임을 고발한다. 그러나 그 뒤에도 『프로토콜』은 여전히 진짜 문서인 것처럼 다시 출간된다.

1925년 히틀러는 『나의 투쟁』(I, 11)에서 이렇게 썼다. 〈그 민족의 삶이 끊임없는 거짓에 바탕을 두고 있다는 사실은 저 유명한 『시온 장로들의 프로토콜』에 분명하게 나와 있다. 「프랑크푸르터 차이퉁」은 매주 징징거리며 주장하기를, 그 문서가 허위 사실에 근거하고 있다고 한다. 이것이야말로 그 문서가 진짜라는 가장 훌륭한 증거이다. (……) 그 책이 온 국민의 공동 자산이 될 때에는 유대 민족의 위험이 제거된 것으로 여겨도 되리라.〉

1939년 앙리 롤랭은 『우리 시대의 묵시록』에서 이렇게 썼다. 〈우리는 그 문서를 성경 다음으로 세상에 가장 널리 퍼진 책으로 간주할 수 있다.〉

도판 출처

p. 224 「칼라타피미 대첩」, 1860, ⓒ Mary Evans Picture Library/Archivi Alinari

p. 291 오노레 도미에, 「돈을 내지 않는 날」(살롱 10에 모인 관객을 그린 것), 「르 샤리바리」, 1852, ⓒ BNF

p. 608 오노레 도미에, 「이처럼 맛있는 포도주를 생산하는 나라에 물을 마시는 사람들이 있다니!」(파리 크로키), 「재미있는 신문」, 1864, ⓒ BNF

p. 646 「르 프티 주르날」, 1895년 1월 13일, ⓒ Archivi Alinari

그 밖의 삽화들은 모두 저자가 소장하고 있는 도판 자료들 중에서 뽑아낸 것이다.

옮긴이의 말

세상의 거짓에 속지 않는 방법

작가가 자신의 후기를 일컬어 〈학술적 사족〉이라 하는데, 하물며 역자의 해설이야. 작가의 후기가 정녕 사족이라면, 역자의 이 글은 그저 사족의 발톱이 아닐 텐가. 더욱이 에코의 다른 언어 번역자들은 오로지 훌륭한 번역으로 말할 뿐, 역자 후기는 고사하고 주석조차 달지 않는다는 점에 비추어, 이미 본문에 숱한 주석을 단 뒤에 쓰는 이 글은 해설이라기보다 공연한 해찰 또는 헤살이 아닐는지.

하나 궁굴려 생각건대, 역자의 친절한 해설을 좋은 번역의 요건으로 간주하는 우리 출판계의 관행과 편집자들의 요청을 숫제 모른 척하기도 쉽지 않거니와, 『프라하의 묘지』에서 다루고 있는 숱한 사건들의 선후와 상관관계를 따져 일목요연하게 정리하면 독자들에게 도움이 되겠다 싶고, 번역 문체의 선택에 관한 해명도 필요하지 않을까 싶다. 사실 『프라하의 묘지』는 여러 가지 점에서 특별하다. 역자의 과묵함을 꼭 미덕이라 여길 수 없을 만큼 수많은 이야깃거리를 품고 있다. 작품 자체도 에코의 이전 소설들에서 찾아볼 수 없는 특별함을 지니고 있거니와(오죽하면 작가 자신이 불필요한 설명임을 전제하면서도 후기를 통해 사실과 허구의 경계를 논하고 스토리와 플롯의 차이를 설명하기 위한 일람표를 제시했으랴), 소설이 출간된 직후에 이탈리아와 프랑스 등지에서 뜨거운 논쟁이 벌어진 것도 매우 이례적인 일이라 아니할 수 없다. 사정이 이러하니 역자가 번역 작업을 하면서 알아내거나 깨달은 바, 그리고 유럽에서 벌어진 논쟁을 죽 지켜보면서 얻은 정보를 말하지 않는 것은 어쩌면 의무를 다하지 않는 것이라는 생각마저 든다.

아무리 그래도 이 글이 스포일러로 기능하는 것을 경계하지 않을 수 없다. 따라서 맹세코 역자 스스로 헤살꾼이 되어 소설의 서스펜스를 떨어뜨리는 짓은 일절 하지 않을 터이며, 소설에서 다루고 있는 사건들의 목록을 연보 형식으로 제시하고 있는 대목에서도 역사적 사실들과 허구들을 구분하면서 『프라하의 묘지』가 얼마나 거대한 규모의 작품인가를 보여주고자 할 뿐, 그 사건들의 내용을 구체적으로 밝히지는 않을 것이다. 그렇다 해도 혹시 소설을 읽기 전에 이 글을 먼저 접하는 독자들이 있다면, 〈사실과 허구〉라는 제목이 붙은 대목은 되도록 건너뛰고 읽는 것이 좋을 법하다. 그건 책을 다 읽지 않고도 읽은 것처럼 말하는 기술에 능한 사람들을 가려내기 위한 함정이 숨어 있기 때문이기도 하고, 사실과 허구가 뒤섞인 서사의 미궁을 독자 스스로 헤쳐 나가는 기쁨을 반감시키지 않기 위함이기도 하다.

원작의 문체를 우리말로 재현하는 방식을 논하는 대목과 『프라하의 묘지』 속에 숨어 있는 문헌들을 드러내는 대목은 그 자체로 각각 하나의 논문으로 다루기에 충분한 주제들이지만, 여기에서는 지면의 제약을 고려하여 역자가 예스러운 문체를 선택한 취지와 텍스트들의 상관성을 면밀히 규명하고자 했던 역자의 탐구 결과만을 간략하게 기술하고자 한다.

〈에코 사건〉의 전말

영국 일간지 「가디언」의 피처 라이터인 스티븐 모스가 움베르토 에코를 인터뷰하던 중에 물었다. 이탈리아처럼 지적이고 예술적인 문화를 가진 나라에서 어떻게 베를루스코니 같은 인물이 국가의 최고 지도자로 선출되었는가? 그러자 에코가 대답하기를, 〈베를루스코니는 매우 반(反)지성적이었고, 20년 동안 소설책 한 권 읽지 않았노라고 자랑스럽게 말했소. 베를루스코니와 지식인들 사이에는 갈등과 충돌이 있소. 하지만 이탈리아는 지성적인 나라가 아니오. 이탈리아의 지하철에서는 사람들이 책을 읽지 않소. 라파엘로와 미켈란젤로를 낳았다는 사실로부터 이탈리아를 평가하지 마시오.〉[1]

그런데 지하철에서 책을 읽는 사람들이 사라졌다는 그 이탈리아에서 지적인 소설을 쓰기로 유명한 움베르토 에코의

1 「가디언」, 2011년 11월 27일.

여섯 번째 소설 『프라하의 묘지』가 출간 두 달 만에 65만 부가 넘게 팔리는[2] 기적 같은 일이 벌어졌다. 이런 현상을 어떻게 설명할 수 있을까? 당연한 얘기지만 가장 주된 이유는 작품 자체의 매력에서 찾아야 할 것이다. 소설에서 다루고 있는 주제가 우리 시대의 현안과 맞아떨어진다는 점도 간과할 수 없는 요인이다. 그런가 하면 소설이 출간되자마자 학자들과 종교인들 사이에, 그리고 그들과 에코 사이에 열띤 논쟁이 벌어지고, 그것이 이탈리아와 유럽 전역의 언론을 통해 확산되거나 증폭되었던 점도 대중의 관심을 촉발하는데 크건 작건 한몫을 했을 것이다. 『프라하의 묘지』를 둘러싼 논쟁은 몇 개월의 시차를 두고 이탈리아 국경을 넘어 프랑스와 스페인 등지에서 재연(再燃)되었다.

유럽의 일부 언론이 〈에코 사건〉이라 명명한 이 논쟁은 언뜻 보기에 『프라하의 묘지』가 반유대주의 소설인가 아닌가를 놓고 갑론을박한 사건으로 보이지만, 실상을 들여다보면 서구 사회에서 종종 벌어지는 특정 문학 작품의 반유대주의적 성격에 관한 논쟁이라기보다 에코가 선택한 서사 전략의 〈과도한〉 유효성과 그로 인해 일부 독자들에게 미칠 수 있는 부정적인 영향에 관한 논쟁임을 알 수 있다. 다시 말하면, 허구와 사실이 뒤섞일 때 나타나는 독자들의 혼동과 오해, 악을 고발하기 위해 악인의 관점을 취하는 전략의 효과와 부작용, 거짓을 해부하기 위해 그 형성 과정을 재구성하는 일의

2 프랑스 주간지 『르 누벨 옵세르바퇴르』 로마 통신원 마르첼레 파도바니의 기사, 2011년 3월 23일.

위험성, 독자가 작가의 의도에 반하여 작품을 해석할 가능성 등 많은 문제가 이 논쟁의 중심에 자리하고 있다는 것이다.

에코는 『프라하의 묘지』를 발표하기 전에 여러 친구들에게 먼저 읽힌 다음 이 소설에 대해 유대인들이 반발하리라 생각하는지 물어보았다고 한다. 그 친구들 중에는 유대인도 있었는데, 그의 대답은 이러했다. 〈유대인들에 대해서는 걱정하지 말게. 이 소설에 정작 우려를 표명할 사람들은 예수회 사제들일 테니까.〉 아닌 게 아니라 2010년 10월말 『프라하의 묘지』가 이탈리아에서 출간되자마자 가장 먼저 돌을 던진 매체는 교황청의 준(準)기관지인 「로세르바토레 로마노」였다. 저격수로 나선 이는 이 신문의 대표적인 논객이자 로마 라 사피엔차 대학에서 현대사를 강의하는 루체타 스카라피아 교수. 〈악을 훔쳐보는 관음증 환자〉라는 제목의 이 서평에서 스카라피아는 먼저 『프라하의 묘지』가 엄청난 대중적 성공을 거둘 것이고 세상의 모든 언어로 번역될 것이며 19세기 신문 연재소설을 되살리고 그 시대의 삽화까지 곁들이고 있어서 일견 매우 흥미진진해 보인다고 허두를 뗀다. 하지만 이 말은 독설을 예비하는 양보 화법일 뿐이다. 스카라피아는 곧바로 이 소설에 대한 실망을 표명하면서 장황하게 문제점을 지적해 나간다.

비판의 요점은 대략 두 가지다. 첫째, 19세기 신문 연재소설을 모방하는 척하면서 실제로는 등장인물과 플롯을 그와 전혀 다른 방식으로(선과 악을 대결시키는 방식이 아니라 혐오스러운 주인공이 19세기의 온갖 추악한 음모에 관여하게 하는 방식으로) 설정했으며, 그것으로 보아 에코의 진정한 의도는 독자들을 감동시키는 데 있지 않고 〈역사와 문학에 관한 자신의 박학다식을 자랑하거나 허구적인 삽화들과 역사적인 사건들을 한데 버무리는 자신의 지적인 재능을 과시하는 데에 있다〉. 둘째, 악을 고발하겠다며 악의 편에 서서 이야기를 전개하는 것은 악당의 가면을 벗기는 데 도움이 되지 않을 뿐만 아니라 작가가 악에 대해 이중적인 태도를 가진 것이 아닌가 하는 의혹을 갖게 한다(악을 재구성하되 그것을 단죄하지 않는다면 비도덕적인 관음증이 될 수도 있다).

이런 비판은 에코의 말마따나 〈책을 읽으면 제 풀에 사라질 주장〉[3]이다. 그렇긴 해도 스카라피아 교수가 사실을 왜곡하는 점에 대해서는 분명하게 지적할 필요가 있을 듯하다. 우선 에코가 19세기 대중 소설의 문체를 어느 정도 재현하려고 한 것은 사실이지만, 그런 소설들의 인물과 플롯까지 모방하려고 한 것은 아니다. 에코가 『프라하의 묘지』에서 선택한 문체와 플롯 사이에는 의도된 어긋남이 있다. 〈문체는 짐짓 예스럽게, 플롯은 매우 현대적으로〉. 이것이 에코의 서사 전략이라고 할 수 있다. 에코는 옛날 소설의 분위기를 만들어 내면서도 세 목소리를 교차시키는 복잡한 플롯을 설정하여 독자가 스토리에 함몰되는 것을 막으려고 한다. 〈소설 역사상 가장 혐오스러운 인물〉을 주인공으로 내세운 것도 독자의 동일시를 막기 위한 선택이었을 것이다. 이를 두고 마

3 일간 「우에스트 프랑스」, 2011년 4월 20일 대담 기사.

치 에코가 19세기 대중 소설을 모방하려다가 실패한 것처럼 말하는 것은 작가의 의도를 왜곡하기 위한 고의적인 폄하로 여겨진다.

스카라피아 교수의 서평에서 역자가 특히 동의할 수 없었던 것은 〈이 소설의 역사적 전거를 잘 알고 있는〉 사람임을 자부하면서 마치 에코가 『시온 장로들의 프로토콜』이라는 위서의 형성 과정에 관한 기존의 연구 — 특히 영국 사학자 노먼 콘의 연구 — 를 부당하게 활용한 것처럼 갈하는 대목이다. 소설 『푸코의 진자』와 〈역사를 바꾼 거짓〉에 관한 에코의 에세이들을 읽은 독자들이라면, 그게 터무니없는 폄하이자 모독이라는 것을 금방 알아차릴 것이다. 에코가 『시온 장로들의 프로토콜』에 관해 역사학자 못지않은 관심을 가지고 오래전부터 연구해 온 것은 잘 알려진 사실이다. 그는 19세기 프랑스 대중 소설에 관한 광범위한 연구를 통해 『프로토콜』의 기원에 관한 기존의 연구를 한 단계 진척시키기도 했다. 『프로토콜』의 작자가 모리스 졸리의 팸플릿과 헤르만 괴체의 소설을 표절했다는 것은 이미 에코 이전에 밝혀진 사실이지만, 졸리와 괴체 역시 외젠 쉬와 알렉상드르 뒤마의 소설들을 표절하거나 모방했다는 사실을 규명한 연구자는 바로 에코 자신인 것이다.

「로세르바토레 로마노」의 뒤를 이어 논쟁의 무대에 등장한 매체는 이탈리아 유대인 공동체의 월간지인 『파지네 에브라이케』이다. 이 월간지는 움베르토 에코의 새 소설을 특집으로 다루었고, 그중에서 특히 안나 포아의 서평이 다른 언론에 전재되면서 대중의 주목을 받았다. 안나 포아는 『프라하의 묘지』가 음모론의 메커니즘을 보여 주기 위한 소설임을 길게 설명하고, 독자들이 느낄 역사와 허구 사이의 혼동을 예상하면서 진지하게 의문을 제기한다. 〈결국 하나의 거짓을 해체하고자 했던 에코의 창작물이 애초의 목적에 기이한 돌연변이가 일어나서 오히려 그 거짓의 복원에 도달한 것은 아닌가?〉 주간 『레스프레소』의 중개로 에코와 대담을 나눈 로마의 랍비 리카르도 디 세니는 에코의 메시지가 모호하다고 지적하면서, 더 쉬운 말로 비슷한 우려를 표명한다. 〈독자들은 소설에서 이야기하고 있는 모든 음모론에 대해서 사실 여부를 궁금해할 것이다. 프리메이슨회의 음모, 예수회의 음모, 그리고 유대인들의 음모에 대해서도. 결국 독자들은 이렇게 자문한다. 아니, 이 유대인들이 정말 사회를 붕괴시키고 세계를 지배하려는 것은 아닐까? 문제는 『프라하의 묘지』가 사회적 현상을 분석하고 설명하는 학술 서적이 아니라 소설이라는 것이다. 게다가 이야기가 매우 흥미진진하게 짜여 있어서 결국에는 사람들이 믿게 된다.〉 디 세니의 우려는 거기에서 그치지 않는다. 에코는 자기의 주인공이 비열하고 혐오스러운 인물이라고 주장하지만, 〈따지고 보면 호감을 주는 바가 없지 않기 때문에 독자들이 자기와 그 인물을 동일시할 수도 있다〉는 것이다(그런 노파심에 대해, 에코는 〈일부 사람들이 변태적인 성향을 보인다 한들 그건 내 책임이 아니다〉라고 맞받았다). 그 뒤에 에코는 수많은 유대인 공동체의 초대를 받아 자기 소설을 소개하러 갔고, 예루살렘 북 페어에도 참가했다. 그러고 나서 안나 포아와 디 세니 같은 비판자들의 우려가 과장된 것이었음을 확인했다고[4] 결론을 내렸다.

이탈리아에서 벌어진 그런 논쟁은 이듬해에 프랑스에서도 비슷한 양상으로 전개되었다. 비판의 최전선에는 철학자이자 역사학자인 피에르 앙드레 타기에프가 있었다. 반유대주의와 인종 차별주의에 관한 연구의 권위자로서 『시온 장로들의 프로토콜』이라는 허위 문서의 악용에 관한 역사를 쓰기도 했던 그는 「르 피가로」를 비롯한 몇몇 매체를 통해 『프라하의 묘지』가 작가의 의도에 상관없이 위험한 책이 될 수 있음을 경고했다. 그는 〈진짜와 가짜를 뒤섞으면 가짜보다 더 한 가짜가 된다〉는 발레리의 말을 인용하면서, 에코가 〈이도저도 아닌 입장을 취한 채로 진실과 거짓, 사실과 풍문, 전설, 신화적인 이야기를 희희낙락하며 뒤섞고 있다〉고 비판했다. 더 나아가서 그는 『프라하의 묘지』가 〈적어도 일부 독자들에 대해서는 유대인들에 대한 근거 없는 비방과 고정 관념들을 해부하거나 분해시키기보다는 유대인들에 대한 편견을 강화하는 데 기여할 염려가 있다〉고 주장했다.

소설의 인물이 말하는 것과 작가가 말하고자 하는 바를 혼동하는 독자들은 언제나 있게 마련이다. 에코는 『프라하의 묘지』를 통해 음모론의 보편적인 형식을 제시하고자 했고 기득권 세력이 권력을 유지하기 위해 어떻게 적을 만들어 내는지 보여주고자 했지만, 작가의 메시지보다 소설에 기술된 악

4 『르 누벨 옵세르바퇴르』, 위의 기사.

당의 거짓말에 더 매료되는 독자도 분명 있을 것이다. 그런가 하면 소설의 주인공이 예수회 신부들에 관해서 험담을 하거나 유대인들에게 관해서 극단적인 혐오감을 드러내는 장면들을 읽으며 불쾌감을 느낄 독자들도 없지 않을 것이다. 『프라하의 묘지』에 대한 비판들은 대체로 그런 독자들을 염두에 두고 제기된 것으로 볼 수 있다. 유럽의 문화적 환경에서는 아마도 작가의 진정한 의도보다 독자들의 수용 양상이 더 민감한 문제로 받아들여졌을 것이다. 따라서 작품 그 자체를 놓고 서사 전략과 문체를 따지는 수준 높은 문학 논쟁으로 나아가지는 못했다. 에코는 그 모든 비판에 대해 〈나의 반박 논거는 단 하나, 내 소설뿐이다〉라고 응수했다. 사실 자기 작품이 어떤 독자들에게 위험할 수도 있다는 예단 앞에서 작가가 무슨 말을 하랴.

그런 점에서 『프라하의 묘지』를 있는 그대로 읽고 그 진정한 가치를 제대로 논할 수 있는 사람들은 유럽의 독자들이 아니라 오히려 우리 독자들일 수도 있다. 우리에게는 프리메이슨회나 예수회나 유대인들에 대해서 아무런 선입견도 없으니까 말이다.

사실과 허구

이 소설은 19세기에 이탈리아와 프랑스에서 벌어진 수많은 사건들을 다루고 있다. 그중에는 가리발디 천인 의용대의 시칠리아 원정이나 드레퓌스 사건처럼 비교적 잘 알려진 것들도 있지만, 시인 니에보 실종 사건이나 모리스 졸리 필화 사건이나 레오 탁실의 사기 행각처럼 우리 독자들에게 매우 생소한 사건들도 많다. 따라서 대다수 독자들은 소설을 읽어 가면서 끊임없이 사실과 허구의 경계에 관한 궁금증을 느낄 가능성이 많다. 게다가 사건들의 선후 관계를 놓치게 되면 19세기 유럽 역사의 미궁에 빠져든 기분을 느낄 수도 있을 것이다. 그런 독자들에게 아리아드네의 실과 같은 구실을 하도록 여기에 사건들의 연표를 제시한다. 소설에서 직접 다루고 있는 역사적 사건들 또는 소설의 이야기들과 긴밀한 관련을 가진 실제의 사건들이 연도순으로 나열한 표다. 이것을 시모니니(또는 달라 피콜라)가 등장하는 장면들과 비교해 보면 어디까지가 사실이고 어디서부터 허구인지를 조금 더 분명하게 알 수 있으리라 생각한다.

1796년 예수회 신부 오귀스탱 바뤼엘, 『자코뱅주의의 연혁사에 이바지하기 위한 회상록』을 망명지 런던에서 출간하여 프랑스 혁명의 배후에 프리메이슨회가 있다고 주장(19세기 유럽 음모론의 시작).

1806년 사부아 왕가의 대위 조반니 바티스타 시모니니, 바뤼엘에게 편지를 보내어 프리메이슨회의 배후에 유대인들이 있다고 주장.

1807년 나폴리 왕국에서 공화주의자들의 비밀 결사 〈카르보네리아〉 출현.

1815년 나폴레옹 전쟁 종결 이후 유럽의 질서 재건과 영토 분할을 목적으로 전년부터 열린 빈 회의의 결과로 〈빈 체제〉 성립(이탈리아는 사부아와 피에몬테와 사르데냐를 포함하는 북서부의 사르데냐 왕국, 오스트리아가 지배하는 북동부의 롬바르디아 베네치아 왕국, 중부의 로마 교황령, 옛 나폴리 왕국과 시칠리아 왕국을 합친 양시칠리아 왕국, 그리고 몇 개의 공국과 대공국으로 나뉘고, 프랑스는 루이18세가 즉위하여 프랑스 혁명 이전의 왕정으로 돌아감).

1820년 카르보나리의 주도로 나폴리 혁명, 시칠리아 혁명이 일어났으나, 오스트리아의 무력 개입으로 혁명 정부 붕괴.

1821년 피에몬테에서 자유주의 장교단이 사르데냐 왕국의 반동적인 정책에 반발하여 봉기. 오스트리아군이 침공하며 진압

1830년 프랑스에서 7월 혁명이 발발하여 루이 필리프 왕의 7월 왕조 성립.

1831년 중부 이탈리아의 모데나 공국, 교황령, 파르마 공국에서 잇달아 급진적인 입헌 공화주의자들의 반란이 일어났으나 오스트리아군이 또다시 침공하여 진압.
주세페 마치니, 공화주의를 바탕으로 하는 이탈리아의 통일을 목표로 삼은 〈청년 이탈리아〉당 결성.

1836년 프랑스 신문에 연재소설 출현.

1842년 외젠 쉬, 『파리의 신비』 연재.

1844년 알렉상드르 뒤마, 『삼총사』와 『몬테크리스토 백작』 연재.
외젠 쉬, 일간 「입헌주의자」에 예수회의 음모를 그린 소설 『방랑하는 유대인』을 연재하여 신문 구독자 수를 열 배로

증가시킴.

1846년 알렉상드르 뒤마, 프랑스 혁명 전사(前史)를 그린 역사 소설 『주세페 발사모』 연재(프리메이슨 음모론).

1848년 **2월** 마르크스와 엥겔스 「공산당 선언」 발표.
2월 프랑스 2월 혁명.
2~3월 양시칠리아 왕국, 토스카나 대공국, 사르데냐 왕국, 교황령에서 헌법 공포.
3월 밀라노 5일 봉기.
3월 베네토에서 반란, 베네토 공화국 설립.
3월 사르데냐 왕국, 오스트리아에 선전 포고(제1차 이탈리아 독립 전쟁).
4월 교황 비오 9세, 대(對) 이탈리아 전선에서 이탈, 양시칠리아 왕국도 반동 정책으로 회귀.
11월 교황 비오 9세, 가에타로 피신.
12월 루이 나폴레옹, 프랑스 대통령에 피선.

1849년 **2월** 로마 공화국 성립.
3월 노바라 전투에서 오스트리아군이 사르데냐군에 승리.
3월 비토리오 에마누엘레 2세, 사르데냐 왕에 즉위.
6월 로마 공화국 붕괴.
8월 베네토 공화국 붕괴, 이로써 두 해에 걸친 혁명 운동 와해.
11월 외젠 쉬, 정부의 검열을 피해 『민중의 신비』를 분책으로 발간하기 시작.

1852년 루이 나폴레옹, 친위 쿠데타를 일으켜 제2공화정을 폐지하고 나폴레옹 3세라는 이름으로 프랑스 황제에 즉위(제2제정의 시작).

1858년 나폴레옹 3세 암살 미수 사건(오르시니 사건).

1859년 제2차 이탈리아 독립 전쟁.

1860년 **3월** 사르데냐 왕국과 토스카나 대공국, 모데나 공국, 파르마 공국 합병.
5월 주세페 가리발디, 천인 의용대를 이끌고 시칠리아에 원정(시인 이폴리토 니에보, 작가 주세페 체사레 압바, 신문 기자 주세페 반디도 의용대의 일원으로 참전).
알렉상드르 뒤마, 가리발디의 벗이자 예찬자로 원정대에 합류.
7월 가리발디 원정대, 잇단 승리로 시칠리아 제압.
9월 가리발디 원정대, 나폴리에 입성.
사르데냐군, 교황령에 침공.
10월 가리발디와 비토리오 에마누엘레 2세 회견.
10~11월 주민 투표를 통해 양시칠리아 왕국과 사르데냐 왕국의 합병 결정.

1861년 **3월** 사르데냐 왕국 의회, 이탈리아 왕국의 건국을 선언.
가리발디 원정대의 부경리관 니에보, 토리노로 귀환 도중 난파를 당하여 사망.

1864년 모리스 졸리, 외젠 쉬 소설의 예수회 음모론을 모방하여 나폴레옹 3세를 비판하는 정치 팸플릿 『마키아벨리와 몽테스키외가 지옥에서 나눈 대화』를 벨기에에서 〈어느 동시대인〉이라는 필명으로 출간.

1865년 나폴레옹 3세 정부, 모리스 졸리의 팸플릿을 압수하고 그에게 15개월 금고형을 내려 파리 생트펠라지 감옥에 구금.

1866년 이탈리아 왕국, 오스트리아에 선전 포고(제3차 이탈리아 독립 전쟁).

1868년 독일 작가 헤르만 괴체, 〈존 레트클리프 경〉이라는 필명으로 유대인 음모론 소설 『비아리츠』 출간.

1869년 구즈노 데 무소, 『유대인과 유대교 및 기독교 민족들의 유대교도화』 출간.
야코프 브라프만, 『카할의 책』을 오데사에서 출간(프랑스어 번역은 1873년에 나옴).

1860년대 말 프로이센 첩보기관 책임자 빌헬름 슈티버, 프랑스를 상대로 한 첩보망 조직.

1870~1871년 프랑스 프로이센 전쟁.

1871년 **3~5월** 파리 코뮌.

1872년 헤르만 괴체의 소설 『비아리츠』에 발췌한 〈프라하의 유대인 묘지와 이스라엘 12지파의 회동〉 대목이 소책자의 형태로 상트페테르부르크에서 번역 출간됨(『시온 장로들의 프로토콜』을 예고하는 이 문서는 나중에 모스크바, 오데사, 프라하에서도 출간되었고, 1881년에는 〈랍비의 연설〉이라는 제목으로 프랑스 잡지 『동시대인』에도 실리게 된다).

1876년 오스만 베이, 『유대인들에 의한 세계 정복』 프랑스어판 출간.

1878년 『동시대인』, 조반니 바티스타 시모니니가 1806년에 바뤼엘 신부에게 보냈다는 편지 게재.

1879~1880년 이폴리트 류토스탄스키, 『탈무드와 유대인들』(전3권), 러시아어판 출간

1870~1880년대 작가이자 페미니스트인 쥘리에트 아당, 살롱 개설. 공화파 정치인들과 투스넬 같은 언론인들과 작가들이

드나들며 교류.

1884년 러시아 정보기관 오흐라나의 대외 첩보 책임자 표트르 라치콥스키, 파리를 거점으로 활동하기 시작(율리아나 글린카 요원과 연계).
교황 레오13세, 프리메이슨회를 국제적인 음모의 패당으로 규정하는 회칙 〈후마눔 제누스〉 발표.

1886년 반유대주의 극우파 언론인 에두아르 드뤼몽, 『유대인의 프랑스』(전2권) 출간(1년 만에 114쇄를 찍음).
반교권주의 저작으로 대중을 기만하던 레오 탁실, 가톨릭으로 개종했음을 선언하고 반프리메이슨 위서들을 발표하기 시작.

1892년 파나마 운하 스캔들로 프랑스에 반유대주의 고조.
드뤼몽, 일간지 「자유 발언」 창간.
탁실, 샤를 아크 박사를 끌어들여 〈바타유〉라는 가명으로 『19세기 악마』를 분책으로 출간하기 시작.

1893년 사탄 숭배와 흑미사로 악명 높던 불랑 신부 사망(그의 죽음이 경쟁 집단의 방자에 기인한 것이라는 주장이 제기됨).

1894년 **10월** 육군부 장관 메르시에 장군의 명령에 따라 드레퓌스 대위 간첩 혐의로 체포.
12월 드레퓌스, 군사 재판에서 유죄 판결.

1895년 **1월** 파리 군사 학교 연병장에서 드레퓌스 대위 군적 박탈 의식 거행.
2월 드레퓌스, 프랑스령 기아나 악마의 섬에 유배.
6월 레오 탁실, 프리메이슨회의 루시퍼 숭배 분파에서 이탈했다는 다이애나 본이라는 미국 여자의 개종을 대대적인 사건으로 만들어 가톨릭교회의 지지를 얻음.

1895~1899년 드레퓌스 사건과 관련하여 프랑스에 반유대주의가 다시 기승을 부림.

1896년 가톨릭 신자들 사이에 다이애나의 존재에 대한 의심이 번지기 시작.
프랑스 육군 방첩대장 조르주 피카르, 드레퓌스 사건의 유일한 물증이라는 〈명세서〉의 작성자가 에스테라지 소령임을 확인.

1897년 **4월 19일** 레오 탁실, 파리 지리학회 대강당에서 다이애나가 가짜임을 고백.

1898년 **1월** 에스테라지, 비공개 군사 재판에서 무죄 판결을 받음.
에밀 졸라, 재판 결과에 이의를 제기하며 대통령에게 보내는 공개 서한의 형태로 〈나는 규탄한다……!〉라는 제목의 기사 발표.

1890년대 말 러시아 첩보원 마트베이 골로빈스키, 파리에 체류하기 시작.

1900~1901년 골로빈스키, 라치콥스키의 요구에 따라 『시온 장로들의 프로토콜』 작성.

1903년 러시아 신문 「즈나미아」에 『시온 장로들의 프로토콜』의 축약본이 〈유대인의 세계 지배 계획〉이라는 제목으로 연재됨.

1905년 세르게이 닐루스의 책 『미약함 속의 창대함』 증보판 부록에 『프로토콜』이 처음으로 축약되지 않은 형태로 실림.

번역 문체에 관하여

번역을 시작하기 전에 에코가 『프라하의 묘지』 번역자들에게 보내는 짤막한 지침을 받았다. 그중에서 문체와 관련된 항목은 두 가지였다. 첫째, 19세기 대중 소설의 문체를 과장되지 않게 재현해 볼 것. 둘째, 대화의 중간에 전달동사를 삽입할 때, 작가는 19세기 프랑스 신문 연재소설의 이탈리아 번역의 관행(— 어서 들어오세요, 하고 주세페가 말했다, 당신은 저의 손님이십니다)을 따랐지만, 만약 번역자들 나라의 19세기 관행이 그와 다르다면, 각자 자국의 관행에 맞출 것.

이 지침을 우리말 번역에 적용하기란 쉽지 않다. 19세기 유럽의 대중 소설에 해당하는 것을 우리 문학의 어느 시대에서 찾을 수 있단 말인가? 작가의 지침을 넓게 해석하면, 옛날에 우리 독자들에게 널리 읽혔던 소설들의 문체를 재현해 보라는 것인데, 문제는 그 〈옛날〉을 언제쯤으로 잡아야 하느냐는 것이다. 신소설이 출현했던 개화기? 번안 소설이 유행했던 1910년대와 1920년대 초? 아니면 홍명희의 『임꺽정』이 신문에 연재되던 1920년대 후반에서 1930년대? 나는 현대의 독자들을 어느 시대까지 데려갈 수 있는지 알아보기 위해 시대를 거슬러 올라가며 각 시대의 대표적인 소설들을 훑어보았다. 그러다가 번안 소설이 신문에 연재되던 1910년대 후반에 도달했다. 뒤마의 『몬테크리스토 백작』을 번안한 이상협의 『해왕성』과 위고의 『레 미제라블』을 번안한 『애사』를 집중적으로 분석했다. 어휘만 적절하게 현대화한다면(빵을 〈면포〉라 부르던 시절이 아닌가), 오늘날의 독자들이 얼마든지 재미있게 읽을 수 있는 문체라는 생각이 들었다. 『프라하의 묘지』에 걸맞은 입담이 거기에 살아 있었다. 오늘날의 소설과 달리 대화가 토막 나지 않도록 유연하게 이어 가는 방식도 유용해 보였다. 에코의 지침을 충실히 따르자면, 적어도 대화를 처리하는 방식은 19세기 프랑스 소설이 우리나라에 처음으로 소개된 이 시대의 관행을 따라야 하지 않겠는가?

하지만 진정한 해답은 원작 자체에 있는 법이다. 작가는 과연 19세기 대중 소설의 문체를 어느 정도로 재현했을까? 옛 소설의 문체를 〈과장되지 않게〉 되살린다는 것은 어떤 기준에 따라 어떤 방식으로 이루어지는 작업일까? 그 문제를 놓고 고심하던 중에 에코식 의고체의 〈로제타석〉이 될 만한 문헌들을 찾아냈다. 에코의 다른 소설들과 마찬가지로 『프라하의 묘지』에는 숱한 문헌들이 숨어 있다. 에코가 다른 문헌에서 읽은 것을 자기의 언어로 변형해서 자연스럽게 이야기 속에 녹여 놓은 대목들이 많다는 것이다. 그런 문헌들 중에는 19세기 이탈리아의 신문 연재소설도 있다. 1850년 예수회 기관지 「가톨릭 문명」에 연재되었던 안토니오 브레시아니 신부의 『베로나의 유대인』도 그중 하나다. 이 작품은 베르가마스키 신부가 인터라켄의 바베테에 관해서 이야기하는 대목과 파키 신부가 로마의 봉기에 관해서 증언하는 대목에 활용되어 있다. 그 두 대목과 원작의 해당 부분을 비교해 보면, 에코가 19세기 소설의 문체를 어느 정도로 되살리고 있는지 가늠할 수 있다. 그런 비교 작업을 통해 역자가 내린 결론은 작가가 짐짓 예스러운 문체를 구사하면서도 가독성을 충분히 고려하고 있다는 것이었다. 그렇다면 역자의 작업도 그와 비슷한 수준을 지향할 수밖에 없다.

요컨대, 역자는 독자들이 옛 소설을 읽는 기분을 느낄 수 있도록 의고체를 선택하되 현대 독자들의 언어 감각에서 너무 멀어지지 않도록 어휘와 표현의 선택에 신중을 기했다. 그리고 등장인물들이 대화를 이어 가는 장면에서는 번안 소설 시대의 방식을 차용했다. 이 모든 것이 작가의 번역 지침을 충실히 따르려는 의지의 소치이니, 다소 낯선 기분이 들더라도 널리 혜량해 주시기를 바란다.

『시온 장로들의 프로토콜』에 관하여

『프라하의 묘지』는 인류 역사상 가장 큰 해악을 끼쳤다는 거짓 문서, 즉 『시온 장로들의 프로토콜』이 어떤 시대 상황에서 어떤 과정을 거쳐 만들어졌는지를 이야기한다. 하지만 이 소설은 그 문서의 전사(前史)를 다루고 있으므로, 그 문서의 이름이 등장하지는 않는다. 우리나라의 번역자들은 이 문서의 제목을 대개 〈시온 장로들의 의정서〉라는 제목으로 번역해 왔다. 프라하의 묘지에 모인 유대교 랍비들의 발언을 모아 놓은 것처럼 꾸민 문서이니 〈의정서〉보다는 발언록이나 회의록이 문서의 성격을 더 잘 드러내는 번역어로 할 수 있을 것이다. 그럼에도 역자가 그것을 계속 〈프로토콜〉이라 부르는 데는 이유가 있다. 『프라하의 묘지』를 읽어 보면 그 이유를 알 수 있다. 적어도 이 소설에서는 달리 번역할 길이 없다.

몇 해 전에 우리나라에서 『프로토콜』의 번역본이 아주 기이한 제목으로 출간된 바 있다. 남들이 모르는 엄청난 비밀문서를 입수한 것처럼 그 문서를 소개한 이도 그것을 출간한 이들도 자기들이 무슨 일을 벌이고 있는지 알지 못했을 것이다. 그들에게 『프라하의 묘지』를 권하고 싶다. 이 소설을 읽고 나면 그들 역시 거짓의 희생자임을 깨닫게 될 것이다.

에코는 거짓의 메커니즘, 뻔한 거짓말에 사람들이 속아 넘어가는 이유에 관해 오랫동안 깊은 관심을 갖고 연구해 왔다. 지난 10여 년 동안에는 수많은 칼럼을 통해 권력의 거짓말과 베를루스코니 정권의 미디어 포퓰리즘에 관해 예리한 비판을 가하기도 했다. 『프라하의 묘지』는 에코의 그런 연구와 실천을 집약한 소설이라고 할 수 있다. 그는 단순히 『프로토콜』이라는 문서에 관한 이야기를 하기 위해서가 아니라, 음모론의 보편적인 형식을 보여주기 위해 이 소설을 쓴 것으로 보인다. 그가 후기에서 말한 대로 시모네 시모니니는 여전히 우리들 사이에 있지만, 『프라하의 묘지』를 읽고 눈이 밝아진 독자들은 그를 알아볼 것이고 다시는 세상의 거짓에 속지 않을 것이다.

이세욱

옮긴이 **이세욱** 1962년에 태어나 서울대학교 불어교육과를 졸업하였으며, 현재 전문 번역가로 활동하고 있다. 옮긴 책으로 베르나르 베르베르의 『웃음』(전2권), 『신』(1, 2부), 『인간』, 『뇌』(전2권), 『타나토노트』(전2권), 『개미』(전5권), 『아버지들의 아버지』(전2권), 『천사들의 제국』(전2권), 『여행의 책』, 움베르토 에코의 『로아나 여왕의 신비한 불꽃』(전2권), 『세상 사람들에게 보내는 편지』(카를로 마리아 마르티니 공저), 장클로드 카리에르의 『바야돌리드 논쟁』, 미셸 우엘벡의 『소립자』, 미셸 투르니에의 『황금구슬』, 카롤린 봉그랑의 『밑줄 긋는 남자』, 브램 스토커의 『드라큘라』, 장자크 상페의 『속 깊은 이성 친구』, 에리크 오르세나의 『오래오래』, 『두 해 여름』, 마르셀 에메의 『벽으로 드나드는 남자』, 장크리스토프 그랑제의 『늑대의 제국』, 『검은 선』, 『미세레레』, 드니 게즈의 『머리털자리』 등이 있다.

프라하의 묘지 2

발행일 **2013년 1월 15일 초판 1쇄**
2022년 6월 30일 초판 5쇄

지은이 **움베르토 에코**
옮긴이 **이세욱**
발행인 **홍예빈 · 홍유진**
발행처 **주식회사 열린책들**

경기도 파주시 문발로 253 파주출판도시
전화 **031-955-4000** 팩스 **031-955-4004**
www.openbooks.co.kr

ISBN 978-89-329-1609-5 04880
ISBN 978-89-329-1607-1 (세트)

이 도서의 국립중앙도서관 출판시도서목록(CIP)은 e-CIP 홈페이지(http://www.nl.go.kr/ecip)와 국가자료공동목록시스템 (http://www.nl.go.kr/kolisnet)에서 이용하실 수 있습니다.(CIP제어번호: CIP2013000071)

이 책의 본문 종이는 한솔제지의 클라우드(80g/m²)를 사용했습니다.